LOS OLVIDADOS

D0029409

LOS OLVIDADOS

David Baldacci

Traducción de Cristina Martín

GRUPO ZETA

Barcelona • Madrid • Bogotá • Buenos Aires • Caracas • México D.F. • Miami • Montevideo • Santiago de Chile

Título original: *The Forgotten*
Traducción: Cristina Martín
1.ª edición: octubre de 2016

© 2012 by Columbus Rose, Ltd.
© Ediciones B, S. A., 2016
   Consell de Cent, 425-427 - 08009 Barcelona (España)
   www.edicionesb.com

Printed in Spain
ISBN: 978-84-666-5876-8
DL B 16478-2016

Impreso por QP PRINT

A la tía Peggy, un ángel en la Tierra,
si es que alguna vez hubo alguno

1

Tenía el aspecto de un hombre temeroso de que esa noche fuese la última que pasara en este mundo. Y razones no le faltaban para pensar así. Las probabilidades eran de un cincuenta por ciento, un porcentaje que podía variar según cómo saliesen las cosas durante la siguiente hora.

Así de pequeño era el margen de error.

El rugido de los motores de la embarcación que avanzaba casi al máximo de potencia se apoderó del silencio nocturno que reinaba en las tranquilas aguas del Golfo. En aquella época del año, el golfo de México no solía estar tan apacible: era el período más activo de la temporada de huracanes. Aunque en el Atlántico se estaban gestando varias tormentas, ninguna había formado todavía un centro fuerte ni penetrado en el Golfo. Los habitantes de la costa cruzaban los dedos y rezaban para que la situación continuara así.

El casco de fibra de vidrio surcaba limpiamente las saladas y densas aguas. Aquella embarcación tenía capacidad para llevar a bordo cómodamente unas veinte personas, pero en esta ocasión eran treinta. Los pasajeros se aferraban con ansiedad a cuanto podían para no salir despedidos por la borda. A pesar de que el mar estaba en calma, una embarcación que transporta demasiada gente y se mueve a gran velocidad nunca es estable.

Al capitán no le preocupaba la comodidad de sus pasajeros; su prioridad era que siguiesen con vida. Con una mano apoyada en la rueda del timón y la otra en las dos palancas de potencia del motor, observó el indicador de velocidad con gesto de preocupación.

«Vamos, vamos. Puedes hacerlo. Un último esfuerzo.»

Cuarenta millas por hora. Empujó las palancas hacia delante e incrementó la velocidad hasta las cuarenta y cinco. Ya casi había alcanzado el máximo. Los dos motores de popa no iban a conseguir más velocidad sin un gasto excesivo de combustible. Y en las inmediaciones no había ningún puerto deportivo donde repostar.

Incluso con la brisa que creaba el avance de la embarcación seguía haciendo mucho calor. Por lo menos, navegando a aquella velocidad y tan lejos de tierra, no había que preocuparse por los mosquitos. El capitán fue observando a los pasajeros uno por uno; no era un gesto ocioso: estaba contando las cabezas, aunque ya sabía cuántas había. Además, llevaba cuatro tripulantes, armados y encargados de vigilar a los pasajeros. En caso de que estallase un motín, sería una proporción de cinco contra uno. Pero los pasajeros no tenían subfusiles. Un solo cargador bastaría para acabar con todos, y aún sobrarían balas. Por otra parte, la mayoría eran mujeres y niños, porque aquello era lo que se demandaba.

No, al capitán no le preocupaba un posible motín, sino la hora. Consultó la esfera luminosa de su reloj. Iban a llegar por los pelos. Habían salido con retraso del último puesto de avanzadilla. Y luego se les había averiado el *plotter* de navegación, que durante media hora los llevó por un rumbo erróneo. Aquello era el ancho mar. Exactamente igual por todas partes. No había la mínima porción de tierra que sirviera para orientarse. No surcaban ningún canal señalizado. Sin las ayudas electrónicas a la navegación estaban bien jodidos, como pilotar un avión en la niebla sin contar con ningún instrumento. El único desenlace posible era el peor.

Sin embargo, habían logrado arreglar el *plotter* y corregido el rumbo, de modo que el capitán forzó los motores a máxima potencia. Y después los forzó otro poco más. Continuó con la mirada fija en el velocímetro, los niveles de aceite y de combustible y la temperatura del motor. Si en ese momento sufrían una avería, sería desastroso; no podrían llamar precisamente a los guardacostas para que acudieran en su rescate.

Aun cuando sabía que era inútil, miró al cielo en busca de algún ojo que estuviera observándolos, un ojo no tripulado que los detectase y alertara digitalmente a las autoridades. Si pasaba eso, enseguida tendrían encima las patrulleras de la Guardia Costera. Abordarían su embarcación, sabrían de inmediato qué estaba sucediendo allí y lo meterían en el talego durante una buena temporada, quizá para el resto de su vida.

Sin embargo, el miedo a los guardacostas no era tanto como el que le causaban ciertas personas.

Forzó la velocidad hasta las cuarenta y siete millas y rogó en silencio que no reventara ninguna pieza vital del motor. Consultó otra vez el reloj y fue contando los minutos mentalmente, sin apartar la vista del mar.

—Joder, me van a echar de cena para los tiburones —masculló.

No era la primera vez que se arrepentía de haber aceptado aquel arriesgado negocio, pero estaba tan bien pagado que no podía rechazarlo, pese a los peligros que entrañaba. Ya llevaba quince «misiones» como la presente, y calculaba que si hacía otras tantas podría jubilarse en algún lugar agradable y tranquilo de los cayos de Florida y vivir a cuerpo de rey. Aquel trabajo era mucho mejor que dedicarse a llevar pálidos turistas norteños que anhelaban avistar un atún o un pez espada, aunque lo que hacían más a menudo era terminar vomitando en la cubierta cuando había mala mar.

«Pero antes tengo que llevar este barco y esta gente a su destino.»

Observó las luces de navegación verde y roja de la proa. Proyectaban un extraño resplandor en aquella noche sin luna. Contó mentalmente más minutos, al tiempo que vigilaba los indicadores del salpicadero.

De pronto lo embargó la frustración.

El combustible estaba agotándose. La aguja descendía peligrosamente hacia la reserva. Se le hizo un nudo en el estómago. Llevaban demasiado peso, y el problema sufrido por el sistema de navegación les había hecho perder más de una hora, muchas millas náuticas y una valiosa cantidad de combustible. Él siempre añadía un diez por ciento más por seguridad, pero aun así quizá no bastara. Volvió a observar a los pasajeros, en su mayoría mujeres y adolescentes. También había varios hombres corpulentos que debían de pesar más de cien kilos cada uno. Uno de ellos era un verdadero gigante. Sin embargo, tirar pasajeros por la borda para solucionar el problema del combustible era impensable; como llevarse una pistola a la cabeza y apretar el gatillo.

Repitió mentalmente los cálculos, como hacen los pilotos de las líneas aéreas cuando se les entrega el manifiesto de embarque de pasajeros y carga. La cuestión era la misma, con independencia de que uno se encontrara en el mar o a diez mil metros de altitud: «¿Tengo suficiente combustible para llegar?»

Cruzó una mirada con uno de sus hombres y le indicó que se acercase. El otro escuchó las palabras de su jefe y realizó sus propios cálculos.

—Vamos muy justos —concluyó con preocupación.

—Y no podemos empezar a tirar gente por la borda.

—Ya. Tienen el manifiesto y saben cuántas personas llevamos. Si empezamos a tirarlas, más nos vale que saltemos también nosotros.

—Dime algo que no sepa, joder —masculló el capitán.

Finalmente tomó una decisión y redujo la potencia de los motores hasta las cuarenta millas por hora. Las dos hélices se ralentizaron. La embarcación continuaba planeando por la superficie del agua. A simple vista no existía gran diferencia entre cuarenta millas por hora y cuarenta y siete, pero, como reducía el gasto de combustible, podía marcar la frontera entre dejar seco el depósito y conseguir llegar a destino. Bien, más tarde repostarían, y el trayecto de regreso, tan solo con cinco personas a bordo, no supondría ningún problema.

—Es mejor llegar un poco tarde que no llegar —decidió el capitán.

Su comentario sonó irónico, un detalle que no le pasó inadvertido al tripulante, porque sujetó su arma con más firmeza. El capitán desvió la mirada sintiendo un nudo en la garganta, a causa del miedo que lo atenazaba.

Para la gente que lo había contratado, la puntualidad era importante. Y retrasarse, aunque fueran unos minutos, nunca era bueno. Lo cierto era que en aquel preciso momento el sustancioso margen de ganancia no parecía que mereciera la pena; si uno estaba muerto, no podía gastarse el dinero. Afortunadamente, treinta minutos después, cuando los motores ya empezaban a absorber aire en vez de combustible, el capitán atisbó por fin su destino: erguido en medio de las aguas como si fuera el trono de Neptuno, que tal era su nombre.

Habían llegado. Con retraso, sí, pero estaban allí.

Miró a los pasajeros. Ellos también contemplaban la estructura, con ojos como platos. No se lo reprochó; aunque aquella no era la primera estructura así que veían, seguía siendo una visión monstruosa, sobre todo durante la noche. Joder, si hasta a él seguía intimidándolo después de haber hecho muchos viajes similares. Lo único que deseaba era entregar el cargamento, repostar y largarse lo más rápido posible. En cuanto aquellos desdichados desembarcaran, ya serían problema de otro.

Aminoró la marcha y, con cuidado, atracó junto a la plataforma flotante amarrada a la estructura. Una vez que los cabos estuvieron firmes, aparecieron varias manos que procedieron a ayudar a los pasajeros a encaramarse a la plataforma, que subía y bajaba, meciéndose, por el ligero oleaje generado por la maniobra de atraque.

No vio el barco, más grande, que normalmente aguardaba allí para llevarse aquella gente; ya debía de haber zarpado con un cargamento a bordo.

El capitán, tras firmar unos documentos y recibir su paga en unos envoltorios de plástico sellados con cinta aislante, echó un vistazo a sus pasajeros, que en aquel momento eran conducidos hacia una escalera metálica. Todos parecían asustados.

«Y no es para menos», pensó. Lo desconocido no es, ni de lejos, tan aterrador como lo conocido. Estaba claro que aquella gente era muy consciente de lo que les esperaba. Y también de que no le importaban a nadie.

Ellos no eran ricos ni poderosos.

Eran, verdaderamente, los olvidados de este mundo.

Y su número aumentaba de manera exponencial a medida que el mundo iba adaptándose para procurar la permanencia de los ricos y los poderosos, por delante del resto de la sociedad. Y cuando los ricos y los poderosos querían algo, por lo general lo conseguían.

Abrió uno de los envoltorios de plástico. Su mente no asimiló de inmediato lo que vio. Cuando se hizo evidente que lo que tenía en la mano eran recortes de periódico en vez de dinero, levantó la vista.

Un fusil MP5 lo apuntaba directamente, a menos de tres metros de distancia, empuñado por un hombre de pie en el *Trono de Neptuno*. Era un arma mortífera en distancias cortas. Y esa noche iba a demostrarlo.

Al capitán le dio tiempo de levantar la mano, como si la carne y el hueso fueran capaces de detener los proyectiles que salieron hacia él a más velocidad que la de un avión comercial. Impactaron en su cuerpo con miles de kilos por centímetro cuadrado de energía cinética. Veinte ráfagas disparadas al mismo tiempo, que literalmente lo perforaron.

La fuerza de semejante descarga lo arrojó por la borda. Antes de hundirse en las aguas, alcanzó a ver que sus cuatro tripulantes también eran abatidos. Todos destrozados, todos muertos, se hundieron en las profundidades. Aquella noche, los tiburones iban a darse un festín.

Al parecer, la puntualidad no solo era una virtud, sino también una necesidad perentoria.

2

De inmediato la embarcación fue vaciada del poco combustible que le quedaba, del aceite y demás líquidos, y a continuación se le abrió una vía de agua. El aceite y el gasóleo formaron una amplia película brillante sobre la superficie del mar, visible desde el aire para los aviones de la Guardia Costera y de la DEA que patrullaban la zona.

Durante el día la plataforma petrolífera abandonada daría la impresión de ser precisamente eso, una plataforma abandonada. No se vería ni un solo cautivo, porque estarían todos dentro de la estructura principal, ocultos a la vista. Los envíos de producto fresco llegaban y salían solo por la noche. Durante el día se interrumpían las operaciones, pues el riesgo de ser vistos era demasiado alto.

En el Golfo hay más de mil plataformas petrolíferas abandonadas, a la espera de ser desmanteladas o transformadas en arrecifes artificiales. Aunque las leyes exigen que el desmantelamiento o la transformación se lleven a cabo en el plazo de un año a partir del cese de actividad, en la realidad dicho plazo puede prolongarse mucho más. Y durante todo ese tiempo, aquellas plataformas lo bastante grandes para alojar a centenares de personas, permanecen en el mar sin que nadie las moleste. Están vacías y por lo tanto pueden ser utilizadas por ciertas personas ambiciosas que necesitan una serie de puntos de desembarco para su actividad de transportar preciados cargamentos por el ancho océano.

Mientras la embarcación se hundía lentamente en las aguas del Golfo, los pasajeros fueron obligados a subir por la escalera metálica. Iban atados unos a otros con cuerdas, en intervalos de treinta centímetros. A los niños les costaba seguir el paso de los adultos; cuando caían, alguien los empujaba para que volvieran a la fila y los golpeaba en hombros y brazos. Sin embargo, no les tocaban la cara.

Uno de los varones, un individuo más corpulento que los demás, subía los peldaños con la mirada baja. Medía casi dos metros y era macizo como una roca, de hombros anchos y caderas estrechas, y sus muslos y pantorrillas bien podrían ser los de un deportista de élite. Además, poseía la musculatura firme y nervuda y las facciones enjutas de un hombre que se ha criado a base de alimento insuficiente. Alcanzaría un buen precio, pero no tan bueno como las chicas, por razones obvias. Todo se basaba en el margen de beneficio, y las chicas, en particular las más jóvenes, eran las que proporcionaban el margen más alto, pues podía mantenerse por lo menos durante diez años. Para entonces, entre todas ya habrían hecho ganar varios millones de dólares a sus propietarios.

En cambio, la vida de aquel grandullón sería bastante corta, ya que literalmente lo matarían a trabajar, o eso era lo que pensaban sus captores. Lo denominaban «PMB» o «producto de margen bajo». Las chicas, por el contrario, se consideraban simplemente «oro».

Parecía estar murmurando para sus adentros, en un idioma que no entendía ninguno de quienes lo rodeaban. De pronto dio un tropezón y trastabilló, y al momento cayeron sobre él varias porras que lo atizaron sin compasión. Una le acertó en la cara y lo hizo sangrar por la nariz; por lo visto, en su caso no importaba su apariencia física.

Se incorporó y continuó subiendo, sin dejar de murmurar. Al parecer, los golpes no le habían afectado.

Delante de él iba una muchacha que se volvió para mirarlo, pero él no le devolvió la mirada. La mujer que iba detrás meneó la cabeza, elevó una plegaria en su idioma natal, el español, y por último se persignó.

El gigante tropezó de nuevo, y de nuevo le llovieron bastonazos. Los guardias le increparon y lo abofetearon con sus manos ásperas. Él encajó el castigo sin inmutarse, se levantó y continuó andando. Y murmurando.

De repente, un brillante relámpago iluminó el cielo durante un segundo. No quedó muy claro si el gigante lo interpretó como una señal divina para entrar en acción, pero desde luego lo que hizo quedó más claro que el agua.

Embistió a un guardia y le propinó tal empujón que lo despeñó por la barandilla. El hombre se precipitó al vacío y cayó más de diez metros, hasta estrellarse contra la plataforma de acero. El impacto le partió el cuello y quedó inmóvil.

De lo que nadie se percató fue del afilado cuchillo que el gigante le había birlado al guardia sacándoselo del cinturón. Para eso lo había agredido, y para nada más. Mientras los otros guardias, desconcertados, lo apuntaban con sus armas, él se cortó las ataduras, cogió un chaleco salvavidas que colgaba de un gancho en la barandilla de la escalera, se lo puso y, para sorpresa de todos, saltó por el lado contrario al del guardia despeñado.

Impactó en las cálidas aguas del Golfo con movimientos deslavazados y se hundió.

Segundos más tarde, una ráfaga de MP5 acribilló la superficie líquida generando centenares de rizos diminutos. Minutos después se envió una lancha a buscarlo, pero no encontraron ni rastro de él. En plena oscuridad podía haber nadado en cualquier dirección, y era mucha la superficie a abarcar. Por fin la lancha regresó y las aguas recobraron la calma. Lo más probable era que aquel chalado hubiese muerto, se dijeron. Y si no, no tardaría en hacerlo.

Los demás prisioneros prosiguieron su lento ascenso hacia las celdas en que iban a permanecer encerrados hasta que viniera otro barco a recogerlos. Los metieron de cinco en cinco en cada cubículo, junto a otros cautivos que también esperaban a ser trasladados al continente. Eran de edades similares, todos extranjeros, todos pobres o marginados de la sociedad. Algunos habían sido capturados a propósito, otros simplemente habían tenido mala suerte. Pero por muy mala suerte que hubieran tenido hasta entonces, la que los aguardaba cuando abandonasen aquella plataforma iba a ser aún peor.

Los guardias, en su mayoría también extranjeros, en ningún momento establecían contacto visual con los cautivos, ni siquiera parecían reparar en su presencia, salvo a la hora de introducir en las celdas platos de comida y botellas de agua.

Los cautivos eran meros objetos, carentes de significado y de nombre, meros residentes temporales en aquel punto del golfo de México. Permanecían sentados en cuclillas. Algunos tenían la mirada perdida entre los barrotes de las celdas, pero la mayoría miraba el suelo. Se los veía derrotados, resignados, sin ganas de luchar ni de buscar algún modo de recuperar la libertad. Al parecer, aceptaban estoicamente su destino.

La mujer que en la fila iba detrás del gigante de vez en cuando volvía la mirada hacia el mar. Le habría resultado imposible, desde el reducido espacio en que se encontraba confinada, ver algo entre las olas, pero en una o dos ocasiones le pareció vislumbrar una forma. Cuando les dieron comida y agua, consumió su exigua ración y pensó en aquel hombre que había logrado escapar. Admiró en silencio su valentía, aunque le hubiera costado la vida. Si había muerto, por lo menos era libre, y aquello era mejor que lo que la esperaba a ella.

Sí, tal vez él había sido el afortunado, pensó. Se llevó un trozo de pan a la boca, bebió un sorbo de agua de la botella de plástico y se olvidó de aquel hombre.

A media milla de distancia del *Trono de Neptuno*, el fugitivo se alejaba nadando. Se volvió un instante para mirar en dirección a la estructura, ya casi indistinguible. En ningún momento había sido su intención alcanzar la costa a nado desde una plataforma petrolífera, aquello había sido una casualidad. Su plan era coger un vuelo de Tejas a Florida. Su apurada situación actual era el resultado de un error que había cometido y lo había convertido en una víctima. Pero ahora tenía que llegar a tierra, y la única manera de conseguirlo parecía ser nadando.

Se ajustó el chaleco salvavidas —que le quedaba pequeño pero le proporcionaba cierta flotabilidad— y pasó un rato procurando no hundirse y moverse lo menos posible. Después, empezó a flotar de espaldas. De noche era cuando merodeaban los tiburones, pero al final tendría que nadar, y el mejor momento para ello era por la noche, a pesar del peligro que representaban los escualos. La luz del día lo dejaría desprotegido frente a innumerables riesgos, muchos de ellos procedentes del ser humano. Ayudándose de las estrellas, que le sirvieron un poco de guía, puso rumbo hacia donde calculó que se encontraba tierra firme. De vez en cuando volvía la mirada hacia la plataforma y se esforzaba por grabarse en la memoria su ubicación en medio de la inmensidad del Golfo. Era poco probable, pero a lo mejor algún día tendría que buscarla de nuevo.

Iba dando brazadas, aparentemente sin esfuerzo. Gracias al chaleco, podría mantener aquel ritmo durante varias horas. Y tendría que hacerlo si quería llegar a tierra. Había decidido convertir un posible desastre en una ventaja.

Decidió dirigirse al destino final al que lo habría llevado el segundo barco. Quizá lograse llegar antes que sus compañeros cautivos, si es que los tiburones no frustraban su empeño.

Las brazadas se tornaron maquinales, y la respiración también. Eso permitió que la mente comenzara a divagar y luego se concentrase en la tarea que tenía por delante. Iba a ser un trecho largo y agotador, plagado de peligros. Su vida estaría seriamente amenazada, pero antes había sobrevivido a muchas cosas, y ahora se obligaría a seguir vivo.

Necesitaba creer que bastaría con obstinarse, ya que eso le había bastado hasta entonces, a lo largo de toda una vida más marcada por la tragedia y el dolor que por algo remotamente parecido a la normalidad.

Aceptó estoicamente el destino que le había tocado en suerte. Y continuó nadando.

3

Una anciana alta y encorvada. Durante los diez últimos años se le había arqueado la columna, reduciendo su estatura en más de siete centímetros. El cabello, corto y peinado con trazos severos, enmarcaba un rostro que mostraba todo el deterioro que cabría esperar tras más de ocho décadas de vida, dos de ellas pasadas en la costa de Florida. Se desplazaba con la ayuda de un andador, cuyas patas delanteras llevaban adosadas dos pelotas de tenis que les conferían mayor estabilidad.

Sus manos se aferraban a la barra del andador. Del hombro le colgaba un bolso grande y voluminoso que le rebotaba contra el costado. Caminaba con paso decidido, sin mirar a derecha ni izquierda, tampoco hacia atrás; era una mujer con un objetivo, y los transeúntes con los que iba cruzándose se apartaban de su camino. Algunos sonreían, pues sin duda creían que se trataba de una vieja chiflada que ya no se preocupaba por el qué dirán. Y esto último era cierto, pero distaba mucho de estar chiflada.

Su meta se encontraba justo delante.

Un buzón de correos.

Se acercó con el andador y, apoyándose con una mano en aquella robusta propiedad del Servicio Postal norteamericano, introdujo la otra mano en el bolso y sacó la carta. Miró la dirección por última vez.

Había dedicado mucho tiempo a redactar aquella carta. Los jóvenes actuales, con su Twitter, su Facebook, sus crípticos mensajes y sus correos electrónicos, en los que no se empleaba ni un idioma ni una gramática de verdad, jamás habrían entendido que ella se hubiese tomado la molestia de redactar una carta manuscrita como aquella. Pero es que quiso buscar el medio más adecuado, porque lo que había escrito era muy importante, al menos para ella.

El nombre del destinatario estaba escrito en mayúsculas, para que resultara lo más claro posible. No quería que aquella carta se extraviara.

GENERAL JOHN PULLER, SÉNIOR (RET.)

La enviaba al hospital de Virginia donde él se hallaba ingresado. Sabía que no estaba bien de salud, pero también que era un hombre muy capaz. Había ascendido por el escalafón militar casi hasta donde era posible ascender.

Y también era su hermano. Su hermano pequeño.

Las hermanas mayores son especiales para sus hermanos pequeños. Mientras estaban creciendo, él siempre se había esforzado en hacerle la vida imposible: le gastaba bromas pesadas, la avergonzaba delante de sus novios, competía con ella por el cariño de sus padres. Cuando se hicieron mayores todo cambió; fue como si aquel hombre hecho y derecho se obstinara en compensar a su hermana de todos los malos ratos que le había hecho pasar.

Por tanto, podía contar con que su hermano pequeño resolviera la situación. Es más, su hermano tenía un hijo, sobrino de ella, al que se le daba muy bien solucionar cosas. Estaba segura de que aquella carta terminaría llegando a sus capaces manos. Y tenía la esperanza de que su sobrino le hiciera una visita; hacía mucho tiempo que no lo veía. Demasiado.

Abrió la visera del buzón y observó cómo caía el sobre. Luego cerró el buzón y volvió a abrirlo, dos veces más, solo para asegurarse de que la carta estaba dentro.

Acto seguido se dirigió a la parada de taxis. Tenía un taxista habitual, que había ido a recogerla a su casa y ahora iba a llevarla de regreso. Ella aún conducía, pero aquella noche no quiso.

El buzón estaba situado al final de una calle de dirección única. Para el taxista fue más fácil aparcar en la esquina y dejar que ella recorriese a pie el breve trecho hasta el buzón. Se ofreció a echarle él la carta, pero la anciana se negó; quería hacerlo ella misma, y además le vendría bien un poco de ejercicio.

Para ella, el taxista era un chaval de apenas cincuenta y pico años. Llevaba una anticuada gorra de chófer, aunque el resto de su indumentaria era más informal: bermudas, polo azul y náuticas de lona. Su bronceado era tan uniforme que parecía obtenido con rayos UVA o aerosoles.

—Gracias, Jerry —dijo la anciana al tiempo que subía, con su ayuda, al asiento trasero del Prius.

Él plegó el andador, lo metió en el maletero y a continuación se sentó al volante.

—¿Todo en orden, señora Simon? —preguntó.

—Espero que sí. —Por primera vez estaba verdaderamente nerviosa, y se le notaba en la cara.

—¿Desea volver a casa?

—Sí, por favor. Estoy cansada.

Jerry se volvió en su asiento y la observó con atención.

—Está usted pálida. A lo mejor debería ir al médico. En Florida tenemos muchos.

—Puede que vaya, pero no ahora. Lo único que necesito es descansar un poco.

El taxista la llevó hasta su pequeña urbanización. Pasaron junto a un par de palmeras enormes y un letrero en una pared de ladrillo: «Sunset by the Sea», rezaba, puesta de sol junto al mar.

Siempre la había irritado aquel letrero, porque ella no vivía junto a un mar, sino junto a un océano. Técnicamente, de hecho vivía en la costa del golfo de México, en el estado de Florida. Siempre había pensado que en lugar de Sunset by the Sea su urbanización debería llamarse «Sunset Coast» o «Sunset Gulf», pero el nombre era oficial y no había forma de cambiarlo.

Jerry la llevó hasta su casa, situada en Orion Street, y esperó a que entrase. Se trataba de una vivienda típica de aquella parte de Florida: una construcción de bloques de hormigón, en dos alturas, cubierta de estuco beis, con tejado rojo de terracota y un garaje de dos plazas. Constaba de tres dormitorios, el de ella se encontraba justo al salir de la cocina. Tenía casi trescientos metros cuadrados, muchos más de los que ella necesitaba, distribuidos de manera útil, pero no le apetecía mudarse a otra parte. Aquella casa iba a ser la última en que viviera. Hacía mucho tiempo que lo sabía.

Delante tenía una palmera, un poco de césped y unas cuantas piedras decorativas en el jardín. En la parte de atrás había una valla que procuraba un poco de privacidad al perímetro de la parcela, así como una pequeña fuente junto a la cual su dueña había instalado un banco y una mesa para sentarse, tomar un café y disfrutar tanto del frescor de la mañana como del último sol de la tarde.

A ambos lados de la casa había otras viviendas, casi exactamente iguales que la suya. Todas las casas de Sunset by the Sea se parecían, era como si el constructor hubiera tenido una enorme máquina que había ido escupiéndolas para luego trasladarlas hasta su emplazamiento definitivo.

La playa estaba detrás, un trecho corto en coche pero largo si se iba a pie hasta la blanquísima franja de arena de la Costa Esmeralda.

Era verano, y aun a aquella hora, casi las seis de la tarde, la temperatura superaba los veinte grados, la mitad que en la hora de más calor, lo cual era más o menos lo habitual para Paradise, Florida, en aquella época del año.

Reflexionó sobre el nombre de «Paradise». Era tonto y rebuscado, pero no se podía decir que no encajase. En aquel lugar, casi siempre hacía muy buen tiempo. Ella prefería el calor al frío. Por eso se había inventado Florida, supuso, y tal vez Paradise en particular. Y por eso las aves acudían allí todos los inviernos.

Se sentó en la sala a contemplar los recuerdos de toda una vida. En las paredes y las estanterías había fotos de familiares y amigos. Su mirada se detuvo en una de su marido, Lloyd, un marino nato. Se había enamorado de él al acabar la Segunda Guerra Mundial. «Claro, él también me convenció con su labia», recordó; siempre afirmaba que las cosas le iban mejor de lo que le iban en realidad. Era un buen vendedor, pero también un gran derrochador. Sin embargo, era gracioso y la hacía reír, no tenía ni un gramo de violencia en el cuerpo, no bebía en exceso y la quería. Jamás la engañó, pese a que, con el trabajo que tenía y los viajes que hacía, podía haber infringido muchas veces los votos matrimoniales.

Sí, echaba de menos a Lloyd. Tras su fallecimiento descubrió que él tenía un importante seguro de vida. Ella cogió la totalidad del importe y compró acciones de dos valores: Apple y Amazon. De esto hacía ya mucho tiempo. Le gustaba llamarlas las dos «A» de su cartilla bancaria. Su inversión le rindió lo suficiente para liquidar la hipoteca de la casa y vivir cómodamente con mucho más dinero del que habría tenido si hubiera dependido solo de la Seguridad Social.

Tomó una cena ligera y un poco de té helado. Su apetito ya no era el de antaño. Después se sentó a ver la televisión y se quedó dormida frente a la pantalla. Cuando despertó, se sintió desorientada. Sacudió la cabeza para despejarse y decidió que era hora de irse a la cama. Se levantó con ayuda del andador y se encaminó hacia el dormitorio. Dormiría unas horas y después se levantaría y empezaría una nueva jornada. Así era su vida actual.

De pronto advirtió una sombra que se movía a su espalda, pero no tuvo tiempo de alarmarse.

Aquel iba a ser el último recuerdo de Betsy Puller Simon.

Una sombra a su espalda.

Unos minutos más tarde se oyó un chapoteo en el patio trasero.

4

El momento no pudo ser más oportuno. Dio unas brazadas más y por fin tocó tierra firme con los pies.

Tuvo suerte: unas dos horas después de haber escapado de la plataforma petrolífera lo había recogido un pequeño pesquero. Los pescadores no le hicieron preguntas. Le dieron agua y algo de comer. Le dijeron dónde se encontraban, con lo que él consiguió calcular mejor la ubicación de la plataforma en el Golfo. No podía olvidarse de los cautivos retenidos allí; antes de que él regresara ya se habrían ido, pero vendrían otros nuevos.

Los pescadores no podían llevarlo hasta la costa, le dijeron, pero sí podían dejarlo bastante cerca. Continuaron avanzando lentamente durante lo que se le antojó una eternidad, y él colaboró arrimando el hombro, en pago por la ayuda recibida. No podían ir hasta tierra en línea recta, habían salido a alta mar a faenar, y eso era lo que iban a hacer.

Los hombres se asombraron de su gran fuerza física, y lamentaron tener que despedirse de él.

Cuando llegaron al punto en que él tenía que abandonar el barco, le señalaron en qué dirección tenía que nadar para alcanzar tierra. Aceptó el chaleco salvavidas que le dieron, de un tamaño más apropiado, se descolgó por el casco del pesquero y empezó a nadar.

Al volver la cabeza vio a uno de los pescadores haciéndose la señal de la cruz. A partir de entonces, su único pensamiento fue llegar a un sitio donde pudiera sostenerse de pie.

Para cuando alcanzó tierra firme tenía los músculos agarrotados, y una vez más estaba deshidratado. A pesar de llevar tanto tiempo rodeado de agua, no había podido beber ni una gota. Los peces lo habían mordisqueado; que lo hiciera alguno que otro le daba igual, pero la acumulación de mordeduras le había dejado las piernas surcadas de cortes y rasguños. Además, todavía le dolían la cabeza y los hombros a causa de los golpes propinados por los guardias y del salto desde la plataforma. Notaba los hematomas y los arañazos que tenía en la cara.

Pero estaba vivo.

Y en tierra.

Por fin.

Dejó atrás las últimas olas amparado en la oscuridad y tocó las blancas arenas de la Costa Esmeralda de Florida. Ya en la playa, miró a izquierda y derecha para ver si había algún bañista nocturno; como no vio ninguno, se dejó caer de rodillas, se tumbó boca arriba y respiró hondo varias veces contemplando el cielo, tan despejado que no parecía que hubiera distancia entre los cientos de estrellas visibles. Paradise era una localidad pequeña con playas muy amplias, y el centro urbano corría paralelo a ellas. El distrito financiero se encontraba más lejos, hacia el oeste. Por suerte, era tan tarde que no se veía ni un alma caminando por el paseo que bordeaba la playa en que se encontraba.

Dio gracias a Dios por haberle permitido seguir con vida. Todas aquellas horas nadando, y la providencial aparición de aquel pesquero... En la inmensidad del Golfo, ¿qué probabilidad había de que hubiera ocurrido algo así, si no hubiera sido por intervención divina? Además, milagrosamente, los tiburones también lo habían dejado en paz. Aquel milagro tenía que atribuírselo a lo mucho que había rezado, qué duda cabía.

Sus captores no habían ido tras él.

Otro beneficio de la oración.

Y también gracias a Dios, aquella playa estaba desierta.

Bueno, no del todo.

A Dios debió de pasársele por alto aquel detalle.

Se agachó al oír que se acercaba gente.

Se tumbó en la arena y se enterró un poco para que su corpachón de casi dos metros y ciento treinta kilos se confundiera con aquella materia blanca sobre la que, durante el año, se tumbaban gentes venidas de todo el mundo.

Eran dos personas, lo notó por sus voces. Un hombre y una mujer.

Alzó la cabeza unos centímetros para verlos. No estaban paseando a ningún perro. Otra vez dio gracias a Dios. Un perro ya habría dado con él por el olor que desprendía.

No pensaba hacer nada a menos que lo descubriesen. Y aun en ese caso, tal vez creyeran que simplemente estaba tumbado en la arena, disfrutando de la noche. Esperó que no lo vieran, y que si lo veían no se asustaran, porque tras el largo trecho a nado debía de tener una pinta horrorosa.

Se puso en tensión y aguardó a que pasaran de largo.

Estaban ya a poco más de diez metros. La mujer miró en su dirección. El resplandor de la luna no era muy intenso, pero tampoco muy débil. Oyó que ella lanzaba una exclamación y luego le decía algo a su acompañante. Pero no estaban mirando hacia donde se encontraba él.

Por detrás de las dunas había surgido una figura ágil y sigilosa.

Se oyó un disparo amortiguado y el hombre se desplomó. La mujer se volvió para echar a correr, pero un segundo disparo la hizo caer también sobre la arena con un golpe sordo.

El agresor ocultó el arma, agarró a la mujer de las manos y la arrastró hasta el agua, varios metros mar adentro. La marea se apoderó del cuerpo, que se hundió enseguida y desapareció llevado por la resaca. A continuación repitió la misma operación con el hombre. Permaneció unos momentos de pie en la orilla, escrutando las olas, probablemente para cerciorarse de que los cuerpos no volvían a la playa. Luego se fue por donde había venido.

El gigante se quedó tumbado en la arena, avergonzado de no haber socorrido a aquella pareja. Pero todo había sucedido tan rápido que dudaba que él hubiera podido evitarlo.

Además, en ocasiones Dios estaba ocupado con otras cosas. De eso estaba seguro. Muchas veces Dios había estado ocupado cuando él lo necesitaba. Pero claro, es que hay mucha gente que necesita a Dios. Él solo era uno de los millones de personas que reclaman la ayuda divina de vez en cuando.

Esperó hasta que tuvo la seguridad de que aquel verdugo se había marchado. A saber quién era y por qué había matado a esas personas. Pero eso no era de su incumbencia.

Ya no podía quedarse en la playa, de modo que echó a andar hacia el paseo y descubrió una bicicleta sujeta a un poste. Arrancó el poste del suelo y liberó la cadena. A continuación la enrolló alrededor del cuadro, montó y empezó a pedalear.

Se sabía de memoria casi todas las calles de aquella ciudad. Tenía un lugar a donde ir, donde pernoctar, donde cambiarse de ropa, descansar, comer y reponerse. Después podría empezar su búsqueda, que era el verdadero motivo por el que había ido allí.

Al tiempo que se perdía en la noche comenzó a murmurar de nuevo; era una oración con la que suplicaba el perdón por no haber ayudado a aquella pareja matando a su asesino. Se le daba bien matar, quizás era el mejor. Pero eso no significaba que le gustara, porque no le gustaba.

Era un gigante, y también una buena persona. Pero hasta los gigantes buenos pueden ser incitados a la violencia si existe una buena razón para ello.

Y él tenía dicha razón.

Tenía muchas razones.

Ya no iba a seguir siendo bueno, al menos mientras estuviera allí.

Era lo único que lo impulsaba. En realidad, lo único que lo mantenía vivo.

Continuó avanzando mientras el mar iba tragándose lentamente los dos cadáveres.

5

John Puller efectuó un viraje cerrado a la izquierda y se incorporó a la estrecha carretera de dos carriles. En el asiento trasero iba su gato, *Desertor*, que había entrado en su vida un día cualquiera y probablemente se marcharía de nuevo cuando él menos se lo esperara. Puller había sido ranger y en la actualidad trabajaba para la CID, la División de Investigación Criminal del Ejército, como agente especial. En ese momento no estaba investigando ningún caso, simplemente regresaba de un viaje por carretera que había hecho con su gato, un breve descanso que se había permitido tras la horrible experiencia vivida en un pequeño pueblo minero de Virginia que había estado a punto de acabar con su vida y con la de otras muchas personas.

Entró en el aparcamiento de su edificio de apartamentos. Este se hallaba cerca de Quantico, Virginia, donde estaba la sede de la CID y también del Grupo 701 de la Policía Militar, la unidad a la que estaba adscrito él. Aquella ubicación le permitía ir y venir cómodamente al trabajo, aunque rara vez pasaba mucho tiempo en Quantico; era más frecuente verlo en la carretera investigando delitos relacionados con —o cometidos por— militares norteamericanos. Por desgracia, había muchos casos de esa índole.

Aparcó el coche, un austero Malibu proporcionado por el Ejército, sacó su mochila del maletero y esperó pacientemente a que *Desertor*, un minino gordo y de pelaje anaranjado y marrón, se dignara apearse. El gato lo siguió hasta su apartamento. Puller vivía en cincuenta y cinco metros cuadrados de líneas rectas y escueto mobiliario. Llevaba casi toda su vida adulta en el Ejército, y ahora que se hallaba a mitad de la treintena ya había desarrollado una irreversible aversión a la acumulación de objetos inútiles.

Sacó comida y agua para *Desertor*. Luego cogió una cerveza del frigorífico, se sentó en su sillón de cuero abatible, puso en alto los pies y cerró los ojos. No recordaba la última vez que había dormido una noche entera de un tirón. De modo que decidió enmendarse de inmediato.

Las últimas semanas no habían sido especialmente agradables. Medía un metro noventa y dos y pesaba más de cien kilos. Su estatura no había disminuido, pero en cambio había adelgazado cinco kilos; había perdido el apetito. Físicamente continuaba rindiendo bien, era capaz de superar cualquier prueba para calibrar su fuerza, resistencia o velocidad. Sin embargo, mentalmente no se encontraba como antes. Y no estaba seguro de que lograse recuperar la normalidad. Unos días pensaba que sí, otros que no; y este era uno de los que no.

Puller había realizado aquel viaje buscando recuperar su equilibrio mental tras el calvario sufrido en Virginia Occidental. Pero no le había funcionado. Si acaso, se encontraba aún peor. Los días pasados fuera de casa y los kilómetros recorridos tan solo le proporcionaron tiempo para pensar, demasiado tiempo. Y a veces eso no era bueno. Ya no quería pensar más, lo único que deseaba era hacer algo que lo proyectase hacia el futuro, en vez de retrotraerlo al pasado.

De pronto le vibró el teléfono. Miró la pantalla: «USDB», la sigla de los Pabellones Disciplinarios. Se hallaban en Fort Leavenworth, Kansas, y eran la prisión militar donde encerraban a los delincuentes más importantes, o sea, a los más peligrosos.

Puller conocía bien aquel lugar, había estado muchas veces de visita.

Su hermano mayor, el único que tenía, Robert Puller, iba a pasar allí el resto de su vida y tal vez un poco más, si el Pentágono se salía con la suya.

—¿Sí?

—No cuelgue, por favor —respondió una eficiente voz femenina.

Un momento después oyó una voz familiar. Era la de su hermano, que había sido comandante de las Fuerzas Aéreas antes de ser condenado por un tribunal militar por traición a su país, por razones que él no conocía ni probablemente nunca comprendería.

—Hola, Bobby —saludó con cansancio. Estaba empezando a dolerle la cabeza.

—¿Dónde estás?

—Acabo de volver, y he puesto los pies en alto. ¿Qué ocurre?

—¿Qué tal tu viaje? ¿Has logrado aclararte la sesera?

—Estoy bien.

—O sea que no te has aclarado y que mi llamada te jode. No pasa nada, lo entiendo.

Normalmente, Puller siempre se alegraba de hablar con su hermano, dado que las llamadas y las visitas eran poco frecuentes. Sin embargo, esta vez lo único que quería era estar sentado en su sillón con una cerveza y sin pensar en nada.

—¿Qué ocurre? —repitió en tono más firme.

—Está bien, ya veo que no tienes ganas de hablar. No te molestaría si no fuera por la llamada que acabo de recibir.

Puller se incorporó en el sillón y dejó la cerveza sobre la mesilla.

—¿Qué llamada? ¿Del viejo?

En la vida de los hermanos Puller solo había un «viejo»: John Puller sénior, un general de tres estrellas retirado y un militar legendario. Era un viejo cascarrabias salido de la Academia de Combate Patton, donde a uno «le patean el culo sin dar nombres». Sin embargo, aquel antiguo comandante de la legendaria 101.ª División Aerotransportada se encontraba actualmente en un hospital para veteranos, sufriendo brotes de demencia senil breves pero intensos, y episodios largos y aún más intensos de depresión. La demencia se debía probablemente a la edad; la depresión era porque ya no vestía el uniforme ni tenía a ningún soldado bajo su mando, y por lo tanto consideraba que no le quedaban motivos para vivir. Puller sénior había venido a este mundo por una sola razón: conducir tropas al combate.

Más concretamente, había venido para conducir las tropas a la victoria en el combate. Por lo menos eso creía él. Y la mayoría de los días, sus dos hijos no se lo habrían discutido.

—Una persona del hospital, de parte del viejo. Como no podían dar contigo, me han llamado a mí. Pero yo no estoy precisamente en condiciones de ir a hacerle una visita.

—¿Y para qué te han llamado? ¿El viejo tiene otra crisis mental? ¿Se ha caído y se ha roto la cadera?

—Ni lo uno ni lo otro. No creo que tenga que ver con él personalmente. No me han aclarado cuál era el problema, seguramente porque papá tampoco se lo aclaró a ellos. Me parece que tiene que ver con una carta que recibió, aunque no podría jurarlo. Pero de eso parece ir el asunto.

—Una carta. ¿De quién?

—Tampoco lo sé. He pensado que como tú estás por ahí, podrías acercarte a ver qué ocurre. Me han dicho que está bastante alterado.

—Pero ¿ellos no sabían qué ponía en esa carta? ¿Cómo puede ser?

—Ya sabes que sí puede ser —replicó Robert—. Da igual que papá esté viejo o mal de la cabeza, si no quiere que nadie lea una carta suya, nadie va a leerla. A su edad, todavía es capaz de arrearle una buena coz en el culo al más pintado. En todo el sistema de atención a veteranos no ha habido un solo médico capaz de amansarlo, ni siquiera de querer intentarlo.

—De acuerdo, Bobby, voy para allá.

—John, chorradas aparte, ¿te encuentras bien?

—Chorradas aparte, no, Bobby, no me encuentro bien.

—¿Y qué piensas hacer al respecto?

—Estoy en el Ejército.

—¿Qué quieres decir?

—Que pienso seguir siendo un soldado.

—Siempre puedes hablar con alguien. El Ejército tiene especialistas que hacen precisamente eso. En Virginia te encontraste con mucha mierda, cualquiera estaría jodido. Es fácil sufrir un desorden postraumático.

—No necesito hablar con nadie.

—Yo no estaría tan seguro.

—Los Puller no hablamos de nuestros problemas. —Y se imaginó a su hermano meneando la cabeza con decepción.

—¿Es la regla de la familia número tres o la número cuatro?

—Para mí, en este momento —respondió John—, es la número uno.

6

Mientras recorría el pasillo del Hospital de Veteranos, Puller iba pensando si no terminaría él mismo en un sitio como ese cuando se hiciera mayor. Al ver a aquellos ex soldados, ahora viejos, enfermos e incapacitados, todavía se desanimó más.

«Quizá sea mejor que me pegue un tiro cuando llegue el momento.»

Sabía dónde se encontraba la habitación de su padre, así que continuó más allá del puesto de enfermería. Oyó a su padre mucho antes de verlo. John Puller sénior siempre había tenido una voz de megáfono, y la edad y sus dolencias no habían conseguido atenuarla. De hecho, parecía más estridente que antes.

Cuando se aproximaba a la puerta de la habitación, esta se abrió para dar paso a una enfermera con cara de agotamiento y tensión.

—Dios, menos mal que ha llegado —dijo mirando a Puller. Él no iba de uniforme, pero por lo visto la enfermera lo reconoció.

—¿Cuál es el problema?

—El problema es que lleva veinticuatro horas preguntando por usted. Sin cesar.

Puller apoyó la mano en el picaporte.

—Ha sido un general de tres estrellas. Siempre se lo toman todo a pecho, y nunca desisten. Lo llevan en el ADN.

—Pues buena suerte —repuso la enfermera.

—La suerte no tiene nada que hacer aquí —replicó Puller al tiempo que entraba en la habitación y cerraba la puerta.

Apoyó sus anchas espaldas contra la hoja y miró en derredor. Era una habitación pequeña, de unos tres metros por tres, parecida a una celda de presidio. De hecho, era más o menos del mismo tamaño que el lugar que su hermano iba a tener por hogar el resto de su vida en los Pabellones Disciplinarios.

Una cama de hospital, una mesilla de noche de contrachapado, una cortina que proporcionaba algo de intimidad y una silla nada cómoda, tal como comprobó a continuación. Una ventana, un pequeño armario y un cuarto de baño lleno de barras para agarrarse y botones que apretar en caso de necesidad.

Por último, allí se encontraba también su padre, John Puller sénior, ex comandante de la división más famosa de las fuerzas armadas, la 101.ª Aerotransportada, también denominada Screaming Eagles, águilas chillonas.

—Oficial, ¿se puede saber dónde diablos ha estado usted? —le espetó el viejo taladrándolo con la mirada, como si lo tuviera enfocado en la mira de un fusil.

—En una misión, señor. Acabo de volver. Me han dicho que ocurre algo, señor.

—Maldita sea, así es.

Puller dio un paso al frente y se situó en posición de descanso junto a la cama de su padre, vestido con una camiseta blanca y un pantalón azul de pijama. El viejo, antaño tan alto como su hijo, había ido encogiéndose a causa de la edad y ya solo alcanzaba un metro ochenta y cinco. Seguía siendo alto, pero ya no el gigante que fuera. Una franja de pelo algodonoso y blanco le rodeaba la cabeza. Sus ojos eran de un azul gélido y su mirada alternaba entre la cólera súbita y una expresión vacía, a veces en pocos segundos.

Los médicos no sabían muy bien qué aquejaba a John Puller sénior. Oficialmente eran reacios a denominarlo Alzheimer o incluso demencia senil. Habían empezado a decir que sencillamente estaba «haciéndose mayor».

Puller esperaba que su padre tuviera suficiente lucidez para explicarle lo de la carta. O por lo menos que le permitiese leerla.

—¿Ha recibido una carta, señor? —empezó—. ¿Alguna comunicación reservada? ¿Tal vez de la SecArm? —añadió, refiriéndose a la Secretaría del Ejército.

Aunque su padre llevaba casi dos décadas retirado, no parecía ser consciente de ello. Y el hijo había descubierto que era mejor mantener la fantasía militar, a fin de que el viejo estuviera a gusto y la conversación pudiera avanzar. Se sentía un poco tonto actuando de aquella forma, pero los médicos le habían dicho que era preferible, por lo menos a corto plazo. Y tal vez el corto plazo fuera lo único que le quedaba a su padre.

El viejo asintió con la cabeza y compuso una expresión severa.

—No es ninguna tontería, al menos eso creo. Me ha dejado preocupado, oficial.

—¿Me permite leerla, señor?

Su padre titubeó y lo miró fijamente con una expresión propia de un hombre que no sabe muy bien qué o a quién está mirando.

—General, ¿considera que puedo leerla? —insistió, en tono más suave pero más firme.

Su padre señaló la almohada.

—Está aquí debajo. Me ha dejado preocupado.

—Sí, señor. ¿Me permite, señor? —Señaló la almohada y su padre asintió y se incorporó en la cama.

El hijo dio un paso al frente y levantó la almohada. Debajo había un sobre rasgado. Lo cogió y lo observó. La dirección y el destinatario estaban escritos con mayúsculas: aquel hospital de veteranos y a la atención de su padre. El matasellos era de Paradise, Florida. Aquel nombre le resultó vagamente familiar. Miró el remitente en el ángulo superior izquierdo del sobre.

«Betsy Puller Simon. Por eso me ha resultado familiar.»

Era su tía, la hermana mayor de su padre, le llevaba casi diez años. Lloyd Simon había sido su marido, fallecido muchos años atrás. En aquella época él se encontraba destinado en Afganistán. Recordó que su padre le había enviado una nota para darle la noticia. Desde entonces no se había acordado mucho de su tía, y de repente se preguntó el motivo. En fin, ahora estaba centrado en ella.

La anciana había escrito a su hermano, y este estaba alterado. El hijo y sobrino estaba a punto de averiguar la razón, supuso. Esperaba que no fuera que a su tía se le había perdido el perro, o que tenía un recibo sin pagar, o que iba a casarse de nuevo y quería que su hermano la llevase al altar.

Sacó la única cuartilla que contenía el sobre y la desdobló. Era gruesa y llevaba una bonita marca de agua. Dentro de cinco años, probablemente ni siquiera fabricarían ya ese tipo de papel; ¿quién escribía cartas manuscritas hoy en día? Se fijó en la letra espasmódica que llenaba las líneas. La tinta empleada era azul, lo que contrastaba con el tono marfil del papel.

El texto constaba de tres párrafos. Puller leyó los tres, dos veces. Su tía terminaba con la frase: «Con cariño para ti, Johnny. Betsy.»

«¿Johnny y Betsy?»

Aquello hacía que su padre casi pareciera humano.

Casi.

Ahora entendió por qué el viejo se había alterado tanto. Resultaba obvio que su tía también estaba alterada cuando la escribió.

Algo estaba ocurriendo en Paradise, Florida, que no le gustaba a la anciana. En su mensaje no entraba en detalles, pero lo que decía bastó para despertar el interés de Puller. Cosas misteriosas que sucedían por la noche. Personas que no eran lo que parecían. La sensación de que estaba pasando algo raro. No mencionaba nombres, pero al final pedía ayuda, aunque no a su hermano.

Le pedía ayuda específicamente a él.

Su tía debía de saber que él era un investigador militar. A lo mejor se lo había dicho su padre. A lo mejor lo había averiguado ella por su cuenta. Lo que él hacía para ganarse la vida no era ningún secreto.

Dobló de nuevo la carta y se la guardó en el bolsillo. Después miró a su padre, que ahora tenía la mirada perdida en el pequeño televisor montado en la pared mediante un brazo articulado. Estaban emitiendo «El precio justo», y su padre parecía intrigado por el desarrollo del concurso. Era un hombre que, además de haber comandado la 101.ª División, había tenido bajo su mando en combate a un ejército entero, formado por cinco divisiones, lo cual hacía un total de casi cien mil soldados. Y ahora estaba viendo con gran atención un concurso televisivo en el que la gente tenía que adivinar el precio de artículos de uso cotidiano para ganar más artículos.

—¿Me permite que me quede la carta, señor? —le preguntó.

Ahora que él había venido y tenía la carta en su poder, y por lo tanto el asunto parecía estar encauzado, su padre ya no estaba ni interesado ni alterado. Hizo un vago gesto con la mano.

—Cuide de ella, oficial. Y vuelva para informarme cuando se haya solventado el asunto.

—Gracias, señor. Haré lo que pueda, señor.

Aunque su padre no lo estaba mirando, hizo el saludo formal, giró sobre los talones y salió de la habitación. Hizo todo aquello porque la anterior vez que había visitado a su padre, se había marchado disgustado y frustrado mientras el viejo lo despedía a gritos. Al parecer, aquel recuerdo había desaparecido de la mente del ex general. Junto con otras muchas cosas. Sin embargo, no había desaparecido de su propia mente, sino que continuaba allí presente, muy vivo.

No obstante, cuando ya había cogido el picaporte, su padre le dijo:

—Cuide de Betsy, oficial. Vale mucho.

—Así lo haré, señor. Cuente conmigo.

De camino a la salida, se encontró con el médico de su padre. Casi calvo y de complexión menuda, era un buen profesional y trabajaba allí a cambio de un sueldo muy inferior al que podría estar ganando en otro sitio con su título obtenido en Yale.

—¿Cómo está mi padre? —le preguntó Puller.

—Tan bien como cabe esperar. Físicamente continúa siendo un caso asombroso. Yo no me atrevería a luchar contra él. Pero en la azotea todo va deteriorándose.

—¿Se puede hacer algo?

—Está tomando la medicación que se prescribe a los pacientes en su estado. No existe cura, naturalmente. De momento no podemos revertir esos procesos, aunque hay esperanzas de que en el futuro sí se pueda. En mi opinión, entrará en una larga espiral descendente, John. Y podría deteriorarse más deprisa conforme vaya pasando el tiempo. Lamento no tener mejores noticias.

Puller le dio las gracias y continuó hacia la salida. Ya sabía todo aquello, pero aun así preguntaba cada vez que iba de visita. Quizás una parte de él esperaba que un día le respondieran algo diferente.

Se dirigió hacia su coche. Por el camino volvió a sacar la carta del bolsillo. Su tía, siempre práctica, había incluido su teléfono de Paradise. Llegó al coche, se apoyó contra el maletero, sacó el móvil y marcó los dígitos. Puller no era de las personas que suelen dejar para mañana lo que pueden hacer hoy.

El teléfono sonó cuatro veces y saltó el contestador. Puller dejó un mensaje para su tía, colgó y se guardó el aparato.

Sentado en su Malibu, observó la carta de nuevo. Bueno, el Malibu en realidad pertenecía al Ejército, pero como él era parte del Ejército quizá fueran la misma cosa.

Era una carta que daba motivos de preocupación, y ella no había contestado su llamada... Bueno, solo había hecho un intento. A lo mejor su tía estaba en la consulta del médico; las personas mayores pasan mucho tiempo en el médico. Ya lo había comprobado con su padre.

Lanzó un suspiro. En el fondo, aquel asunto no lo concernía a él. Seguro que su padre ya se había olvidado de la carta. Él llevaba mucho tiempo sin ver a su tía, que no había formado parte de su vida adulta, aunque siempre estuvo presente en su infancia. Hizo las veces de madre, en sustitución de la auténtica, que no estaba allí porque no podía.

Durante todos aquellos años había evocado muchos momentos vividos con Betsy Simon. Su tía había estado a su lado cuando él necesitaba algo que simplemente no tenía en la vida. Cosas que necesitan los niños. Cosas que no puede darles el padre, aunque esté presente, y eso que el suyo tampoco había estado. Su padre estaba demasiado ocupado al mando de miles de hombres para que hicieran las cosas no solo como requería el Ejército, sino como requería él. Betsy Simon había llenado aquel vacío. En aquella época fue muy importante para él. Con ella había hablado de todo, tanto de sus triunfos como de sus fracasos. Ella había sabido escucharle. Y más adelante incluso comprendió que ella le daba consejos de manera tan habilidosa que al joven John le parecían ideas surgidas en su propia cabeza.

Todavía le quedaban días de permiso y nadie esperaba que volviera tan pronto. Además, no podía dar la espalda a su tía. Y no solo por altruismo. Una parte de su ser se preguntaba si ella podría ayudarlo una vez más, ahora que estaba pasando un mal momento. Y no solo con su padre. Lo cierto era que no había hablado con nadie, ni siquiera con su hermano, de lo sucedido en Virginia Occidental. Sin embargo, a pesar de lo que le había dicho a Bobby, necesitaba hablar de ciertas cosas. Pero no tenía ninguna persona con la que se sintiera lo bastante cómodo para ello.

Tal vez su tía podría ser dicha persona. Otra vez.

Por lo visto, iba a tener que poner rumbo a Paradise.

7

Por lo visto, había muchas maneras de llegar a Paradise. Puller eligió un vuelo de Delta que hizo escala en Atlanta y lo dejó en el Aeropuerto Regional del Noroeste, en Florida, cuatro horas y media después de haber salido de Washington. Las pistas ocupaban un terreno que pertenecía al gobierno federal. La base aérea Eglin era una de las más grandes del mundo y él la había visitado en calidad de soldado raso cuando estudiaba en la Academia de Rangers.

Aquella parte de Florida tenía el horario de los estados centrales del país, así que mientras se dirigía a la oficina de Hertz para alquilar un coche aprovechó para cambiar la hora en el reloj. Eran las diez y media: había ganado una hora. La temperatura ya alcanzaba los treinta grados.

—Bienvenido a la Costa Esmeralda —le dijo la mujer del mostrador de Hertz. Era de baja estatura y llevaba el cabello rizado y teñido de castaño para disimular las canas.

—Creía que el eslogan sería «Bienvenido al paraíso» —repuso Puller.

La mujer sonrió.

—Bueno, Paradise está a unos cuarenta minutos de aquí. Además, yo procuro ir alternando. Suelo decir «Bienvenido al paraíso» una de cada cinco veces.

—Supongo que hasta el paraíso termina cansando.

—¿Desea un descapotable? Es el coche que más se alquila aquí. Tengo un precioso Corvette recién llegado.

—No sé; ¿cuánto cuesta?

Cuando la mujer le dijo la tarifa por día, Puller negó con la cabeza.

—El Ejército no me paga lo suficiente para permitirme algo así.

—¿Es usted militar?

—Desde que acabé la universidad.

—Mi hijo también. Es un ranger.

—Yo fui instructor en la Ranger Training Brigade, y después, sin salir de Fort Benning, estuve dos años con el 75.º Regimiento, hasta que me enviaron a Oriente Próximo.

—Los rangers son los mejores.

—No tengo dudas, a pesar de lo que digan los marines y los SEAL.

La mujer hizo una pausa.

—¿Quiere el Corvette?

—Como digo, se me sale del presupuesto.

—¿Cuánto puede pagar?

Puller se lo dijo.

—Entonces no se le sale del presupuesto —contestó ella, y empezó a teclear en el ordenador.

—¿Puede hacer eso? —dijo Puller.

—Acabo de hacerlo. Y el GPS va incluido sin coste adicional.

—Se lo agradezco.

—No; yo se lo agradezco a usted.

El Corvette era dorado, y Puller salió a la carretera sintiéndose como si él mismo fuese de oro. Tomó la autopista 85 dirección sur y fue pasando por lugares con nombres como Shalimar, Cinco Bayou y Fort Walton Beach. Después se incorporó a la carretera Miracle Strip Parkway, cruzó la isla Okaloosa, que también está dentro del radio de acción de la base Eglin, atravesó un puente, pasó por la localidad de Destin, continuó hacia el este, y poco después llegó a Paradise.

Cuando miró alrededor comprendió por qué se llamaba así. Todo era bastante nuevo y de nivel alto, se veía muy limpio y las vistas del mar eran de postal. Había edificios de apartamentos en la orilla misma, un pintoresco puerto repleto de pesqueros que parecían salidos de una película, restaurantes con pinta de elegantes, tiendas del nivel de Gucci, mujeres hermosas escuetamente ataviadas, coches que hacían que su Corvette pareciera una baratija, y un ambiente general de que aquello era lo mejor de lo mejor.

Aparcó, se apeó del estrecho Corvette —un logro nada despreciable, teniendo en cuenta su envergadura— y miró en derredor. Llevaba vaqueros, una holgada camisa blanca de manga larga y zapatos sin calcetines. Su pistola M11 iba en una funda encajada en el cinturón, a su espalda, oculta por la camisa. Dado que era agente de la CID, estaba obligado a llevar su arma encima en todo momento. Y aunque no lo hubiera estado, igual la habría llevado.

Era lo que tenía el haber combatido muchas veces en Oriente Próximo. Uno lleva el arma encima con la misma naturalidad con que respira. De lo contrario, crecen las posibilidades de que alguien intente que uno deje de respirar.

El sol caía a plomo. Hacía calor, pero la brisa resultaba agradable y conseguía evaporar el sudor que le perlaba la frente. Por su lado pasaron unas chicas curvilíneas, escasas de ropa, que le lanzaron miradas de interés al tiempo que se alejaban aferrando sus bolsos Kate Spade y Hermès y haciendo equilibrios sobre sus zapatos Jimmy Choo. Él no las miró; todavía estaba de permiso, pero no de vacaciones. Estaba allí cumpliendo una misión, aunque fuera de índole personal.

Se quitó los zapatos y fue hasta la playa, que se encontraba a unos metros de allí. La suave arena era de las más blancas que recordaba haber visto. La arena de Oriente Próximo era distinta, más áspera. Pero esa impresión tal vez se debía a que en aquellas arenas habían intentado matarlo empleando armas, bombas, cuchillos o simplemente las manos. Las cosas así enturbian un poco la percepción que se tiene de un sitio.

El agua también era especial. Ahora entendió por qué la llamaban Costa Esmeralda. El mar parecía una enorme extensión de piedras preciosas de un verde luminoso. Aquel día estaba en calma, sin olas. El tablón de madera en que se indicaba el estado del mar exhibía la señal amarilla, que significaba oleaje ligero y riesgo mediano. Pero él no había ido a darse un chapuzón.

La tercera y última fase de su formación en la Academia de Rangers la había pasado en Florida, sí, pero no en Paradise, sino en los pantanos, repletos de caimanes, mocasines de agua, serpientes de cascabel y coral. No recordaba haber visto en cien kilómetros una sola tía buena en bikini ni un solo bolso de Gucci. Y peores todavía eran los instructores de los rangers, que le habían pateado el culo a base de bien por el fango de Florida, hasta decir basta.

Contempló a los bañistas sentados bajo sombrillas azules o tendidos en toallas. Nunca había visto tantas nalgas prácticamente al aire ni tantas mujeres en toples. Y muchas no estaban precisamente en buena forma. Habría sido preferible que vistieran de forma más discreta. Se fijó en un bronceado socorrista sentado en lo alto de su torre escrutando el agua con ojo avizor. Debajo de él, en la arena, había otro igual de musculoso y bronceado, que recorría la playa en una moto de tres ruedas.

Una vida muy agradable para el que pudiera disfrutarla.

Levantó la cara hacia el sol, captó unos pocos rayos UVA y luego decidió que ya estaba bien lo de ponerse moreno. El Ejército no fomentaba la holgazanería, estuviera de permiso o no.

Regresó al coche, se limpió los pies y volvió a calzarse. Observó un todoterreno de la policía que pasaba por allí. En las puertas llevaba el distintivo «Paradise PD» y unas palmeras meciéndose al viento. Dentro iban dos agentes; el que conducía era corpulento y llevaba el cráneo rapado y gafas de espejo. Aminoró la velocidad para echar una mirada al Corvette y después lo miró a él.

Lo saludó con un gesto de la cabeza.

Puller lo correspondió. No sabía qué intentaba comunicarle aquel poli, si es que quería comunicarle algo, pero siempre convenía llevarse bien con la policía local, aunque tuvieran un coche con palmeras pintadas.

La agente que lo acompañaba también observó a Puller tras sus gafas de sol. Era una mujer rubia y aparentaba treinta y pocos años. A diferencia de su compañero, no le hizo ningún gesto; desvió el rostro al tiempo que le decía algo al conductor, que aceleró y se alejó.

Puller se lo quedó mirando unos instantes, luego subió al Corvette y arrancó. Había introducido la dirección de su tía en el GPS, y el sistema le informó de que se encontraba a solo cinco minutos de allí. Cinco minutos durante los cuales seguiría sin saber a qué iba a enfrentarse.

Aquello se parecía mucho a estar en combate. Pero cuando uno estaba en combate, por lo general contaba con algún respaldo o apoyo. En cambio, allí estaba solo.

Después de haber trabajado solo en Virginia Occidental, dicha estrategia estaba empezando a resultarle un tanto irritante.

Si tenía suerte, Betsy Simon respondería al timbre y lo invitaría a tomar un té helado.

8

La empresa de jardinería se alegraba mucho de contar con él, porque tenía la fuerza de tres hombres y era capaz de trabajar más que nadie, lo cual ya quedó demostrado en su primer día de trabajo.

Tras escabullirse de la playa mientras los dos cadáveres se adentraban lentamente en el Golfo arrastrados por la marea, había ido en la bicicleta robada hasta una zona de Paradise no tan bonita como el resto. Se trataba de un lugar donde ya tenía previsto alojarse, lo había alquilado para un mes y lo había hecho aprovisionar de víveres. Era una habitación de cuatro metros por cuatro, con cocina; el habitáculo más amplio que había tenido en toda su vida. Se sintió afortunado de tenerlo. Descansó unas horas, se repuso, comió y bebió mucha agua, se curó las heridas y estudió el siguiente paso.

En aquel barrio todo el mundo conducía viejas camionetas y coches con los neumáticos gastados y humeantes tubos de escape, o bien se desplazaba en bicicleta o se subía al coche de algún amigo para ir a donde tuviera que ir. Por la noche, no era seguro andar por la calle, a no ser que uno contara con la protección de alguna de las bandas que controlaban aquel rincón de Paradise. No estaba cerca del mar, y ningún turista se acercaba por allí para hacer fotos. Pero era donde vivían la mayoría de las personas que cortaban el césped de los jardines, saneaban las piscinas, lavaban la ropa y limpiaban las casas de los ricos de Paradise.

Él se había aventurado a salir al anochecer, pero solo para buscar trabajo en una de las empresas de jardinería más grandes. Una sola mirada a su envergadura y su físico le bastó al encargado para declararlo apto para aquel trabajo. Durante el camino de regreso a su apartamento, se tropezó con cuatro jóvenes que pertenecían a una banda que se autodenominaba «Reyes de la Calle».

Lo rodearon en un callejón lateral y observaron su corpulencia. Era como un gran elefante rodeado por una manada de leones que intentaran decidir si lograrían abatirlo entre todos. Él se fijó en el bulto de las pistolas bajo la ropa y en las armas blancas que empuñaban, pinchos de fabricación casera y navajas, que lanzaban destellos a la luz de las farolas.

No temió que aquellos chicos pudieran reducirlo. Sabía que no, ya fueran armados o no. Ya había decidido cómo iba a matar a cada uno de ellos si lo agredían. No era lo más aconsejable, porque complicaría su estancia en aquel lugar, pero, obviamente, tampoco podía dejarse matar.

Continuó andando, y ellos continuaron cercándolo, como si fueran una burbuja móvil de carne y hueso. Por fin se detuvo y los miró. Ellos se dirigieron a él en español. Él, negando con la cabeza, les respondió en un español balbuceante dando a entender que no lo hablaba bien, aunque no era cierto. Lo hizo únicamente para desconcertarlos, para que les resultara más difícil comunicarse con él. La frustración ofusca el pensamiento.

A continuación les habló en su idioma natal, lo que al parecer los sorprendió, justo lo que él pretendía.

El más fornido, probablemente para demostrar que aquel gigante no lo acobardaba, se acercó y le preguntó en inglés de dónde era. Él, a modo de respuesta, señaló en dirección al mar. Eso no pareció gustarles.

De improviso, el más pequeño arremetió contra él y, con más adrenalina que sentido común, intentó clavarle una navaja en el vientre. Él se movió con una rapidez inaudita para un tipo de su tamaño; desarmó al muchacho y, con un solo brazo, lo levantó en vilo como si fuera un chiquillo. Acto seguido le apoyó la navaja en el cuello, acariciando la arteria carótida. Después, en un movimiento vertiginoso, lanzó la navaja y la clavó en una puerta de madera que había a seis metros de allí, en la otra acera del callejón.

Luego soltó al muchacho. Los cuatro huyeron y se perdieron en la noche. Eran jóvenes e impulsivos, pero estaba claro que su estupidez tenía límites.

Continuó andando.

Al día siguiente hizo una jornada de trabajo de doce horas, por la que le pagaron ocho dólares la hora. Se lo dieron en efectivo al final del día, restándole cinco dólares por la comida, que había consistido en una botella de agua, un sándwich y patatas fritas. Y le dedujeron otro dólar aduciendo que había subido el precio de la gasolina. A él, el dinero le daba igual. Lo cogió sin más, se lo guardó en el bolsillo y después, encaramado en la caja de una camioneta desvencijada, fue hasta un lugar próximo a su alojamiento.

La temperatura había subido hasta los treinta y seis grados, y él había estado todo el tiempo al sol. Mientras los empleados más veteranos no tardaban en agobiarse con el calor y la humedad y hacían frecuentes pausas para buscar una sombra, él trabajó toda la jornada sin descanso, tan ajeno al calor como al esfuerzo que le había supuesto nadar tantas horas en aguas del Golfo.

Cuando uno ha estado en el infierno, lo demás ya no le intimida.

A la mañana siguiente despertó temprano y se quedó sentado en la cama unos instantes. El sudor le corría por la espalda, porque el alquiler no incluía aire acondicionado. Entre las cosas que le habían dejado en la habitación había un teléfono móvil que contenía ciertos números y cierta información que iban a resultarle de utilidad para llevar a cabo su misión. Examinó la pantalla del teléfono para repasar qué necesitaba y borrar lo demás.

Cuando hubo terminado, se sentó de nuevo en la cama y bebió un vaso de agua. Recorrió con la mirada la habitación: cuatro paredes desnudas y una ventana que daba a la calle, donde se oía a la gente que regresaba de alguna fiesta en la playa, muy lejos de allí; cuanto más cerca estaba uno del mar, más caro costaba el alojamiento.

Se suponía que debía haber viajado hasta allí en avión. En vez de eso, le habían disparado un dardo tranquilizante en el pecho en plena calle, cuando estaba en una ciudad fronteriza de México, nada más pasar Brownsville, Tejas, uno de los lugares más peligrosos del mundo. Tuvo suerte de que solo fuera un tranquilizante. Se despertó en alta mar, a bordo de un barco, maniatado con cuerdas igual que un tiburón atrapado en una red. Lo trasladaron de un barco a otro y de una plataforma petrolífera abandonada a otra, hasta que por fin tuvo éxito en su primer intento de escapar.

Respiró hondo y apoyó la espalda contra la pared arrancando un crujido al bastidor de la cama, que se quejó de su peso. La puerta estaba cerrada con llave y bloqueada con una cómoda. Si alguien intentaba entrar por la noche, no iba a pillarlo por sorpresa. Había dormido con un cuchillo de filo de sierra bajo la almohada; si alguien venía a por él, lo mataría. Su vida le pertenecía, eso lo tenía muy claro.

Finalmente, se levantó para ir a trabajar.

9

Puller acercó el Corvette al bordillo y contempló la casa de su tía, al otro lado de la calle. Sunset by the Sea se llamaba aquella urbanización, y pensó que era un nombre muy apropiado, porque estaba cerca del mar y el sol efectivamente se ponía todos los días, con una precisión matemática.

La vivienda era una bonita casa de dos plantas, de aspecto robusto, provista de un garaje. Era la primera vez que él venía; su tía había permanecido fuera de su vida casi todo el tiempo, ya desde mucho antes de que él ingresara en el Ejército. Antiguamente había vivido en Pensilvania con su marido Lloyd. Puller recordó que se habían mudado a Florida veinte años atrás, cuando Lloyd se jubiló.

A lo largo de los años apenas había tenido trato con su tía. Su hermano Bobby sí había mantenido la relación con ella, pero después Bobby fue encarcelado, a su padre se le fue la cabeza, y él perdió todo contacto con una mujer que había sido crucial durante su infancia.

Aquello era lo que hacía la vida a las personas: borrar las cosas importantes y reemplazarlas por otras cosas importantes.

Pasó varios minutos examinando la zona. Era una urbanización nueva, de nivel alto, con palmeras. Sin embargo, en ella no había mansiones como las que había visto de camino hacia allí. Las mansiones solían estar cerca del mar o en la orilla misma, y eran tan grandes como los edificios de apartamentos, con piscinas enormes y verjas de gran altura, y con Bugattis y McLarens aparcados en los senderos de grava, junto a las grandes fuentes que servían de lujosos ornamentos. Aquel estilo de vida le resultaba a él tan ajeno como sería vivir en Pionyang, Corea del Norte. Y probablemente igual de desagradable.

Él jamás ganaría tanto dinero. Al fin y al cabo, lo único que hacía era arriesgar continuamente su vida velando por la seguridad de Estados Unidos. Eso, al parecer, no era tan importante ni se valoraba tanto como ganar millones en Wall Street a costa del ciudadano medio, el cual con frecuencia terminaba cargando con una mochila llena de vacuas promesas, por lo visto, prácticamente lo único que quedaba del sueño americano.

Sin embargo, a su tía parecía haberle ido bastante bien. Su casa era grande, estaba muy limpia y el jardín se veía regado y cuidado. Al parecer, aún no se le habían agotado los ingresos.

No vio a nadie frente a la casa ni por la calle, ya fuera en coche o a pie. La verdad era que hacía un calor terrible, así que a lo mejor a aquella hora la gente echaba la siesta. Consultó el reloj. Casi la una de la tarde.

Se apeó, cruzó la calle, recorrió la acera hasta la casa y llamó a la puerta.

Nadie respondió.

Llamó otra vez, al tiempo que miraba a izquierda y derecha para ver si los vecinos habían asomado la cabeza movidos por la curiosidad. No vio a nadie observando, de modo que llamó de nuevo.

No oyó pasos que se acercaran.

Entonces fue hasta la puerta del garaje y atisbó por la ventana. Dentro había un Toyota Camry relativamente nuevo. Se preguntó si su tía conduciría todavía. Intentó levantar la puerta, pero estaba cerrada con llave. Probablemente se levantaba con un mecanismo automático, se dijo, porque una persona mayor no iba a agacharse para tirar de una pesada puerta cada vez que quisiera dar un paseo en coche.

Fue hasta el jardín lateral, y su estatura le permitió ver por encima de la valla. En el centro del jardín había una fuente.

Probó a abrir la verja. Cerrada. Pero vio que se sujetaba con un simple pestillo. Tras zarandearlo un poco, se abrió. Penetró en el jardín y se dirigió hacia la fuente. Lo primero en que se fijó fue el hoyo excavado en la tierra, junto al cerco de piedra que contenía el agua. Se inclinó y examinó el agujero; vio otro paralelo, a un metro de distancia. Observó la fuente. Alguien había apagado la bomba, porque el agua, que debía brotar de la parte superior y caer en la amplia taza inferior, no se movía.

Se inclinó más y examinó el fondo de la taza. Tenía un lecho de piedrecillas decorativas, pero algo las había trastocado. Algunas estaban apartadas hacia un lado, de modo que se veía el fondo de hormigón. Al acercarse un poco más vio que una de las piedras que formaban el cerco estaba parcialmente desplazada y apoyada en el suelo. En su superficie se veía una mancha, y la observó más de cerca.

«¿Sangre?»

Se arrodilló para estudiar la topografía en relación con la parte trasera de la casa. Se percató de varias marcas en la tierra. ¿Podría haberlas dejado alguien al caminar? No había huellas de pisadas a la vista. La hierba estaba tiesa y bastante seca, de modo que no cabía esperar que allí hubiera marcas discernibles. A continuación examinó la taza inferior. Tenía unos sesenta centímetros de profundidad y un metro ochenta de diámetro, y el agua quedaba retenida por el murete de piedra. Recorrió con la mirada las piedras en busca de más manchas, pero no vio sangre, ni tejido humano ni cabellos. Se acercó más, para escudriñar el agua, y de nuevo descubrió sitios donde se habían desplazado las piedrecillas.

Entonces se incorporó y simuló caerse dentro de la fuente. Adelantó los brazos para amortiguar la caída y las rodillas chocaron contra las piedras decorativas. Luego hizo los ajustes pertinentes para que la escena la hubiera causado una persona que pasaba junto a la fuente. Comparó su pantomima con lo que estaba viendo. No encajaba a la perfección, pero algo había movido las piedrecillas.

Como fuera, su tía, a menos que hubiera perdido el conocimiento, podría haber sacado la cara del agua. Pero si por alguna razón estaba inconsciente cuando cayó a la fuente boca abajo, los sesenta centímetros de agua habrían bastado para cubrirle la cabeza. La muerte debió de llegarle con rapidez...

Al instante sacudió la cabeza, negando.

«Ves asesinatos por todas partes, Puller. Relájate.»

No tenía ninguna prueba de que su tía hubiera muerto o resultado herida. Había estado rastreando el jardín, con aquel calor, buscando un crimen que ni siquiera se había cometido. Es lo que pasa cuando uno se gana la vida investigando crímenes. Si fuera necesario, hasta podría inventárselos, sacárselos de la manga. Incluso aunque no fuera necesario.

De pronto, dio un paso atrás y vio que, en efecto, allí había ocurrido algo que se salía de lo corriente.

En la hierba había un rastro de dos líneas paralelas semejantes a diminutas vías de tren, marcadas por un aplastamiento de la vegetación. Posó la vista en otro punto del césped y descubrió otro par de líneas paralelas. Sabía lo que era aquello, lo había visto muchas veces.

Rápidamente fue hasta la puerta de atrás y accionó el picaporte. La llave estaba echada. Por lo menos su tía se preocupaba de la seguridad. Pero la cerradura era de un único perno. Puller tardó quince segundos en forzarla, entró en la casa y volvió a cerrar.

La distribución de la vivienda parecía relativamente sencilla: un pasillo recto de un extremo al otro, con habitaciones a uno y otro lado. Una escalera que subía a los dormitorios que sin duda había en la planta de arriba. Dada la avanzada edad de su tía, se figuró que el dormitorio principal debía de estar en la planta baja. Había oído decir que era algo habitual en las urbanizaciones para jubilados.

Pasó junto a un trastero, un estudio pequeño y la cocina, y al lado de esta encontró el dormitorio principal. Por fin, llegó a un amplio salón al que se entraba desde el vestíbulo y era visible desde la cocina tras un murete bajo. El mobiliario estaba decorado con motivos tropicales. En una pared había una chimenea de gas rodeada de losetas de pizarra. Puller había observado aquella región de Florida y había visto que en invierno las temperaturas mínimas rara vez bajaban de los veintitantos grados, pero entendía que su tía, que venía de un estado como Pensilvania, quisiera caldearse los huesos con un agradable fuego para el que no hiciera falta partir leña.

Observó el panel de alarma que había junto a la puerta de la calle. El piloto verde indicaba que no estaba conectado, un detalle en el que ya había reparado, porque no se había disparado cuando él abrió la puerta trasera.

Había muchas fotografías, en su mayoría antiguas, en las estanterías, en los muebles y las mesas del salón. Las fue examinando una por una y encontró varias en las que aparecía su padre, y también su hermano y él mismo, todos de uniforme, con su tía Betsy. La última era de cuando él se alistó en el Ejército. Se preguntó cuándo se había producido la ruptura en la familia, pero no pudo precisar el momento exacto. También había fotos de Lloyd, el marido de Betsy. Más bajo que su mujer, su rostro estaba lleno de vida, y en una foto se le veía con ella, vistiendo el uniforme del ejército en la Segunda Guerra Mundial. Betsy lucía el uniforme del Women's Army Corps, el Cuerpo Femenino. Por la forma en que se miraban el uno al otro, lo suyo parecía haber sido amor a primera vista, si es que eso existía.

Lo oyó antes de verlo.

Fue hasta la ventana y apartó la cortina unos centímetros. Desde su estancia en Oriente Próximo, nunca se mostraba a sí mismo —ni física ni emocionalmente— más de lo estrictamente necesario.

El coche de la policía se había detenido junto al bordillo y el conductor había apagado el motor.

Ni sirenas ni luces; los dos agentes que lo ocupaban se apearon con sigilo, desenfundaron sus armas y miraron alrededor, y a continuación se centraron en la puerta de la casa.

Alguien lo había visto en el jardín, tal vez entrando en la vivienda, y había llamado a la policía.

El varón era el tipo calvo y corpulento que él había visto antes. Su compañera, unos centímetros más alta, parecía en mejor forma, porque él era grueso en la parte superior del cuerpo, aunque tenía piernas delgadas; demasiada gimnasia para desarrollar los pectorales y muy poca en los cuádriceps. Le pareció un individuo que había fracasado en el Ejército, aunque no podía estar seguro. A lo mejor era por el gesto de condescendencia que le había dedicado su compañera.

El policía sujetaba su 9 mm con torpeza nada profesional, como si hubiera aprendido viendo la televisión o en un cine, observando cómo manejan las armas en las películas de acción. En cambio, la mujer empuñaba su pistola con total dominio y naturalidad, equilibrando el peso del cuerpo entre ambas piernas, las rodillas ligeramente separadas y el cuerpo de medio perfil para achicar la superficie del blanco. Parecían una pareja compitiendo en un torneo mixto de profesionales y aficionados.

Si su tía había muerto y se había realizado una investigación, esperó que el jefe de la misma no fuera aquel calvo, porque tenía toda la pinta de cagarla a base de bien.

Decidió ir al grano, principalmente porque no quería que aquel tipo se pegase un tiro de forma accidental. Sacó una foto de su marco y se la guardó en el bolsillo de la camisa. Luego fue hasta la puerta, abrió y salió al fuerte sol de Paradise.

10

—¡Alto ahí! —ordenó la mujer.

Puller obedeció.

—¡Quieto! Las manos en la cabeza —añadió ella.

—¿Quiere que me quede quieto o que ponga las manos en la cabeza? —replicó Puller—. No puedo hacer las dos cosas a la vez. Y no me apetecería que me pegasen un tiro por un malentendido.

Ambos policías se le acercaron, uno por la derecha y el otro por la izquierda.

Puller advirtió que la mujer le vigilaba las manos, mientras que el hombre no le apartaba la mirada de los ojos. Ella acertaba: con los ojos no podía matar, pero con una mano podía sacar un arma y abrir fuego sin que sus ojos se movieran un milímetro.

—Las manos sobre la cabeza, con los dedos entrelazados. Y luego túmbese boca abajo, con las piernas separadas.

—Llevo una M11 a la espalda, en el cinturón. Y tengo mis credenciales y mi placa militar en el bolsillo delantero del pantalón.

Ambos policías cometieron el error de mirarse el uno al otro. Puller podía haberlos abatido de sendos disparos en los dos segundos que tardaron en hacer eso. Pero no lo hizo, de modo que lograron vivir un día más.

—¿Qué coño es una M11? —preguntó el calvo.

Antes de que Puller pudiera responder, la mujer dijo:

—La versión de la Sig P228 para el Ejército.

Puller la observó con interés. Mediría un metro setenta y tenía el pelo rubio sujeto en la nuca con un pasador. Poseía una constitución esbelta y compacta, pero se movía con la gracia de una bailarina, y sus manos parecían fuertes.

—Si puedo llevar la mano, muy despacio, hasta el bolsillo —dijo—, le enseñaré las credenciales y la placa.

Esta vez la mujer no miró a su compañero.

—¿A qué unidad pertenece?

—Al grupo 101 de Quantico, Virginia.

—¿CID o MP?

—CID. Soy un CWO.

Antes de que su compañero pudiera preguntar, ella se lo tradujo:

—Es un suboficial.

Puller la miró con curiosidad.

—¿Ha sido usted militar?

—Mi hermano.

—¿Puedo sacar mi documentación?

—Hágalo muy despacio —terció el calvo al tiempo que sujetaba la pistola con más fuerza.

Puller sabía que aquello era exactamente lo que no se debía hacer. El hecho de agarrar un arma con más fuerza incrementa la posibilidad de error en un treinta por ciento o más. Lo que más le preocupaba era que aquel tipo se hiciera un lío y le pegase un tiro accidental.

—Introduzca dos dedos, nada más —ordenó la mujer—. Y no mueva la otra mano de lo alto de la cabeza. —Su tono era firme y directo.

Eso le gustó. Era evidente que las emociones no le hacían perder el temple, como le sucedía a su compañero.

Sacó su documentación con dos dedos y la sostuvo en alto, primero la credencial y después la placa. El águila de un solo ojo, emblema de la CID, era inconfundible.

Los dos agentes se aproximaron para que Puller entregase las credenciales a la mujer mientras el hombre continuaba apuntándolo. Puller habría preferido que fuera al revés, porque a aquel tipo se le veía tan tenso que bien podría liarse a tiros y matarlos a los tres.

La policía movió los ojos para comparar la foto que aparecía en la credencial con el original, y después dijo:

—Está bien, pero me quedaré con su arma, como precaución, hasta que aclaremos esto.

—La llevo a la espalda, en una funda sujeta al cinturón.

Ella lo rodeó mientras su compañero daba un paso atrás y observaba a Puller sin dejar de apuntarlo. Lo cacheó con rapidez y eficiencia, pasándole las manos por el trasero y por la cara interior de las piernas. Puller notó que le levantaba la camisa y le sacaba la pistola. Un instante después se plantó delante de él con la pistola apuntando al suelo.

—Nos han llamado por un supuesto allanamiento —dijo—. ¿Qué está haciendo aquí?

—Esta es la casa de mi tía Betsy Simon. He venido a visitarla. Como no contestaba nadie a la puerta, entré por la parte de atrás.

—Un viaje muy largo, desde Virginia —comentó el hombre, todavía apuntándole.

Puller no lo miró y se dirigió a la mujer.

—¿Puede decirle a su compañero que enfunde su arma? Podría ocurrir un accidente.

—La documentación es auténtica, Barry, y ahora se encuentra desarmado. Baja la pistola. Así que se llama usted John Puller. ¿Y Betsy Simon era su tía?

Puller asintió.

—¿Y usted es...? —Ya había echado un vistazo a su placa, pero el sol era tan fuerte que no pudo distinguir el nombre.

—Agente Landry, Cheryl Landry. Y este es el agente Barry Hooper —dijo al tiempo que le devolvía la documentación.

—¿Tiene idea de dónde puede estar mi tía? —Landry, nerviosa, intercambió una mirada con su compañero. A Puller no se le escapó—. He visto algunas cosas curiosas en el jardín de atrás. ¿Es que ha sucedido algo allí?

—¿Por qué lo dice? —preguntó Landry, suspicaz.

—Por las pistas que he encontrado alrededor de la fuente. Y porque he visto unas huellas en la hierba que corresponden a una camilla con ruedas. He supuesto que se han llevado a alguien en camilla. ¿Ese alguien era mi tía?

—Nosotros fuimos los primeros en acudir —dijo Landry en tono quedo.

—¿Qué ocurrió exactamente?

—La señora que vivía aquí se ahogó en la fuente —intervino Hooper sin tacto alguno.

Su compañera le dirigió una mirada de reproche.

—Al parecer, fue un accidente —dijo—. Lo siento, suboficial Puller.

Puller permaneció inmóvil, intentando asimilar aquello. En parte no se sorprendió; y en parte estaba desconcertado. Había abrigado la esperanza de que la víctima fuera otra persona.

—¿Pueden explicarme qué ocurrió? —pidió.

—Estamos aquí respondiendo a un aviso por allanamiento —saltó Hooper—, y el allanador resulta ser usted. No vamos a quedarnos aquí de charla. Deberíamos esposarlo y leerle sus derechos.

Landry lo miró.

—Tiene razón. No sabemos si Betsy Simon era tía suya, y tampoco sabemos qué estaba haciendo usted en su domicilio.

—En el bolsillo de la camisa llevo una foto. La he sacado de la casa.

Landry cogió la foto y la estudió.

—Tiene ya unos cuantos años, pero si viera a mi tía, no creo que esté muy cambiada. Y yo estoy prácticamente igual, con unas pocas arrugas más. Y en la parte de atrás están escritos nuestros nombres.

Landry observó la foto y el dorso, después se la mostró a Hooper.

—Es él, Barry.

—Para mí no es una prueba concluyente —insistió Hooper.

Puller se encogió de hombros y recuperó la foto.

—Muy bien, pues vamos a comisaría a aclararlo. De todos modos, pensaba ir allí cuando terminase de echar un vistazo a todo esto.

—Como le he dicho, la señora se cayó y se ahogó en la fuente —repitió Hooper—. Fue un accidente.

—¿Lo ha confirmado el forense?

—No lo sé —respondió Landry—. Pero ya deben de haber realizado la autopsia.

—Fue un accidente —zanjó Hooper—. La señora se ahogó. Hemos examinado el sitio a fondo.

—Ya. No deja usted de repetirlo. ¿Está intentando convencerse de que es cierto?

—Eso es lo que parecía, Puller. Comprendo que cuesta aceptar una tragedia así, pero son cosas que pasan. Sobre todo a los ancianos —añadió Landry.

—Y en Florida hay más ancianos que en otros sitios —agregó Hooper—. Caen como moscas.

Puller se volvió para mirarlo y dio un paso hacia él para acentuar la diferencia de estatura entre ambos.

—Excepto que no lo son.

—¿Qué es lo que no son? —repuso Hooper, confuso.

—Moscas. Y por si no lo sabía, el veinte por ciento de las autopsias revelan que la causa de la muerte no ha sido la que todo el mundo daba por cierta.

—Podemos ir a comisaría —dijo Landry en tono apaciguador— y aclarar las cosas, como ha dicho usted.

—¿Quiere que los siga o que vaya con ustedes en su coche?

—No está en condiciones de elegir. Irá en nuestro coche —dijo Hooper antes de que Landry abriera la boca—. Con las manos esposadas y los derechos leídos.

—¿De verdad va a detenerme?

—¿Ha allanado este domicilio? —replicó Hooper.

—He entrado para ver si le había ocurrido algo a mi tía.

—¿Y por qué no ha llamado a la policía, si tan preocupado estaba? —preguntó Landry—. Nosotros podríamos haberle informado.

—Podría haber llamado, pero no es mi forma de hacer las cosas.

—¿Es que el Ejército se da el lujo de que sus miembros puedan ir por ahí haciendo lo que les apetezca? —resopló Hooper—. No me extraña que paguemos impuestos tan altos.

—El Ejército incluso permite que sus miembros disfruten de períodos de ocio, agente Hooper.

—Dejaremos su coche aquí —interrumpió Landry—. Usted se viene con nosotros, pero sin esposas ni lectura de derechos.

—Gracias —respondió Puller mientras Hooper lanzaba una mirada ceñuda a su compañera.

—Pero si su versión resulta falsa —le advirtió ella—, todo cambiará.

—Me parece justo. Pero cuando hayan comprobado que digo la verdad, quiero ver el cadáver de mi tía. —Dicho esto, echó a andar hacia el coche—. Vamos —los instó.

Los dos agentes lo siguieron despacio.

11

La comisaría de Paradise se hallaba a dos manzanas de la playa, en un edificio de piedra y estuco de dos plantas, tejado de terracota y dos palmeras delante de la entrada. Estaba junto al hotel Ritz-Carlton y parecía más un club de campo que un lugar al que acudían cada día los policías a recoger sus coches y sus itinerarios de patrulla.

Puller se apeó del asiento trasero y, mirando alrededor, le dijo a Hooper:

—¿Se han instalado a propósito en la zona de mayor delincuencia, para tener vigilados a los malos en todo momento?

Hooper no hizo caso de la pulla, pero lo tomó del codo para llevarlo al interior del edificio. Por lo visto, seguía pensando que él se encontraba bajo custodia y que lo único que faltaba era que fuera esposado y sometido a un interrogatorio formal.

Por dentro, el edificio tenía la misma pinta que por fuera: lujoso, limpio, ordenado. De hecho, era la comisaría más limpia y ordenada que Puller había visto nunca. El personal que estaba trabajando en los despachos inmaculados apenas levantó la vista cuando entraron los tres. Todos llevaban ropa almidonada, impecable, como confeccionada por un sastre exquisito. No se oían teléfonos sonando. Nadie gritaba pidiendo ver a su abogado ni declarándose inocente de acusaciones amañadas. No había detenidos vomitando en el suelo. Tampoco se veían policías cabreados, gordos y sudorosos recorriendo los pasillos, obstinados en provocarse un infarto con la ayuda de una máquina expendedora de sodio y chocolate.

Para John, aquello resultaba tan desconcertante que incluso miró alrededor buscando una cámara, y se preguntó si no estaría siendo la víctima de un programa de cámara oculta.

Miró a Landry, que caminaba a su lado.

—Nunca he visto una comisaría como esta.

—Pues ¿qué tiene de distinto?

—¿Ha estado en muchas?

—En unas cuantas.

—Créame, esta es diferente. Fuera, he estado a punto de buscar un aparcacoches, y aquí dentro me han entrado ganas de pedir algo de beber antes de irme a jugar unos hoyos. Y eso que ni siquiera juego al golf.

Hooper lo agarró del codo con más fuerza.

—Aquí, la renta per cápita de la población es bastante alta. ¿Algún problema con eso?

—No he dicho que suponga un problema. Solo he dicho que es diferente.

—Pues a lo mejor todo el mundo debería seguir nuestro ejemplo —replicó Hooper—, porque, en mi opinión, hemos acertado. El dinero proporciona un mejor nivel de vida a todos.

—Sí, la próxima vez que vaya a Kabul les diré eso mismo a los afganos.

—Estoy hablando de los Estados Unidos de América, no de un país de mierda donde no hablan en cristiano y donde creen que esa birria de dios que tienen es mejor que el nuestro, que es el verdadero.

—Me reservo mi opinión al respecto.

—Me importa una mierda lo que haga.

Puller intentó soltarse el codo, pero el calvo se lo impidió. Era como si él fuera un imán y Puller fuera un trozo de hierro. Lo estaba haciendo solo para fastidiarlo, estaba claro. Y Puller no podía evitarlo, salvo que quisiera acabar en un calabozo, lo cual sería un grave obstáculo para la investigación de la muerte de su tía.

Hooper lo llevó hasta una silla delante de un despacho acristalado cuya placa rezaba: «Henry Bullock – Jefe de Policía.» Landry llamó dos veces con los nudillos, y una voz ronca contestó:

—Adelante.

Hooper se quedó con Puller mientras Landry entraba. Puller no tenía otra cosa que hacer, así que paseó la mirada alrededor. Le llamaron la atención un hombre y una mujer de cuarenta y pocos años que parecían desconsolados, aunque por lo demás se los veía tranquilos. Estaban sentados ante la mesa de un individuo vestido con pantalón negro, camisa blanca remangada hasta los codos y corbata de tonos pastel. Del cuello, delgado como un junco, le colgaba un cordón con una placa.

Puller solo alcanzó a oír retazos de la conversación, pero sí captó «paseo por la noche» y «Nancy y Fred Storrow».

La mujer se enjugaba la nariz con un pañuelo de papel, mientras el hombre se miraba las manos. El funcionario tecleaba en su ordenador y respondía con comentarios solidarios.

Puller dejó de prestar atención a la pareja cuando se abrió la puerta del despacho y salieron Landry y un hombre, que supuso sería el jefe de policía.

Henry Bullock, de casi un metro ochenta, tenía unos hombros anchos y unos brazos carnosos que pugnaban contra la camisa. Estaba echando una barriga que le tensaba el uniforme todavía más que los músculos. Su cuerpo estaba más compensado que el de Hooper, porque sus piernas eran gruesas pero ahusadas y terminadas en unos pies pequeños. Daba la impresión de tener cincuenta y muchos años, y lucía un cabello gris y en recesión, cejas pobladas, nariz bulbosa y una piel sobreexpuesta al viento y el sol. Las profundas arrugas de su frente eran permanentes y le daban la apariencia de estar siempre enfadado. Si hubiera llevado un uniforme distinto, Puller habría asegurado que se trataba de su antiguo sargento de instrucción.

—¿Puller? —dijo mirándolo.

—Ese soy yo.

—Pase. Usted también, Landry. Hoop, usted espere aquí fuera.

—Pero jefe... Yo también he participado en la detención.

Bullock se volvió hacia él.

—No hay ninguna detención, Hoop. Todavía no. Si la hay, ya se lo haré saber.

Y en aquellas breves palabras Puller se dio cuenta de que Bullock era listo y conocía muy bien las limitaciones de Hooper.

El agente se quedó allí de pie, con el gesto mohíno y la vista fija en Puller, como si aquel desprecio fuera culpa suya. Puller se levantó de la silla y pasó por su lado.

—Aguante, Hoop —le dijo—, enseguida volvemos por usted.

12

Puller entró seguido de Landry, que se encargó de cerrar la puerta.

El despacho era un rectángulo de cuatro metros por tres amueblado de manera espartana, sin tonterías, lo cual, supuso Puller, coincidía con la personalidad de su ocupante.

Bullock se sentó tras su escritorio de madera e indicó con una seña a Puller que lo hiciera en la silla que había enfrente. Landry se quedó de pie, parcialmente en posición de firmes, a la izquierda de Puller.

Este se sentó y miró a Bullock con gesto expectante. El jefe jugueteó con la uña de su dedo índice antes de romper el hielo.

—Estamos verificando que usted sea quien dice ser.

—Y cuando lo hayan verificado, ¿podré examinar la escena del crimen?

Bullock lo miró con fastidio.

—No hay ninguna escena del crimen.

—Técnicamente, puede que no la haya, pero eso podría cambiar.

—¿Qué edad tenía su tía?

—Ochenta y seis.

—Y utilizaba un andador, según dice el informe. Se cayó, se golpeó en la cabeza y se ahogó. Lo lamento mucho. Yo perdí a mi abuela en un accidente similar, sufrió un ataque estando en la bañera. Ella también era muy mayor. Ocurrió, sin más. Nadie pudo hacer nada. Y en este caso, al parecer, ha sucedido lo mismo. No debería usted sentirse culpable —agregó.

—¿Se ha confirmado que mi tía se ahogó?

Al ver que ninguno de los dos respondía, continuó:

—A menos que el estado de Florida de verdad sea distinto, tiene que haber algo escrito en el certificado de defunción, en el recuadro «causa de la muerte», o de lo contrario la gente se pondría nerviosa.

—Agua en los pulmones, de manera que sí, se ahogó —respondió Bullock—. La forense acabó la autopsia anoche. Técnicamente, creo que el término es...

Puller terminó la frase por él:

—Asfixia. ¿Me permite ver el informe?

—Imposible, nadie ve los informes excepto el pariente más allegado, y además con una orden judicial.

—Yo soy su sobrino.

—Eso dice usted, pero aun así, por parientes más allegados se entiende la familia directa.

—Mi tía no tenía ningún familiar directo. Su marido murió, y el único hermano que tenía está en Virginia, en un hospital para veteranos del Ejército, y carece de las facultades mentales necesarias para hacerse cargo de esto. Tampoco tenía hijos.

—Lo lamento. De verdad que no hay nada que yo pueda hacer. La privacidad de los fallecidos no es algo que pueda tomarme a la ligera.

—Pero ¿sí se toma a la ligera que alguien pueda haberla asesinado?

—Me importa muy poco lo que está insinuando —saltó Bullock.

—¿No pensaba ponerse en contacto con su pariente más cercano?

—Estábamos precisamente en ello. Hemos llevado a cabo un registro preliminar de su domicilio, pero no hemos encontrado nada que nos sea de utilidad. Y tiene usted que comprender que esto es Florida. Aquí hay muchas personas mayores, muchos fallecimientos. Tenemos otros cuatro en los que estamos buscando a los familiares más próximos, y mi personal es limitado.

—Que la forense haya indicado que la causa de la muerte fue ahogamiento nos dice qué la mató. Pero no cómo acabó dentro del agua.

—Se cayó.

—Eso es una suposición, no un hecho.

Landry se removió; al parecer iba a decir algo, pero se lo pensó mejor y guardó silencio.

Puller se percató de ello. Ya tendría ocasión de hablar con ella más tarde, cuando no estuviera en presencia de su jefe.

—Es una hipótesis fundada, una suposición profesional basada en los datos recopilados sobre el terreno —corrigió Bullock.

—Una hipótesis fundada es un lobo con piel de cordero. El motivo por el que estoy aquí es por una carta que envió mi tía. —La sacó del bolsillo y se la entregó a Bullock. Landry rodeó la mesa y se situó a la espalda del jefe para también leerla.

Bullock la leyó, la dobló y se la devolvió a Puller.

—Esto no demuestra nada. Si me dieran un dólar por cada vez que una anciana ha creído que pasaba algo raro, sería rico.

—No me diga. Para eso sería necesario que hubiera más de un millón de viejas locas, ¿no? Paradise tiene 11.457 habitantes, lo consulté antes de venir. Si quiere hacerse rico, va a tener que juntar a muchas más viejas delirantes.

Antes de que Bullock pudiera responder, cobró vida el fax que tenía tras él, sobre una mesita auxiliar. El rodillo expulsó un papel. Bullock lo cogió y, mirando de reojo a Puller, lo leyó.

—Muy bien, es usted quien afirma ser.

—Me alegra saberlo.

—Landry, aquí presente, me ha dicho que trabaja para la CID del Ejército.

—Así es. Desde hace seis años. Antes estuve de soldado en el frente, empuñando un fusil.

—Pues yo llevo quince siendo jefe de policía de esta ciudad, y antes pasé otros quince de policía, patrullando las calles. He visto bastantes asesinatos y accidentes. Y este caso pertenece a la segunda categoría.

—A ver si lo entiendo —dijo Puller—. ¿Existe alguna razón por la que no desea que investigue un poco más? Si es un problema de personal, con mucho gusto me ofrezco voluntario. Yo también he visto muchos accidentes y asesinatos. Por desgracia, en el Ejército abundan tanto los unos como los otros. Y he llevado casos que al principio parecían un accidente y luego se convirtieron en otra cosa, y viceversa.

—Pues es posible que usted no sea tan bueno como nosotros —le soltó Bullock.

—Es posible. Pero ¿por qué no lo averiguamos, para asegurarnos? Es una cuestión de justicia.

Bullock se frotó la cara con la mano y meneó la cabeza.

—Está bien, hemos terminado. Lamento su pérdida, si es que la fallecida era su tía. Pero le aconsejaría que no se acerque a la casa a menos que cuente con la debida autorización. La próxima vez lo detendremos.

—¿Y cómo, exactamente, puedo conseguir esa autorización?

—Hable con el abogado de la difunta, a lo mejor él puede ayudarlo. Seguramente, solo le cobrará unos miles de dólares.

—No sé quién es su abogado. Pero si pudiera volver a la casa a mirar...

—¿Qué parte es la que no ha entendido? —replicó Bullock.

—¿De modo que es una pescadilla que se muerde la cola?

—Diablos, usted dice que la fallecida era familiar suya, pero es solo su palabra.

Puller sacó la foto.

—Tengo esto.

Bullock hizo un gesto despectivo con la mano.

—Sí, sí, ya me lo ha comentado Landry. Pero no constituye un prueba concluyente de parentesco.

—¿Y ya está? ¿Eso es todo lo que va a hacer usted?

—Lo que estoy haciendo es mi trabajo. Proteger y servir.

—Pues si a Betsy Simon la asesinaron, la verdad es que no habrá hecho bien ninguna de esas cosas, ¿no cree?

Bullock se puso de pie y lo fulminó con la mirada. Por un instante, Puller pensó que iba a sacar su arma, pero se limitó a decirle:

—Que tenga un buen día, señor Puller. —E hizo una seña a Landry.

—Tenga la bondad de acompañarme, agente Puller —dijo ella.

Una vez que salieron, Hooper reaccionó y volvió a tomar del codo a Puller, igual que haría un perro pastor con una oveja. Pero a Puller no se lo podía considerar una oveja. Con gesto firme, se zafó de la mano del agente y le dijo:

—Gracias, pero, a diferencia de mi tía, puedo caminar sin ayuda.

Antes de que el policía pudiera replicar, echó a andar por donde había venido. Landry se apresuró a ir tras él.

—Necesito recuperar mi arma —dijo Puller.

—Está en el coche patrulla. Podemos acercarlo hasta su coche.

—Gracias, pero prefiero ir andando.

—Es un trecho bastante largo.

Puller se volvió hacia ella.

—Tengo mucho en que pensar. Y nunca he estado en Paradise, de modo que me gustaría verlo bien. Puede que no se me presente otra oportunidad. La mayoría de la gente que me conoce me ha visto yendo a otro sitio.

Aquello arrancó una sonrisa a Landry.

Llegaron al coche y Landry le devolvió la M11 mientras Hooper aguardaba en la retaguardia, todavía irritado por no poder enchironarlo.

Landry le entregó una tarjeta de visita.

—Por si necesita ayuda —le dijo. Su mirada buscó la de Puller un instante y luego se apartó—. En el dorso está el número de mi móvil particular.

Puller se guardó la M11 en la funda del cinturón y la tarjeta en el bolsillo de la camisa.

—Se lo agradezco. Puede que le tome la palabra, agente Landry. —Se volvió un momento para mirar a Hooper—. ¿Siempre es tan amistoso?

—Es un buen policía —contestó Landry en voz baja.

—No he dicho que no lo sea. Pero dígale que deje eso de intimidar a la gente agarrándola por el codo. A los treinta segundos ya no funciona.

Landry se le acercó un poco.

—Pregunte en la funeraria Bailey's. Está en una perpendicular de Atlantic Avenue. Allí es donde trabaja la forense. En Paradise no tenemos oficina forense. Es una doctora en prácticas, que nos echa una mano.

—Gracias.

Dio media vuelta y echó a andar.

—La próxima vez no se irá tan fácilmente de rositas —oyó a Hooper a su espalda.

Pero continuó andando.

13

Durante el trayecto de regreso hasta su coche, Puller llamó a la funeraria Bailey's. La mujer que atendió no quiso confirmarle que tuvieran allí a Betsy Simon.

—Pues si resulta que sí tienen a Betsy Simon, han de saber que soy su sobrino. Y si quieren cobrar el servicio funerario, necesito que me confirmen que mi tía está ahí. De lo contrario, no se molesten en redactar la factura.

Aquello estimuló en el acto la memoria de su interlocutora.

—Bueno, puedo decirle, sin divulgar ninguna información privada, que sí hemos recibido los restos de una mujer de edad avanzada que tenía la ropa mojada y vivía en Orion Street.

—Hoy mismo me pasaré por ahí para organizar todo lo necesario. Sé que la forense ha realizado una autopsia. Supongo que ya les habrá devuelto el cadáver, pero les agradecería que no lo toquen hasta que llegue yo. ¿Me he explicado con claridad?

—Hasta que se firme el contrato y se pague la fianza, puedo asegurarle que no se hará nada —respondió la mujer en tono digno.

Puller colgó, diciéndose para sus adentros: «El paraíso mejora por momentos.»

Fue en el coche hasta una cafetería al aire libre cerca de la playa. Escogió aquel sitio porque ofrecía una buena panorámica de una gran franja de la ciudad. Pidió un sándwich de pavo, patatas fritas y té helado. Hacía demasiado calor para tomarse su habitual café cargado, y de todas formas estaba pensando en dejarlo para siempre; temía que la cafeína empezara a influir en su puntería.

Mientras comía, fue tomando nota mental de todo lo que veía. Un inmaculado Porsche descapotable pasó junto a una vieja camioneta Ford con los neumáticos gastados. Un instante después, en el semáforo se detuvo un camión que llevaba estampado el nombre de una empresa de jardinería.

Puller observó a los cinco individuos que iban de pie en la trasera; todos vestían pantalones de trabajo sucios y sudadas camisetas verdes, en las que se leía el mismo nombre de la empresa. Eran fornidos y de baja estatura, latinos, a excepción de un hombretón que parecía un padre rodeado de sus hijos. Mediría cinco centímetros más que Puller y pesaría veinte kilos más, y no se le veía ni un gramo de grasa en el cuerpo. Los individuos de semejante envergadura solían ser gordos y de mirada cansina, en cambio aquel tipo era puro nervio. Sus manos eran un conjunto de huesos y cartílagos lo bastante fuertes para estrangular a un elefante. Ambos se miraron unos instantes, hasta que el camión arrancó y el gigante se perdió de vista.

Luego pasó un todoterreno de la policía. Puller casi esperó ver dentro a Landry y Hooper, pero era otra pareja de agentes, que apenas se fijaron en él.

Pagó la consumición, se terminó el té y llamó a Virginia, al Hospital de Veteranos. Preguntó por el médico que atendía a su padre. Lo dejaron varias veces en espera hasta que finalmente una voz femenina le informó:

—El doctor Murphy se encuentra ocupado. ¿En qué puedo servirle?

Puller explicó quién era y lo que quería.

—Señor Puller, puedo pasarle directamente con su padre. A lo mejor usted logra tranquilizarlo.

«Lo dudo», pensó Puller, y contestó:

—Lo intentaré.

Un momento después oyó la voz de su padre tronando en la línea.

—¿Oficial? ¿Es usted, oficial?

—Soy yo, señor.

—Informe de la misión —ordenó el viejo, tajante.

—Me encuentro sobre el terreno, en Florida. He llevado a cabo un reconocimiento de la zona y he interactuado con los lugareños. Más adelante haré un recuento de bajas e informaré de nuevo, señor.

—Alguien me ha quitado mi comunicado de alto secreto, oficial. Me lo ha robado de mi caja de seguridad personal.

—Usted mismo me lo dio, señor. Solo para mi información. Debe de tener otras cosas en la cabeza, señor. Dirigir la 101 requiere mucha concentración.

—En efecto, así es, maldita sea.

—De modo que el comunicado lo tengo yo, señor. No tiene que preocuparse. Volveré a informar a las veinte horas.

—Recibido. Buena suerte, oficial.

Cuando colgó se sintió avergonzado, como le ocurría cada vez que empleaba aquella táctica con su padre. Pero ¿qué alternativa tenía? Una que no deseaba afrontar, supuso.

A continuación telefoneó a Kansas, a los Pabellones Disciplinarios, y pidió hablar esa noche con su hermano. Luego guardó el móvil. Había llegado el momento de ir a ver a su tía.

A pesar del escaso trato que habían tenido en su edad adulta, Puller siempre había sabido que volvería a ver a Betsy Simon.

Solo que nunca pensó que iba a ser de este modo.

14

La funeraria Bailey's era un edificio de ladrillo, de tres alturas, situado a tres manzanas de la orilla del mar y rodeado por dos mil metros cuadrados de asfalto y un estrecho perímetro de césped. Puller aparcó cerca de la entrada principal, se apeó y momentos después entró en el edificio. El aire acondicionado lo abofeteó nada más entrar. Allí dentro debía de haber cinco grados menos que en el exterior, y Puller se alegró de no ser él quien pagaba el recibo de la luz de aquel lugar. Pero luego cayó en la cuenta de que en todas las funerarias en que había estado hacía el mismo frío, hasta en las de Nueva Inglaterra y en pleno invierno. Era como si no tuvieran calefacción, solo aire acondicionado. Tal vez fuera una norma general de las funerarias: que todo el mundo estuviera igual de helado que sus clientes.

A pocos metros de la puerta había un pequeño mostrador de recepción. Una joven vestida toda de negro —a lo mejor otra norma de las funerarias: mostrar un luto perpetuo— se puso de pie para recibirlo.

—Soy John Puller. He llamado antes. ¿Está aquí mi tía, Betsy Simon?

—Sí, señor Puller. ¿Qué podemos hacer por usted?

—Quisiera ver el cadáver, por favor.

La sonrisa de la joven se esfumó.

—¿Ver el cadáver?

—Sí.

La chica apenas medía un metro sesenta, incluso con tacones, y Puller alcanzaba a verle las raíces oscuras del pelo entre las mechas rubias.

—Necesitaríamos que aportara algún justificante de que es familiar suyo.

—Mi tía conservó su apellido de soltera como parte de su apellido de casada. ¿Figura eso en sus registros?

La joven volvió a sentarse y tecleó en su ordenador.

—Figura únicamente como Betsy Simon.

—¿Quién identificó el cuerpo?

—Eso no lo sé con seguridad.

—En sus registros tiene que constar que el cadáver ha sido identificado. Y también ha debido de exigirlo la forense. No pueden enterrar a una persona sin confirmar que es quien creen que es, podrían retirarles la licencia.

—Le aseguro que respetamos estrictamente las leyes y normas al respecto, al pie de la letra —replicó la chica en tono ofendido.

—No lo dudo. —Puller sacó su documentación y le mostró la placa y la credencial.

—¿Es usted militar?

—Tal como pone aquí. ¿Por qué no llama a su superior? No creo que le apetezca cargar usted sola con la responsabilidad de este asunto.

La joven puso cara de alivio al oír aquella sugerencia. Levantó el teléfono y habló brevemente. Pasados unos minutos, apareció por una puerta un individuo vestido todo de negro y con camisa blanca, tan tiesa a causa del almidonado que tenía el cuello enrojecido.

—¿Señor Puller? —Le tendió la mano—. Soy Carl Brown. ¿En qué puedo ayudarlo?

Puller le mostró la documentación y explicó su problema. Brown lo escuchó con expresión de solidaridad profesional. Puller supuso que era otra norma de las funerarias. Después lo acompañó hasta una salita en la que había varios ataúdes vacíos dispuestos sobre soportes.

—Es que como nuestro sector se rige por tantas normas y disposiciones —explicó—, hemos de mantener la intimidad y la dignidad de las personas que nos confían a sus seres queridos.

—Ya, pues a Betsy Simon no se la han confiado sus seres queridos. Yo ni siquiera sabía que había muerto. Me enteré hace un rato. Y no fui yo quien solicitó que trajeran aquí sus restos. ¿Quién fue?

—La policía nos dijo que recogiéramos el cadáver. Aquí hay muchas personas jubiladas, y la mayoría viven solas. Sus familiares pueden estar repartidos por todo el país, incluso por todo el mundo, y lleva tiempo ponerse en contacto con ellos. Y dejar el cadáver en un clima tropical como el de Florida no es precisamente... cómo diría yo... una forma de actuar muy respetuosa para con el difunto.

—Tengo entendido que a mi tía se le ha hecho la autopsia.

—Efectivamente.

—Y que la forense les ha entregado el cadáver.

Brown asintió con la cabeza.

—Esta misma mañana. Por lo visto, no ha encontrado ninguna prueba de delito ni nada parecido.

—¿Usted ha visto el informe de la autopsia?

—Claro que no —se apresuró a contestar Brown—. A nosotros no nos dan esa información.

—Pero tiene los datos de contacto de la forense.

—Puedo buscarlos, sí.

—¿Alguien ha identificado el cuerpo de manera oficial?

—Nuestros registros indican que de eso se ocuparon las personas que se encontraban en el lugar y que la conocían. Probablemente algún vecino, si es que no tenía parientes en Paradise. Pero siempre preferimos que acuda algún familiar a confirmarlo.

—Bien, pues aquí estoy yo.

—Ya, pero le repito que sin...

Puller sacó la fotografía del bolsillo y se la enseñó a Brown.

—Soy el de la derecha, y Betsy es esta de aquí. La foto es de hace unos años, pero no creo que mi tía haya cambiado mucho. Mire la parte de atrás, están escritos nuestros nombres. ¿Le basta con esto? No veo por qué otro motivo habría venido hasta aquí para ver un cadáver que no tuviera nada que ver conmigo.

El Ejército me paga para que emplee el tiempo en cosas más útiles.

Brown sintió vergüenza tras aquel último comentario.

—Por supuesto. Estoy seguro. —Miró en derredor, al parecer para cerciorarse de que no hubiera nadie escuchando—. Está bien, tenga la bondad de acompañarme.

15

En aquella sala hacía todavía más frío que en las otras, y por una buena razón: los cadáveres necesitaban frío para conservarse. De lo contrario, el proceso de descomposición haría que los restos mortales resultaran sumamente desagradables para los presentes.

Contempló la figura alargada que reposaba sobre la losa de mármol. Estaba cubierta por una sábana, todo menos la cabeza. Puller se encontraba a solas en la estancia, Brown se había quedado esperando respetuosamente fuera. El rostro de su tía estaba más que pálido, pero era fácil de reconocer. No tenía dudas de que estuviera muerta, pero ahora tuvo la confirmación.

Le habían arreglado el cabello, que se veía lacio y pegado al cráneo. Puller acercó una mano y tocó varios mechones; los notó duros, rasposos. Retiró la mano. Había visto muchos cadáveres, en diversos grados de descomposición, y muchos en peor estado que su tía; pero ella era un familiar suyo. Ella lo había sentado en sus rodillas, le había contado cuentos, le había preparado comidas. Lo había ayudado a aprender el alfabeto y amar los libros, le había dejado jugar en su casa y hacer ruido a cualquier hora. Pero también le había inculcado disciplina, determinación y lealtad.

Su padre se había ganado las tres estrellas, y su tía bien podría haber hecho lo mismo si le hubieran dado la oportunidad.

Calculó su estatura: un metro setenta y cinco. De pequeño, su tía le parecía una mujer gigante. Seguramente la vejez la había encogido un poco, como le ocurría a su padre, pero seguía siendo alta para ser mujer, como también era alto su hermano para ser hombre. Llevaba mucho tiempo sin verla, cosa que en realidad no había lamentado durante su vida adulta, porque había tenido otras cosas en que ocupar el tiempo, tales como ir a una guerra y buscar asesinos. En cambio, ahora sí lo lamentó, se arrepintió de haber perdido el contacto con una mujer que tanto había significado para él. Y ya era demasiado tarde para rectificar.

Si él hubiera mantenido el contacto con su tía, ¿estaría ella ahora tendida en una losa de mármol? Tal vez se hubiera puesto en contacto con él un poco antes, para hablarle de sus preocupaciones.

«No te sientas culpable, John. El hecho es que no podrías haberla salvado, por más que quisieras. Pero quizá puedas vengarla, si es que la han matado. Sí, vas a vengarla.»

Examinó los restos de su tía de forma más profesional, lo cual implicaba una exploración más meticulosa de la cabeza. No tardó mucho en encontrarla: una abrasión, un hematoma, por encima de la oreja derecha. La tapaba el cabello, pero cuando apartó este, quedó totalmente a la vista.

Durante la autopsia le habían abierto el cuero cabelludo y retirado hacia abajo la piel de la cara, para acceder al cerebro. Lo supo observando los puntos de sutura que había en la nuca. Y también supo que habían utilizado una sierra Stryker para abrir el cráneo y extraer el cerebro, examinarlo y pesarlo. Le habían practicado una incisión en el pecho en forma de Y; distinguió varios puntos de sutura. Los órganos principales debieron de ser sometidos al mismo escrutinio que el cerebro.

A continuación se fijó en la abrasión. Era un traumatismo causado por un objeto romo, infligido posiblemente por alguien, o quizá se lo hizo ella misma al caerse y golpearse contra el borde de la fuente. Había un pequeño corte, pero Puller dudó que hubiera sangrado mucho, porque no se encontraba en la zona del cuero cabelludo, que se halla recubierto por una gran red de vasos sanguíneos que sangran profusamente hasta con la herida más leve. Había visto una mancha en el cerco de piedra que podía ser de sangre, pero toda la sangre caída en el agua se habría disuelto enseguida.

La forense debió de llegar a la conclusión de que aquel hematoma lo había ocasionado el impacto contra la piedra. Los traumatismos causados con un objeto romo, sobre todo los de la cabeza, casi siempre llevan a la conclusión de muerte por homicidio, pero por lo visto en aquel caso no había sido así.

Se preguntó por qué.

Bullock había dicho que la causa oficial de la muerte era asfixia. Naturalmente, la asfixia podía darse por muchos motivos, por enfermedades como el enfisema o la neumonía o por accidentes como el ahogamiento. Criminalmente, la muerte por asfixia solo podía deberse a tres cosas, que él supiera: estrangulamiento, ahogamiento causado por otra persona y asfixia provocada con una almohada o similar.

Observó el cuello de su tía en busca de señales que indicaran ligaduras, pero la piel estaba intacta. Y tampoco había engrosamiento de las venas alrededor de la lesión, debido a la presión o constricción de los vasos sanguíneos. Cuando se aprieta una cosa, se hincha.

El otro indicador de estrangulamiento no podía verlo: un agrandamiento del corazón, sobre todo del ventrículo derecho. Buscó en la boca signos de cianosis, un color azulado alrededor de los labios que sigue al estrangulamiento. No lo había.

A continuación levantó la sábana para examinar las manos. Tampoco había señales de cianosis en la yema de los dedos. Y tampoco marcas ni heridas defensivas. Si alguien la había agredido, por lo visto ella no luchó para defenderse. Si la inmovilizaron por sorpresa, seguramente no tuvo oportunidad de hacer nada.

Seguidamente examinó los ojos y la zona aledaña en busca de petequias hemorrágicas, puntos rojizos ocasionados por un exceso de presión en los vasos sanguíneos. No los había.

De modo que el estrangulamiento y la asfixia con una almohada o similar debían descartarse. Solo quedaba el ahogamiento, que era lo que había dictaminado la forense como causa de la muerte. Pero ¿había sido un accidente, o la ayudó alguien?

El ahogamiento tenía varias fases y dejaba ciertos residuos forenses. Cuando una persona tiene problemas en el agua, habitualmente le entra el pánico y se pone a agitar las manos, lo cual consume una energía muy valiosa, dificulta la flotabilidad y hace que se hunda. Entonces la persona inhala más agua, lo cual incrementaba el pánico. Luego contiene la respiración. Después exhala una espuma rosácea cuando, al verse obligada a aspirar, en realidad traga más agua. Luego viene una parada respiratoria y por último la batalla final, unas cuantas aspiraciones rápidas buscando aire, y la muerte.

«¿Es eso lo que te ocurrió, tía Betsy?», pensó Puller.

Si se había golpeado la cabeza y había perdido el conocimiento antes de caer al agua, no habría sentido pánico alguno. En cambio, si se hallaba consciente pero no pudo sacar la cabeza del agua porque estaba demasiado débil o desorientada, o porque otra persona se la estaba empujando, sin duda habría sido una muerte terrible. Similar a la tristemente célebre tortura del ahogamiento simulado, pero con final incluido.

Echó una ojeada a la puerta tras la que aguardaba Brown. Quería hacer una exploración completa del cadáver, pero si Brown entraba y veía la sábana retirada y a él manipulando el cuerpo desnudo de la anciana, la situación podía tornarse un poco surrealista. Y a lo mejor terminaba en un calabozo, acusado de necrofilia más que perversa.

Iba a tener que aceptar, haciendo un ejercicio de fe, que a su octogenaria tía no la habían violado. Pero aun así apartó un poco la sábana para examinar someramente los brazos y las piernas. En la base de la pantorrilla derecha encontró otro hematoma, acaso debido a la caída. Si ese era el caso, respaldaba la teoría del accidente. Volvió a taparla con la sábana y la contempló unos momentos.

Acto seguido sacó el móvil y tomó fotografías del cadáver desde varios ángulos. Aquello no era lo que aconsejaban los protocolos de actuación en una escena del crimen, pero no le quedó más remedio que apañarse con lo que tenía a mano.

Allí ya no iba a poder descubrir nada más, pero se sintió incapaz de apartar la vista de su tía, incapaz de dejarla así, sin más. Una norma arraigada en la familia Puller era que los miembros varones no lloraban en ninguna circunstancia. Y él siempre la había respetado cuando luchó en Oriente Próximo, donde tuvo la oportunidad de llorar por los muchos camaradas que murieron en sus brazos. Sin embargo, en Virginia Occidental había incumplido aquella regla básica cuando vio morir a una persona con la que había llegado a encariñarse. Quizás era una señal de debilidad, o quizás una señal de que estaba dejando de ser una máquina para recuperar su condición humana.

En aquel momento ya no sabía cuál de las dos cosas era la acertada. Contemplando a su tía muerta, sintió el escozor de las lágrimas en los ojos. Pero no permitió que aflorase el llanto, ya habría tiempo para ello más adelante. Ahora tenía que averiguar qué le había ocurrido a Betsy. Mientras no tuviera pruebas concluyentes que dijeran otra cosa, aquella carta probaba que su muerte no había sido accidental.

A su tía la habían asesinado.

Finalmente dejó atrás los muertos y volvió al mundo de los vivos.

Pero no pensaba olvidarse de ella. Y no pensaba fallarle en la muerte como quizá le había fallado en vida.

16

Puller, tras anotar el nombre de la forense que le facilitó Carl Brown, una tal Louise Timmins, salió de la funeraria Bailey's. En cuanto puso un pie en la calle, el calor y la humedad lo acribillaron como una ráfaga de proyectiles disparados desde un tanque Abrams. En contraste con el gélido interior de la funeraria, supuso una auténtica conmoción. Respiró hondo, se sacudió y continuó andando.

Contaba con varias pistas que seguir. La primera era la forense, de la que esperaba obtener una copia del informe de la autopsia. En segundo lugar, debía averiguar si su tía tenía un abogado y si existía un testamento. Y también necesitaba hablar con los vecinos, en particular con el que había identificado el cadáver. De hecho, los vecinos tal vez supieran cómo se llamaba el abogado, si es que existía. La forma tan metódica en que su tía había vivido siempre le hizo pensar que seguramente sí.

Introdujo la dirección de la forense en el GPS y descubrió que estaba un poco más allá del domicilio de su tía. Metió la marcha en el Corvette y arrancó. Le gustaba cómo se movía aquel coche, aunque le estaba costando más esfuerzo del previsto meter y sacar su corpachón del estrecho habitáculo.

«A lo mejor es simplemente que me estoy haciendo viejo.»

Veinte minutos más tarde detenía el Corvette junto al bordillo de la calle de Betsy, frente a su casa. Dedicó unos instantes a mirar calle arriba y calle abajo por si Hooper y Landry andaban merodeando por allí, pero no vio ni rastro de ellos. Así que desdobló sus largas piernas y se apeó del coche. En ese momento vio a un individuo barrigudo y de baja estatura que iba por el otro lado de la calle. Tiraba de un perrito atado a una larga correa. El chucho parecía una bolita de carne cubierta de remolinos de pelo que se desplazaba sobre unas ramitas disfrazadas de patas. Puller vio que el hombre se encaminaba hacia la casa contigua a la de Betsy, así que cruzó rápidamente la calle y lo alcanzó cuando introducía la llave en la cerradura.

El vecino se volvió hacia él, sobresaltado. Puller comprendió su reacción, pero distinguió algo más en la expresión de aquel hombre: auténtico miedo.

Bueno, él era un tipo grande y un desconocido, y acababa de invadir su espacio personal. Sin embargo, le pareció saber por qué aquel vecino, a pesar de los más de treinta grados que hacía, estaba temblando como una hoja.

«Este es el que llamó a la policía cuando me vio husmeando por la casa.»

Al instante sacó su documentación y se la mostró.

—Pertenezco a la División de Investigación Criminal del Ejército —le dijo, y el otro dejó de temblar—. Betsy Simon era tía mía. Me enteré de que había muerto y he venido a ver qué ha pasado.

El semblante del vecino reflejó un profundo alivio.

—Oh, Dios. Entonces usted es John Puller júnior. Ella hablaba de usted todo el tiempo, lo llamaba el Pequeño Johnny, lo cual resulta bastante irónico teniendo en cuenta su estatura.

Aquellos comentarios inocuos acentuaron el sentimiento de culpa que todavía acosaba a Puller.

—Es verdad. Su muerte me ha supuesto una dolorosa conmoción.

—A mí también. Yo fui quien descubrió el cadáver. Lo cierto es que fue espantoso. —Bajó la vista hacia el perro, que estaba sentado junto a su amo, en silencio—. Esta es *Sadie*. *Sadie*, saluda al señor Puller.

Sadie emitió un breve ladrido y levantó la pata derecha.

Puller sonrió, se agachó y le estrechó la pata.

—Yo me llamo Stanley Fitzsimmons —dijo el vecino—, pero mis amigos me llaman Cookie.*

—¿Cómo es eso?

—Antes trabajaba en pastelerías. Me encargaba de la bollería. —Se señaló la barriga—. Como puede ver, iba catando todo lo que horneaba. ¿Le apetece entrar? Esta es la hora de más calor, y ni *Sadie* ni yo lo aguantamos muy bien. La he sacado solamente para que hiciera sus necesidades, y porque a mí también me conviene un poco de ejercicio.

—Si no aguanta el calor, ¿por qué se ha venido a vivir a Florida? Porque imagino que antes viviría en otra parte...

—Así es. En Michigan, en la península superior. Después de haber pasado cincuenta años soportando nevadas de tres metros de altura y la mitad del año casi a oscuras y con temperaturas de diez grados bajo cero, me va menos el frío que el calor. Además, aquí la primavera, el otoño y el invierno son espectaculares. Tres estaciones de un total de cuatro, no está mal. Tengo limonada recién hecha, de mi limonero propio. Y puedo responder a todas las preguntas que quiera usted formularme.

—Gracias, se lo agradezco mucho.

* Es decir, «Galleta». *(N. de la T.)*

17

Cookie soltó a *Sadie* de su correa, y la diminuta perrita fue a su cuenco de agua y pasó un buen rato bebiendo. Cookie trasteaba en la cocina sacando vasos y platitos. Poco después vino con una jarra de limonada y una bandeja de galletas, pastas y otros dulces surtidos.

Puller recorrió la sala con la mirada. Había sido decorada con mucho dinero, el mobiliario era sólido y macizo, todo de estilo caribeño; el tratamiento de las ventanas era lo bastante recio para que no dejara entrar luz ni calor, y la moqueta era blanda y mullida.

Cookie debía de haber sido un pastelero de categoría.

En un armario con vitrina había una exposición de una docena de relojes antiguos. Puller se acercó y los observó atentamente.

—Empecé a coleccionarlos hace años —explicó Cookie—. Algunos tienen mucho valor.

—¿Piensa venderlos alguna vez?

—Podrán venderlos mis hijos cuando no esté yo. Yo les tengo demasiado cariño.

Puller oyó el zumbido del aire acondicionado funcionando a plena potencia, y se preguntó a cuánto ascendería el recibo de la luz.

Como si le hubiera leído el pensamiento, Cookie dijo:

—Hace dos años instalé paneles solares. Obran maravillas. No solo me sale gratis la electricidad, sino que además tengo un excedente que vendo a la ciudad de Paradise. No es que me haga falta el dinero, pero tampoco voy a rechazarlo. Y es energía limpia. Me interesan esas cosas.

Se sentaron y bebieron la limonada. Sabía ácida, estaba fría y tenía un regusto agradable. Cookie se sirvió varias chocolatinas e instó a Puller a que probase las pastas rellenas de coco. Puller mordió una y quedó impresionado.

—Está buena de verdad.

Cookie sonrió muy ufano ante aquel comentario.

—Cabría pensar que con el paso de los años me cansaría de hacer dulces, pero lo cierto es que me gusta más que antes. Ahora los hago para mis amigos y para mí mismo. Ya no es un trabajo.

—¿Le hacía dulces a Betsy?

—Ya lo creo. Y a Lloyd, cuando vivía.

—Así que lleva bastante tiempo por aquí.

—Vine tres años después de Betsy y Lloyd, de manera que sí, bastante tiempo. —Dejó su vaso sobre la mesa y añadió—: Y quiero que sepa que me ha causado una profunda tristeza la muerte de Betsy. Era una persona maravillosa, de verdad. Y una buena amiga, sumamente atenta. Y cuando era necesario hacer algo en la urbanización, siempre se podía contar con que Betsy iba a sumarse a la causa. Y con Lloyd también, cuando vivía.

—Era su manera de ser, muy positiva para todo —repuso Puller.

—Me habló mucho de su hermano, el padre de usted. Me dijo que era un general de tres estrellas, una leyenda en el Ejército.

Puller asintió.

—Sí. —No le gustaba hablar de su padre—. ¿Sabe usted si mi tía tenía un abogado?

—Sí, el mismo que yo. Griffin Mason. Todo el mundo lo llama Grif. Es un abogado excelente.

—¿Se ocupa de testamentos?

—Todos los abogados de Florida se ocupan de fideicomisos y propiedades —replicó Cookie—. Es su pan de cada día, dado el gran número de personas mayores que viven aquí.

—¿Tiene usted sus señas?

Cookie abrió el cajón de un escritorio que había junto al frigorífico, sacó una tarjeta de visita y se la entregó.

Puller la leyó brevemente y se la guardó en el bolsillo.

—¿Así que usted encontró el cadáver de mi tía? ¿Podría darme más detalles?

Cookie se reclinó en su asiento, y su rostro regordete adoptó una expresión triste. Puller incluso advirtió que los ojos se le humedecían.

—Yo no me levanto temprano, soy más bien un pájaro nocturno. Y a mis setenta y nueve años, con cuatro o cinco horas de sueño tengo de sobra. Ya llegará el día en que tenga todo el tiempo del mundo para dormir. Sea como sea, todas las mañanas hago lo mismo: saco a *Sadie* al jardín de atrás y me siento en la terraza a tomar el primer café del día y leer el periódico. Sigo comprando el periódico en papel, como hace la mayoría de la gente mayor de por aquí. Paso mucho tiempo en internet y me considero bastante ducho en la materia para ser un vejestorio, pero todavía me gusta sentir las noticias en la mano, por así decirlo.

—¿A qué hora fue eso?

—Alrededor de las once. Estaba sentado en la terraza y me di cuenta de que Betsy tenía abierta la puerta trasera, lo vi por encima de mi valla. Me pareció extraño, porque Betsy no se ponía en marcha hasta las doce o así. La osteoporosis le había destrozado la columna, y se le hacía difícil incluso moverse con el andador. Y yo sabía que le costaba mucho levantarse de la cama.

—Entiendo. ¿Tenía ayuda doméstica?

—Sí. Jane Ryon, una chica encantadora. Venía tres días por semana y empezaba a eso de las nueve. Limpiaba la casa y después ayudaba a Betsy a levantarse y vestirse, esas cosas.

—¿Por qué solo tres días?

—Supongo que porque Betsy quería conservar su independencia. Además, una persona que venga a casa a diario sale bastante cara, y Medicare no cubre eso salvo que uno se encuentre en un estado mucho peor de lo que estaba Betsy, y aun así tampoco cubre todos los gastos. Betsy nunca me dio la impresión de que estuviera mal de dinero, pero las personas de nuestra generación somos frugales. Jane también viene a mi casa, dos veces por semana.

—A usted se le ve bastante bien.

—Me hace recados, cuida de *Sadie* cuando no estoy. Es una

estupenda fisioterapeuta, y después de haber trabajado tantos años en pastelerías me ha quedado una artrosis permanente, sobre todo en las manos.

—¿Tiene sus señas?

Cookie le dio otra tarjeta de visita.

—Tengo centenares. En Florida la gente las va pasando de mano en mano. Las personas mayores somos los mejores clientes del sector servicios, todos tenemos cosas que ya no podemos hacer pero que sin embargo es necesario seguir haciendo.

—Bien, y volviendo a la mañana en cuestión...

—Me acerqué a la valla y la llamé. Como no me contestó, fui hasta su casa y llamé a la puerta. No esperaba que, si estaba acostada, se levantara y acudiera corriendo a abrirme, pero pensé que a lo mejor me daba una voz. Su dormitorio está en la planta baja.

—Ya lo sé. Continúe.

—Pues como no contestaba, decidí meterme en su patio trasero y entrar en su casa por allí. Esperaba que no le hubiera ocurrido nada, pero en este vecindario alguna vez ha fallecido alguien y han tardado bastante en encontrarlo. A estas edades, a uno se le puede parar el corazón de repente.

—Supongo que no le falta razón —comentó Puller, deseando que continuara hablando y llegase a lo que él necesitaba saber.

—Conseguí abrir el pestillo de la cancela y entré en el jardín. En el momento de rodear la casa iba mirando hacia la puerta, casi no miré en dirección a la fuente, pero por suerte lo hice un instante. Desde mi terraza no podía verla, ¿comprende?, pero al entrar sí la vi.

Puller lo interrumpió.

—Muy bien, cuéntemelo todo paso a paso. Dígame qué fue lo que vio, qué olió, qué oyó.

Había sacado una libreta, y Cookie lo miró con nerviosismo.

—La policía me dijo que fue un accidente.

—Y es posible que la policía esté en lo cierto. Pero también puede ser que se equivoque.

—De modo que usted ha venido a investigar...

—He venido a ver a mi tía. Y al enterarme de que había muerto, le he presentado mis respetos. Pero luego he comenzado a investigar, para cerciorarme de que no se fue de este mundo en contra de su voluntad.

Cookie se encogió ligeramente de hombros y prosiguió.

—La vi tumbada dentro del estanque de la fuente. Solo tiene medio metro de profundidad, no es para que alguien pueda ahogarse en él. Pero Betsy estaba boca abajo, con la cabeza dentro del agua.

—¿Hacia dónde miraba?

—La cabeza apuntaba hacia la casa.

—¿Tenía los brazos abiertos o a los costados del cuerpo?

Cookie reflexionó unos instantes; intentando rememorar la escena.

—El derecho lo tenía estirado y por encima del borde de la fuente. El izquierdo lo tenía a un costado.

—¿Y las piernas?

—Abiertas.

—¿Y el andador?

—En el suelo, a la derecha de la fuente.

—¿Qué hizo usted a continuación?

—Fui hasta ella. En aquel momento aún no sabía si estaba viva o muerta. Me quité las sandalias y me metí directamente en la fuente, la agarré por los hombros y le saqué la cabeza del agua.

Puller reflexionó. Cookie había estropeado la escena del crimen. Pero no había tenido opción ya que, como acababa de decir, no sabía si Betsy aún seguía con vida. Era legítimo que la primera persona en llegar estropeara una escena del crimen si su intención era salvar una vida, prevalecía por encima de la necesidad de preservar las pruebas. En este caso, por desgracia, no había servido para nada.

—Pero ¿no estaba viva?

Cookie meneó la cabeza con tristeza.

—A lo largo de mi vida he visto varios muertos, y no solo en los funerales. Hace más de cincuenta años, mi hermana falleció por inhalación de humo. Y de adolescente, uno de mis mejores amigos se ahogó en un estanque. Betsy tenía la palidez de la muerte, los ojos abiertos y la mandíbula floja. No tenía pulso ni mostraba ningún otro signo de vida.

—¿Tenía espuma alrededor de la boca?

—Sí, así es.

—¿Y las extremidades estaban rígidas o flexibles?

—Un poco rígidas.

—¿Solo un poco?

—Sí.

—¿Los brazos estaban rígidos o flexibles?

—Rígidos. Pero las manos parecían normales, aunque estaban frías.

—¿Qué hizo a continuación?

—Volví a dejarla tal como la había encontrado. Veo mucho las series de televisión *CSI* y *NCIS*. Ya sé que cuando se encuentra un cadáver no hay que tocar nada. Volví a mi casa y llamé a la policía. Vinieron al cabo de cinco minutos, un hombre y una mujer.

—¿Se llamaban Landry y Hooper?

—Sí, exacto. ¿Cómo lo sabe?

—Es una larga historia. ¿Estaba usted presente cuando examinaron la escena?

—No. Me tomaron declaración y después me dijeron que volviera a mi casa y me quedase aquí, por si tenían más preguntas que hacerme. Luego llegaron más vehículos policiales, y entonces vi llegar en coche a una mujer que llevaba un maletín de médico y que fue directamente al jardín.

—Era la forense —dijo Puller.

—Así es. Después, unas horas más tarde, llegó un coche fúnebre negro. Vi cómo se llevaban a Betsy en una camilla con ruedas, cubierta con una sábana blanca. La metieron en el coche y se fueron.

Cookie se reclinó, agotado y entristecido tras haber contado de nuevo la historia de lo sucedido.

—De verdad que voy a echar mucho de menos a su tía.

—¿Ella aún conducía? Lo digo porque he visto su Toyota en el garaje.

—Lo cierto es que no. Por lo menos yo hacía mucho que no la veía salir con el coche.

—Pero ¿todavía era capaz de conducir?

—Yo diría que no. Tenía las piernas débiles y había perdido

muchos reflejos. Y la columna encorvada. No sé muy bien cómo llevaba lo del dolor. —Hizo una pausa—. Ahora que lo pienso, sí que salió el día antes. Vi llegar a Jerry.

—¿Quién es Jerry?

—Jerry Evans. Tiene un servicio de taxi. Yo mismo lo he llamado en alguna ocasión. Recogió a Betsy a eso de las seis de la tarde y volvió a traerla una media hora después.

—Un trayecto muy corto. ¿Tiene idea de adónde pudo ir?

—Pues sí. Se lo pregunté a Jerry. Fue a echar una carta al buzón de la oficina de correos.

Puller supo que aquella carta era la suya.

—¿Y por qué simplemente no la echó en el buzón que hay enfrente?

—Aquí el cartero viene temprano. Jerry dijo que el buzón que utilizó Betsy tenía un horario de recogida más tardío, y que la carta saldría aquella misma noche.

«Echó una carta al correo y poco después murió», pensó Puller.

Antes de pedírsela siquiera, Cookie le entregó una tarjeta de visita en la que figuraban el nombre y el teléfono de Jerry.

—Gracias. ¿Era frecuente que mi tía saliera al jardín trasero por la noche?

—Le gustaba sentarse en el banco que hay al lado de la fuente. Durante el día, por lo general, para tomar el sol. Yo no soy la persona más indicada para decirle qué hacía por la noche. Normalmente se iba a la cama mucho antes que yo. A mí me gusta salir por ahí. Sé que le resultará difícil de creer, pero aquí a los que tenemos setenta y tantos se nos considera jovencitos. Se supone que debemos salir de fiesta todas las noches.

—¿Notó usted algo sospechoso la noche anterior? ¿Gente, ruidos, algo?

—Estaba en el otro extremo de la ciudad, en casa de unos amigos, así que no vi nada. Llegué tarde a casa. Todo me pareció normal.

—¿Mi tía estaba en pijama o vestida con ropa de calle?

—Con ropa de calle.

—Así que lo más probable es que muriese la noche anterior. No llegó a acostarse.

Cookie hizo un gesto afirmativo.

—Sí, tiene sentido.

—Durante los últimos días, ¿mi tía habló con usted de algo que le preocupase?

—¿Como qué? —preguntó Cookie con cara de curiosidad.

—Como algo que se saliera de lo común. ¿Mencionó a alguna persona, algún suceso, algo que hubiera visto, tal vez por la noche?

—No, nada. ¿Es que le preocupaba algo?

—Sí, creo que sí —respondió Puller—. Y, por lo que parece, quizá tuviera buenos motivos para estar preocupada.

18

Puller se sentó en su coche alquilado y telefoneó a Louise Timmins, la forense, y después a Grif Mason, el abogado. Timmins era una doctora en activo que aquel día estaba ocupada atendiendo pacientes hasta las seis. Mason se encontraba fuera de su despacho, en una reunión. Puller quedó con Timmins en verse a las siete en una cafetería cercana, y a Mason le dejó un mensaje en la oficina de que lo llamase cuando volviera.

Después llamó a Jerry, el taxista, el cual le confirmó lo que ya le había contado Cookie, pero añadió algo más:

—Su tía tenía pinta de estar cansada, y había algo que le preocupaba.

Puller le dio las gracias. Luego repasó lo que le había comentado Cookie. Su tía tenía los brazos rígidos, pero las manos estaban normales. El *rigor mortis* se iniciaba en las extremidades superiores y luego iba extendiéndose. Y al desaparecer lo hacía en orden inverso. Su tía no había estado muerta el tiempo suficiente para que el *rigor mortis* empezara a remitir.

Calculó el horario posible. Su tía había echado una carta al correo a las seis de la tarde, y su cadáver fue hallado a las once de la mañana del día siguiente. No creía que la anciana hubiera muerto nada más volver de correos, sino más probablemente aquella misma noche, un poco más tarde. El hecho de que tuviera los brazos rígidos indicaba que el *rigor mortis* acababa de iniciarse, de modo que cuando la encontró Cookie debía de llevar muerta doce o catorce horas. Dicho cálculo podía sufrir alguna modificación a causa del calor y la humedad de Florida, que aceleraban la descomposición de un cadáver, pero por lo menos Puller ya tenía una franja horaria con la que trabajar. Si Cookie encontró a Betsy poco después de las once, su muerte pudo tener lugar alrededor de las diez de la noche anterior, poco más o menos. Unas cuatro horas después de que echara la carta al buzón.

Consultó el reloj. Ya eran más de las tres de la tarde y todavía no tenía un sitio donde alojarse. Había llegado el momento de buscar cama.

Justo cuando estaba arrancando el coche, lo vio. Un vehículo aparcado junto al bordillo cuatro coches más adelante, en el otro lado. Un Chrysler tipo sedán, color crema, con una matrícula de Florida que empezaba por ZAT. El resto no logró verlo porque la matrícula estaba sucia, a lo mejor intencionadamente, pensó. La razón de que dicho detalle fuera significativo era que había visto aquel mismo coche aparcado frente a la funeraria.

Apartó el Corvette del bordillo y se alejó despacio, mirando por el retrovisor. El Chrysler arrancó y comenzó a seguirlo.

Muy bien, eso ya era un progreso. Había despertado el interés de alguien. Sacó el teléfono y tomó una fotografía del Chrysler reflejado en el retrovisor. Le pareció que dentro iban dos personas, aunque el intenso resplandor del sol le impidió apreciar los detalles.

Recorrió el paseo principal que discurría paralelo al mar, pero enseguida llegó a la conclusión de que aquellos lugares se salían de su presupuesto, de modo que empezó a buscar en calles más alejadas del mar, manzana por manzana. Miró los precios de la segunda y la tercera, y al ver que eran igual de prohibitivos se maravilló de que alguien pudiera permitirse los de la playa. Finalmente, con ayuda del móvil, realizó una búsqueda de lugares donde alojarse en la zona, ordenados por precio. En la quinta manzana, contando desde el paseo marítimo, había un establecimiento que apareció clasificado como «óptimo», llamado La Sierra: un bloque de apartamentos que se podían alquilar por días o por semanas. Costaban ochenta pavos la noche, desayuno incluido, pero por cuatrocientos cincuenta y pagando por adelantado se podían alquilar una semana entera. En realidad, no era tan «óptimo» para alguien cuyo sueldo lo pagaba el Tío Sam, pero qué remedio.

El edificio, de tres plantas, era un bloque de estuco desconchado, y tenía un tejado de terracota naranja en tan mal estado como el estuco. Estaba encajado entre una gasolinera a un lado y un edificio en reforma al otro. La estrecha calle en que se elevaba no tenía ni una sola palmera. Lo que sí había en abundancia eran coches y camiones viejos, algunos ya sin neumáticos y apoyados en bloques, otros con pinta de correr pronto la misma suerte. Los más oxidados parecían anteriores a los años ochenta.

Buscó el Chrysler en el retrovisor, sin resultado.

Había un grupo de críos descalzos, con pantalón corto y sin camiseta, que corrían por la calle dando patadas a un balón de fútbol con gran habilidad. Interrumpieron su juego y se quedaron mirando cuando Puller se detuvo delante de los apartamentos con su Corvette. Cuando se apeó, lo observaron con más curiosidad e incluso se acercaron.

Puller cogió su bolsa del asiento del pasajero, cerró, accionó el cierre centralizado con la llave y se aproximó a los chavales.

Uno de los chicos se dirigió hacia él y le preguntó si el coche era suyo. Puller respondió en español que de hecho lo tenía alquilado un amigo suyo que se llamaba Tío Sam. El chico le preguntó si el Tío Sam era rico.

—No tan rico como antes —respondió Puller al tiempo que se encaminaba hacia la entrada de los apartamentos.

Pagó dos noches, le entregaron la llave de la habitación y le informaron de dónde y cuándo se servía el desayuno. La mujer que atendía el mostrador de recepción le dijo dónde podía aparcar el coche y le dio una tarjeta llave para acceder al garaje.

—¿No puedo dejarlo en la calle? —preguntó Puller.

Era una latina menuda, de melena morena y lacia.

—Claro que puede —replicó—, pero a lo mejor por la mañana no lo encuentra.

—De acuerdo —se resignó Puller—, lo guardaré en el garaje.

Cuando regresó al coche, lo encontró rodeado por la pandilla de críos, que lo tocaban y susurraban entre ellos.

—¿Os gustan los coches? —les preguntó Puller.

Todos asintieron con la cabeza.

—Vais a ver cómo suena el motor.

Se sentó al volante, arrancó y dio un acelerón. Los críos retrocedieron de golpe, se miraron unos a otros y rompieron a reír.

Puller llevó el coche hasta la entrada del garaje, en una calle lateral. Introdujo la tarjeta en un lector electrónico y al momento se elevó el gran portón metálico, dejando ver un amplio espacio interior. Una vez que hubo entrado, el portón se cerró de nuevo automáticamente. Estacionó el Corvette, salió por una puerta para peatones y regresó a pie a los apartamentos.

En la esquina vio a uno de los chavales que habían estado admirando el coche. Tenía una mata de rizado pelo castaño y aparentaba diez u once años. Puller se fijó en su cuerpo delgado y malnutrido, pero también advirtió que tenía músculos fibrosos y una expresión resuelta. Miraba con cautela, pero claro, en aquel lugar uno tenía que andarse con cuidado.

—¿Vives por aquí cerca? —le preguntó en inglés.

El chico asintió.

—Sí —contestó en español, y señalando a su izquierda agregó—: Mi casa.

—¿Cómo te llamas?

—Diego.

—Muy bien, Diego, yo soy Puller. —Se estrecharon la mano—. ¿Conoces bien Paradise?

Diego asintió otra vez.

—Muy bien. Vivo aquí.

—Vives con tus padres.

Esta vez el chico negó.

—Con mi abuela —respondió en español.

Así que lo estaba criando su abuela, pensó Puller.

—¿Quieres ganarte un dinero?

Diego asintió con tanto entusiasmo que sus suaves rizos castaños rebotaron arriba y abajo.

—Sí. Me gusta el dinero.

Puller le entregó un billete de cinco dólares, y a continuación sacó su móvil y le enseñó la foto del Chrysler.

—Vigila por si ves este coche —le dijo—. No te acerques a él, no hables con la gente que vaya dentro, no dejes que vean que los vigilas, pero consígueme el resto de los números de la matrícula y dime cómo son las personas que van en él. ¿Entiendes? —terminó en español.

—Sí.

Le tendió la mano para que el chico se la estrechara, y el pequeño así lo hizo. Se fijó en el anillo que llevaba: era de plata y tenía grabada la cabeza de un león.

—Qué anillo tan bonito.

—Me lo regaló mi padre.

—Nos vemos, Diego.

—Pero ¿cómo lo encontraré a usted?

—No será necesario, ya te encontraré yo a ti.

19

Aquella villa era una de las más grandes de la Costa Esmeralda, casi cinco hectáreas de terreno a la orilla misma del mar, en un cabo de propiedad particular con amplias vistas del golfo de México hasta el horizonte. Su coste total era muy superior a lo que ganarían mil ciudadanos de clase media en un año.

Estuvo trabajando con el cortacésped, llenando bolsas con basura del jardín y subiéndolas a los camiones aparcados en la zona de servicio de la mansión. Los camiones de la empresa no podían entrar por la entrada principal para coches, pavimentada de fina grava; debían subir por el camino de asfalto que había en la parte de atrás.

En la zona posterior de la finca había dos piscinas, una de tipo *infinity* y otra de forma ovalada y dimensiones olímpicas. Toda aquella magnificencia tan solo era igualada por la belleza del interior de la casa, con sus más de tres mil metros cuadrados destinados a vivienda y otros mil ochocientos repartidos entre otras construcciones, como un salón de billar, un pabellón para invitados, un gimnasio, un cine y las dependencias de los empleados de seguridad.

Había visto a una criada aventurarse fuera de la casa para recibir un paquete de FedEx, cuyo empleado también fue relegado a la entrada de servicio. Era una latina ataviada con un anticuado uniforme de doncella, delantal blanco y cofia blanca. Tenía un cuerpo esbelto pero con curvas, rostro agraciado y una frondosa melena oscura.

Al final del embarcadero que se internaba en las aguas del Golfo había un yate de setenta metros de eslora, dotado de una plataforma en la popa sobre la que reposaba un helicóptero.

Trabajó con ahínco, sintiendo el sudor en la frente y la espalda. Los demás operarios hacían pausas para beber agua o descansar un momento a la sombra, pero él continuaba sin cesar. Sin embargo, tanto esfuerzo obedecía a un propósito: le permitía recorrer toda la finca. Mentalmente había organizado todos los edificios como si estuvieran sobre un tablero de ajedrez, e iba moviendo las piezas con arreglo a las circunstancias.

En lo que más se concentró fue en el despliegue de los empleados de seguridad. Durante el día había seis de guardia. Todos parecían profesionales, trabajaban en equipo, iban armados, se mantenían vigilantes y parecían leales a su jefe. En suma, no mostraban debilidades ni fisuras. Supuso que por la noche habría otros seis y acaso más, dado que la oscuridad facilitaba perpetrar un asalto.

Se aproximó a la entrada principal lo suficiente para ver el panel de la alarma y la cámara de seguridad montada en él. Las verjas eran de hierro forjado y macizo, similares a las que rodean la Casa Blanca. Los muros de la parte delantera de la finca eran de estuco y dos metros de alto. Resultaba obvio que el dueño de la casa deseaba privacidad.

Hincó una rodilla en el suelo y se puso a podar unos arbustos, cuando de repente vio un descapotable Maserati que llegaba a las verjas. Lo ocupaban un hombre y una mujer, ambos de treinta y pocos años y bien alimentados, y con el gesto de satisfacción de las personas a quienes la vida les ha sonreído siempre.

Teclearon el código y las verjas se abrieron.

Al pasar, ninguno de los dos le dirigió siquiera una mirada. Sin embargo, él sí los miró y memorizó sus rostros.

Además, ahora tenía los seis dígitos del código de seguridad que abría la verja, porque había visto al hombre teclearlos. El único problema que quedaba era la cámara de vigilancia.

Se acercó más a la verja para recortar un seto, y mientras tanto recorrió con la vista el poste de la cámara. El cable eléctrico iba por dentro, como era lo habitual. Pero una vez que el poste se plantaba en el suelo, los cables tenían que ir hacia alguna parte.

Aprovechó a colarse por la verja antes de que se cerrase del todo y se puso a trabajar en la franja de terreno que iba desde el poste de la cámara hasta la tapia. Mientras recortaba las malas hierbas y recogía alguna que otra hoja que había tenido la osadía de posarse sobre aquel cuidado césped, examinó un leve montículo que formaba el suelo. Allí era donde se había excavado la zanja para pasar el cable eléctrico que iba hasta la verja y alimentaba la cámara, el micrófono y el panel de seguridad. El contorno del césped se arrugaba al desaparecer bajo la tapia. Si no se buscaba a propósito, dicha zanja habría pasado casi inadvertida. Pero para él, no. Supuso que el cable iría por dentro de un conducto duro, aunque tal vez no.

Se levantó y recorrió el perímetro de la finca. No podía volver a entrar por la verja sin desvelar que conocía el código. Y también se preguntó cada cuánto tiempo lo cambiarían. Estaban a mediados de mes, y también a mediados de semana; si cambiaban el código cada semana o cada mes, lo cual era probable, aún le quedaba tiempo.

Cuando llegó a la parte posterior de la mansión, vio extendida ante sí la inmensidad del Golfo. Las gaviotas planeaban y se lanzaban desde lo alto. Las embarcaciones surcaban las aguas a toda velocidad o bien avanzaban tranquilas y sin prisas. La gente pescaba y navegaba en veleros y lanchas a motor. Aquello sucedía durante el día.

Por la noche se trasladaban otra clase de productos. Productos como el que había sido él mismo. Afortunadamente había escapado. Otros no habían tenido tanta suerte.

Subió la bolsa de basura a uno de los camiones e hizo una pausa para beber de un vaso que había llenado en uno de los grandes dispensadores de agua fría. Observó a otros dos hombres que estaban trabajando en un árbol, junto a la tapia. Eran latinos. También había un hombre blanco, dos negros y él. Él era de origen indeterminado, técnicamente caucásico.

Técnicamente.

Él nunca se había clasificado dentro de dicha categoría. Pertenecía a un grupo étnico, un grupo fuerte, a juzgar por sus rasgos. No había muchas personas dispuestas a ir a su país y mezclarse con la población. Era un país remoto, duro, allí no se recibía a los forasteros con los brazos abiertos, sino únicamente con recelo. Su pueblo era orgulloso y no se tomaba nada bien los insultos ni las injurias. Bueno, eso por decirlo suavemente; nunca ofrecían la otra mejilla.

Arrugó el vaso de plástico y lo arrojó al cubo de basura que había en la trasera del camión. Luego cruzó la verja de atrás y se dirigió hacia la zona de la piscina *infinity*.

El Maserati estaba aparcado no muy lejos de allí. Al borde de la piscina se hallaba la mujer que había llegado en él, el hombre no la acompañaba. Se había quitado el vestido y los tacones, que estaban a un lado, y se había tendido en la tumbona. Llevaba un bikini diminuto, una tira de tela en la parte de arriba y una estrecha cinta en la de abajo. Cuando se dio la vuelta, él pudo apreciar casi la totalidad de sus nalgas. Eran firmes, pero aún lo bastante blandas en ciertos puntos para resultar intensamente femeninas. Se desató los cordones de la parte superior del bikini y la dejó caer a un lado. Sus piernas eran largas, tersas y bien tonificadas. Su melena rubia, recogida en una coleta cuando iba en el coche, ahora se derramaba en cascada sobre unos hombros salpicados de pecas.

Era una mujer muy hermosa. Comprendió por qué el tipo del Maserati lucía aquella sonrisa satisfecha, como si esa mujer fuera de su propiedad.

Interrumpió sus cavilaciones al darse cuenta de que había cometido un error.

Se había entretenido demasiado en contemplar a la mujer. Oyó unas pisadas a su espalda y notó que alguien le tiraba del brazo.

—¡Mueve el culo! ¡Anda! —rugió la voz.

Al volverse, vio que se trataba de uno de los guardias, con un receptor en el oído del que colgaba un fino cable que iba hasta la batería que llevaba en la cinturilla, bajo la chaqueta. Aunque hacía mucho calor, todos iban con chaqueta. Y debajo llevaban las armas.

—¡Muévete! —repitió el de seguridad perforándolo con la mirada—. No estás aquí para admirar el paisaje.

Obedeció. Podría haber matado a aquel tipo de un solo golpe

en el cuello, pero solo habría servido para echar a perder su plan. Ya llegaría su momento.

Echó una última mirada a la mujer y descubrió que se había girado ligeramente de costado, no lo suficiente para dejar ver los pechos, pero casi.

Daba la impresión de que ella lo observaba. No pudo saberlo con seguridad, con aquellas gafas de sol que llevaba. Pero se preguntó por qué una mujer como ella se habría fijado en un tipo como él.

La respuesta a dicha pregunta no podía ser buena para él.

20

Puller se sentó en la cama de su habitación y paseó la mirada alrededor. No era nada especial: una puerta, una ventana, una cama y un retrete. Una puerta doble comunicaba con la habitación contigua. Se había alojado en sitios mejores que aquel, y también en otros mucho peores.

Las paredes eran delgadas, se oían voces en las habitaciones de al lado, no con suficiente nitidez para distinguir lo que decían, pero desde luego estaban levantando la voz. De camino a la habitación se había cruzado con varias personas, supuestamente huéspedes como él que le dirigieron miradas suspicaces. Por lo visto, era uno de los pocos blancos en aquel lugar, quizás el único.

A juzgar por los gestos y susurros que intercambiaron, Puller dedujo que tal vez algunas personas verbalizaban lo mucho que les disgustaba su presencia de una forma que iba a requerir una respuesta por su parte. No quería que sucediera tal cosa, prefería que no pasara nada. Pero si pasaba, estaría preparado.

Sacó de la bolsa las pocas prendas de ropa que había traído consigo y miró el reloj. Disponía de un rato antes de acudir a la cita con Louise Timmins. Mason aún no le había devuelto la llamada. Decidió explorar un poco más la zona y luego ver a Timmins. No le gustaba quedarse en las habitaciones de hotel sin hacer nada, ya fueran establecimientos como aquel o el mismísimo Ritz... Bueno, no creía que nunca llegara a ver un Ritz por dentro, con el sueldo que le pagaba el Tío Sam.

Al salir cerró la puerta con llave. No había dejado en la habitación nada de lo que no pudiera prescindir. Recorrió el pasillo y llegó al ascensor, pero continuó hacia las escaleras. Aquel edificio no se encontraba en muy buen estado, y se imaginó que al ascensor le ocurriría lo mismo. Quedarse atrapado en una cabina no formaba parte de su plan.

Lo oyó antes de verlo. Un hombre. Una mujer. Y, al parecer, también un niño pequeño.

Abrió la puerta de la escalera y se asomó. Allí había tres hombres adultos, una adolescente de unos dieciséis años y un niño que aparentaba unos cinco. Uno de los hombres era latino, otro era negro, y el tercero tenía la piel del mismo color que él. Valoraba la diversidad en los maleantes capullos.

A la chica, a todas luces contra su voluntad, el latino la tenía sujeta contra la pared. El negro agarraba al niño, que estaba llorando y agitaba los brazos en un intento por zafarse. El blanco estaba de pie frente a la chica, con una sonrisa en la cara. Se había soltado el cinturón y estaba a medio desabrocharse los pantalones. Era obvio lo que pretendía, tan obvio como llevaba siéndolo miles de años: los hombres tomando por la fuerza a las mujeres.

Cuando se abrió la puerta, el blanco, sin mirar siquiera quién era, gruñó:

—¡Largo de aquí! ¡Fuera!

Puller dejó que la puerta se cerrase tras él y se fijó en el bulto que el blanco llevaba en el bolsillo posterior de los pantalones. Era una idiotez llevar allí la pistola, pero claro, aquel tío parecía bastante corto de inteligencia.

—Me parece que no. Y más te vale que vuelvas a abrocharte el pantalón, esto no va a salir como tenías previsto.

Los tres hombres se volvieron para mirarlo. La chica se encogió contra la pared y abrazó al niño.

—¿De verdad quieres meterte en esto, gilipollas? —le espetó el blanco.

—Me llamo Puller, y mi nombre de pila es John. ¿Y el tuyo?

El blanco miró a sus compinches y sonrió. Puller advirtió que era una sonrisa teñida de nerviosismo. El negro era el más corpulento, pero él lo superaba por diez centímetros y veinte kilos. El blanco, entrado en carnes, mediría un metro setenta y cinco y pesaría unos noventa kilos. El latino medía menos de metro setenta, pesaba unos setenta kilos y no tenía músculos que enseñar.

Puller se alzaba por encima de los tres en el peldaño superior. La anchura de sus hombros casi abarcaba la puerta entera. Bajó un escalón con la mirada fija en el blanco, pero manteniendo a los otros en su visión periférica.

El blanco se abrochó de nuevo el pantalón.

—¿Estás buscando que te maten, gilipollas? —dijo el negro.

—No. Y también estoy seguro de que esa chica no andaba buscando ser violada por tres mamones como vosotros.

El blanco ladeó un poco la cabeza y se llevó la mano derecha al bolsillo de atrás, un movimiento tan obvio como inútil.

Puller dejó escapar un suspiro. No era así como deseaba que acabara aquello, pero ya no tenía mucho donde elegir. Atacó antes de que el otro hubiera sacado el arma del bolsillo. Le propinó un codazo en el cuello y le hundió una rodilla en el riñón izquierdo. Cuando su adversario se desplomó con un grito, le arreó un puñetazo en plena mandíbula. El tipo quedó tendido en el rellano, sangrando por la boca y con varios dientes menos.

Puller hubiera querido ofrecerles una salida a los otros dos, pero su expresión indicaba que, al estar juntos, se habían envalentonado. Dos contra uno, estarían pensando. Pan comido.

Lo sintió por ellos.

Enganchó al latino por el cuello, lo levantó en vilo y lo lanzó contra el negro, que cayó de espaldas y se despeñó escaleras abajo, golpeándose la cabeza. Se quedó inmóvil en el rellano inferior, fuera de combate.

Puller continuó zarandeando al latino hasta darle la cabeza contra la pared con un sonoro crujido. Se desmoronó y fue a hacer compañía al negro en su involuntario sueño.

Permaneció unos instantes de pie, sin jadear siquiera, más que fastidiado por que hubiera sucedido aquello. Luego se volvió hacia la chica.

—¿Estás bien? —le preguntó.

La joven asintió con la cabeza. Era guapa, tenía curvas suaves y un busto desarrollado. Parecía mayor de lo que seguramente era. Puller dudó que aquella fuera la primera vez que sufría una agresión semejante.

Luego se fijó en el niño.

—¿Es tu hermano?

La chica asintió de nuevo.

—¿Cómo os llamáis?

—Yo, Isabel. Mi hermano se llama Mateo —respondió asustada.

—¿Quieres llamar a la policía?

Creyó saber lo que ella iba a responderle, pero se sintió obligado a preguntarlo de todas formas. Ni siquiera había terminado de formular la pregunta, y la joven ya estaba negando con la cabeza.

—¿Quieres que la llame yo?

—No, por favor, no la llame.

Puller observó a los tres hombres inconscientes. Llevaban el pelo rapado y el cuerpo lleno de tatuajes. No creía que fuera posible, pero nunca se sabe.

—¿Son militares? —le preguntó a la joven.

Ella negó otra vez.

—No.

«Entonces no entran en mi jurisdicción», pensó Puller. Únicamente podía actuar como un buen ciudadano.

—Esto no va a acabarse aquí —le advirtió a la chica—. De hecho, yo los he cabreado todavía más. Es posible que la paguen contigo.

La chica aferró a su hermano de la mano y ambos salieron huyendo por la puerta. Puller oyó sus pisadas durante unos segundos, hasta que desaparecieron.

Examinó brevemente a los tres hombres. Todos respiraban y tenían el pulso normal. Le dio igual si tenían roto algún hueso o alguna fractura de cráneo; aquel era el precio por ser un abusador hijo de puta. Sobre todo tres hombres adultos contra una adolescente y un niño de cinco años.

Al ver que el blanco emitía un quejido y se movía un poco, le dio un puntapié en la cabeza y volvió a dejarlo inconsciente.

—Bastardo.

Vaciló entre llamar a la policía u olvidarse del asunto. Sin contar con la declaración de la chica, sería su palabra contra la de ellos. Y si ella no le respaldaba, cosa que no iba a hacer, podría incluso acabar acusado de agresión, víctima de las mentiras de aquellos tres cabrones.

De modo que decidió seguir con lo suyo. Ya lidiaría más adelante con las consecuencias de aquel incidente, si las hubiere. Regresó a su habitación, cogió su bolsa y fue por el coche.

Todavía tenía un reconocimiento que llevar a cabo. Había ido allí a averiguar qué le había ocurrido a su tía, y nada iba a desviarlo de su propósito.

No podía estar más equivocado.

21

Al tiempo que Puller salía del edificio, otro hombre entraba. Cuando los dos se cruzaron, Puller tuvo que hacer algo que no solía cuando se veía con otra persona: alzar la vista.

Era el mismo individuo corpulento que había visto en la trasera de un camión mientras almorzaba junto a la playa.

Visto de cerca, parecía todavía más grande y más intimidatorio. Puller nunca había visto un físico más perfecto y proporcionado que aquel. Podría haber servido como anuncio para reclutar superhéroes. Cuando los dos hombres pasaron el uno junto al otro, ambos se echaron una ojeada valorativa de arriba abajo. Experta, serena, buscando detalles que no resultarían obvios para un civil.

Quedó impresionado, y no solo por el físico de aquel individuo, sino también por la precisión con que lo observaron aquellos ojos de mirada intensa. Estaba claro que aquel hombre lo había reconocido, aunque solo hubieran intercambiado la mirada unos segundos. Había que estar entrenado para alcanzar semejante habilidad en reconocer a una persona.

Lo escrutó de arriba abajo. Vestía el atuendo de una empresa de jardinería: una camiseta verde oscura húmeda de sudor y un pantalón azul oscuro. Y unas botas de trabajo con aspecto de nuevas, del número 50. Si se había comprado unas botas nuevas, quizá significaba que acababa de empezar en aquel trabajo. La camiseta le quedaba un poco estrecha y se le tensaba sobre el torso marcándole los músculos. Parecía una de esas láminas de la musculatura humana que se ven en la consulta del médico. Seguramente, en la empresa no tenían una camiseta de su talla, razonó Puller. Y el pantalón también le quedaba un poco corto. La mayoría de las empresas no tenían uniformes para empleados de más de un metro noventa y cinco.

Puller, de manera instintiva, volvió la vista; y no se sorprendió cuando vio que el otro hacía lo mismo. No fue una mirada amenazante, sino únicamente valorativa, de curiosidad.

Fue hasta el garaje, subió al coche y salió.

Comenzó a recorrer Paradise manzana a manzana, registrando tantos detalles como pudo, hasta que finalmente entró en un aparcamiento, apagó el motor, se reclinó en el asiento y se puso a reflexionar sobre lo que decía su tía en la carta.

Personas que no eran lo que parecían.

Cosas misteriosas que sucedían por la noche.

Una sensación indefinida de que pasaba algo raro.

Diseccionó los datos de manera lógica, una práctica que le habían inculcado en el Ejército a lo largo de los años. Ahora era la táctica que empleaba para todo en la vida, hasta para las cosas que no parecían guardar relación con la lógica.

Como la familia.

Los sentimientos.

Las relaciones personales.

Aplicar la lógica a cosas como aquellas equivalía a asegurarse un montón de dolores de cabeza. Lo cual era más o menos la historia de su vida.

Pensó en la primera observación de su tía: personas que no eran lo que parecían.

No sabía qué otras amistades tenía su tía aparte de Cookie, que parecía un ser inofensivo y desde luego era lo que aparentaba ser. Pero claro, su opinión se basaba en una única entrevista, de modo que la cuestión aún estaba abierta.

Su tía tal vez se refiriera a otros vecinos. Iba a tener que investigarlos a todos. También estaba Jane Ryon, la chica que iba a limpiar; la investigaría, por supuesto. Y luego estaba Mason, el abogado. Y posiblemente habría más.

Pasó a la segunda observación que se hacía en la carta: cosas misteriosas que sucedían por la noche. Cosas, en plural. Y por la noche. ¿Se referiría a cosas misteriosas que ocurrían en su vecindario? En tal caso, ¿tendrían que ver con algún vecino? A él le había parecido una urbanización normal, donde los sucesos misteriosos seguramente eran inexistentes. Pero su tía había muerto, y eso arrojaba una luz distinta sobre la escena.

Por último, la observación final: la sensación de que pasaba algo raro. Aquello se prestaba a diversas interpretaciones. Su tía era una de las personas menos fantasiosas que había conocido en su vida, cuando decía o escribía algo era porque estaba convencida de ello. No sacaba conclusiones impulsivas ni precipitadas. Cabía que la vejez hubiera modificado aquellos rasgos de su personalidad, pero Puller no lo creía; estaban demasiado arraigados en los genes de su familia.

Iba a tener que trabajar partiendo del supuesto de que todo lo que decía su tía era cierto. Y si su tía había tropezado con algo y las personas involucradas la habían descubierto, ya era un motivo importante para borrar a Betsy Simon de la faz de la tierra. Y si eso había ocurrido, iba a alegrarse mucho de tener la oportunidad de darles su merecido a quienes fueran los responsables, a saber: una larga estancia en prisión o una pronta retirada del mundo de los vivos.

Cuando hubo agotado las posibilidades basándose en las limitadas investigaciones que había realizado hasta la fecha, se apeó del coche, bajó por una pasarela de madera y llegó a la playa. Eran casi las seis y media, y la cafetería en la que había quedado en verse con Timmins estaba muy cerca de allí. Decidió dar un paseo por la arena para relajarse un poco y pensar otro poco más mientras las olas rompían contra la orilla.

Había gente en la playa. Algunos caminaban con energía, haciendo movimientos exagerados con las piernas y los brazos. Otros paseaban cogidos del brazo o jugaban con el chucho, lanzándole pelotas de tenis y Frisbees.

Puller echó a andar y recorrió con la mirada el mar, la pasarela de madera y lo que había más allá. Había partes de Paradise que hacían justicia a su nombre. Sin embargo, a pesar del poco tiempo que llevaba allí, ya había visto otras zonas que no encajaban para nada en aquella definición, ni remotamente. Era un lugar interesante.

De pronto vio algo que estaba sucediendo más adelante y apretó el paso. No sabía si guardaría relación con la muerte de su tía, pero, en aquel momento, todo lo que pareciera inusual en Paradise tenía interés para él.

22

Primero divisó a la agente Landry, y después a Bullock. Hooper no estaba por allí.

Lo que vio a continuación le hizo aminorar el paso. Habían dispuesto una valla con una lona azul, para proteger algo de la vista del público. Cuando había policía alrededor, lo que se protegía de la vista del público normalmente era un cadáver.

Se aproximó hasta unos diez metros y se detuvo para observar. Landry estaba junto a dos personas a las que reconoció de haberlas visto en la comisaría, alteradas y con cara de preocupación. Recordó al instante los nombres que mencionaron: Nancy y Fred Storrow.

Habían salido, y ya no regresaron. Por lo visto, aquello era muy frecuente en Paradise. Se preguntó si los que estaban tras la lona serían los dos o uno solo.

Observó el mar. Estaba subiendo la marea. ¿Habría arrastrado los dos cuerpos hasta la playa? Le costó imaginar que alguien hubiera arrojado dos cadáveres a la playa y que no se hubieran encontrado hasta ahora. Uno no arrojaba cadáveres en un lugar público a plena luz del día. Ya eran casi las siete de la tarde.

Observó el mar una vez más. La marea. Sí, tuvo que ser eso. Dudaba que los cuerpos se encontrasen en buen estado, porque un tiempo prolongado en el agua causa estragos.

Volvió a mirar al matrimonio. La mujer estaba llorando, apoyada en el hombro del hombre, mientras Landry permanecía a su lado, incómoda, sosteniendo su bloc de notas oficial.

Bullock se encontraba junto a la improvisada valla, meneando la cabeza y tamborileando con los dedos sobre su barriga, como si pretendiera enviar un SOS.

No habían establecido un perímetro, pero los curiosos mantenían la distancia.

Se aproximó a Bullock, hasta que este levantó la vista y lo vio. Empezó por levantar las manos para que no se acercara más, pero entonces lo reconoció y fue hacia él trastabillando en la arena con sus zapatos negros. Cuando llegó, le espetó:

—¿Qué está haciendo aquí?

—He venido a dar un paseo por la playa. ¿Qué tienen aquí?

—Pues una investigación en curso que no incumbe a ningún civil.

—Yo no soy un civil.

—Para mí sí.

—¿Cuántos cadáveres hay, uno o dos?

—¿Perdón? —Bullock dio un paso atrás y lo miró con recelo.

—Lo que hay detrás de la lona. ¿Los ha traído la marea?

—¿Qué diablos sabe usted de eso?

—Nada. Pero usted ha instalado una valla en la playa y tiene ahí a una mujer llorando, una mujer a la que vi hoy mismo en comisaría, y que probablemente estaba dando parte de una persona desaparecida. Así pues, las piezas empiezan a encajar. ¿Ha sido un accidente?

—Oiga, Puller, le aconsejo que coja un avión y se vaya a su casa.

—Le agradezco el consejo, pero está empezando a gustarme Paradise. Ahora comprendo por qué están ustedes tan encantados.

Bullock giró sobre los talones y se marchó levantando arena a su paso.

Llegó otro agente que se hizo cargo del matrimonio, lo cual dejó libre a Landry, que se acercó a Puller.

—¿Qué le ha dicho el jefe? —quiso saber.

—Quiere que me sume a la investigación y que ayude con mi pericia a resolver el crimen. Y también me ha invitado a que me acerque luego a su casa a tomar unas cervezas.

Landry sonrió.

—El jefe no bebe cerveza.

Puller señaló la lona azul.

—¿Han llamado ya a la forense?

—Vendrá lo antes que pueda.

Puller asintió. Por lo visto, su cita de las siete con Timmins iba a quedar aplazada.

—No voy a pedirle que me dé detalles, porque no quiero que tenga usted problemas con Bullock.

—Gracias.

—¿Dónde está su compañero?

Se le notó que aquella pregunta la incomodó.

—Pues... eh... ha tenido un pequeño problema.

—¿Ha vomitado y se ha desmayado al ver el cadáver?

Landry desvió la mirada, pero algo le hizo intuir a Puller que había dado en el clavo.

—Tengo mucha experiencia con cadáveres encontrados en el mar.

—¿Cómo es eso? Pensaba que estaba usted en el Ejército, no en la Marina.

—Oh, no se creería usted las cosas que se ven en infantería. Además, muchas bases del Ejército se encuentran cerca del mar.

—Dudo que el jefe Bullock diera su aprobación.

—Ya sé que no. Pero yo me ofrecería de todas maneras. Y si alguna vez quiere usted que le dé mi opinión sobre un caso, de manera extraoficial, naturalmente, no dude en pedírmelo.

—Se lo agradezco. Aquí no tenemos una división de detectives que vayan de paisano. Los uniformados nos encargamos de todo. Si algún caso nos sobrepasa, podemos solicitar ayuda a la policía del condado o la del estado.

—Estupendo.

—¿Ha estado investigando lo relacionado con la muerte de su tía?

—Un poco.

—Si descubre algo que demuestre que no fue un accidente, ¿me lo hará saber?

—Por supuesto.

—¿Y no jugará a hacerse el justiciero?

—Nunca me busco problemas.

—Pero se los encuentra, sin saber cómo.

—Algunas veces. Me alojo en un sitio que se llama La Sierra.

—No está precisamente en la mejor parte de la ciudad.

—El bolsillo manda... Y para que conste, ochenta pavos por noche no es precisamente la idea que tengo yo de un alojamiento barato. Aunque incluya el desayuno.

—Qué puedo decirle, así es Paradise.

—¿Puede contarme algo más de esa zona?

—¿Como qué?

—Estoy seguro de que tienen los problemas habituales. Pero ¿hay bandas callejeras?

—Oficialmente, no. En la realidad, sí.

—Entonces, ¿qué quiere decir con «oficialmente, no»?

—Paradise es un destino turístico. De los millones de personas que vienen a esta parte de Florida todos los años, muchas acuden a Paradise. De modo que oficialmente no tenemos ningún problema de bandas callejeras.

—Entendido. ¿Y en qué consiste el problema no oficial de las bandas?

—Son un híbrido poco frecuente. Aquí no tenemos las típicas divisiones étnicas y raciales. No tenemos Bloods y Crips que sean enemigos de los latinos, ni latinos enemigos de los *skinheads*.

—Lo cual quiere decir que tienen diversidad. Muy encomiable.

Landry le dirigió una mirada suspicaz.

—¿Por qué lo pregunta? ¿Ha sucedido algo?

—Nada que merezca la pena mencionar. Dígame, ¿la delincuencia se limita a las zonas más pobres?

—La delincuencia contra las personas, sí, en su mayor parte. Una banda contra otra. Pero los delitos contra la propiedad se concentran en las urbanizaciones de alto nivel adquisitivo, por razones obvias.

—Van a robar a donde hay sustancia.

—Exacto. Las urbanizaciones de lujo que hay por aquí cuentan con seguridad privada. Se protegen tras una valla y contratan a guardias de seguridad.

—Estoy viendo otra cara muy distinta de Paradise.

—Oiga, es lo que suele ocurrir cuando hay ricos viviendo al lado de los pobres.

—Que es lo que pasa en general en este país.

—No sé nada de eso.

—¿Y quién es la persona encargada de investigar este caso? —preguntó Puller.

—Va a encargarse personalmente el jefe Bullock. Él conoce a la familia.

—¿Se le da bien el trabajo de investigación?

—¡Es el jefe!

—No ha respondido a la pregunta.

Landry dejó escapar un suspiro.

—Supongo que ya lo veremos —dijo.

—Supongo que sí —convino Puller.

23

Puller, sentado en una silla de la playa, contempló cómo Landry y otro agente uniformado extendían una cinta amarilla policial alrededor de la escena y la sujetaban con la ayuda de unas estacas metálicas clavadas en la arena.

Lo que esperaba sucedió unos veinte minutos más tarde. Llegó un Volvo del cual bajó una mujer. De cincuenta y tantos años y cabello corto con canas, vestía blusa blanca sin mangas, falda azul justo por debajo de la rodilla y sandalias. Llevaba unas gafas bifocales colgadas de una cadenita y portaba un maletín médico.

Había llegado Louise Timmins, la forense. Se la veía agobiada y nerviosa. Fue directamente hacia la cinta policial y Landry la recibió. Se agachó para salvar la cinta y se dirigió hacia la lona azul, donde acudió Bullock a su encuentro. Tras una breve conversación, pasó al otro lado de la lona. Puller imaginó que lo que había allí no debía de resultar agradable de ver ni de oler. Uno tenía que limitarse a continuar respirando, y al cabo de un rato el sentido del olfato dejaba de funcionar, menos mal.

Según su reloj, Timmins tardó media hora en salir de nuevo a la luz del sol. Le dio la impresión de que estaba un tanto nerviosa y más que irritada. Se preguntó si acaso conocería a las personas fallecidas, o si allí detrás habría un único cadáver.

La forense habló unos minutos con Bullock, el cual asentía con la cabeza y tomaba notas en un bloc. Después salvó de nuevo la cinta y se encaminó hacia su coche. Puller aprovechó para acercarse a ella.

—¿Doctora Timmins?

Ella levantó la vista. No medía más de un metro sesenta, de modo que tuvo que torcer el cuello hacia atrás para mirarlo.

—¿Sí?

—Soy John Puller, hemos hablado antes.

—Sí, acerca de su tía. —No pareció alegrarse mucho de encontrarlo allí—. Cuando me informaron de esto, tenía intención de llamarlo para decirle que iba a retrasarme, pero ya no tengo tiempo.

—No pasa nada. Ya quedaremos en otro momento. Sé que no esperaba encontrarse con algo así en la playa.

La observó más detenidamente mientras ella sacaba las llaves del coche del bolso. Vista de cerca estaba pálida, ojerosa y alterada.

—No, no me lo esperaba. La verdad es que me ha dejado de una pieza.

—¿Se trata de algún conocido suyo?

La forense lo fulminó con la mirada.

—¿Por qué lo pregunta?

—Porque está usted más afectada de lo que suele ser normal cuando se ve un cadáver, incluso uno que han sacado del agua.

—Nunca es agradable ver la muerte.

—Pero usted es médica forense. Usted la está viendo todo el tiempo, en todas las circunstancias. Y teniendo en cuenta que esta ciudad está junto al mar, dudo que sea el primer ahogado que ve.

—De verdad, no puedo hablar de esto con usted.

—Ya lo sé. Y preferiría no hacerle perder el tiempo. ¿Podemos vernos en otro momento para hablar de mi tía?

Timmins consultó el reloj.

—Me gustaría invitarla a cenar —ofreció Puller—. Si es que tiene apetito.

La forense se volvió a mirar la lona azul.

—No podría comer nada, pero tal vez un ginger ale le siente bien a mi estomago.

—Muy bien. La cafetería en la que habíamos quedado está a pocas manzanas de aquí. ¿Prefiere ir andando o en coche?

—En coche. En este momento me tiemblan un poco las piernas.

Mientras se dirigían a sus respectivos automóviles, Puller se volvió y vio que tanto Bullock como Landry los estaban observando. El jefe de policía ponía cara de fastidio, mientras que la expresión de Landry era de mera curiosidad.

Fueron por separado hasta la cafetería y aparcaron. El local estaba abarrotado, pero consiguieron una mesa cerca de la entrada. Timmins pidió un ginger ale y Puller una Coca-Cola. Aunque ya eran más de las siete, seguía haciendo calor y la brisa del mar había desaparecido.

—Esto, más que el paraíso parece el infierno, ¿verdad? —comentó Timmins cuando les sirvieron las bebidas. Bebió un trago de su ginger ale y se reclinó en el asiento, ya con mejor cara.

—Deduzco que no es de aquí.

—¿Por qué lo dice?

—Porque es demasiado blanca de piel y no está acostumbrada a andar con sandalias, un tipo de calzado que las mujeres de aquí seguramente usan a diario.

Timmins se miró los pies; las cintas de las sandalias le habían dejado varias marcas rojizas.

—Cuanto más tiempo lleve sandalias —prosiguió Puller—, más dura y resistente se le volverá la piel.

—Es usted muy observador.

—El Ejército me paga para que lo sea.

—Soy de Minnesota. Me mudé aquí hace seis meses. Este es mi primer verano en Paradise. En Minnesota puede hacer calor en verano, pero ni remotamente el que hace aquí.

—¿Y por qué vino?

—Porque enviudé. Nunca había salido del estado, y estaba cansada de esos inviernos tan largos. Un médico que conocía me dijo que pensaba traspasar su consulta, y a mí siempre me ha interesado la patología forense. Cuando me enteré de que este trabajo también incluía el de forense del distrito, no dudé.

—Y también debió de ser un aliciente que el sitio se llamase Paradise.

—Los folletos eran muy atractivos —admitió Timmins con una sonrisa cansada.

—Entonces, ¿regresará algún día al norte?

—Lo dudo. Uno acaba tomando cariño a los sitios. Esto, de junio a agosto, se llena de gente y hace mucho calor y mucha humedad, pero el resto del año se está bastante bien. En St. Paul, de ninguna forma podría salir a dar un paseo en pantalón corto en febrero.

Puller se inclinó hacia delante para poner fin a la charla insustancial.

—¿Hablamos de mi tía?

—Usted ha visto el cadáver.

—¿Cómo lo sabe?

—Me lo dijo Carl Brown, el de la funeraria Bailey's. Somos amigos. En Florida, el médico local y la funeraria tienen mucha relación; muchos de mis pacientes se mueren. A todos nos llega la hora en algún momento.

—He visto el cadáver, sí.

—¿Y?

—¿Y qué?

—He obtenido información acerca de usted, agente Puller. Poseo algunos contactos en el Pentágono, y tengo un hermano en las Fuerzas Aéreas. Me han dicho que usted es muy bueno en lo suyo, y que decir que es tenaz cuando investiga algo es quedarse muy corto.

Puller se reclinó en la silla y observó a aquella mujer con una actitud diferente.

—Mi tía tenía un hematoma en la sien derecha.

—Ya lo vi. Y también había una pequeña mancha de sangre en el cerco de piedra que rodea la fuente.

—Así que causa y efecto. Pero ¿qué la hizo caer? ¿Tropezó, o sufrió un infarto, un ataque, un aneurisma...?

—Nada de eso. Se encontraba en una buena forma física, por lo menos internamente. El corazón, los pulmones y los demás órganos no padecían ninguna dolencia. Sufría una osteoporosis aguda y tenía la columna deformada, pero nada más. Falleció porque se le introdujo agua en los pulmones. Técnicamente, murió de asfixia.

—¿Y qué la hizo caer?

—Utilizaba un andador. Quizás el suelo estaba resbaladizo por agua salpicada de la fuente. Se cayó, se golpeó en la cabeza, perdió el conocimiento y se ahogó en sesenta centímetros de agua. Cosas que ocurren.

—Me gustaría saber con qué frecuencia ocurren.

—En este caso, con una sola vez es suficiente.

—¿No vio nada más en el cadáver que resultase sospechoso?

—No había heridas defensivas, ni marcas de ligaduras, ni otras lesiones que sugiriesen una agresión.

Puller asintió con la cabeza. Aquello coincidía con lo que había descubierto él.

—¿Y qué dicen los análisis de toxinas?

—Los resultados tardarán un poco en llegar. Pero no vi señales de envenenamiento, si se refiere a eso. Y tampoco había indicios de drogas ni alcohol.

—Lo más que bebía mi tía era una copa de vino. Por lo menos, que yo recuerde.

—La autopsia lo ha confirmado. Como digo, salvo los problemas de columna, su tía se encontraba excepcionalmente bien para la edad que tenía. Aún le quedaban bastantes años por vivir.

—Mi tía escribió una carta. Estaba preocupada por algo que estaba ocurriendo en Paradise. ¿Tiene idea de a qué podía referirse?

—¿Qué le preocupaba?

—Personas que no eran lo que parecían. Cosas misteriosas que sucedían por la noche.

—Como le digo, solo llevo aquí seis meses. No conozco suficiente gente para darme cuenta de si las personas son quienes dicen ser o no. ¿Y qué cosas misteriosas? Si le parecía misterioso ver a las dos de la madrugada a chicos y chicas de fiesta, paseándose medio desnudos por la calle, estoy de acuerdo con ella.

—Entonces, ¿no hay nada más que pueda decirme?

—Me temo que no. Ya sé que puede parecer absurdo, agente Puller, pero los accidentes ocurren.

—Sí, así es —convino él, y pensó: «Si fue un accidente, ¿por qué me están siguiendo unos tipos en un Chrysler?»

Aquel pensamiento no le había surgido de manera espontánea: acababa de ver pasar el Chrysler por delante de la cafetería y detenerse cerca de su Corvette. Los ocupantes bajaron la ventanilla, y habría jurado que vio el destello de un flash. Habían tomado una foto. Antes de que pudiera pensar siquiera en salir a su encuentro, el Chrysler se marchó.

—Agente Puller, ¿sucede algo?

Él volvió a centrarse en la forense.

—No, nada.

—Espero haber podido aliviar un poco las preocupaciones que tenía acerca de su tía.

—Creo que mis preocupaciones están justo donde deben estar.

24

Cuando estaba saliendo de la cafetería, le sonó el teléfono.

—Puller —contestó.

—Señor Puller, soy Griffin Mason, ha llamado usted a mi despacho en relación con su tía.

—En efecto. ¿Podemos vernos hoy mismo, o ya es demasiado tarde?

—Todavía estoy en el despacho, si le apetece acercarse por aquí... ¿Tiene la dirección?

—Estaré ahí en veinte minutos.

Subió al Corvette y llegó al bufete con dos minutos de antelación. Se encontraba en una antigua zona residencial, donde las viviendas se habían convertido en oficinas. Estaba a dos manzanas del mar, y Puller supuso que el terreno valdría más que las casas. Pero claro, lo mismo podía decirse de casi todas las viviendas situadas en aquella estrecha franja de tierra, que contaba con una bahía al norte y con las cálidas aguas del Golfo al sur.

En el camino de entrada, pavimentado de hormigón, encontró estacionado un Infiniti cupé. La puerta no estaba cerrada, de modo que pasó a una pequeña zona de recepción. Allí no había nadie. Puller supuso que los empleados se habían marchado hacía rato.

—¿Señor Mason? —llamó.

Se abrió una puerta y apareció un individuo obeso y de baja estatura. Vestía un pantalón gris a rayas con tirantes, aunque su prominente barriga probablemente no necesitaba ayuda para sostener el pantalón, y una camisa blanca y almidonada arremangada. Lucía una barba corta y con algunas canas, y llevaba unas gafas de cristales tan gruesos que parecían culos de botella.

—¿Señor Puller?

—Sí.

—Haga el favor de pasar.

Tomaron asiento en el despacho de Mason, que contenía un mobiliario cómodo a base de cuero y maderas oscuras. Había una estantería rebosante de libros de temas jurídicos y varias pilas de carpetas de archivo contra las paredes y encima de la mesa, sobre la que descansaba un ordenador.

—Parece que le va bien el negocio —comentó Puller.

—En Florida resulta muy fácil tener negocio para un abogado especializado en fideicomisos y propiedades. No hace falta ser muy listo, lo único que se necesita es ser competente y no decaer. El promedio de edad de mis clientes es de setenta y seis años. Y no dejan de venirme clientes nuevos. He tenido que rechazar casos, y eso que hace dos años contraté a un asociado. Si las cosas continúan así, puede que tenga que contratar a otro más.

—Ya quisiera yo tener ese problema. Y bien, ¿qué me dice de mi tía?

—Solo por tecnicismo legal, ¿me permite ver algún documento que lo identifique, por favor?

Puller sacó su documentación y se la mostró a Mason, el cual sonrió y dijo:

—Su tía hablaba muy bien de usted.

—Llevaba ya una temporada sin verla. —En cuanto terminó de pronunciar esta frase, sintió una punzada de culpabilidad.

—Pues eso no hizo que disminuyera la admiración que sentía hacia usted y sus logros.

—No soy más que un currante del Ejército. Como tantos otros.

—No sea modesto, Puller. Yo no he sido militar, pero mi padre sí. Estuvo en la Segunda Guerra Mundial. Su tía me contó que usted había obtenido varias medallas.

Puller se preguntó quién le habría dicho eso a su tía. No creía que hubiese sido su padre; el viejo no se preocupaba tanto por la vida de sus hijos.

—Le telefoneé cuando mi padre recibió la carta que ella le escribió —dijo—, pero no contestó. Más tarde descubrí lo que había ocurrido. Tengo entendido que mi tía tenía una persona que la ayudaba en casa, una tal Jane Ryon.

—Conozco a la señorita Ryon, una joven muy capaz. Tiene muchos clientes.

—Me gustaría conocerla. —Puller hizo una pausa—. Me ha supuesto una auténtica conmoción enterarme de que mi tía ha muerto.

—Lo entiendo, a mí también me impresionó. Tenía algunos problemas de salud, pero mentalmente se la veía muy lúcida. Yo pensaba que iba a vivir hasta los cien. —Movió unos papeles en su mesa—. ¿Dice que escribió una carta a su padre? ¿Por eso ha venido usted a Paradise?

—Sí. Pensé que ya era hora de que le hiciera una visita. —Puller no iba a contarle lo que ponía la carta—. ¿Mi tía había hecho testamento?

—Sí, así es. Y puedo decirle lo que contiene. Al llamarme usted, me ha refrescado la memoria.

—¿Qué es lo que contiene?

—Con excepción de unas donaciones de menor importancia, se lo ha dejado todo a usted.

Puller se lo quedó mirando, sorprendido.

—¿A mí? ¿Y no a mi padre?

—No, salvo que su padre sea el suboficial John Puller júnior.

—No, él es un tres estrellas retirado, el suboficial soy yo.

—En ese caso, le corresponde todo a usted. —Hizo una pausa—. Le noto sorprendido.

—Y lo estoy. Como le digo, llevábamos muchos años sin tener contacto. Ni siquiera sabía que mi tía conociera mi graduación actual, es muy reciente.

—Su tía no tenía hijos, y su marido había fallecido. Y, como digo, tenía muy buen concepto de usted. Estaba bastante orgullosa, decía que usted era el hijo que le habría gustado tener.

Aquella declaración fue para Puller como un puñetazo en los riñones.

—Está bien —respondió despacio, porque no se le ocurría qué otra cosa decir.

—Su tía poseía varias inversiones y su casa. La propiedad deberá tasarse para la validación testamentaria. Hay varios trámites jurídicos que será necesario llevar a cabo antes de que usted pueda recibir la propiedad. Podrían tardar hasta un año, me temo.

—Eso no supone ningún problema. No necesito el dinero.

—He confeccionado un inventario de sus posesiones personales. Lo hago con todos mis clientes. Así sabrá usted con exactitud qué es lo que va a heredar. Puedo facilitarle una copia, si quiere.

Puller se encogió de hombros pero asintió, y Mason sacó varias hojas grapadas y se las entregó.

—Son muy recientes —dijo—. Acabábamos de inventariar sus propiedades, hará más o menos un mes.

—¿Mi tía le dijo por qué?

—No, pero habitualmente nos reuníamos una vez al año para asegurarnos de que todo estuviera al día y de que ella no deseara hacer ninguna modificación.

—Entiendo.

Puller examinó someramente aquellas hojas. Se incluían objetos tales como libros, cuadros, bisutería, algunas figurillas de porcelana coleccionables y cosas así. En realidad, no quería nada de aquello.

—Si me facilita sus datos de contacto —dijo Mason—, lo mantendré informado de cómo vaya avanzando el proceso. Una vez que la casa se ponga a nombre suyo, podrá hacer con ella lo que desee. Ocuparla, alquilarla o venderla.

—Estupendo.

—Las acciones, las cuentas bancarias y los bonos que poseía su tía eran bastante sustanciales. A lo largo de los años hizo varias inversiones muy rentables. También tengo datos de todo eso.

—Muy bien.

Mason lo contempló unos instantes.

—No me parece usted la clase de persona que se preocupa mucho por estas cosas.

—Nunca he tenido casa propia. Y no estoy seguro de saber lo que es una acción o un bono.

Mason sonrió.

—Eso supone un soplo de aire fresco, la verdad. La mayoría de los herederos con los que trato quieren tenerlo todo lo antes posible.

—¿Cuándo fue la última vez que habló usted con mi tía?

Mason se reclinó en su sillón y entrelazó las manos detrás de la cabeza. Al hacerlo, dejó ver unas manchas de sudor en las axilas, a pesar de que en el despacho hacía fresco.

—Déjeme pensar... El jueves de la semana pasada, supongo. Me llamó ella.

—¿Qué impresión le causó?

—¿Al teléfono? Me pareció normal.

—¿Cuál fue el motivo de la llamada?

—Cuestiones rutinarias. Quería preguntarme una cosa acerca de las ganancias de capital.

—Entonces, ¿no había nada que la tuviera preocupada?

Mason bajó los brazos.

—No que yo notase.

Puller había interrogado a cientos de personas a lo largo de los años. Algunas decían la verdad, pero la mayoría mentían. Y los mentirosos emitían señales que los delataban. Como una respiración más acelerada de lo normal, o la supresión del contacto visual, o los brazos recogidos y cruzados, como si pretendieran protegerse en una pequeña burbuja para ocultar la falsedad de sus aseveraciones. Un buen interrogador era capaz de detectar al mentiroso en un noventa por ciento de las veces. Basándose en ello, Puller estuvo casi seguro de que Mason acababa de mentirle, pero no sabía en qué grado.

No dijo nada y esperó a que Mason formulase la pregunta que ya debería haber formulado si estaba diciendo la verdad.

—¿Cree usted que su tía estaba preocupada por algo? —dijo el abogado.

Puller no respondió de inmediato. Estaba pensando en una de

las cosas que había dicho su tía: personas que no eran lo que parecían. Se preguntó si Griffin Mason podría clasificarse en dicha categoría.

Y deseó no haber contado a la policía lo que decía su tía en la carta. Pero ya no podía rectificar.

—No lo sé. Como digo, he pasado muchos años sin tener contacto con ella.

Mason lo miró unos instantes y se encogió de hombros.

—Los accidentes ocurren, sí, pero no por ello nos resulta más fácil asimilar la pérdida de un ser querido. Sin embargo, puede usted consolarse pensando que Betsy lo tenía en tan alta estima que quiso dejarle todas sus posesiones.

—¿Tiene usted una llave de la casa? ¿Y una copia del testamento?

—Pues sí. Betsy me confió un juego de llaves hace un tiempo, cuando la operaron. Intenté devolvérselas, pero ella insistió en que me las quedara.

Abrió un cajón, sacó una cajita de plata, la abrió y hurgó entre las llaves que contenía. Extrajo un juego.

—Son de la puerta principal y la trasera. Deme un minuto para hacer una copia del testamento.

Pasó las hojas por la fotocopiadora de su despacho y le entregó las copias, todavía tibias.

Puller se levantó y sacó una tarjeta de visita del bolsillo.

—Aquí tiene mis señas.

Mason la cogió.

—¿Va a hacer una visita a la casa ahora mismo?

—No; mañana por la mañana.

—¿Piensa quedarse mucho tiempo en Paradise?

—No lo sé. Imagino que cuando uno llega a Paradise le cuesta trabajo marcharse, ¿verdad?

Y se fue.

25

Puller aparcó el Corvette a una manzana de distancia de la casa y recorrió el resto del camino andando. Pese a lo que le había dicho a Mason, había decidido echar un vistazo a la casa de su tía esa misma noche. Se mantuvo atento por si veía algún coche policial; incluso armado de un juego de llaves y del testamento de la fallecida, no descartaba que Hooper le tocara las narices a la menor ocasión.

Subió por el sendero para coches y volvió la vista hacia la casa de Cookie. No había luz dentro y supuso que el «jovencito» andaría por ahí de fiesta, disfrutando de la noche de Paradise. Le pareció oír aullar a *Sadie* en el interior de la vivienda, pero continuó andando. Aquello hizo que echara de menos a su gato *Desertor*.

Con la llave que le había dado el abogado abrió la puerta, entró y cerró de nuevo. Todo estaba a oscuras. No quería levantar sospechas encendiendo luces, de modo que sacó su linterna de bolsillo y empezó a moverse. Tenía memorizada la distribución de la vivienda desde la primera visita.

Atravesó la cocina y entró en el dormitorio de su tía. La cama estaba hecha. Resultaba evidente que Betsy no se había acostado aquella noche: había salido al patio de atrás, por voluntad propia o no, y allí había terminado su vida.

Junto a la cama había una mesilla de noche repleta de libros. Puller sabía que su tía había sido muy aficionada a la lectura, y era obvio que no había perdido la costumbre. Examinó los títulos con la linterna, en su mayoría novelas de misterio o de acción. Su tía no era la típica romántica; si lloraba, tenía que ser por una causa legítima, no por una inventada.

Recorrió con el haz de luz la pared de atrás de la mesilla y luego regresó a esta. Se arriesgó a encender una luz para ver mejor.

Una vez encendida la lámpara de la mesilla, comprobó que su primera impresión había sido acertada: vio una pequeña forma rectangular delineada por el polvo. Cogió una novela en rústica de Robert Crais de la balda de abajo y la puso encima de la marca. No encajaba.

Demasiado pequeña.

Probó con una de tapa dura de Sue Grafton.

Demasiado grande.

Entonces abrió el cajón y vio que había un pequeño diario. Lo sacó y lo abrió. Las páginas estaban en blanco. Lo puso encima de la marca rectangular. Encajaba a la perfección.

Debía de haber otro diario, el cual, por lo visto, había desaparecido. Y algo le dijo que ese diario desparecido no tenía las páginas en blanco.

Habían asesinado a su tía y se habían llevado el diario por algo que ella había escrito. Quizá daba más información sobre lo que se apuntaba en la carta.

Personas que no eran lo que parecían.

Cosas misteriosas que sucedían por la noche.

La sensación de que pasaba algo raro.

Volvió a dejar el diario en su sitio, apagó la luz y salió del dormitorio.

Tardó cinco minutos en explorar los dormitorios de la planta superior, pero no halló nada que fuera de interés ni de utilidad para su investigación. Había un armario lleno de ropa vieja. Algunas prendas eran pantalones y camisas de hombre, supuestamente de su tío Lloyd. Los demás armarios estaban llenos de perchas vacías, aspiradoras antiguas, sábanas y colchas mohosas, y con los trastos que acumulan las personas a lo largo de toda una vida.

En una balda al fondo del armario encontró varias cajas. Una de ellas contenía joyas que, incluso para un inexperto como él, daban la impresión de ser bastante valiosas. La registró metódicamente. También había un muestrario de coleccionista con monedas antiguas que también parecían de mucho valor. Se preguntó desde cuándo tenía su tía todo aquello.

A continuación bajó a la planta baja, cruzó la cocina y entró en el garaje. Allí estaba el Camry, lustroso y listo para usar, ajeno a que su dueña ya no se sentaría al volante. Examinó el exterior con la linterna en busca de desperfectos o marcas que se salieran de lo corriente, pero no vio ninguna. El coche parecía encontrarse en un estado razonablemente bueno. Calculó que tendría unos cinco o seis años de antigüedad. Tal vez su tía lo había comprado antes de empezar a sufrir sus problemas de columna.

Se apoyó contra la pared y dedicó unos momentos a reflexionar, en un intento de llenar las lagunas que veía en las cosas que había hecho su tía recientemente.

Principalmente pensó que si ella había visto algo que luego fue la causa de su muerte, tuvo que ser en aquel vecindario o en otra parte. Si había sido en otra parte, tuvo que ir hasta allí de algún modo. Y aunque Cookie creyera que ella ya no conducía, lo cierto era que estaba ausente muchas noches y por lo tanto no podía saber si Betsy salía con el coche después de oscurecer.

Abrió la portezuela del conductor y se sentó en el asiento. Advirtió que, aunque a él le resultaba estrecho, estaba inclinado hacia atrás para dar cabida a una mujer alta. Luego vio los dispositivos especiales que se habían añadido: unos mandos de control a la altura de las manos, con los que se manejaba tanto el freno como el acelerador. De manera que su tía, a pesar de sus dolencias de espalda, sí que había podido conducir.

De pronto reparó en una pegatina en el ángulo superior izquierdo del parabrisas. Era de un taller mecánico de Paradise y en ella estaban anotados los kilómetros a los que le tocaba cambiar el aceite. La fecha era de hacía treinta días. Leyó los kilómetros de la próxima revisión, después iluminó el salpicadero e hizo un cálculo rápido incluyendo también el fallecimiento de su tía.

En los aproximadamente veintiséis días en que su tía podía haber conducido, el coche había hecho una media de dieciséis kilómetros cada día. ¿Podría su tía, con sus problemas de columna, haber hecho varios cientos de kilómetros de un tirón? Resultaba dudoso. Pero ¿podría haber recorrido distancias más cortas? Esto era más probable. ¿Y si hubiera recorrido la misma distancia todos los días? De hecho, dieciséis kilómetros diarios. Aquello parecía factible, incluso con sus problemas de espalda.

Así que ocho de ida y ocho de vuelta. Aquello, por lo menos, le proporcionó un hilo para continuar investigando, algo que comprobar cuando había tantas cosas que no estaban claras. Podía recorrer aquella distancia probando con todos los puntos de la brújula y ver adónde le llevaba.

Un momento después, se apeó rápidamente del Camry y cerró la puerta con suavidad. Apagó la linterna y sacó su M11.

Alguien acababa de entrar por la puerta principal de la casa.

Salió del garaje y volvió a entrar por la cocina sin hacer apenas ruido. La otra persona que andaba por la casa no era tan silenciosa como él, lo cual podía ser al mismo tiempo beneficioso y problemático.

Se acercó a la puerta que daba al salón y oyó unos crujidos arriba. La persona tenía que estar en la planta superior. Se preguntó si podría tratarse de la policía, pero no, porque en ese caso se habrían anunciado antes. No obstante, si era Hooper, era posible que no tardara en encontrarse en medio de un tiroteo con aquel policía tan irritable. Y lo último que le convenía era que lo detuvieran por cargarse a un poli. Claro que, si aquella noche iban a dispararle a alguien, prefería que no fuera a él.

Su mano se deslizó hasta el protector del gatillo. Cuando se moviera hacia el gatillo, tendría que estar preparado para disparar. Y lo estaría.

En aquel momento vio al intruso bajando por la escalera. Y, con su voz de militar, rugió:

—Alto ahí y manos arriba. O dispararé.

La persona no se detuvo. Lo que hizo fue soltar un chillido y echar a correr.

26

No consiguió llegar a la puerta antes de que Puller la interceptase. Le retorció el brazo hacia atrás y la obligó a mirarlo cara a cara.

—Oh, Dios mío, no me haga daño, por favor. No me haga daño —suplicó.

Puller le soltó el brazo y dio un paso atrás, pero mantuvo su M11 lista para apuntar a la mujer si surgía la necesidad. Después encendió la lámpara de una mesa, que iluminó parcialmente la habitación.

—¿Quién diablos es usted? —le preguntó al tiempo que la miraba de arriba abajo.

Tendría unos veinticinco años, era rubia y llevaba el pelo recogido en una coleta. Vestía unos vaqueros descoloridos y recortados a la altura del muslo, una camiseta verde pistacho ajustada y unas chanclas.

—Soy Jane Ryon. ¿Quién es usted y qué hace aquí?

Su tono y sus palabras se volvieron desafiantes cuando quedó claro que Puller no iba a disparar, pero continuó mirando la pistola con miedo, y todavía se la veía insegura.

—John Puller. —Le mostró la tarjeta y la placa—. Agente de investigación del Ejército.

—¡Dios santo, usted es el sobrino de Betsy! —exclamó la joven.

—Y usted es la chica que la ayuda. O que la ayudaba.

—¿Cómo se ha enterado de eso?

—Preguntando. Es lo que estoy haciendo ahora. ¿Qué hace usted aquí?

La joven abrió su bolso para que Puller viera su contenido.

—Me dejé unas cosas en un dormitorio de arriba. Una chaqueta y unos pantalones. Pensé que ya los recogería cuando volviera a ver a Betsy, pero está claro que no ha podido ser.

Puller se guardó la M11 en la funda.

—Lamento haberla asustado.

—Descuide. Por lo menos ahora sé que tengo el corazón fuerte. De no ser así, me habría dado un infarto.

Medía aproximadamente un metro sesenta y cinco y estaba en buena forma. Las piernas bien torneadas y su esbelta cintura permitieron a Puller deducir que era aficionada a correr.

—He sentido muchísimo lo de su tía —dijo Jane—. Era una buena persona. ¿Saben cómo murió?

—¿Cómo se ha enterado usted?

—Vine aquí el día en que encontraron su cuerpo. En realidad vine a ver a otro cliente que vive en esta misma calle. Había varios coches de policía, y después llegó una ambulancia. Estuve hablando con un agente y me dijo que habían encontrado a Betsy en el patio de atrás. No sé más que eso. Imaginé que le habría dado un infarto, o algo así.

—La causa oficial de la muerte ha sido ahogamiento.

—¿Ahogamiento? Me dijeron que estaba en el patio de atrás. ¿Es que se ahogó en la bañera?

—No; en la fuente.

—Pero no es tan profunda.

—Por lo visto, se cayó, se golpeó en la cabeza, perdió el conocimiento y se hundió en el agua.

—Oh, Dios mío, es horrible.

—Bueno, si estaba inconsciente, no debió de sufrir ni dolor ni pánico, pero de todas formas no es una forma agradable de morirse.

—¿Quién la encontró?

—El vecino de al lado.

—¿Cookie?

—Sí.

—Seguro que está destrozado, porque eran muy amigos. Resultaba gracioso verlos juntos, él tan bajito y ella tan alta. Me recordaba a esa actriz de la serie *Las chicas de oro*. La veía de pequeña.

—Ya.

—Betsy era muy suya, y aunque en ocasiones costaba trabajo llevarse bien con ella, yo admiraba su carácter.

—Sí, es un rasgo de familia. Cookie me ha dicho que usted también va a limpiar a casa de él.

—Sí. Tengo muchos clientes en Paradise. Estoy que no paro.

—¿Es usted de aquí?

—No. Y técnicamente tampoco vivo en Paradise, sino en Fort Walton Beach, que está muy cerca. Vine hará unos cinco años, desde Nueva Jersey. Aquí los inviernos son más agradables, más templados.

—No lo dudo. ¿Cómo estaba mi tía antes de morir?

—Sufría los típicos dolores y achaques de la edad. Tomaba medicación, cosa que tampoco es de extrañar aquí. Utilizaba un andador. Era alta, mucho más que yo, pero tenía la columna encorvada. Tenía sus días buenos y sus días malos. Como todos.

—Ya, pero ella tuvo recientemente un día malo de verdad.

—Pues sí.

—¿Qué tal estaba de ánimo? ¿Se la veía deprimida, preocupada, molesta?

—No más de lo habitual. Llevo bastante tiempo trabajando con personas mayores, y me consta que pueden variar mucho de humor a lo largo del día. Por la mañana suelen estar animadas, pero a medida que va acercándose la noche empiezan a hundirse. Por lo menos, esa es mi experiencia.

—¿Mi tía conducía? ¿O conducía usted por ella?

—Le hacía algunos recados. Iba a la tienda, a la farmacia, cosas así.

—¿En el coche de ella?

—No; en el mío. La empresa para la que trabajo no nos permite conducir los coches de nuestros clientes. Tiene algo que ver con el seguro.

—De modo que sí que conducía, entonces.

—Mientras yo estaba aquí, no.

—¿Con qué frecuencia venía usted?

—Dos o tres veces por semana.

—¿Todas las semanas?

—Por lo general, sí.

—¿Y todas las veces se quedaba a dormir?

—No, casi nunca. A ella no le hacía falta.

—¿A qué hora se marchaba?

—A eso de las nueve.

—De modo que si ella hubiera salido en el coche por la noche, usted no se habría enterado.

—No. Pero ¿para qué iba a salir en el coche? ¿Adónde iba a ir?

—No soy la persona adecuada para responderle, acabo de llegar y todavía no conozco bien la zona. Pero si mi tía en efecto salía con el coche y recorría, digamos, ocho kilómetros de ida y otros ocho de vuelta, ¿adónde podría ir?

Ryon reflexionó unos instantes.

—Pues hacia el sur iría recta hacia el Golfo. Hacia el norte llegaría a Choctawhatchee Bay. Esta parte de la Costa Esmeralda es bastante larga pero muy estrecha, hay agua por los dos lados.

—¿Y el este y el oeste?

—Si fuera al oeste, llegaría a la zona del muelle, aunque allí son todas carreteras secundarias. Si no se saliera de la autopista 98, torcería hacia el noroeste y llegaría a Destin.

—¿Y el este?

—Hacia el este se va a Santa Rosa Beach y a Seaside, y después, un buen trecho más adelante, se llega a Panama City.

—¿Hay algo interesante en esa ruta?

—Muchas playas. La Costa Esmeralda abarca unos ciento cincuenta kilómetros. Al oeste está la base aérea de Eglin, y al este de Panama City hay otra, la de Tyndal.

—Al parecer, por aquí hay muchas bases aéreas.

—Sí. Supongo que ya lo sabría usted, siendo militar.

—Y también está la de Pensacola, donde aprenden a volar los pilotos de la Marina. Y Hurlburt Field, aunque en realidad forma parte de Eglin. Las Fuerzas Aéreas tienen aquí su mando de operaciones especiales, entre otras cosas.

—Es obvio que usted es el experto en esos temas.

—Probablemente no mucho. Yo estoy en el Ejército; las Fuerzas Aéreas operan a mayor altitud.

—En fin, como le digo, lo siento mucho por su tía.

—Y yo siento haberla asustado. Le agradezco todo lo que ha hecho por Betsy.

La acompañó hasta la puerta, le encendió la luz de fuera para que viera mejor y la contempló mientras bajaba por el sendero para vehículos hasta su coche, un Ford Fiesta azul con un abollón en la puerta del pasajero.

Una vez que Ryon se hubo marchado, Puller vio un todoterreno de la policía bajando por la calle. No logró cerrar la puerta a tiempo, y fue consciente de que la luz que acababa de encender lo volvía tan visible como una valla publicitaria.

El todoterreno hizo un giro brusco a la izquierda para enfilar el sendero de la casa, y el conductor encendió las luces del techo.

Puller permaneció donde estaba, mientras el jefe Bullock se apeaba y venía andando hacia él, mirándolo fijamente.

27

Bullock se detuvo a un par de metros de Puller, que había salido al porche.

—¿Quiere decirme qué demonios está haciendo aquí? Y después, procure darme una razón por la que no deba detenerlo ahora mismo.

Puller levantó en alto las llaves de la casa.

—El abogado de mi tía me ha dado las llaves. —Luego, sacó la copia del testamento y se la enseñó a Bullock—. Mi tía me ha dejado la casa en herencia. Aquí lo dice bien claro. Si no me cree, o no cree lo que dice el testamento, puede llamar al abogado.

Bullock le arrebató los papeles de la mano y leyó bajo la luz del porche. Luego los dobló y se los devolvió.

—Yo no soy abogado, pero por lo visto ahora es usted propietario de una casa. Claro que si a su tía la asesinaron, usted tenía un buen motivo para hacerlo.

—Salvo que yo no estaba en Florida cuando ella murió.

—¿Y eso puede demostrarlo?

—Si es necesario, sí. Además, si yo hubiera sabido que iba a heredar esto, ¿para qué iba a venir hasta aquí, matar a mi tía y luego presentarme en la casa para que me detengan y descubran que he estado aquí?

—Tal vez porque es usted idiota.

—Eso tendrá que hablarlo con el Ejército.

—Lo hablaré con usted cuando me dé la gana, mientras esté en Paradise.

—Oiga, ¿por qué no firmamos una tregua? Si le he molestado en algo, le pido disculpas, no era mi intención.

Bullock se balanceó un momento y lanzó un bufido.

—Olvídelo —dijo—. También yo tengo parte de culpa. Tiendo a ser bastante susceptible.

—No hay problema. Lo entiendo.

—¿Sigue pensando que la muerte de su tía no fue accidental?

—No lo sé. He hablado con la forense y he visto el cadáver. Pero no he encontrado nada sospechoso.

—Pero todavía no está seguro.

—Supongo que uno nunca puede estar seguro. A lo mejor estoy buscando algo que simplemente no existe.

—Suele pasar.

Puller le tendió la mano.

—Oiga, ya sé que está ocupado. Lo que ha ocurrido esta tarde en la playa parecía importante, fuera lo que fuese. Voy a volver a mi alojamiento. Gracias por no detenerme.

Bullock le estrechó la mano.

—Sí, ha sido bastante desagradable —confirmó. Y mirando fijamente a Puller, añadió—: Lo que encontramos en la playa.

Puller se tomó aquello como una oferta para hablar del tema.

—¿Un caso de ahogamiento?

—No. Los dos tenían un tiro en la cabeza.

—¿Los dos?

—Eran un matrimonio. Los Storrow. Nancy y Fred. Como ya recordará usted de cuando estuvo en comisaría. Eran muy conocidos por aquí, llevaban más tiempo que yo. Todas las noches salían a pasear por la playa. La otra noche hicieron lo mismo, y ya no regresaron.

—¿Hay algún testigo, alguna prueba?

—Los cadáveres están bastante descompuestos. Nadie se ha presentado afirmando que haya visto algo.

—¿Y cuál ha sido el motivo? ¿Un atraco?

—El señor Storrow tenía veinte dólares en el pantalón y una

alianza de oro en el dedo. La señora aún llevaba puesto su anillo de diamantes.

—¿Tenían algún enemigo?

—Ninguno que yo sepa. Estaban jubilados. Ambos eran de Fort Walton Beach, se conocían desde pequeños y se hicieron novios en el instituto. Hace mucho tiempo que se mudaron a Paradise. Él poseía una cadena de negocios pequeños, una gasolinera, una tienda Subway, otra tienda de teléfonos móviles. Hace algún tiempo los vendió todos y se vino aquí con su mujer, a pasar sus años dorados rodeados de comodidades y lujos.

—¿Y la pareja que informó de su desaparición y que estaba hoy en la playa?

—Chuck, el hijo, y su esposa Lynn.

—No pretendo acusar a nadie, pero ¿podrían tener ellos algún motivo?

Bullock negó con la cabeza.

—El hijo trabaja aquí en un banco y vive muy bien. No necesita que sus padres le ayuden. Estaban muy unidos, todos los fines de semana jugaban al golf, hacían fiestas en sus casas. Se querían de verdad.

—Entonces, tal vez fue algo casual. Se encontraban en el lugar y el momento equivocados.

—Eso creo.

—De acuerdo con el sitio de la playa al que los cuerpos fueron arrastrados, ¿sabría usted en qué punto los arrojaron al mar?

—Tengo a unos tipos haciéndome ese cálculo, gente que conoce muy bien las mareas y corrientes. Puede que delimiten una zona en la que buscar. Ya hemos establecido sobre qué hora salieron de casa a dar el paseo.

—Sé que no tengo jurisdicción en esto, pero si mientras esté aquí quiere otro par de ojos, con mucho gusto le ayudaré.

—De acuerdo, Puller, dependiendo de cómo evolucione la situación, puede que le tome la palabra. Me alegro de haber aclarado las cosas. Buenas noches.

—Sí, yo también. Buenas noches.

Bullock regresó a su coche y Puller cerró la puerta y echó la llave. Luego fue hasta su coche y arrancó. Puso rumbo al sitio en que habían aparecido los cuerpos de los Storrow. Tal vez habían visto algo o se habían tropezado con alguien, y eso les costó la vida.

Cosas misteriosas que suceden por la noche.

Calculó la distancia que había recorrido desde la casa de su tía.

«Que ahora es mi casa. ¿Qué voy a hacer con ella?»

La distancia era de 3,5 kilómetros. No era allí adonde había ido su tía con el coche. Que aquello significara o no que el asesinato de los Storrow guardara relación con lo que le había ocurrido a su tía era una pregunta para la que aún no tenía respuesta.

«No sé lo suficiente. Y puede que nunca lo sepa.»

Se encontraba fuera de su elemento. Allí no tenía competencia para investigar. Su petate oficial, el que contenía el equipo que solía necesitar para resolver crímenes, se encontraba en Virginia. De repente se le ocurrió una idea. Cogió el teléfono y llamó al USACIL, el Laboratorio de Investigación Criminal del Ejército, ubicado en Fort Gillem, Georgia. Allí tenía un contacto, Kristen Craig, una persona con la que había trabajado en varios casos. Sabía que era muy tarde y que además en Georgia era una hora más que en Paradise, pero también sabía que Craig solía trabajar hasta la medianoche.

Esa noche era una de esas ocasiones. Craig cogió el teléfono al segundo tono. Puller le explicó la situación y qué era lo que necesitaba.

—Tengo un envío que sale mañana por la mañana para Eglin. Puedo meter tu petate en el avión. Puedes acercarte con el coche y recogerlo a eso de las doce del mediodía, hora local tuya.

—Eres una santa, Kristen.

—Ya, pues acuérdate de llamar a mi jefe y decírselo cuando toque revisión.

A continuación le facilitó la información necesaria para recoger el petate. Antes de poner fin a la llamada, le dijo:

—¿De verdad estás en un sitio que se llama Paradise?

—Pues sí.

—Deduzco que el hecho de que necesites tu petate significa que ese sitio no hace honor a su nombre.

—Tus habilidades deductivas son solo superadas por tu capacidad para obrar milagros.

—Si sigues diciéndome cosas tan bonitas, a lo mejor deberíamos ir en serio —repuso Craig riendo, y colgó.

Puller volvió a guardarse el teléfono en el bolsillo y arrancó el Corvette.

Aquella noche, aún no había terminado de trabajar.

Ni mucho menos.

28

Ya había visto aquel lugar, una oficina de alquiler de coches Hertz que permanecía abierta hasta las once. Se detuvo junto al bordillo y se apeó. Solo tardó unos pocos minutos en cambiar el Corvette por un Tahoe de GMC y marcharse otra vez. El individuo que lo atendió parecía asombrado de que quisiera dejar el Corvette para coger un coche que era una camioneta con pretensiones, sobre todo en una ciudad de playa, pero sonrió y le entregó las llaves.

—Que se divierta en Paradise, señor.

—Lo intentaré —contestó Puller.

A continuación fue a una tienda de ropa que había en la playa y se compró una gorra de béisbol con la leyenda «Paradise para siempre», unas gafas de sol y unas zapatillas deportivas. Más típicas de playa eran las chanclas o las sandalias, pero con semejante calzado no se podía correr, por lo menos ni muy rápido ni muy lejos. También adquirió varias camisetas y un pantalón corto de bolsillos amplios en los que pudiera llevar la pistola. Entró en el probador, se puso el pantalón corto, una camiseta y las deportivas, se ajustó la gorra, se guardó las gafas en un bolsillo al lado de su M11 y salió a la calle.

Tenía un físico tan imponente que resultaba difícil que no destacase entre la gente, pero las dotes de observación que poseen la mayoría de las personas son muy escasas. Vestido de esa guisa, lo más probable era que cruzara por delante del blanco, el negro y el latino de antes sin que siquiera lo mirasen dos veces. Al menos, eso esperaba.

Aparcó dos manzanas más allá de La Sierra, en la misma calle. Hacía rato que había anochecido, pero las aceras seguían animadas. Allí había mucha actividad por la noche, y no solo en la playa: automóviles que circulaban arriba y abajo, gente que gritaba. Incluso oyó a alguien que corría, pero le importó muy poco que fuera porque iba buscando problemas o huyendo de ellos.

Diego había dicho que su casa, en la que vivía con su abuela, estaba en aquella misma calle y a mano izquierda.

Consultó el reloj y escudriñó la acera. Calculó que el blanco, el negro y el latino ya habrían despertado y estarían cerciorándose de que todavía conservaban el cerebro dentro del cráneo, si es que tenían algo de cerebro, y andarían rumiando la manera de vengarse. Además, especuló que seguramente habrían investigado un poco por su cuenta y averiguado que él se alojaba en La Sierra y conducía un estiloso Corvette. De ahí que hubiera decidido cambiarlo por el Tahoe. Además, el Tahoe disponía de mucho más espacio, y calculaba que iba a necesitarlo ya que su petate de investigador era bastante voluminoso y el maletero del Corvette no era tan grande. Era posible que los tres hombres hubieran reclutado algunos compinches para cobrarse venganza, habiendo constatado dolorosamente que ellos tres no se bastaban. Además, ahora estaban asustados y magullados. Esta vez, en lugar de puños, era probable que empleasen balas.

Pero antes de enfrentarse a ellos quería comprobar otra cosa.

Echó a andar por la calle, pasó por delante de La Sierra, y medio se chocó con un chaval que venía en sentido contrario. Lo sostuvo por el brazo para que no se cayera.

—¿Estás bien?

El pequeño, con el rostro crispado por el enfado, le lanzó un insulto.

—¿Puedes decirme dónde vive Diego?

El niño lo insultó de nuevo en su peculiar *spanglish*.

Puller sacó del bolsillo un billete de cinco dólares.

—Elige: coge esto, o te lavo la boca con jabón.

El pequeño señaló calle abajo.

—El azul. En el segundo piso.

Puller le dio el billete y el chico salió corriendo.

«El azul» se refería a un edificio de baja altura que tenía un toldo azul. Parecía una pensión de dos plantas y, al parecer, ocho habitaciones, cuatro arriba y cuatro abajo. Tenía un porche que rodeaba el edificio, y Puller se dirigió hacia los escalones. Llamó a una puerta, pero nadie respondió. Fue a llamar a otra, cuando de improviso se abrió la primera y apareció Diego.

Puller enseguida se dio cuenta de que algo iba mal.

—¿Qué ocurre, Diego?

Hubo un movimiento a la espalda del niño, y Puller halló la respuesta a su pregunta: allí estaba Isabel, con Mateo a su lado. Tanto ella como el pequeño tenían magulladuras en la cara. Alguien los había utilizado para practicar el boxeo. Mateo se sorbía la nariz y tosía; Isabel no decía nada, se limitaba a mirar a Puller con cara de pocos amigos.

En cambio, Diego sí habló:

—Isabel me ha contado lo que pasó. Quiero darle las gracias por haberlos ayudado a ella y a Mateo.

—¿Son hermanos tuyos?

—Son mis primos.

Isabel dio un paso al frente.

—Todos vivimos con nuestra abuela.

—¿Dónde está?

—Trabajando —contestó Diego—. En un restaurante de la playa, el Clipper. Trabaja en la cocina.

—¿De cocinera?

—No; de limpiadora —aclaró Isabel.

Puller señaló los hematomas de su cara.

—¿Quién os ha hecho eso?

—¿Quién cree usted? —replicó Isabel.

—Lo siento, Isabel, pero tuve que intervenir. No podía consentir que te hicieran aquello.

—¿Por qué no? No es la primera vez que ocurre.

—Tú no eres una puta —terció Diego. Mateo empezó a llorar.

—A lo mejor sí soy una puta.

—No, no lo eres —dijo Puller—. No te conviene ir por ese camino.

—Ah, vale. Pues iré a la universidad y me haré médica, o algo así.

—¿Y por qué no? —replicó Puller.

La joven lo miró con lástima.

—¿En qué planeta vive usted?

—Tú no eres una puta —repitió Diego, y ella volvió el rostro y se puso a acariciar la cabeza a Mateo para que dejase de llorar.

Puller volvió a concentrarse en Diego.

—¿Has visto el coche?

Diego miró a Isabel, que los estaba observando. Entonces salió al exterior de la vivienda y cerró la puerta.

—¿Qué les ha sucedido a vuestros padres? —quiso saber Puller.

El niño se encogió de hombros.

—Un día estaban aquí, y al siguiente ya no estaban. A lo mejor regresaron a El Salvador, no lo sé.

—¿Tu abuela sabe lo que les sucedió?

—No dice nada.

—¿Y vuestros padres se habrían marchado así sin más, dejándoos aquí solos?

—Debieron de pensar que esto era mejor que regresar allá. Querían lo mejor para nosotros. Ahora yo soy el hombre de la casa. Me encargo de las cosas.

—De acuerdo, me gusta que tengas agallas, pero sigues siendo un niño.

—Puede que sea un niño, pero he encontrado el coche que busca usted. —Hizo una pausa—. Y usted me dijo que habría más dinero.

—¿Lo dije? —bromeó Puller, y sacó un billete de veinte dólares—. Dame los detalles.

Diego le facilitó primero la matrícula.

—¿Cómo la has conseguido? Estaba sucia de barro.

—Las personas tienen que comer, ¿no? Pues mientras comían,

cogí un trapo y limpié la matrícula. Antes de que volvieran, la ensucié otra vez.

—Dime cómo eran físicamente.

El niño se lo dijo.

—¿Estás seguro?

—Sí.

Puller le entregó los veinte dólares.

—Y dime, ¿ha venido alguien aquí y les ha hecho daño?

Diego negó con la cabeza.

—Aquí no ha venido nadie, de lo contrario yo tendría la cara llena de cardenales, igual que ellos, porque habría intentado impedirlo.

—Háblame de los hombres de la otra vez. ¿Son de una banda callejera?

—Eso quisieran ellos, pero son tan idiotas que no los acepta nadie. Trapichean droga por su cuenta, no mucha. Luego se dedican a extorsionar y a pedir dinero. Son escoria.

—¿Tienen amigos?

—Aquí cualquiera tiene amigos, siempre que tenga dinero para pagarlos. —Al tiempo que decía esto, dobló el billete y se lo guardó en el bolsillo.

—¿Crees que me estarán esperando cuando vuelva a mi alojamiento?

Diego se encogió de hombros.

—Lo que creo es que debe andarse con mucho cuidado.

—Gracias por tu ayuda.

—Lo hago solo por el dinero.

—Admiro tu sinceridad.

—No se fíe de nadie de Paradise, señor, ni siquiera de mí.

—Diego, en algún momento es necesario fiarse de alguien. Si necesitas ayuda alguna vez, puedes acudir a mí.

—Si es que aún sigue vivo, señor. Ya veremos.

—Puedes llamarme Puller.

—De acuerdo, Puller. Buena suerte —añadió en español.

—Sí, para ti también.

Puller se marchó. Una parte de él iba pensando en que tendría que volver a lidiar con aquellos tres matones y los compinches que se hubieran buscado. Pero otra parte de él rememoraba la descripción física que acababa de darle Diego de los dos hombres que iban en el Chrysler: dos tipos delgados, fuertes y con el cráneo casi rapado. Encajaban con la descripción de los que tenían el mismo jefe que él.

El Ejército de Estados Unidos.

29

Puller fue andando hasta el Tahoe, se subió al asiento de atrás, estiró las piernas y reflexionó sobre la información que acababa de recibir.

Si los tipos del Chrysler eran ex militares, aquello cambiaba el equilibrio de fuerzas. Bien podía ser que no se dejasen engañar por su cambio de coche y vestimenta. Bien podía ser que le disparasen más rápido de lo que él pudiera responder.

Si todavía eran militares, a saber por qué lo estaban siguiendo.

Y si ya no lo eran, la pregunta era exactamente la misma.

Después de lo que le había ocurrido en Virginia Occidental, era posible que el Ejército lo hubiera hecho seguir. Decidió averiguar si dicha hipótesis tenía fundamento y llamó otra vez a Kristen Craig.

Ella reconoció el número, porque, en vez de responder con un «diga», dijo directamente:

—¿Ya me echabas de menos?

—Siempre.

—En serio, ¿no duermes nunca?

—Mira quién fue a hablar.

—Ya, pero me enteré de lo sucedido en Virginia Occidental. No me contaron la versión oficial, porque no existe ninguna versión oficial, pero sí cuchicheos y rumores. En mi opinión, ya tienes carta blanca para hacer lo que quieras, y hasta podrías tomarte unas vacaciones.

—Ya estoy de vacaciones. Bueno, más o menos.

—Tengo el iPad preparado para anotar tu siguiente encargo, jefe.

Puller rio para sus adentros. Aquella mujer le encantaba, de verdad que sí. Si no estuviera casada, puede que incluso le hubiera pedido salir.

—Necesito que investigues la matrícula de un vehículo.

—De acuerdo. No es algo que suela hacer, pero conozco gente.

—¿Conoces a gente que pueda hacerlo más pronto que tarde?

—Ya sabes cómo va esto. En algún lugar siempre hay personal del Departamento de Defensa despierto y trabajando.

—Y en esta llamada telefónica ya hay dos de ellos.

—La pondré en circulación enseguida. Bueno, ¿ahora te importa explicarme un poco en qué andas metido?

—¿Por qué?

—Por si acaso te matan y tengo que explicar las horas extras que he trabajado. ¿Tiene que ver con el Ejército?

—Hace cinco minutos pensaba que no; ahora no estoy tan seguro. Todo empezó con una carta de mi tía alertando de que en Paradise, Florida, las cosas no iban bien. Lo siguiente que supe fue que había muerto en circunstancias sospechosas.

—Joder, Puller, lo siento.

—Sí, yo también. De todas formas, cuando llegué aquí la cosa empeoró.

—¿Y la matrícula?

—Hay dos tipos que están dedicándose a seguirme. Y, a juzgar por su descripción física, tienen todas las papeletas de llevar uniforme o haberlo llevado. No me gusta cómo pinta esto. —Su tono cambió: el acento festivo se trocó en seria preocupación.

—A mí tampoco.

—Como te digo, estoy de vacaciones.

—Pues tienes que volver al trabajo. En serio, Puller, necesitas que alguien cuide de ti.

—Buen consejo. Mientras tanto, consígueme lo que puedas. Iré a recoger el petate, como estaba planeado.

—Solo asegúrate de llegar vivo a mañana.

—Haré lo posible.

Y colgó. Ajustó su reloj interno para que lo despertase pasadas dos horas y cerró los ojos. Su mano aferró la culata de la M11. Sabía que le llevaría tres segundos despertarse, apuntar y disparar a cualquier atacante. Si no fuera capaz de actuar con esa rapidez, acabaría muerto. Así eran las cosas.

Transcurridas las dos horas, despertó en el asiento trasero del Tahoe, fresco y listo para reanudar su misión. Ya era la una de la madrugada, el momento oportuno para que sucedieran cosas; tanto a los militares como a los policías les gusta actuar por la noche. A esa hora, muchos malos suelen estar cansados, acostados en su cama y con las armas fuera de su alcance.

Sin embargo, hasta los delincuentes más idiotas son capaces de atacarlo a uno con nocturnidad y alevosía, tal como Puller confirmó diez minutos después.

El blanco, el negro, el latino y tres lacayos se acercaban por la calle a grandes zancadas y con gesto resuelto. Al parecer, habían decidido que la mejor proporción era de seis contra uno. A él, aquellos cálculos le resultaban dudosos, pero es que a lo mejor él tenía el listón más alto. De hecho, no le cupo ninguna duda: efectivamente, él tenía el listón más alto.

Todos traían semblante serio, el que más el blanco, principalmente porque le habían dado varios puntos en la boca.

«He debido de pegarle más fuerte de lo que creía.»

Pasaron junto al Tahoe sin mirarlo siquiera. En el campo de batalla, semejante negligencia les habría supuesto la muerte inmediata; pero aquello no era Afganistán, sino Florida, de modo que Puller se abstuvo de acribillarlos por la espalda con una ráfaga de su M11.

Advirtió los bultos que llevaban todos bajo la camisa, tanto por delante como por detrás. Dos empuñaban bates de béisbol y otro, una barra metálica. Iban armados hasta los dientes, preparados para la batalla. Listos para matar. Aunque ninguno de ellos supiera lo que era estar de verdad en un combate real.

Él sí lo sabía.

Y quienes tenían experiencia en el combate no deseaban repetir. No era precisamente una situación apetecible para las personas sensatas. Pero él, que era sensato, se había visto en dicha situación muchas veces, porque ese era su trabajo. Y ello le había cambiado irreversiblemente, lo había convertido en una máquina de matar. Ahora sabía matar de formas inimaginables para la mayoría de las personas.

Dudó entre dejar pasar aquella noche sin presentar batalla, pero al final pensó que era mejor acabar de una vez con el asunto. De lo contrario, iba a tener que vivir mirando constantemente a su espalda, y no tenía tiempo para eso.

Antes hizo una llamada telefónica, para comunicar cierta información a cierta persona. Después colgó y esperó diez minutos antes de apearse del Tahoe.

Había llegado el momento de ponerse manos a la obra.

30

Aquel tramo de playa estaba aislado, y por tanto desierto. Por eso estaba él allí aquella noche. Había llegado en una motocicleta pequeña. Dada su enorme corpulencia, se le veía ligeramente ridículo al manillar, pero le daba igual; era mejor que ir andando, y además el casco le ocultaba el rostro.

Se colocó junto a una duna, detrás de una palmera, y escrutó la franja de arena con unas gafas de visión nocturna que iban incluidas en el paquete de bienvenida que le habían entregado al llegar a Paradise. El mar se veía inmenso y negro, resultaba casi imposible distinguirlo del cielo. Había una ligera bruma y el horizonte se fundía con el agua dando la impresión de una única masa sólida.

Existía una buena razón para aquel interés suyo por el océano: lo que iba a suceder aquella noche llegaría por mar.

Consultó el reloj. Le habían proporcionado ciertos horarios aproximados, pero eran solo eso, horarios aproximados. Sin embargo, él poseía una paciencia casi infinita. Había pasado varios años de su vida esperando que ocurrieran sucesos significativos. Eran lecciones que no se olvidaban, cicatrices que se quedaban grabadas en la mente y el corazón.

Respiró hondo y arrugó la nariz. Aquel olor omnipresente era muy desagradable, la verdad. Escudriñó la playa con las gafas. Allí, la Costa Esmeralda no hacía honor a su nombre; la arena estaba salpicada de rocas negras que afloraban por todas partes, como si alguien hubiera rasgado su blanda piel para dejar al descubierto un esqueleto duro y chamuscado.

Durante el día, allí no acudirían quienes adoraban al sol. Y de noche tampoco iba a acudir nadie, a menos que se protegiera con una máscara antigás.

Cuarenta minutos más tarde, su paciencia fue recompensada. Se produjo un breve destello blanco, nada más. No vio ninguna luz roja ni verde. La embarcación no llevaba las luces de navegación, lo cual era ilegal y muy peligroso cuando se navegaba de noche, fuera cual fuere el estado de la mar. Pero entendía que fuesen reacios a revelar su posición. Sabía que no era la misma embarcación que lo había trasladado a él hasta la plataforma petrolífera abandonada. Había oído los disparos, había visto a los hombres acribillados y arrojados al agua.

Se trataba de otra embarcación, probablemente más grande. Era una de las muchas que transportaban un valioso cargamento. Y aquel lugar, aquel punto de desembarque, aquella playa, era tan solo una escala más. A partir de allí el viaje continuaría por tierra, a bordo de algún vehículo que no se había acondicionado pensando en la comodidad de los pasajeros; en cambio, el trayecto en sí sería más humano que lo que iba a sucederles cuando llegaran a su destino.

El barco no llegaría hasta la orilla misma, de eso estaba seguro; para el tramo final utilizarían algunas lanchas, más pequeñas y versátiles.

Se agachó entre la vegetación que crecía junto a la duna y se volvió hacia la carretera. Oyó el chirrido de unos frenos y el sonido de puertas que se abrían y se cerraban. Después, se abrió un portón trasero.

Se agachó más, se desplazó hacia la izquierda y se tumbó en el suelo sin quitar ojo al enorme camión y los dos todoterrenos que habían aparcado en un pequeño tramo asfaltado que salía de la carretera.

Vio a tres hombres junto al camión, que tenía abierto el portón trasero. Otros dos se acercaban por el sendero que conducía a la playa. Supuso que estarían armados y preparados para disparar. Siguió sus movimientos hasta la orilla.

Uno de los hombres hizo una señal con una linterna. Allá a lo lejos, mar adentro, se produjo una señal de respuesta. Transcurrieron varios minutos y seguidamente se oyó el motor de una lancha. Cuando se aproximó a la orilla se distinguió su contorno: una lancha semirrígida de nueve metros, utilizada a menudo por las Fuerzas Especiales en sus misiones. Era negra y resultaba casi invisible.

Cuando le quedaban escasos metros para llegar a la playa, el piloto apagó el motor y dejó que la lancha se deslizase suavemente hasta que la proa tocó la arena.

Los hombres que aguardaban en la playa corrieron hacia ella y empezaron a desembarcar seres humanos, de uno en uno, hasta un total de veinte. Iban atados los unos a los otros y llevaban la boca tapada con cinta adhesiva. Incluso desde aquella distancia se apreciaba que muchos eran niños. Llevaban camisetas azules, verdes y rojas. Aquello no era casual: los colores indicaban el uso que se daría a cada uno de los cautivos y cuál sería su destino final. Había más camisetas verdes que de las otras. Él conocía el significado de los colores, de modo que no se sorprendió; que hubiera tanto verde tampoco era casual. Efectivamente, el azul y el rojo representaban un buen dinero, pero donde estaba la pasta de verdad era en el verde.

Dos de los tipos de la playa cogieron la cuerda de los cautivos y los condujeron hacia la pasarela de tablas para que subieran por ella y finalmente fueran embarcados en el camión.

Acto seguido, el piloto de la lancha arrancó, metió la marcha atrás para abandonar la playa, dio media vuelta y se perdió en el mar. Al mismo tiempo llegó otra embarcación idéntica, que realizó el mismo trasvase de seres humanos. Dicha operación se repitió dos veces más.

Cuando las lanchas se hubieron marchado y el último grupo de cautivos hubo subido al camión, cerraron con llave el portón trasero, los hombres subieron a la cabina y el vehículo se puso en marcha, seguido de los dos todoterrenos.

Él se quedó solo en la playa, observando cómo se alejaban los tres vehículos, hasta que, hacia el oeste, desaparecieron en la oscuridad. Después escrutó el mar. Apenas pudo oír ya el motor de la última lancha; al cabo de unos segundos desapareció también.

Hizo un cálculo mental. Habían sido cuatro desembarcos y un total de ochenta cautivos. La operación total había durado menos de diez minutos. Diez minutos para trasladar a ochenta seres humanos del punto A al punto B. Cuarenta de color verde, y el resto repartidos más o menos entre rojos y azules. Acababa de ver un potencial de varios millones de dólares en mercancía ilegal caminando por aquella arena.

No sabía adónde los llevaría aquel camión. Sí sabía que las lanchas regresarían al barco nodriza que aguardaba al acecho, como un gran tiburón blanco, que serían izadas a bordo y a continuación el barco pondría de nuevo rumbo a su base. Al día siguiente se reiniciaría todo el proceso. Al fin y al cabo, aquello era un negocio. Y de envergadura. Y, al igual que la mayoría de negocios, la motivación principal era la rentabilidad. Y para que fuera rentable era necesario vender el producto de la manera más rápida y eficiente, cobrar un buen precio y tener contentos a los clientes.

Los usos a que estaban destinados aquellos cautivos eran todos repugnantes, pero a la mayor parte del planeta le importaba un pimiento.

Vale, pues él no pertenecía a «la mayor parte del planeta». Él era simplemente un hombre. Y sí le importaba.

Lo de aquella noche, para los traficantes de seres humanos, había sido una mera operación programada. Pero para él había sido un ensayo cuyo fin era adquirir información muy valiosa. No tardaría en llegar un momento en que dicha información se tradujese en acción. Ojalá hubiera podido ser aquella noche, pero no: probablemente habría acabado matando a los guardias y liberando a los cautivos, pero también arruinando la posibilidad de alcanzar el objetivo importante. O habría acabado él mismo siendo abatido de un disparo y arrojado al océano.

Recorrió algo más de un kilómetro por la playa a pie, recuperó su motocicleta y emprendió el regreso a La Sierra. Su intención era dormir un poco, pero dudaba que fuera a ser un sueño reparador, porque aquella noche, y durante mucho tiempo, no iba a poder quitarse de la cabeza la visión de aquellos cautivos. Se merecían que alguien se interesara por ellos. Y él se interesaba. Pero quería hacer algo más.

Quería poner fin a aquello.

Quería poner fin a todo aquello.

Y, por encima de todo, quería encontrar a una persona.

31

Puller no entró en La Sierra por la puerta principal ni por la trasera: subió rápidamente por la escalera de incendios y luego bajó de la azotea por una entrada que se utilizaba para el mantenimiento del sistema de aire acondicionado colocado en lo alto del edificio. Ya había tomado nota de aquel detalle en una ocasión anterior. Le gustaba conocer todos los puntos de entrada y salida que hubiera allá donde se alojara. Tres pisos más abajo, apareció en la tercera planta. El pasillo estaba oscuro y desierto. Una luz en el techo parpadeaba y temblaba como si emitiera relámpagos al azar. Su habitación se encontraba al doblar el recodo, era la penúltima de la izquierda. Empezó a avanzar a oscuras, pero además contaba con una clara ventaja: las gafas de visión nocturna que había comprado en una tienda del centro que vendía material de similar calidad que el de la policía. No eran las mejores gafas del mundo, desde luego, pero servían. En cuanto se las puso, se hizo la luz en la oscuridad y los detalles borrosos adquirieron definición.

Calculó que, más o menos en aquel momento, sus enemigos estarían convergiendo hacia él. La proporción de seis contra uno representaba una ventaja abrumadora, o eso debían de pensar ellos. Sin embargo, él era un primera clase, un soldado experto en la lucha cuerpo a cuerpo.

Pero no era Superman.

Aquello no era una película en la que pudiera obtener la victoria sirviéndose de Matrix. Aquello iba a ser una pelea contra unos individuos asustados que cometerían errores, pero que de todas formas le propinarían unos cuantos golpes.

Él pesaba más de cien kilos. Los individuos contra los que iba a pelear pesarían un total de unos quinientos, y contaban con doce puños y doce piernas.

Una pelea de seis contra uno, mano a mano, por muy bueno que fuera uno o muy ineptos que fueran los otros, lo más seguro era que acabase en una derrota. Podría desembarazarse de tres o de cuatro, pero era probable que los otros dos o tres que quedasen consiguieran pegarle un tiro. Y en ese caso estaría perdido; empezarían a lloverle los bates y las barras metálicas, y por último lo rematarían de un disparo.

Si es posible escoger —y a veces lo es—, un soldado verdaderamente experto en el combate cuerpo a cuerpo solo pelea cuando las circunstancias le son favorables.

Puller no tenía mucho tiempo, porque sus enemigos comprobarían rápidamente que él no estaba en su cuarto. Y entonces harían una de dos cosas: marcharse y volver más tarde, o bien prepararle una emboscada. Y una emboscada implicaría la existencia de un perímetro. Ahora bien, si había un perímetro, los seis individuos tendrían que dividirse. Y en ese caso los seis se transformarían en cuatro, tres, dos o incluso uno.

Divide y vencerás.

Aquella era la circunstancia que necesitaba Puller para vencer. Y sería incluso mejor si se la proporcionaban sus adversarios. Y algo le decía que así iba a ser.

Con un perímetro eficaz se podía desbaratar la mayoría de los planes concebidos para rebasarlo. Unos momentos más tarde constató que dicho perímetro no era eficaz, y que por tanto sería fácil de rebasar.

Los dos individuos se encontraban en medio del pasillo, sin ocultar su presencia. Uno empuñaba un bate y el otro una pistola. Estaban hablando en voz baja, con gestos de satisfacción, seguros de sí mismos. El del bate lo hacía girar como si fuera una porra. El otro empuñaba la pistola apuntando hacia abajo, con cuatro dedos alrededor de la culata y el índice ni siquiera cerca del gatillo.

Dicho de otro modo: sus armas no iban a servirles de nada.

No reaccionaron hasta que el primero notó que le arrebataban el bate. El golpe que le propinaron con este en el estómago lo hizo derrumbarse en el suelo. El otro alzó la pistola, pero no pudo disparar porque Puller, aferrando el arma por el cañón, le atizó un fuerte golpe con la culata en plena sien que lo hizo reunirse con su compañero sobre la raída moqueta. Como el primero aún se movía, lo único que hizo falta para que se quedase quieto fue un golpe con el bate en la cabeza.

Todo había durado cinco segundos. Puller había golpeado a uno con el bate casi al mismo tiempo que arrebataba la pistola al otro. Lo único que se oyó fue el ruido sordo de ambos cuerpos al caer al suelo.

Puller se puso en cuclillas, con una mano agarrando el bate y la otra posada sobre su M11. La otra pistola la desechó tras sacarle el cargador y vaciar la recámara. No le gustaba disparar con armas ajenas, una pistola que no hubiera recibido un buen mantenimiento podía ser más peligrosa para el tirador que para el objetivo.

Empezó a contar mentalmente los segundos. Había eliminado a dos adversarios y quedaban otros cuatro. Su habitación estaba pasado el recodo. Aquellos dos imbéciles constituían la vanguardia. Supuso que tal vez habría otro hombre más adelante y tres más en la zona cero.

Caminó agachado hasta el recodo del pasillo, se asomó brevemente y se escondió otra vez. Allí la oscuridad era casi total, porque alguien había quitado las bombillas del techo. Una buena táctica, se dijo; pero, con las gafas que llevaba, era preferible que todo estuviera oscuro.

A mitad del pasillo, en una sombra más negra que las de alrededor, se hallaba apostado el tercer individuo. Estaba en cuclillas contra un desnivel que formaba la pared, y seguramente empuñaría otro bate, una barra metálica u otra pistola. Puller tenía varias opciones. Podía abalanzarse de repente sobre él y derribarlo antes de que pudiera reaccionar. También podía aproximarse con sigilo, reducirlo sin hacer ruido y continuar adelante.

Optó por esto último.

Avanzó arrastrándose por el suelo como había hecho en los pantanos de Florida y las arenas de Irak cuando era un ranger. Sabía que el individuo agazapado junto a la pared estaría mirando hacia arriba. Era lo típico de la naturaleza humana; únicamente las personas entrenadas cubrían también toda la vertical que iba del suelo al techo, pues sabían muy bien que un agresor con experiencia podía aparecer prácticamente por cualquier ángulo. Y el ángulo más obvio nunca era el más previsible.

Se situó a menos de medio metro del otro hombre y, en un santiamén, le descargó un golpe de bate que le hizo sangrar la cabeza. El cuero cabelludo sangra muchísimo. Y la consiguiente jaqueca que lo acompañaría cuando despertase no iba a olvidarla con facilidad.

De momento no había golpeado a aquellos tres hombres lo bastante fuerte para matarlos. Sabía cuánta fuerza se requería para partir un cráneo, y no le habría importado aplicar dicha fuerza a unos hombres que estaban violando a una mujer delante de su hermano pequeño. Sin embargo, estos tres individuos eran los refuerzos conseguidos para cobrarse venganza. Tal vez fueran igual de pervertidos, o más, que los originales, pero Puller decidió actuar con ellos de forma más benévola; vivirían para contar que lo mejor era no meterse con su torturador.

Aquel individuo tenía una barra metálica. Puller la recogió y siguió avanzando.

Bien, quedaban los tres del incidente inicial. Las posibilidades habían mejorado bastante; de hecho, volvían a ser las mismas que en la escalera. Además, esos tres sin duda eran los que habían ido a casa de Isabel y su hermanito para propinarles una paliza.

Puller decidió aumentar un poco la fuerza que se proponía emplear.

Recorrió el pasillo con rapidez. La puerta de su habitación se encontraba ligeramente entreabierta. Meneó la cabeza ante la chapuza de aquellos descerebrados: una puerta entreabierta era como agitar una bandera roja y gritar: «¡Estamos aquí esperándote!»

Naturalmente, lo que hacía uno no era entrar, sino seguir hasta la habitación siguiente y sorprender al enemigo entrando por la puerta que comunicaba ambos cuartos. Pero claro, siempre cabía que quien se llevara la sorpresa fuese uno mismo, al encontrarse con una lluvia de disparos. Imaginó a los tres violadores en torno a la puerta común, aunque dudaba que fueran tan listos.

Para que él hubiera llegado tan lejos, el perímetro que habían montado debía superarse sin ruido, y seguramente imaginaban que eso no iba a suceder. Aquella noche habían decidido situarse en la retaguardia porque suponían que Puller jamás llegaría tan lejos. No deseaban tener otro encuentro con él. ¿Qué persona, en su sano juicio, lo desearía, después del correctivo que se habían llevado?

Supuso que estarían jugando a las cartas, o hinchándose a cervezas para envalentonarse, o fumando, o mirando por la ventana. De todo menos con la actitud de un profesional.

Embistió la puerta de su habitación con tanto ímpetu que la arrancó de las bisagras. Se encontró con dos enemigos delante y de espaldas. Tal como había previsto, estaban centrados alrededor de la puerta que comunicaba las dos estancias. La barra metálica derribó a los dos de un solo golpe. El blanco se derrumbó sobre la cama, y esta vez era muy posible que lo hubiera matado, y el negro salió despedido en dirección a la ventana, hizo añicos el cristal y se quedó allí colgando, con medio cuerpo fuera.

El único que quedó en pie fue el latino, que retrocedió aterrorizado, con cara de cagarse en los pantalones. Empuñaba una pistola. Estaba a un par de metros de Puller, pero a oscuras y con su capacidad motriz reducida a causa del miedo, era como si estuviera a un kilómetro.

Disparó una vez y falló.

No tuvo ocasión de intentarlo de nuevo.

El primer golpe le arrancó el arma de la mano.

El segundo lo hizo desplomarse en el suelo.

Y el tercero no dejó dudas de que el combate había concluido.

Puller se incorporó y su respiración comenzó a relajarse. Fue entonces cuando lo percibió.

Luz.

Calor corporal.

Sudor.

Unos ojos fijos en él.

Procedentes de la puerta común.

Se volvió hacia allí.

Vio dos hombres de baja estatura. Ambos latinos. Armados. Apuntándole a la cabeza con pistolas de 9 mm. A aquella distancia, podían fallar.

Era la retaguardia, con la que no había contado.

Aquella noche habían venido ocho hombres, no seis.

La había cagado de manera imperdonable.

La penalización que acarreaba semejante fallo estaba más clara que el agua.

Lo iban a matar.

32

Era la primera vez que veía volar a un hombre sin la ayuda de una aeronave.

O eso le pareció.

Los pies de aquellos hombres se despegaron del suelo como si estuvieran atados a un cable y alguien hubiera accionado un interruptor para elevarlos por los aires.

Un instante después, sus cabezas chocaron entre sí. El ruido fue el de dos melones estrellándose el uno contra el otro. Puller vio reflejada en sus rostros la sensación que les produjo la violenta colisión: los ojos parpadearon, se pusieron en blanco y por fin se quedaron cerrados. Las bocas se abrieron de par en par, emitieron gritos de dolor y se cerraron también, igual que los ojos. Pero a diferencia de estos, permanecieron cerradas solo unos segundos, porque se les descolgó la mandíbula incluso cuando sus cuerpos cayeron al suelo como sacos de patatas. La fuerza del encontronazo hizo que soltaran las armas, y de sus bocas comenzó a manar sangre a causa del violento mordisco que se dieron en la lengua.

Detrás de los dos latinos se encontraba aquel gigante, el hombre al que había visto Puller ya en dos ocasiones. Al parecer, los de la retaguardia habían cometido un error imperdonable: habían hecho uso de la habitación de aquel grandullón sin contar con su permiso. Fue la única razón que pudo imaginar Puller para la intervención de aquella bestia de hombre.

Se irguió y contempló al gigante. La M11 le tembló en la mano.

El desconocido no iba armado, pero aun así resultaba incómodo mirarlo, de tan letal que parecía, y dada la absoluta calma con que permanecía allí de pie, devolviéndole la mirada.

—Gracias —le dijo Puller.

El gigante no respondió. Miró una sola vez el arma que empuñaba Puller, como para calibrar si representaba una amenaza que atender. Acto seguido apoyó su enorme pie sobre el torso del primer individuo y empujó. El cuerpo resbaló hacia la habitación de Puller. Un momento después, con un segundo empujón, entró también el otro.

El gigante miró a Puller.

Puller miró al gigante.

—Procuraré hacer menos ruido —se excusó Puller.

Antes de que el gigante cerrase la puerta, a Puller le pareció vislumbrar que esbozaba una leve sonrisa. Un momento después oyó el chirrido de los muelles de la cama. Por lo visto, el gigante se disponía a dormir tras aquella breve interrupción.

Puller enfundó la M11, pero al momento volvió a sacarla, buscó el blanco y se preparó para disparar.

—¡Soy yo! ¡Soy yo!

Era la voz de Cheryl Landry, que levantó su pistola en alto en señal de rendición.

Puller bajó lentamente la M11 y se quitó las gafas de visión nocturna.

—Lo siento.

Landry paseó la mirada por el caos de cuerpos desperdigados por la habitación.

—Joder, Puller. ¿Se puede saber qué demonios ha hecho? Hay otros tres en el pasillo.

—He ido ocupándome de ellos según me salían al paso —repuso él al tiempo que se guardaba el arma.

—Hizo bien en llamarme. Lamento no haber llegado a tiempo.

—Podría haber esperado, pero se trataba de un asunto que debía resolver yo. No había nada que pudiera haber hecho usted.

—¿Por qué no podía esperarme? —replicó Landry.

—Porque era un asunto mío. No había necesidad de que interviniera usted, excepto para hacerse cargo de la limpieza.

—¿Significa que no creía que yo fuera capaz de arreglármelas sola?

—Landry, usted es policía. Si hubiéramos peleado juntos contra estos payasos, pasaría el resto de su vida redactando un informe para explicar el cómo y el porqué. Y su carrera se iría al carajo. Si no hubiera sido por eso, yo no habría tenido problema en contar con su ayuda. Y créame, estas cosas no suelo decirlas a la ligera.

Aquello hizo que Landry se sintiera a la vez desanimada y apaciguada. Se guardó el arma en la funda que llevaba al cinto. No iba de uniforme; vestía unos vaqueros, unas deportivas de suela negra y una sudadera gris encima de una camiseta negra que asomaba por el cuello.

Puller la observó mientras ella contaba mentalmente. A continuación ella lo miró con incredulidad.

—¿Se ha cargado a ocho tíos usted solo? —Se fijó en las pistolas, los bates de béisbol y la barra metálica—. ¿A ocho tíos armados?

Puller desvió la mirada un instante hacia los ronquidos que se oían en la habitación contigua. El gigante se había dormido como un bebé. Sin embargo, algo le dijo que era capaz de despertarse y matar a un eventual agresor en un par de segundos. De modo que decidió no hacerlo intervenir en la conversación con Landry.

—Eran ocho imbéciles. No tiene importancia que estén armados si uno no les da oportunidad de que hagan uso de sus armas.

—¿No dijo que los que habían atacado a la chica eran tres?

Puller asintió con la cabeza y señaló al blanco, al negro y al latino.

—Esos tres idiotas de ahí. La chica está demasiado asustada para denunciarlos, pero yo lo haría con mucho gusto. No estaban aquí para darme la bienvenida cuando regresara a mi habitación. Como mínimo, ha sido tentativa de asesinato. —Calló unos instantes—. Y dudo que tuvieran permiso de armas. ¿Conoce a alguno de ellos?

Landry sacó del bolsillo de la sudadera una linterna pequeña pero potente y alumbró a cada uno de los cuerpos.

Asintió con la cabeza.

—Sí, a estos dos —dijo indicando al negro y al blanco—. No pertenecen a ninguna banda, pero están fichados por la policía.

—Tengo entendido que eran demasiado idiotas y poco fiables para formar parte de una banda.

—¿Y dónde se ha enterado de eso?

—De una fuente confidencial.

—Lleva en Paradise poco más de doce horas. ¿Dónde consigue fuentes confidenciales tan rápidamente?

—Averígüelo usted.

—Voy a llamar para solicitar transporte.

—Muy bien.

—Hay papeleo que rellenar.

—Ya imagino.

—Pero puede esperar hasta mañana.

—Se lo agradezco.

—¿Tiene otro sitio donde alojarse?

Puller reflexionó un momento. La casa de su tía era una opción, pero todavía la consideraba una escena del crimen sin procesar. Si se trasladaba allí, incluso para pasar una sola noche, podría echar a perder pruebas importantes, y no se atrevía a hacer algo semejante, aunque personalmente le resultara más cómodo.

—Mi coche.

—¿El Corvette?

—No. Otro. Me pareció que el Corvette llamaba demasiado la atención.

—En eso coincido con usted.

—Así que puedo dormir en mi vehículo.

—¿En la calle?

—¿Por qué, es que la policía no mantiene la seguridad en las calles?

—Puller, acaba de cargarse a ocho individuos que viven en Paradise. Estoy segura de que los ocho tenían amigos y familiares que querrán cobrarse venganza. Lo buscarán, tanto si duerme en su coche como en otro hotel barato.

—Bueno, también puedo conseguir una manta y dormir en la playa.

—No me está entendiendo. Podrían venir a matarlo.

—¿Tiene alguna sugerencia, entonces? A mí ya no se me ocurren más ideas.

Landry puso cara de no estar segura y luego de no sentirse cómoda. Aquel cambio de expresión despertó el interés de Puller y le hizo preguntarse qué iba a decir a continuación.

—Mire, puede quedarse en mi casa —ofreció Landry—. Solo esta noche —se apresuró a añadir.

—¿Usted vive en Paradise?

—Al lado, en Destin.

—¿No puede permitirse vivir en Paradise?

—Me gusta más el paisaje de Destin. Solo está a quince minutos de aquí. Quince minutos muy importantes. Para usted. Dudo que los amigos y parientes de estos tipos lo encuentren allí.

—No tiene por qué cargar conmigo.

—Ya lo sé. Pero si no quisiera, no se lo habría ofrecido.

—En realidad no me conoce.

—Ya le dije que tengo un hermano en el Ejército. Me ha hecho el favor de investigarlo a usted, y me ha dicho que no hay nadie que posea mejor hoja de servicios. Lo único que tiene usted en su contra es que nadie entiende por qué no estudió en West Point. Y también me ha dicho que su padre era como Patton y Schwarzkopf, los dos juntos en una misma persona.

—Eso no se lo discuto. Aunque yo diría que se parece más a Patton, por lo menos en la manera de tratar al personal del hospital.

—Entonces, ¿se queda en mi casa?

—De acuerdo, pero solo por esta noche.

—Solo por esta noche —repitió Landry, y a continuación sacó el teléfono del bolsillo y llamó a comisaría para solicitar transporte médico para ocho hombres hechos papilla.

Cuando hubo terminado, se guardó el teléfono de nuevo y dijo:

—Bullock quiere hablar con usted de este asunto.

—Ya lo supongo. De hecho, lo he visto hoy mismo.

—¿Y no le ha arrancado la cabeza?

—Hemos llegado a un entendimiento.

—Vaya. Aunque yo no contaría con eso, después de lo que ha sucedido aquí.

—Tiene razón.

—Desde que está en Paradise no para de causar estragos.

—Lo entiendo.

—¿Va a quedarse mucho más?

—Ojalá lo supiera.

—¿Por su tía?

—Por mi tía.

—Nunca se rinde, ¿verdad?

—Nunca he visto la utilidad de rendirse —replicó Puller.

33

Puller iba siguiendo a Landry en dirección a su domicilio. Ella iba delante en un cuatro por cuatro Toyota FJ azul oscuro. Parecía un todoterreno resistente y preparado para rodar por asfalto o por arena, que era seguramente el motivo por el que lo había comprado. Puller ya la había catalogado como una mujer particularmente sensata, y ahora lo confirmó al ver que se mantenía exactamente dentro del límite de velocidad permitido en la carretera que llevaba a Destin.

Por el camino telefoneó a los Pabellones Disciplinarios para hablar con su hermano. Se trataba de una llamada programada con antelación, tal como se requería, y aunque se había retrasado un poco, al cabo de unos segundos le pasaron con Robert.

Robert estaba esperando la llamada de su hermano pequeño y contestó de inmediato.

—Perdona el retraso —le dijo John—. Me han entretenido.

—No pasa nada. Había pensado salir por ahí esta noche, pero decidí quedarme a esperar tu llamada.

—Me alegra ver que aún conservas tu sentido del humor.

—De hecho es lo más importante que tengo. Puede que sea lo único que tengo.

—Comprendo.

—Cuando dices que te han entretenido, seguro que hay alguien desangrándose en alguna cuneta.

—No están en una cuneta —replicó John.

—Cuéntame.

John le refirió la mayor parte de lo sucedido en Paradise durante las últimas doce horas. Cuando terminó, él mismo quedó sorprendido de haber acumulado tantas cosas en tan poco tiempo.

—Sí que has estado ocupado —comentó Robert.

—Lo cierto es que no ha sido por voluntad propia.

—¿De modo que ha desaparecido un diario de la casa de Betsy?

—Eso parece.

—¿Y esos ocho kilómetros recorridos por la noche, en el coche?

—Es solo una suposición. Tendré que confirmarlo.

—¿Y los tipos que te seguían?

—Tengo a un contacto del USACIL trabajando en ello. Espero que pronto me diga algo.

—Lamento que hayas tenido que ver a tía Betsy así.

—¿Te acuerdas de los veranos que pasamos con ella y el tío Lloyd?

—Me acuerdo mucho. Era una persona inolvidable. Parecida al viejo, pero compasiva y con corazón.

John asintió. Él habría dicho exactamente lo mismo.

—Aquellos fueron buenos tiempos —comentó.

—A veces pienso que si somos lo que somos es gracias a ella, más que al viejo —dijo Robert.

—La verdad es que no lo había pensado, pero conforme me voy haciendo mayor, más pienso que me parezco mucho al viejo.

—Pues deja de pensar eso, o te volverás loco.

—Puede que ya lo esté.

—Eres la persona más cuerda que conozco. Y eso ya es mucho decir.

—Puede que sí, Bobby. Pero puede que no.

—Bueno, ¿y tú qué opinas? ¿La han asesinado?

—Si tengo en cuenta el diario desaparecido, si es que era eso, los tipos que han estado siguiéndome, el hecho de que me pareciera que el abogado me mintió y lo que ponía la carta de tía Betsy... sí, opino que la asesinaron.

—Pero la policía no lo ve así.

—De momento no. Pero eso podría cambiar.

—¿Y quiénes son los que no están en la cuneta?

—Unos tipos con los que tuve unas palabritas. No guardan relación con el motivo de mi visita.

—Pero en realidad no puedes estar seguro de eso.

—Tienes razón, no puedo estarlo. Pero es lo que intuyo.

—¿Qué vas a hacer ahora?

—Dormir un poco. Todavía no he pegado ojo.

—¿Algo más?

John titubeó, pero decidió contárselo.

—Aquí hay un tipo. Más grande y más fuerte que yo. Podría hacerme picadillo.

—Pues debe de ser un fuera de serie. ¿Qué relación tiene contigo?

—No sé si tiene alguna. Podría ser simple casualidad.

—Pues pégale un tiro, sin más.

—Esta noche me ha ayudado. No creo que haya sido porque sea un buen samaritano, sino porque lo cabreó que lo molestaran en sus horas de descanso.

—Vale. Creo que te sigo, pero no estoy muy seguro.

—¿Cómo están las cosas por ahí?

—El paisaje no ha cambiado.

John esbozó una breve sonrisa.

—Ya.

—Bueno, y después de dormir un poco, ¿qué piensas hacer?

—Recorrer los ocho kilómetros que tal vez recorrió Betsy. Trabajar sobre el asunto del abogado. Coordinarme con el USACIL. Mañana llegará mi petate a la base de Eglin; a partir de entonces podré empezar a actuar como un investigador de verdad.

—Buen plan. Pero ve con mucho cuidado, John. Estás ahí solo, y en realidad no sabes de quién puedes fiarte. Y por lo que parece, ahora mismo tienes razones para desconfiar de bastantes personas.

—Buen consejo, Bobby.

—Dime, ¿cómo es la casa?

—¿Qué?

—Que cómo es la casa de tía Betsy.

—Bonita. Está cerca del mar.

—¿Vas a trasladarte allí, ahora que es tuya?

—Lo dudo.

—Venga ya, hay mucha gente que se va a vivir a Florida.

—Paradise está resultando un lugar demasiado peligroso para mi gusto.

Y dicho esto, puso fin a la llamada y siguió conduciendo.

34

El domicilio de la agente Landry se encontraba en la décima planta de un edificio de veinte pisos situado a pocos pasos de la playa. De hecho, la «zona ajardinada» que tenía delante era la misma playa. Puller la siguió hasta el interior de un garaje cubierto y aparcó a su lado. Ambos se apearon y fueron hasta unos ascensores, Puller con su pequeña bolsa de viaje echada al hombro.

—Parece un sitio agradable —comentó.

—A mí me gusta. Los vecinos son gente variada, joven y no tan joven.

—Y con la playa a pocos metros. ¿Es una coincidencia?

—Me gustan los deportes acuáticos.

—¿Y qué otras cosas hace para divertirse?

Sonó la campanilla del ascensor y se abrieron las puertas.

—Practicar el tiro al blanco. Y atrapar a los malos.

Entraron en la cabina.

—¿Esas dos actividades se autoexcluyen? —preguntó Puller.

Las puertas se cerraron.

—Espero que no —contestó Landry.

Salieron en la décima planta, y Puller la siguió por un pasillo con suelo de mármol multicolor. Ella se detuvo ante el apartamento 1017 e introdujo la llave.

Entraron y Puller cerró la puerta.

—Tengo un dormitorio de invitados —dijo Landry señalando a la izquierda—. Tiene cuarto de baño propio. La cocina está ahí, y la nevera está llena. Yo no soy muy de cocinar, pero puede servirse lo que quiera. En esta parte de aquí hay una terraza con buenas vistas del Golfo. También tengo un cuarto de la colada, por si necesita lavar algo.

—Eso se me da bien.

Fue a su habitación, dejó la bolsa de viaje sobre la cama y volvió a salir. Miró alrededor; todo se veía relativamente nuevo y elegido con buen gusto. Él no se preocupaba mucho por la decoración, su apartamento en Quantico era un lugar limpio y sobrio, pero en lo demás no se distinguía de un dormitorio de la universidad.

Abrió la puerta corredera de la pequeña terraza y salió fuera. Allí arriba la brisa soplaba con fuerza y olía a salitre.

Había una tumbona, una barbacoa pequeña y una mesa redonda con algunos libros. Contra una pared descansaban una tabla de surf y otra de *paddle surf*, más grande y con la pala al lado. En la barandilla, sujetos con pinzas para la ropa, había varios bikinis. Puller los contempló unos instantes y después pasó a observar el mar. En aquel momento salió Landry a la terraza y recogió discretamente los trajes de baño para llevárselos dentro. Luego volvió a salir.

Puller, apoyado en la barandilla, señaló las tablas de surf.

—Así que es cierto que le gustan los deportes acuáticos.

—Sería tonta si no me gustasen, viviendo aquí.

—¿Es usted natural de Destin?

—Soy de Miami. Me vine a vivir aquí hará unos cinco años.

—¿Cómo es eso? Tengo entendido que Miami es muy divertido para la gente joven.

—Puede serlo para algunos jóvenes. Pero para mí no lo era. Además, me crie allí, ya lo conocía todo, nada me resultaba nuevo. Y se había abarrotado de gente, era una locura. La Costa Esmeralda es más de mi estilo. O la Riviera de los Pueblerinos, como la llaman algunos.

—¿Y lo de hacerse policía?

—Vocación. Mi padre era detective en Miami, así que me crie rodeada de policías todo el tiempo. Como aquello me gustaba, me alisté. Creo que mi padre pensaba que mi hermano iba a ser policía también, pero su sueño era el Ejército.

—¿Se apenó mucho su padre cuando usted se marchó de Miami?

—Seguramente se habría apenado de haber estado vivo. Pero ya se encargó de que no fuera así un psicópata que iba drogado hasta las cejas.

—Lo siento. Los detectives no suelen acabar de esa forma, ellos intervienen después de que hayan sucedido los hechos.

—No estaba de servicio. Era un simple ciudadano que se hallaba en un bar tomando una copa, cuando de repente al tipo se le fue la olla. Mi padre intentó calmarlo, pero no lo logró.

—¿Y su madre?

Landry se volvió hacia Puller.

—Considero que ya le he contado suficientes cosas de mí misma.

—Solo pretendía entablar conversación.

—No es necesario. Me siento cómoda en silencio.

—La verdad es que yo también.

—Estoy agotada, me voy a la cama. Para desayunar, tendrá que arreglárselas solo. Yo madrugo para bajar a la playa y luego voy al gimnasio que hay aquí abajo. Puede acompañarme, si quiere. Y después me voy a trabajar.

—En ese caso, la dejaré tranquila.

Landry se marchó, y unos instantes más tarde Puller oyó cerrarse la puerta de su habitación.

Volvió a contemplar el mar. Desde aquella atalaya, era como si pudiera abarcar el mundo entero. Sin embargo, lo único que quería ver era la verdad que había detrás de la muerte de su tía.

Oyó el ruido de una ducha y supuso que Landry estaba dándose un remojón antes de acostarse. Era una persona reservada. Interesante. Pero claro, en las poco más de doce horas que él llevaba allí ya había conocido a un montón de personas «interesantes».

De pronto se cerró el grifo y se oyó que se abría la mampara de la ducha. Puller contó mentalmente los segundos y le dio tiempo para que se secara y fuera a acostarse. Momentos después, oyó chirriar ligeramente los muelles de la cama. Consultó el reloj. Era tarde de verdad. Sobre todo para él, que, según su reloj interno, había perdido una hora.

Volvió a entrar en el apartamento. El aire acondicionado estaba encendido, pero por alguna razón hacía más calor dentro que fuera. Fue a su habitación, cerró la puerta, se desvistió hasta quedarse en calzoncillos y se metió en la cama. Sintió las sábanas frías al contacto con la piel. Puso la M11 bajo la almohada, un ritual que continuaría repitiendo hasta la muerte; era lo que tenía el haber estado destinado tantas veces en Oriente Próximo. Allí, uno nunca sabía con seguridad quién era amigo y quién enemigo; dependiendo del día, cualquiera podía ser lo uno o lo otro. Y al día siguiente las tornas podían volverse. En cuestiones de vida o muerte, dicha confusión no era nada tranquilizadora.

Sus pensamientos derivaron hacia aquel extraño gigante. Aquella noche había sido un amigo, pero ¿qué sería la próxima vez? No había motivos para pensar que aquel individuo tuviera relación con la razón de su visita a Paradise, pero él sabía que aquello podía cambiar. En Virginia Occidental, muchas personas habían resultado no ser lo que afirmaban ser. Y ciertas conexiones que antes parecían absurdas habían resultado muy reales.

Se masajeó el cuello, relajó los músculos de las piernas y cerró los ojos para dormirse. Se dijo que lo que soñase no tendría nada que ver con su estancia en Paradise; él, al igual que Landry, prefería el paisaje que se disfrutaba aquí.

35

Cheryl Landry se despertó a las seis de la mañana.

A las seis y diez tenía ya puesto el pantalón corto de hacer surf y la parte superior de un bikini encima del cual llevaba una camiseta de manga corta. Calzada con chanclas y llevando una toalla de playa bajo el brazo, abrió la puerta de su dormitorio y vio a Puller sentado a la mesita redonda de la cocina, tomando un café y leyendo el periódico. Se había vestido con ropa de deporte: pantalón corto negro, camiseta verde del ejército y zapatillas deportivas.

Levantó la vista y vio a Landry mirándolo fijamente. La saludó sosteniendo su taza en alto.

—¿Le apetece un café antes de echarse al agua?

—No, gracias, estoy intentando reducirlo. —Landry salió a la terraza y recogió la tabla de *paddle*.

—Lo cierto es que estaba pensando en pasarme al té de hierbas —comentó Puller cuando ella volvió a entrar.

—¿En serio?

—La cafeína estropea la puntería. Ese sería un motivo suficiente para que los militares la prohibieran, aunque jamás harán tal cosa; el café está demasiado arraigado en la psique del Departamento de Defensa. —Levantó el periódico—. Espero que no le importe, estaba en la puerta.

—No hay problema. La única razón por la que me traen el periódico es porque es gratis. Normalmente leo todo en internet.

Puller bajó la vista hacia la primera plana del diario, dominada por una foto de gran tamaño de los fallecidos Storrow.

—Por todas partes se habla del asesinato de los Storrow.

Landry asintió.

—Yo no excluiría la posibilidad de que algunos vecinos lo hayan exagerado un poco, con el fin de ahuyentar a los turistas de Paradise.

—¿Tan despiadada es por aquí la gente?

—Cuando se trata de acaparar el dinero de los turistas, sí.

Puller se puso de pie, lavó su taza y la puso en el escurreplatos.

—¿Viene a la playa? —le preguntó Landry.

—Iré a correr un poco, mientras usted hace lo que se supone que haga con ese trasto —contestó, señalando la alargada tabla roja.

—Es una tabla de *paddle surf* —repuso ella, sorprendida de que él desconociera tal cosa.

—Vale.

—Uno se pone de pie encima y avanza remando con la pala.

—Perfecto. Algo así me imaginaba.

—Pues ya hace mucho que existen. Deduzco que usted no va mucho a la playa.

—No se equivoca.

—No es tan fácil como parece.

—A mí no me parece que sea fácil. Ni siquiera estoy seguro de que esa cosa sea capaz de aguantar mi peso.

Salieron del apartamento y Landry le preguntó:

—¿Qué distancia corre?

—¿Durante cuánto tiempo rema usted?

—Unos cuarenta y cinco minutos.

—Pues durante ese tiempo corro yo —repuso Puller.

—Después pasaré un rato entrenando en el gimnasio.

—Muy bien.

—¿Usted también?

—Yo también —contestó Puller—. Últimamente no he hecho mucho ejercicio, y necesito recuperar.

—Pues parece estar en muy buena forma.

Puller sostuvo la puerta del ascensor para que pasara Landry con su tabla y la acomodase en el interior de la cabina.

—Las apariencias pueden ser engañosas.

Puller encontró un tramo de arena endurecida y empezó a correr. Había observado a Landry mientras esta se quitaba la camiseta y se metía en el mar con la tabla hasta más allá de donde rompían las olas. Se tumbó boca abajo sobre la tabla y fue hasta una zona calmada y sin viento. Entonces se puso de pie y comenzó a remar.

Remó paralela a la orilla, en la misma dirección en que corría Puller, de modo que él la iba viendo todo el rato. Como era muy temprano, todavía no había mucha gente. Vio algunos pescadores con sus cañas montadas en unos tubos de PVC clavados en la arena, charlando y bebiendo café que habían traído en un termo. Y también a una señora mayor paseando con la cabeza gacha y haciendo movimientos elípticos con los brazos; le pareció que estaba ejecutando alguna terapia física, o a lo mejor tenía los hombros dislocados. Una pareja corría junto a un esbelto setter irlandés que les seguía el ritmo. En el cielo revoloteaban las gaviotas buscando algo para desayunar en las verdes aguas del Golfo.

Consultó el reloj, dio media vuelta y emprendió el regreso por donde había venido. Vio que Landry también daba la vuelta y hacía lo mismo.

Cuando llevaba casi veinticinco minutos corriendo, empezó a notar una agradable sensación de calentamiento en los músculos. Sus pulmones estaban trabajando a tope, se le había reactivado la circulación en las piernas y no dejaba de mover los brazos. Cuando se entrenaba para convertirse en un ranger había corrido cientos de kilómetros, mientras que en las Fuerzas Especiales todo era entrenamiento con armas y resistencia. Sí, todos levantaban pesos. Sí, todos eran más fuertes que un oso. Pero lo que de verdad marcaba la diferencia entre vivir y morir era el aguante.

Al final de los cuarenta y cinco minutos, se plantó en el punto del que había partido, moviendo brazos y piernas para mantener altas las pulsaciones, pero permitiendo que el cuerpo se enfriase poco a poco.

Landry regresó remando, llegó a las olas, se apeó y se dirigió hacia la playa atravesándolas. Recogió la camiseta y la toalla que había dejado en la arena y, cargando con la tabla, fue hacia Puller.

—Necesito cambiarme de ropa —dijo—. ¿Qué tal la carrera?

—Todas son iguales.

—Pues no se le ve que se haya quedado sin resuello después de correr tanto rato.

—No ha sido tanto. ¿Qué tal usted con su tabla?

—Ha sido revelador.

—No me diga. —Puller la miró con escepticismo.

—Esto le da a uno tiempo para pensar. Se está a solas con la pala y el agua. —Calló unos instantes y miró a Puller mientras ambos regresaban al bloque de apartamentos—. ¿Usted piensa mientras corre?

—Ahora que lo menciona, supongo que sí.

—¿Y?

—Necesito practicar más.

Landry se secó antes de entrar en el edificio y tomar el ascensor.

Tardó cinco minutos en quitarse el agua de mar y cambiarse de ropa, y volvió vestida con un pantalón corto ajustado que le llegaba por encima de la rodilla, una camiseta ceñida bajo la que llevaba un sujetador deportivo y unas zapatillas deportivas con calcetines tobilleros. Se había recogido el pelo mojado con una gruesa pinza verde.

El gimnasio del edificio era grande y estaba bien aprovechado. Había máquinas de musculación, pesas, aparatos para hacer sentadillas, mancuernas, una zona *cardio* con cintas de correr y máquinas de subir escaleras, así como un espacio libre en el que se daban clases.

Landry fue hacia las máquinas de musculación, mientras Puller, tras una tanda de estiramientos, se dedicó a hacer elevaciones de brazos, flexiones en el suelo, ejercicios de torso y entrenamiento de piernas para hacer trabajar la parte inferior del cuerpo.

Cuando acabaron, ambos se secaron el sudor con las toallas, cogieron unas botellas de agua de una nevera pequeña junto a la puerta de salida y se dirigieron hacia el ascensor.

—Veo que hace mucha gimnasia de piernas —comentó Landry—. La mayoría de los hombres se concentran en los bíceps.

—Nunca he sido capaz de correr con las manos.

Landry rio.

—¿Hace esto todas las mañanas? —le preguntó él.

—Todas las mañanas que puedo.

—Entonces vivirá eternamente.

Ella sonrió, y luego se puso seria.

—A no ser que muera en acto de servicio.

—Siempre cabe esa posibilidad.

—Imagino que a usted le ocurrirá lo mismo. —Se fijó en su pantorrilla y su antebrazo, que lucían prominentes cicatrices de combate, y las señaló—. ¿Irak? ¿Afganistán?

Puller bebió un trago de agua antes de responder.

—Los dos.

—Mi hermano aún sigue allí.

—Espero que regrese pronto, sano y salvo.

—Yo también.

—¿Vendrá aquí?

—Lo dudo. Su plan es quedarse para que lo contraten fijo.

—El Ejército es un buen jefe. Le irá muy bien.

—Pero usted no es muy imparcial, ¿no?

—De hecho, no soy nada imparcial.

—Bueno, ¿y qué tiene pensado hacer hoy?

—Volver a la casa de mi tía, a examinar unas cosas.

Landry le puso una mano en el brazo.

—Puller, ya sabe lo que dijo el jefe Bullock.

—No hay problema. Anoche le dije que ya había hablado con él. Junto a la casa. Mi tía me la ha dejado en herencia, tengo documentos que lo demuestran y la llave que me ha entregado el abogado.

Landry retiró la mano.

—Ah. Bien, eso es estupendo. —Hizo una pausa y agregó—: Entonces, ¿de verdad cree que su muerte fue algo más que un accidente?

—Cuando lo sepa con seguridad, usted será la primera persona en enterarse.

Regresaron al apartamento, se ducharon y se cambiaron de ropa. Puller hizo más café, y cuando Landry salió vestida con su uniforme le sirvió una taza. Lo bebieron en la terraza, contemplando cómo iba elevándose el sol en el cielo. La playa ya estaba más concurrida, pues las familias competían por hacerse con las mejores zonas.

—¿Se ve a sí misma quedándose aquí a largo plazo? —preguntó Puller.

—Pues no lo he pensado. ¿Y usted? Supongo que también tiene la intención de llegar hasta el final del escalafón.

—Sí, supongo que sí.

—¿Y después? Todavía es joven.

—¿Quién sabe?

—Podría hacerse policía.

—Podría.

Landry volvió a sonreír.

—¿Siempre es tan hablador?

—En comparación con otras ocasiones, en este momento estoy siendo absolutamente locuaz.

De repente le sonó el teléfono. Miró la pantalla. Era Kristen, del USACIL. Abrigó la esperanza de que hubiera averiguado quiénes eran los tipos que le estaban siguiendo.

Landry miró el teléfono.

—¿Tiene que volver al trabajo? —le preguntó con cierta desilusión.

—Tengo que volver al trabajo —respondió Puller.

36

Puller se apartó de Landry para atender el teléfono.

—Hola, Kristen.

Pero no era Kristen. Le respondió una voz masculina.

—¿Agente John Puller?

—¿Quién lo pregunta?

—El coronel Peter Walmsey, soldado.

—Sí, señor —respondió Puller, y por reflejo adoptó la posición de firmes—. ¿En qué puedo servirle, señor?

—Quiero saber por qué motivo pide usted al USACIL que le haga un trabajo que nada tiene que ver con sus tareas en la CID. Eso es lo que quiero saber. ¿Es que considera que el principal laboratorio forense del Ejército es su juguete personal?

Puller se relamió los labios y pensó cómo responder.

—¿Por casualidad se refiere a la llamada telefónica que he hecho a la señora Craig?

—Sí, «por casualidad» me refiero a esa llamada, concretamente a su petición de que ella le investigue la matrícula de un vehículo. Y también quiero saber por qué se ha enviado a la base aérea de Eglin, a la atención de usted, un petate con equipo de investigación propiedad del Ejército, para ser utilizado en un asunto ajeno a la CID.

«Mierda.»

—Pido disculpas por el malentendido, señor.

—¿Está diciendo que ha sido un malentendido? ¿Por qué no

me lo explica de tal modo que me disuada de denunciarlo oficialmente, Puller?

—He observado en el estado de Florida que dos individuos con aspecto de soldados me iban siguiendo, coronel Walmsey. He solicitado a la señora Craig que intentara hacer uso de los medios razonables que tuviera a su alcance para determinar si dichos individuos eran miembros del Ejército. Y la manera más rápida de hacerlo me ha parecido investigar la matrícula de su vehículo. Conseguí el número y se lo transmití a la señora Craig.

—¿Y por qué iban a seguirlo los nuestros, Puller?

—Señor, si supiera la respuesta a esa pregunta, no habría involucrado a la señora Craig.

—¿Y lo del petate?

—Guarda relación con lo mismo, señor. He venido aquí por un asunto familiar y no he traído nada de equipo. Si se hiciera necesario iniciar una investigación, deseaba estar preparado para llevarla a cabo.

—¿Cuándo, exactamente, pensaba informar de todo esto a su superior?

—Una vez que hubiera determinado que tenía algo de que informar, señor, y que implicaba a otros militares. Pero deseo dejar claro que asumo toda la responsabilidad. La señora Craig ha creído que yo estaba llevando a cabo un trabajo autorizado. Nada de esto debe figurar en su hoja de servicios, señor.

—Defiende usted bien a sus amigos, Puller, eso he de reconocérselo. Pero, para su información, la señora Craig ha sido relevada de su puesto a la espera de que se lleve a cabo una investigación sobre este asunto.

«Mierda y mierda», pensó Puller.

—Lamento mucho que así sea, señor.

—Usted no lo lamenta tanto como ella. Ahora hablemos de usted.

—Sí, señor.

—La CID me ha informado de que ahora mismo se encuentra usted de vacaciones.

—Así es, señor.

—Y de que recientemente llevó a cabo con éxito una misión

en Virginia Occidental que ahorró a este país un enorme quebradero de cabeza.

Puller no dijo nada.

—Así pues, en resumidas cuentas, me han dicho que necesitaba usted unos días de permiso. Eso no me gusta nada, Puller. A todos los soldados se les ha de exigir lo mismo, ¿no está de acuerdo?

—Sí, señor, estoy de acuerdo.

—¿Y cuál es ese nivel de exigencia?

Puller tenía la sensación de encontrarse en un campo de entrenamiento.

—El más alto posible, señor —contestó de manera maquinal.

—Sin embargo, no es lo que va a suceder en este caso. A mí me parece una gilipollez, Puller.

—Sí, señor, lo es.

—Pero usted puede apretarse los machos y hacer algo al respecto. Regresar aquí y aguantar el chaparrón.

Puller admiró la habilidad con que el coronel había maniobrado hasta acorralarlo.

—Señor, con mucho gusto haré eso en cuanto haya terminado mis gestiones aquí.

—¿Y qué gestiones son esas? —replicó Walmsey, que al parecer no había contado con esa respuesta.

—Sobre mi tía.

—¿Su tía? ¿Qué diablos ocurre con su tía?

—Eso es lo que intento averiguar, señor.

—¿No puede preguntárselo a ella?

—Lo haría, señor, pero la han asesinado.

—¿Que han asesinado a su tía? —repuso Walmsey en tono escéptico—. ¿Para eso quiere su petate? ¿Es que su tía pertenecía al Ejército?

—No, señor.

—Entonces, está claro que no me he explicado bien, Puller. Lo que se propone no cuenta con la autorización de...

Entonces fue cuando a Puller se le agotó la paciencia. No solía ocurrirle cuando estaba hablando con un oficial superior, pero quizás el breve período que llevaba sin contacto con el Ejército había atenuado su instinto profesional.

—Señor, si me permite, mi tía envió una carta a mi padre, al hospital de veteranos donde se encuentra actualmente ingresado. En dicha carta decía que estaba asustada, que aquí estaban ocurriendo cosas que le parecían sospechosas. Mi padre me pidió que investigara. Vine aquí con ese motivo y me encontré con mi tía fallecida. Naturalmente, eso despertó mis sospechas.

Walmsey habló con tono mucho menos belicoso.

—¿Su padre? ¿Dice que está ingresado en un hospital de veteranos?

—Así es, señor. No se encuentra bien, pero va tirando. Incluso en ocasiones cree que todavía está al mando de la 101.

Siguió un largo silencio, tras el cual volvió a hablar Walmsey.

—¿Su padre es John Puller *el Peleón*?

—Sí, señor. Yo soy John Puller júnior.

—Eso no figuraba en el informe que me han pasado. Y no entiendo por qué.

Puller se imaginó la que iba a caerle al ayudante del coronel que había cometido aquel fallo.

—Pero mi padre, siendo quien es, no debería influir para nada en este asunto.

—No, no debería —coincidió Walmsey con voz entrecortada.

—Es que mi tía era la única hermana de mi padre. Se lo tomó muy a pecho, pues era menor que ella. ¿Usted tiene hermanos, señor?

—Dos hermanas mayores que yo. Es una relación especial, la de una hermana mayor con su hermano pequeño.

—Sí, señor, eso tengo entendido.

Siguió otra pausa.

—Bien, continúe con lo que está haciendo ahí, ya revisaremos este asunto más adelante, agente Puller.

—Sí, señor. Gracias, señor. ¿Y la señora Craig?

—No se preocupe por ella. Me fiaré de su palabra de que no ha tomado parte en nada irregular. Hoy mismo volverá a su puesto.

—Se lo agradezco, señor.

—Salude a su padre de mi parte y transmítale mis mejores deseos de que se recupere prontamente.

—Así lo haré, coronel. Gracias. Ah... ¿existe alguna posibilidad de que se investigue esa matrícula, señor?

Pero la comunicación ya se había cortado.

No tenía pinta de que el Ejército fuera a serle de mucha ayuda.

Se despidió de su anfitriona y se encaminó hacia el Tahoe. Necesitaba recoger su petate de investigación.

37

El sudor le corría por el cuello.

A las ocho de la mañana ya llevaba una hora trabajando con ahínco. En ese momento la temperatura era de 27 °C, y estaba previsto que aquel día alcanzase los 37.

Seguía en la misma casa. Le habían dicho que aquella finca era tan extensa que requería el trabajo de un equipo de jardineros todos los días. Había procurado asegurarse de que lo destinaran allí, aflojando unos billetes y haciendo promesas a personas que no tenían ningún interés por saber por qué quería estar allí; para ellas era únicamente un intercambio de una cosa por otra. Y cuando se hacen tratos con gente de escasos recursos, el regateo se convierte en un modo de vida. Que ellos supieran, la intención que tenía él era hacer un reconocimiento de la mansión con la esperanza de lograr robar en su interior. No les molestaban las personas que robaban a los ricos; los ricos tenían de todo, les bastaría con imprimir más dinero.

Él era, simplemente, un hombre que trabajaba para otros. Le pagaban un salario que apenas le bastaba para vivir, y estaba a un paso de convertirse en un vagabundo sin hogar.

Al recorrer con la mirada a los trabajadores que estaban con él, lo que hacía en realidad era constatar la situación en que se encontraban ellos, no la suya. Para él, el dinero no significaba nada. Él estaba allí por motivos propios, nada más. Cuando terminase con lo suyo, se marcharía.

A menos que lo mataran. Y en tal caso se quedaría en Paradise para toda la eternidad.

Se limpió el sudor de los ojos y comenzó a recortar un seto para unos dueños que exigían un trabajo de precisión. Pero también se concentró en lo que había visto la noche anterior en la playa. Aquellos cautivos estaban perdidos sin remedio, todo terminó para ellos en cuanto los capturaron. En el barco, en el camión, daba lo mismo. Nada podía interrumpir la larga cadena que los privaba de todos sus derechos, porque eran esclavos.

El siglo XVI o el siglo XXI, daba igual. Las personas que poseían poder y recursos siempre abusarían de quienes carecían de ellos.

Siguió trabajando y pensó en el siguiente paso que iba a dar.

Recorrió con la mirada la parte superior del seto, y al mismo tiempo oteó el perímetro de la mansión. El mismo Maserati estaba aparcado en el camino circular de entrada, pavimentado con adoquines. Supuso que la joven pareja se había quedado a pasar la noche. ¿Por qué iban a marcharse de aquella finca, sin tener necesidad? Se había enterado, haciendo sutiles preguntas a una criada que había salido a recoger el correo, de que el personal de la mansión estaba formado por diez personas, entre doncellas, un cocinero, una persona que hacía las veces de mayordomo y varias más que trabajaban por poco dinero a cambio de poder vivir en las dependencias destinadas al servicio con que contaba una de las residencias más lujosas de la Costa Esmeralda.

La familia que vivía allí estaba integrada por cuatro miembros:

El marido, que era el que suministraba el dinero.

La segunda esposa, una mujer mimada.

El hijo, todavía más mimado.

La suegra.

El marido tenía cuarenta y tantos años, relativamente joven para haber amasado semejante fortuna. No había llegado a preguntarle a la criada cómo había ganado tanto dinero su señor.

Porque ya lo sabía.

La segunda esposa había sido modelo de pasarela, tenía treinta y pocos años y pasaba la mayor parte del tiempo yendo de compras.

El hijo —hijastro de la segunda esposa— tenía diecisiete años y estudiaba en un internado privado de Connecticut. Ya había sido aceptado en una universidad de la Ivy League, más por la generosidad que había mostrado su padre hacia dicha institución que por su rendimiento académico. Ahora estaba en casa pasando las vacaciones, jugando al polo, conduciendo su Porsche y depositando su simiente entre las jóvenes disponibles de por allí, las cuales competían despiadadamente por la posibilidad de llegar a vivir algún día en una gran mansión llena de criados. Aquello también lo había descubierto antes de empezar a trabajar allí.

La madre de la segunda esposa vivía en el magnífico pabellón de invitados y, según se comentaba, era una verdadera arpía.

De pronto distinguió a la misma mujer que había visto el día anterior junto a la piscina salir de la casa por una puerta cristalera. Vestía una falda blanca que dejaba ver el bronceado de sus piernas, una blusa azul clara y sandalias de tacón. La melena le caía sobre los hombros. Iba bastante arreglada para aquella hora tan temprana, a lo mejor había quedado con alguien.

La observó cruzar en dirección al pabellón de invitados y entrar en él, tal vez para presentar sus respetos a su ocupante.

En eso, la puerta cristalera se abrió de nuevo, y salió un hombre.

Lo estudió con atención. Mediría un metro ochenta, estaba delgado y en buena forma física, y llevaba un pantalón corto que le permitía exhibir sus pantorrillas bronceadas y musculosas. Sus mocasines de piel parecían muy caros y seguramente lo eran, así como una camisa Bugatchi de manga larga, con un estampado en tonos azules. Se la había dejado por fuera del pantalón, sin duda para mostrar que, a pesar de todo el dinero que tenía, era un tipo informal y moderno. Su cabello era castaño y ondulado, con un leve toque de canas en las sienes. Cruzó la explanada y entró en el pabellón de invitados.

Sabía quién era aquel individuo. Era el que proporcionaba el dinero. El dueño de aquella mansión y de todo su contenido.

Peter J. Lampert.

Había ganado y perdido una fortuna de muchos millones de dólares trabajando de gestor de fondos de cobertura, además del dinero que le habían confiado sus clientes. Después, ganó otra fortuna para pagar aquella residencia y otros juguetitos propios de los ricos. Pero no se tomó la molestia de recuperar el dinero de sus clientes. Es lo que tiene sufrir una quiebra, contestaba cuando alguien le preguntaba si no le remordía la conciencia por haber destrozado la vida a tantas personas.

También sabía que Lampert poseía un avión particular, un Dassault Falcon 900LX estacionado en un aeropuerto privado a unos treinta minutos de allí. La altura máxima de la cabina era de 1,88 m, lo que le permitía ponerse de pie en el interior; en cambio, él no podría. Claro que él nunca subiría a bordo de aquel avión; los aviones particulares no estaban pensados para que los utilizaran los empleados.

Al final del muelle de la finca, unos treinta metros mar adentro, aguardaba el megayate de Lampert, el *Lady Lucky*. Lampert le había puesto ese nombre por su segunda esposa, Lucille, a la que todo el mudo llamaba Lucky* porque, por lo visto, había tenido la suerte de casarse con Peter J. Lampert.

En aquellos momentos Lucky no se encontraba en la casa, le había dicho la misma criada. Había ido de compras a París y Londres. En fin, en algo tenían que gastarse el dinero los ricos.

Ahora que lo pensaba, era bastante probable que su madre se hubiera marchado con ella, en cuyo caso no habría motivo para hacer una visita al pabellón de invitados. Salvo que...

Fue avanzando poco a poco hacia el lado izquierdo de la construcción. Allí había arbustos que necesitaban una poda. Se las arregló para dar la impresión de que estaba recortando el seto, pero en realidad no hacía ruido alguno con las tijeras. Se acercó un poco más a una ventana. Las cortinas estaban parcialmente echadas.

Los oyó antes de verlos.

Gemidos y quejidos.

Se aproximó más y se acuclilló para reducir su enorme tamaño. Y seguidamente echó un vistazo por la ventana.

La mujer solo llevaba puesta la blusa. La falda estaba sobre la

---

* Es decir, «Afortunada». (*N. de la T.*)

cama. Tenía las bragas a la altura de los tobillos. Estaba de puntillas, agarrada a uno de los cuatro postes de la cama y con el cuerpo vencido hacia delante en un ángulo de cuarenta y cinco grados.

Detrás de ella estaba Lampert. No se había molestado en desvestirse. Al parecer, le bastaba con haberse bajado la cremallera del pantalón.

La mujer, con el cuello arqueado hacia atrás, emitía los típicos gemidos destinados a excitar a un amante. Lampert la embestía con violencia, hasta que lanzó un último gruñido y se inclinó para apoyarse sobre la espalda de ella, agotado. A continuación, jadeando, se retiró de la mujer y se subió la cremallera del pantalón. Ella se volvió y lo besó; él le acarició las nalgas desnudas y después les dio una palmadita.

Lampert dijo algo que él no consiguió oír, pero que hizo reír a la mujer. Momentos después se marchó; por lo visto, tenía otros compromisos.

Él observó unos instantes a la mujer, que se tumbó en la cama, sacó un frasco de pastillas del bolsillo de la blusa, se llevó una a la boca y se la tragó. Después se quitó la blusa, fue desnuda hasta el cuarto de baño y volvió a salir un minuto más tarde con aspecto de haberse lavado la cara.

Él continuó espiando cómo se vestía rápidamente, se estiraba la blusa, se abrochaba la falda y se calzaba las sandalias. Cuando abandonó la habitación, él dobló el recodo del edificio, se agachó y empezó a arrancar las malas hierbas del césped. La mujer salió del pabellón de invitados, miró hacia su derecha, lo vio y le sonrió. Iba impregnada de olor a sexo. Él se preguntó si ella era consciente de eso, de su olor a pesar de haberse lavado. Y también se preguntó qué diría el joven con el que ella había llegado en el Maserati si detectara alguna prueba de aquel matinal y furtivo encuentro amoroso.

—Hola —saludó ella.

Él respondió con un gesto de la cabeza y mantuvo la mirada parcialmente vuelta hacia la tierra, pero sin dejar de observarla.

—Usted estaba aquí ayer. ¿Cómo se llama? —le preguntó la mujer.

—Mecho.

—¿Mecho? Nunca había oído ese nombre.

—En país mío significa «oso». Es que soy grande como oso. Ya fui muy grande al nacer, ¿sabe usted?, así que padre mío decidió convertirlo en oficial. —Sonrió con timidez.

Sabía hablar mucho mejor el inglés y no era una persona tímida, pero no quería que ella lo supiera. Mecho no era su nombre de pila, sino su apodo, por su gran corpulencia.

—¿Y cuál es su país? —quiso saber la mujer.

—Está muy lejos. Pero esto me gusta. En país mío hacer mucho frío.

Ella sonrió otra vez y espantó una mosca con la mano. Su sonrisa era radiante, y tenía las mejillas ligeramente sonrosadas. Se veía que el sexo le sentaba bien.

—En Paradise siempre hace calor —dijo.

—¡Eh!

Ambos se volvieron y vieron a un corpulento guardia de seguridad que venía hacia ellos. Mecho se puso de pie rápidamente y se apartó de la mujer.

—¡Eh! —repitió el guardia al llegar. Era el mismo que el del día anterior—. Tío, estás poniendo a prueba mi paciencia.

—Estaba hablando con él —intervino la mujer—. Él estaba haciendo su trabajo. Yo le he preguntado una cosa.

El guardia la miró.

—¿Que usted le ha preguntado una cosa? ¿Por qué?

—Porque quería saber qué iba a contestarme —respondió la mujer frunciendo el ceño—. Así que ya puedes dejarlo en paz.

El guardia pareció que iba a replicar, pero se lo pensó mejor.

—Está bien, señorita Murdoch. Solo quería estar seguro de que no pasaba nada. Solo hago mi trabajo.

—No pasa nada —insistió ella.

Cuando el guardia se hubo marchado, la mujer dijo:

—Me llamo Christina, Mecho. Mis amigos me llaman Chrissy. Ha sido un placer charlar contigo.

Él la observó alejarse. Ella se volvió una vez, lo vio, y le sonrió al tiempo que le hacía un gesto de despedida con la mano.

En aquella sonrisa de complicidad Mecho detectó un detalle interesante. Estaba casi seguro de que ella sabía que él la había visto por la ventana en compañía de Lampert. Y no parecía que eso le preocupase; de hecho, daba la impresión de que le resultaba excitante.

Era una mujer notable, y de gran belleza.

Ojalá no tuviera que matarla.

38

El trayecto hasta la base aérea de Eglin le llevó media hora. El petate estaba allí. Puller firmó los papeles correspondientes, lo depositó en su coche alquilado y regresó a Paradise. De camino, pasó por Destin y volvió la mirada hacia el edificio donde vivía Landry.

Aquello le recordó que necesitaba un sitio nuevo donde alojarse.

Llegó a Paradise alrededor de las doce del mediodía. No lo había echado de menos ni un minuto.

Hizo un parada en la funeraria Bailey's porque necesitaba ver otra vez el cadáver de su tía. Cuando hubo terminado allí, fue al domicilio de su tía. El sol ya estaba alto, hacía calor y la humedad había aumentado de tal manera que el mero hecho de caminar provocaba sudor. Pero él había pasado muchos años sufriendo un calor mucho peor que aquel, de modo que apenas le molestó.

Entró en la casa empleando la llave que le había dado Mason, el abogado. Ahora que tenía su petate, podría llevar a cabo una investigación como era debido.

Pasó las siguientes cinco horas examinando la casa habitación por habitación. No encontró nada relevante. Las únicas huellas dactilares que había eran de su tía. Por eso había hecho un alto en la funeraria, para tomar una serie de huellas a la difunta.

No había indicios de que hubieran forzado la entrada, ni de que hubiera tenido lugar un forcejeo. Halló una caja llena de álbumes de fotos, metida en un armario junto al pequeño cuarto que albergaba la lavadora. Estuvo hojeando unos cuantos y luego metió la caja en su petate para examinarla más adelante.

Acto seguido fue al jardín trasero, y allí recorrió el camino que supuestamente había hecho su tía desde la casa hasta la fuente. Se acuclilló y examinó el borde de piedra del estanque, las piedrecillas trastocadas del fondo, las marcas dejadas por el andador en la hierba. Si todavía estuviera allí el cuerpo de su tía, tal vez hubiera visto que algo no cuadraba, pero no estaba, y por tanto no lo vio.

De repente se sintió observado, y al volverse vio a Cookie mirando desde el otro lado de la valla.

—¿Es que ha crecido? —le preguntó.

—Estoy subido a una caja. ¿Qué está haciendo?

—Satisfacer mi curiosidad, nada más.

—Usted cree que la asesinaron, ¿verdad?

—¿Y qué opina usted?

Cookie puso cara de alarma.

—Yo no sé nada. Pensaba que había sido un accidente, pero no sabría qué buscar.

—Pues yo sí sé qué buscar, pero no estoy encontrando gran cosa.

—¿Ha hablado con Mason?

Puller se incorporó y se aproximó a la valla. Cookie, subido a la caja, pudo mirarle casi a su misma altura.

—Sí. Y me ha sido de gran ayuda. ¿Qué sabe usted de él?

—Como ya le dije, es un buen abogado. También se ocupa de gestionar mi patrimonio. Tiene muchos clientes.

—Y aparte de eso, ¿sabe algo más de él?

—Lo conozco muy poco, en realidad no somos amigos.

—¿Se ha enterado de los cadáveres que han encontrado en la playa?

Cookie asintió con gesto de tristeza.

—Los Storrow. Los conocía. Eran buenas personas. No sé qué diablos pudo haberles ocurrido.

—La policía lo está investigando.

—El periódico no da demasiados detalles. ¿Usted sabe algo?

—Si lo supiera, no podría contarlo.

—¿Es que está trabajando para la policía? —quiso saber Cookie.

—No. Suelo trabajar por mi cuenta. Pero con detalles como esos, soy reservado por naturaleza.

Cookie señaló la fuente, a la espalda de Puller.

—Todavía siento escalofríos al acordarme de Betsy ahí muerta.

—Supongo que ahora tendré que organizar el funeral y todo eso —dijo Puller. No tenía la menor idea de lo que suponía algo así.

—Betsy me dijo que quería ser incinerada. Debe de figurar en su testamento.

—Mason no me lo comentó.

—¿Le ha entregado una copia del testamento?

—Sí.

—Pues debería leerlo. Betsy era muy detallista respecto a los preparativos de su funeral. Seguro que lo dejó todo bien especificado.

—Gracias. Ya debería haberlo leído.

—Usted es joven. Es normal que no piense en testamentos ni funerales.

—También soy un soldado, y los soldados solemos pensar en esas cosas más que el resto de la gente.

Puller se despidió de Cookie, regresó a la casa y comenzó a guardar su equipo. Echó un último vistazo alrededor y luego se fue con su petate. Se sentó al volante del Tahoe y sacó el testamento y últimas voluntades de su tía. Después de leer por encima la jerga jurídica, incluida la parte en que se establecía que la casa la heredaba él, llegó a las cláusulas que hablaban de los preparativos del funeral.

En efecto, Betsy Simon deseaba ser incinerada. Ya había pagado dicho servicio por adelantado a la funeraria Bailey's. En el pago se incluía una urna para las cenizas y la petición de que estas se esparcieran por el estado de Pensilvania, donde ella se había criado.

Volvió a guardarse el testamento en el bolsillo. Ya hablaría de aquello con Bailey's, que tendría amplia experiencia en incineraciones.

Estaba hambriento y no tenía alojamiento. Primero se ocuparía de comer y después buscaría un lugar donde quedarse. También tenía que hacer una visita a la comisaría; imaginaba que Landry no iba a tardar en pedirle una declaración jurada para procesar a los idiotas que habían ido a por él la noche anterior.

Consultó el teléfono y lo sorprendió ver que no tenía ningún mensaje de ella. Ni de Bullock.

Se preguntó si el imbécil de Hooper habría dejado ya de vomitar.

Después le dio al contacto, sacó su M11 y pisó el acelerador apuntando con el Tahoe directamente hacia el coche.

En ocasiones, la vía más directa era la mejor.

39

Puller acercó el morro de su Tahoe hasta unos centímetros de la puerta del pasajero del otro coche. La persona sentada allí lo miró con sorpresa, y el conductor intentó recular. Puller se acercó más, hasta que su capó tocó la portezuela del otro. Si el conductor reculaba más, acabaría dañando su vehículo.

Observó a los dos hombres, por si hacían algún movimiento repentino. Luego alzó la pistola para que la vieran, bajó la ventanilla e indicó con un gesto al pasajero que hiciera lo mismo.

—¿Se puede saber qué diablos está haciendo? —le espetó este.

—No quiero que me diga eso —replicó Puller al tiempo que se apeaba del Tahoe. Rodeó el otro coche para plantarse a su lado, con la M11 dispuesta en un ángulo que le permitiría disparar en una fracción de segundo sin fallar—. Lo que quiero que me diga es por qué están siguiéndome. Y después yo le preguntaré quién coño son.

Los tres volvieron la cabeza al oír un chirrido de neumáticos seguido por el aullido de una sirena. Un coche de la policía acababa de doblar la esquina y venía hacia ellos.

Puller vio quién iba al volante, y maldijo por lo bajo.

Era Hooper.

Y Landry.

A Hooper se lo veía excitado. Landry parecía insegura.

Puller se guardó la M11 en la funda del cinturón a la vez que los policías se apeaban del coche. Hooper empuñaba su pistola.

«Cómo no», se dijo Puller.

Landry mantuvo su arma enfundada, pero apoyó la mano en la culata.

Hooper avanzó moviendo la pistola a un lado y otro, hasta que por fin apuntó a Puller.

—No sabe estar sin meterse en problemas, vaquero —comentó, jocoso.

—No sabía que estuviera metido en un problema —replicó Puller.

Hooper observó lo cerca que estaba el Tahoe del otro coche y dijo:

—¿Siempre aparca así?

—Cuando quiero tener una conversación privada con alguien, sí.

Aquel comentario hizo que Landry soltara un bufido y que Hooper frunciera el ceño.

—Si continúa diciendo gilipolleces, acabará en un calabozo más rápido que el Correcaminos —le dijo Hooper.

Puller no contestó a aquel comentario estúpido. Hasta los del otro coche pusieron cara de echarse a reír, y probablemente lo habrían hecho si Hooper no los hubiese apuntado con su arma.

—¿Puede decir a su compañero que guarde la pistola? —pidió Puller a Landry—. Tiene el dedo muy cerca del gatillo, y para mí eso significa que va a disparar.

—Hoop —dijo Landry en tono admonitorio—. No queremos más accidentes, ¿de acuerdo?

«¿Más accidentes?», pensó Puller.

—Va armado —replicó Hooper señalando a Puller.

—Voy armado porque así me lo exige el gobierno. Puede tomarla con el Pentágono si quiere, pero yo creo que las leyes federales prevalecen sobre las estatales, al menos en este caso. —Luego señaló a los dos hombres que iban en el coche—. Claro que ahora puede ser que estos también vayan armados, no lo sé con seguridad.

Landry desvió brevemente la mirada hacia los ocupantes del coche y dio un paso hacia ellos sin retirar la mano de la culata de su pistola.

—Señores, ¿quieren bajar del coche con las manos donde podamos verlas?

—No puedo abrir la puerta —protestó el pasajero—. Su todoterreno la está bloqueando.

—Pues entonces pase al otro lado y salga por la puerta del conductor —replicó Landry, tajante.

Mientras Hooper, que ahora había dejado de atender a Puller, los apuntaba, ambos se apearon con las manos en alto.

—¿Van armados? —les preguntó Landry.

Ellos se miraron el uno al otro.

—No —respondió el conductor.

—Ábranse la chaqueta —ordenó Landry.

Ellos obedecieron, y se vio que no llevaban armas.

—¿Por qué han estado siguiéndome? —les preguntó Puller.

El conductor lo miró. Mediría un metro ochenta, tenía hombros anchos y un torso que se estrechaba hasta una cintura esbelta y firme. Su compañero tenía una constitución similar. Y ambos llevaban el mismo corte de pelo. Parecían militares.

—¿Quién dice que hayamos estado siguiéndolo?

—Yo lo digo —replicó Puller—. Esta es la cuarta vez que los veo. Dos veces en esta calle.

—Es una ciudad pequeña —alegó el otro.

—Muéstrenme su documentación —pidió Landry.

Sacaron sus carteras y entregaron sus permisos de conducir. Landry escribió los datos en su bloc mientras Puller intentaba, sin éxito, leer los nombres y direcciones.

Landry les devolvió los documentos.

—A no ser que tenga usted un motivo para retenernos —dijo el primero de ellos—, ¿podemos irnos ya?

Landry miró a Puller y luego a los dos individuos.

—¿Pueden decirme qué están haciendo en Paradise? —les preguntó.

—Estamos de vacaciones.

—¿Han estado siguiendo a este señor?

—No. De hecho, estoy pensando en comprar una vivienda en esta calle. Hasta me he puesto en contacto con una agente inmobiliaria. —Sacó una tarjeta de visita y se la enseñó—. Ella responderá por nosotros. Estábamos aquí sentados, comentando qué casas íbamos a mirar, cuando este tipo se nos echó encima. En mi opinión, en lugar de interrogarnos a nosotros, deberían detenerlo a él. Pensé que iba a embestirnos con su todoterreno.

Landry leyó la tarjeta de visita y miró una vez más a Puller con el entrecejo fruncido. Puller vio la duda que reflejaba su rostro.

Landry le devolvió la tarjeta.

—Gracias por su colaboración. Lamento las molestias.

—¿Desean presentar una denuncia? —ofreció Hooper.

El otro miró a Puller como si intentase grabarse todos los detalles de su cara.

—No. No merece la pena. —Dedicó una sonrisa a Puller mientras su compañero soltaba un bufido—. Mueva el todoterreno y nos iremos. —Entonces se le acercó y añadió—: Pero si intenta otra vez algo parecido, no pienso ser tan condescendiente.

Landry se interpuso entre ambos. Quizás había captado un gesto de Puller que le indicó que estaba dispuesto a partir por la mitad a aquel tipo.

—Ya está bien —dijo al tiempo que los separaba—. Puller, mueva su vehículo. Señores, que tengan un buen día.

Puller subió al Tahoe y dio marcha atrás lo justo para que el otro pudiera salir con cuidado. Acto seguido, el conductor aceleró, dobló la esquina y se perdió de vista.

Puller volvió a bajarse del todoterreno.

—¿Cómo se llamaban? —quiso saber.

—Eso no es de su incumbencia —saltó Hooper.

Puller miró a Landry con expresión interrogante, pero ella negó con la cabeza.

—No es de su incumbencia, Puller. Y alégrese de que no hayan presentado una denuncia. A partir de ahora, procure no acercarse a ellos.

—El problema no es que yo me acerque a ellos, sino lo contrario.

—Eso dice usted —ladró Hooper—, pero no por eso ha de ser cierto.

—Puller —terció Landry—, su explicación resulta verosímil.

Si es que están buscando una casa en esta calle. —Recorrió la calzada con la vista—. Y ahora mismo veo tres letreros de SE VENDE.

Puller sabía que aquello era mentira. Los del coche tenían preparada una coartada. El pequeño Diego los había visto cerca de La Sierra. No se creía que en aquella zona hubiera ninguna vivienda que fuera de su interés, pero tuvo que guardarse dicha opinión para sus adentros.

—Está bien —dijo—. Seguramente tiene usted razón.

Se notó que Landry no le creía y que Hooper quería llevárselo detenido.

Se volvió para subir al Tahoe.

—¿Cómo sabe que ya hemos terminado con usted? —le dijo Hooper.

Se giró de nuevo y lo miró expectante.

—De acuerdo. ¿Han terminado conmigo?

Hooper pareció sorprenderse y miró a Landry.

—Hoop —dijo ella—, termina tú de patrullar esta calle. Quiero hablar un momento con el señor Puller.

Hooper subió al coche policial, encendió las luces del techo y pulsó el botón antidisturbios. El fuerte pitido pilló desprevenido a Puller.

—¡Maldita sea, Hoop, vete de una vez! —saltó Landry.

Hooper aceleró y salió más deprisa de lo que debería, dado que estaba en una calle residencial.

—¿Cómo soporta trabajar con ese idiota? —le preguntó Puller.

Ella ignoró el comentario y dijo:

—¿Se puede saber qué está pasando?

—¿Perdón?

—¿Está volviéndose paranoico?

—No estoy paranoico. Esos tipos me están siguiendo.

—¿Tiene alguna prueba?

—La conseguiré.

—Lo que tiene que conseguir es olvidarse de este asunto. Por la pinta que tenían esos tipos, es mejor no meterles el dedo en el ojo.

—¿Y cree que yo les estoy metiendo el dedo en el ojo?

Landry desvió la mirada y se cruzó de brazos.

—Ya sé —dijo Puller— que tengo que pasarme por comisaría a presentar la denuncia contra los tipos de la otra noche.

—Puede que no le convenga hacerlo.

—¿Por qué?

—Porque ellos quieren denunciarlo a usted.

—¿Qué?

—Afirman que usted los agredió.

—Y así fue. En defensa propia.

—Quizá no le convenga alegar eso.

—Estaban en mi habitación, esperando para tenderme una emboscada. Resulta un poco retorcido inventarse algo así.

—Ya han sido puestos en libertad, después de haber pagado la fianza.

—¿Tan deprisa funcionan las cosas en Paradise?

—Puede ser.

—Me han dicho que esos tipos no tenían relación con ninguna banda. Sin embargo, alguien está tirando de los hilos tras bambalinas.

—Yo soy solo una policía cansada, Puller. No me meto en esas cosas.

—¿De modo que están de nuevo en la calle, listos para venir a por mí otra vez?

—No creo que tenga que preocuparse por eso.

—¿Por qué?

—Les dije que usted es un maníaco de las Fuerzas Especiales, capaz de matar de formas inimaginables. Y añadí que la próxima vez usted los matará a todos, y que después hará venir a sus amigos del Ejército para que lo ayuden a eliminar también a sus familias, por si acaso.

Puller esbozó una sonrisa.

—¿De verdad les ha dicho eso?

—Ajá. Además, a los latinos se lo dije todo en español, para que me entendieran sin necesidad de traducción. Les dije que si lo dejan a usted en paz, yo podré garantizarles su seguridad. Y que de lo contrario, tienen muy pocas posibilidades de salir bien parados. Así que todos se fueron con cara de asustados. La verdad, no creo que vayan a denunciarlo, le tienen demasiado miedo.

—Muy bien, le estoy agradecido por su ayuda.

—De nada. Ahora ya puede concentrarse en su tía.

Él sonrió.

—Ojalá todos los policías locales con los que he trabajado fueran tan colaboradores como usted.

—Usted me trata con respeto, de modo que yo le correspondo. En cuanto usted deje de hacerlo, yo también.

—Ahí no va a tener ningún problema. —Puller hizo una pausa para reflexionar si debía aventurarse más; pero sería una buena forma de hacer más preguntas, y además le gustaba la compañía de Landry. Si resultaba que la muerte de su tía no había sido accidental, Landry podía constituir una ayuda—. ¿Está libre para cenar?

El gesto que hizo ella fue de sorpresa y, en opinión de Puller, también de agrado.

—Usted me ha alojado gratis en su casa —añadió en tono jovial—, y me gustaría agradecérselo.

Landry se lo pensó un momento. Puller creyó que iba a rehusar.

—Finalizo mi turno dentro de dos horas. ¿Adónde le apetece ir?

—A Destin. La dejo elegir a usted.

—En la avenida principal hay un sitio que se llama Darby's.

—Muy bien. Lo he visto.

—¿A eso de las ocho?

—Perfecto.

Subió de nuevo al todoterreno y se marchó. Pero ya no iba pensando en cenar con Landry. Pensaba en los individuos del sedán; necesitaba saber quiénes eran y si tenían interés solo en él o también en su tía.

Tal vez había un modo de averiguarlo.

Cogió el teléfono.

40

—Vaya, vaya, ya decía yo que llevaba mucho tiempo sin saber de ti.

—He estado un poco ocupado, general Carson —contestó Puller.

—¿Cómo que general Carson? Pensaba que ya nos tuteábamos.

—Todavía estamos en horario de trabajo, señora. No sabía muy bien cómo se lo tomaría usted.

Julie Carson era una general de una estrella destinada en el Pentágono, en el despacho de J2. J2 era un general de dos estrellas que diariamente ofrecía una sesión informativa al jefe del Estado Mayor. Carson era la vicepresidenta y ofrecía la sesión informativa cuando J2 no estaba. Había ayudado a Puller cuando este estuvo en Virginia Occidental.

Tenía cuarenta y un años, era muy atractiva, estaba en forma como una triatleta y era tan dura como Puller. Ambos habían empezado con mal pie, pero cuando encontraron un terreno común la cosa cambió.

—Pues te digo que puedes tutearme.

—Muy bien. Necesito un favor, Julie.

—¿Cómo, sin una cena primero?

—Todo es cuestión de organizarse.

Oyó que la general lanzaba un suspiro.

—De acuerdo, ¿qué necesitas?

Puller le explicó brevemente su dilema empleando frases sucintas que proporcionaban la mínima información para comprender la situación. Era una costumbre tan arraigada en él que ni siquiera se daba cuenta.

—Maldita sea, Puller. Me habían dicho que estabas de vacaciones. ¿Qué demonios haces en Florida, metido en otro asunto? ¿Es que tienes pensado recorrer los cincuenta estados husmeando en crímenes y catástrofes?

—Créeme, esto no lo he elegido yo. Si la cosa no tuviera que ver con mi tía, no estaría aquí.

—Lamento tu pérdida. ¿Así que, en tu opinión, ha sido juego sucio?

—Es lo que parece, aunque no tengo pruebas.

—Y esos tipos del coche, ¿de verdad crees que pueden ser militares?

—O lo son o lo han sido. Tengo que averiguar cuál de las dos cosas.

—Podemos investigar la matrícula. Pero es posible que corresponda a un coche alquilado.

—Y probablemente lo sea. Pero en ese caso habrán tenido que dejar un nombre y enseñar un permiso de conducir. Eso podría bastarnos.

—Me pondré en ello lo antes posible.

—Te lo agradezco, Julie.

—Así me gusta.

—¿Cómo van las cosas con J2?

—Uf. La rutina me aburre.

—¿Estás pensando en un traslado?

—El resto de mi carrera militar va a ser una cadena de traslados decididos por otras personas. Eso es lo que pasa cuando una persigue tener más estrellas.

—Sí, ya lo vi con mi padre. Seguramente fue ese el motivo de que yo optara por ser solo soldado; las barras y estrellas conllevan mucho pensar.

—Puller, tú eres un soldado que además piensa. —Hizo una pausa, y cuando volvió a hablar él detectó un cambio sutil en su tono, como si mostrara una faceta más humana—. Bueno, ¿y qué planes tienes a medio plazo?

—Terminar lo que tengo entre manos y regresar a Quantico. Seguro que la CID me busca algo que hacer.

—Seguro que sí. La delincuencia militar nunca se toma vacaciones, Puller, habiendo tantos miles de hombres jóvenes que intentan demostrar lo machos que son. Si eso se suma a los miles de millones de dólares de los contribuyentes que circulan por ahí, la cosa se complica más. La gente quiere meter la mano en la caja.

—Y echársela al cuello a otras personas.

—En fin, ¿te ves siendo policía militar toda la vida?

—No he reflexionado sobre ese tema.

—Pues deberías empezar ya. El tiempo pasa muy deprisa.

Por un segundo Puller creyó que iba a decir «para los dos».

—Buen consejo.

—Solo será bueno si le haces caso. Te llamaré en cuanto sepa algo de la matrícula. Entretanto, procura que no te maten. Empiezas a caerme bien.

—Haré lo que esté en mi mano.

—¿Y dices que tu tía te ha dejado la casa en herencia?

—Eso me ha dicho el abogado.

—¿Una casa en Paradise?

—Pues sí.

—Puede que me deje caer por ahí a echarle un vistazo.

—¿En serio?

—Hombre, claro. Nunca he estado en Paradise, y me gustaría ver si cumple las expectativas.

—Pues hasta ahora no las ha cumplido.

Puller puso fin a la llamada y pensó qué hacer a continuación. Consultó el reloj. Ahora que ya no tenía que ir a la comisaría a presentar ninguna denuncia, disponía de un poco de tiempo libre hasta la hora de cenar con Landry.

Tenía varias cosas anotadas en su lista de tareas pendientes: investigar al abogado Griffin Mason; ver qué tal estaban Diego y sus primos; hacer el recorrido de ocho kilómetros de ida y vuelta que debió de hacer su tía. Enseguida tomó la decisión: iría a ver a Diego y sus primos. Solo por si acaso.

41

—No está.

Puller se encontraba en la puerta del pequeño apartamento de Diego, mirando a Isabel. Detrás de ella estaba el pequeño Mateo, con un dedito metido en la boca.

—Eso es bastante normal, ¿no? —repuso Puller—, que no esté en casa. Me dio la sensación de que pasaba mucho tiempo en la calle.

—Siempre vuelve para cenar, pero hoy no ha vuelto. Suele venir a las seis, pero hoy no —dijo Isabel.

—¿Tienes teléfono?

La joven negó con la cabeza.

—¿Cuándo se marchó?

—Esta mañana. Yo me había quedado trabajando hasta muy tarde en el restaurante con mi abuela y él estaba aquí, cuidando de Mateo. Se marchó antes de que yo me levantase. Mi abuela tampoco lo oyó salir. Estoy muy preocupada.

—¿Te dijo anoche lo que pensaba hacer hoy?

Isabel volvió a negar.

—Suele bajar a la playa a vender cosas a los turistas. A veces trabaja para los hoteles.

—Es demasiado pequeño para eso, ¿no?

La joven lo miró como si se hubiera vuelto loco.

—Está bien, intentaré dar con él —dijo Puller. Se fijó en los hematomas que tenían los dos y preguntó—: ¿Ha venido por aquí alguno de esos gamberros?

—Yo no he visto a ninguno. Me han dicho que usted les ha dado otra paliza. A ellos y sus amigos.

—¿Quién te lo ha dicho?

—Me he enterado.

Puller asintió.

—Voy a darte un teléfono de usar y tirar y a dejarte mi número. Así podrás llamarme y yo podré estar en contacto contigo, ¿de acuerdo?

La joven asintió con la cabeza.

Puller tardó una media hora en conseguirle el teléfono, pero finalmente se lo dejó a Isabel y después volvió a marcharse en su Tahoe. Aunque no le gustase, Diego iba a tener que esperar. Ojalá el chico estuviera bien, pero algo le decía que no era así.

Veinte minutos más tarde llegó a la calle donde tenía su despacho Griffin Mason. En el camino de entrada estaba el Infiniti. Sin embargo, no quiso aparcar allí; calle abajo vio otra casa que tenía un letrero delante, y fue hasta allí con el coche. Se bajó y llamó a la puerta. Abrió una mujer rubia y atractiva de cuarenta y tantos años. Era de baja estatura y con curvas, y llevaba una minifalda negra, medias negras y chaqueta a juego. La blusa blanca, abierta en el escote, dejaba entrever la amplitud del busto. Dado que en la calle hacía unos treinta grados, Puller supuso que con toda aquella ropa negra más las medias, el mero hecho de ir a abrir la puerta ya la estaría haciendo sudar.

—¿Qué desea?

—Me llamo John Puller. Ayer estuve aquí, hablando con Griffin Mason sobre el tema de una propiedad. No es mi abogado, pero representaba a mi tía, que ha fallecido recientemente. Me dijo que podía pedir referencias antes de decidirme a que él se ocupara de llevarme el papeleo.

La mujer palideció.

—¿Grif me ha citado como referencia suya?

—Así es, señora Dowdy. ¿La sorprende?

Había tomado su nombre del letrero de fuera, que además incluía la información de que hablaba inglés y español.

—Pues sí... Ahora no tengo tiempo para hablar.

Hizo ademán de cerrar la puerta, pero Puller le mostró su credencial del Ejército.

—Vine ayer desde Washington D. C. Mi tía ha fallecido inesperadamente. Aquí no conozco a nadie, y lo único que quiero es resolver las cosas lo más rápidamente posible y hacer todos los trámites pertinentes. Al estilo militar. Le agradeceré cualquier ayuda que pueda usted proporcionarme.

—Tengo un hijo en la Marina.

—La Marina me ha ayudado en más de una ocasión. —Puller se la quedó mirando, expectante.

La señora Dowdy volvió la vista calle arriba, hacia el bufete de Mason.

—Dentro de veinte minutos tengo que irme a una cena, pero puedo contestar preguntas. Pase.

Un minuto después estaban sentados en el despacho de ella, más elegante que el de Mason.

—Bien, pues como le he explicado, señora Dowdy...

—Llámeme Sheila —lo interrumpió ella al tiempo que sacaba un cigarrillo—. No se preocupe, es electrónico. La verdad es que estos chismes funcionan. He estado veinte años fumando, y llevo uno con síndrome de abstinencia. Espero que mis pulmones consigan regenerarse.

Puller observó un momento el vapor de agua que desprendía el artilugio y luego volvió a centrarse en ella.

—Como digo, Sheila, estoy consultando las referencias de Mason. Imagino que usted lo conoce.

—Oh, por supuesto que lo conozco.

—Así pues, ¿lo recomendaría?

—Soy abogada. Si digo algo negativo de un colega, pueden demandarme. Y desde luego que Grif lo haría.

—Pues eso, en sí, ya es una respuesta negativa —señaló Puller.

—Pero no susceptible de procesamiento —replicó ella.

—¿De modo que no lo recomendaría?

La mujer se reclinó en su asiento y lo miró detenidamente.

—¿Quién era su tía?

—Betsy Simon.

—No la conocí. Pero si tenía a Grif como gestor de su patrimonio, le resultará económicamente más rentable permitirle que continúe. No obstante, si quiere un consejo, vigile las cuentas con ojo de halcón.

—¿Es que ha habido algún problema con Mason a ese respecto?

—Yo no diría «algún».

—Entonces, ¿por qué lo contrata la gente?

—Sabe ocultar bien su rastro.

—Sin embargo, usted sabe cómo es en realidad. ¿Por qué?

—Se lo explicaré de otro modo. Llevo ejerciendo la abogacía aquí casi tanto tiempo como él, tenemos una clientela bastante parecida y llevamos el mismo tipo de casos. Los abogados de bienes inmuebles y fideicomisos no somos como los de Wall Street, no nos hacemos ricos haciendo esto. Al menos yo no, y eso que me parto la crisma trabajando, perdone la expresión.

—Pero Mason sí se ha hecho rico...

—No se deje engañar por ese despacho cutre y esa casa vieja. Yo vivo en la zona este de Paradise, a dos manzanas de la playa porque no puedo permitirme vivir más cerca. Y tengo un Toyota de ocho años. Mason es dueño de una finca de cuatro mil metros cuadrados a pie de playa. Vale una cantidad de más de siete cifras. Además de ese Infiniti, tiene un Porsche y un Aston Martin. Y viaja por todo el mundo: África, Asia, Oriente Próximo, Sudamérica. No hace falta ser un genio: los clientes no dan para sufragar todo eso, al menos con su consentimiento.

—¿Está robando fondos a sus clientes? Pero ¿cómo es que nadie se ha percatado de ello?

—Es necesario demostrarlo. Y además, querer demostrarlo, y por lo visto nadie quiere. Sus clientes son personas mayores que terminan falleciendo. Los herederos no suelen vivir aquí. Yo lo veo porque vivo aquí y ejerzo la misma profesión.

—¿Algo más?

La señora Dowdy dio unos golpecitos con el cigarrillo sobre la mesa.

—Al parecer, le gustan los niños. Demasiado... No sé si me explico.

—¿Por qué piensa eso?

—En una ocasión estuve con él en un acto. Cuando finalizó, se fue al bar del hotel y terminó como una cuba. Yo estaba a punto de marcharme cuando de pronto me hizo volver a la mesa. Creí que quería tomar una habitación y echar un polvo rápido conmigo, como si yo fuera a decirle que muy bien, adelante.

—¿Se le ha insinuado más de una vez?

—Digamos que siempre intenta mirarme el escote y tocarme el trasero cada vez que tiene una oportunidad. Pero en aquella ocasión empezó a enseñarme unas fotos que llevaba en la cartera. —Hizo una pausa y frunció los labios en un gesto de asco—. Todas eran de niños y niñas.

—¿Le dio alguna explicación de por qué las tenía?

—Me dijo que eran sus hijos. —Rompió a reír—. El alcohol debió de atontarlo. Seguro que ni siquiera recuerda que me las enseñó.

—¿Está segura de que no eran sus hijos?

La mujer sonrió y dio una calada a su cigarrillo electrónico.

—Bueno, ya que él es rubio e irlandés y los niños eran todos negros y asiáticos, sí, estoy bastante segura de que no existía ningún parentesco.

42

Otra calurosa jornada había dejado a sus compañeros sudorosos y ávidos de beberse las cervezas que habían puesto a enfriar entre las barras del aire acondicionado. Mecho los dejó refrescándose y regresó a su cuarto. Durante el trabajo no se relacionaba con ellos, y tampoco se preocupaba de tener más trato fuera del horario laboral. A ellos no parecía importarles su actitud; y si les hubiera importado, a él le habría dado igual.

No estaba seguro de qué había ocurrido la noche anterior en la habitación de al lado, y lo cierto era que no le importaba. No obstante, había visto pelear a aquel tipo. Era muy bueno. Excelente, de hecho. Pero había permitido que en cierto momento sus adversarios lo superasen. Si él no hubiera acudido en su ayuda, lo habrían matado.

«Y quizá yo debería haber dejado que lo mataran.»

No lo pensó a la ligera: aquel individuo no encajaba en aquel lugar, y las personas que no encajaban en un sitio solían tener un sólido motivo para estar en dicho sitio.

Aquel tipo llevaba una pistola, una Sig P228 ligeramente modificada. Él lo había distinguido incluso desde lejos y con poca luz. Su aspecto, su pelo casi rapado, su habilidad en el combate cuerpo a cuerpo y el arma que utilizaba; todo ello resultaba de lo más elocuente: era un militar. Un militar americano, a juzgar por cómo le había hablado a él la noche anterior. Sin embargo, por allí había varias bases militares. Lo cual suscitaba la pregunta de por qué aquel tipo se alojaba en un agujero como La Sierra y qué habría hecho para cabrear a aquellos macarras.

Tal vez no había hecho nada. Él mismo tampoco había hecho nada para cabrear a quienes lo secuestraron aquella noche en las calles. Eran como hienas en busca de presas, iban hurgando aquí y allá y de vez en cuando se tropezaban con alguien que les ofrecía resistencia, en cuyo caso huían como conejos. Siempre hacían lo mismo.

Nada más sentarse en la cama, se olvidó del militar y se puso a reflexionar sobre la información que había recabado aquel día acerca de Lampert.

Tras su breve conversación con Chrissy Murdoch, había continuado trabajando en la finca. Más allá de un pequeña arboleda vio a una doncella charlando con el encargado de la piscina. Se acercó con discreción para escuchar lo que decían. Cuando la doncella terminó, él se le acercó directamente. La muchacha, al verlo, sufrió un sobresalto, pero él le habló en español y con una sonrisa desarmante. A medida que iba charlando con ella, su reticencia fue disminuyendo y se explayó más.

Se llamaba Beatriz, y era muy guapa. Tenía un cutis terso y de un dorado claro, y una melena castaña y frondosa que olía a coco. Estaba claro que se cuidaba el cabello. Se notaba que no había trabajado mucho al aire libre, porque tenía la piel fina y las manos suaves. Era de El Salvador, le dijo, y llevaba dos años trabajando allí. Se la veía sana y bien alimentada, y su delantal se veía impecable. No parecía haber llegado en uno de aquellos barcos.

Le preguntó en español cómo había llegado allí. Ella se lo dijo. Luego desvió la mirada y se marchó.

Mecho se quedó pensando si aquella chica sabía lo que su nombre significaba en español: «portadora de la felicidad.»

Era otra viajera.

Pero no había viajado muy lejos, geográficamente hablando; sin embargo, había recorrido el equivalente de un viaje a la luna. Y ahora vivía en aquella mansión, llevaba un delantal inmaculado y tenía suficiente para comer. En su país de origen, Mecho dudaba que tuviera las mismas cosas. Así que debería estar contenta.

Pero él sabía que no lo estaba. Nadie podía estar contento siendo esclavo, por muy bien que lo tratasen. Uno seguía siendo un esclavo.

Se arrodilló y empezó a quitar ramitas y hojarasca. Le habían dicho que los Lampert exigían que el césped estuviera perfecto y que se eliminase todo lo que pudiera estropearlo. Era un servicio que pagaban bien, probablemente en una semana gastaban más en jardinería que lo que la mayoría de la gente ganaba en un año. Y tal vez la razón de que Lampert no quisiera ver imperfecciones en su elegante jardín era que deseaba compensar las feas heridas que infligía a otras personas. O tal vez no era un hombre tan complicado y no pensaba en esas cosas.

Mecho se incorporó y metió los desechos en la bolsa de basura que llevaba consigo. Sabía que los de seguridad lo estaban vigilando, pero, por lo visto, conversar con una simple doncella no era un delito tan grave como dirigirle la palabra a una de las señoras de la casa.

De repente percibió la presencia de alguien cerca, y se volvió. Chrissy Murdoch había salido de la mansión junto con el joven que la acompañaba en el Maserati. Este llevaba un traje de lino, camisa blanca y corbata roja, y calzaba mocasines sin calcetines. Parecía un anuncio sacado de una de esas revistas en las que todo el mundo se ve perfecto y tiene una vida perfecta.

«¿Su vida es perfecta, señor? ¿Le gustaría incluir una pequeña imperfección? Le gustaría que yo le agarrase esa cara perfecta, con esa sonrisa satisfecha, y se la partiera?»

Chrissy llevaba un vestido de algodón blanco, largo y vaporoso, con escote festoneado. A la intensa luz solar parecía casi transparente, lo cual permitió a Mecho contemplar embelesado sus piernas. Se protegía del sol con una ancha pamela y llevaba los pies, esbeltos y bronceados, en unas sandalias que dejaban ver las uñas pintadas.

Chrissy lo vio y le saludó con la mano. Mecho miró en derredor para ver si aquel saludo iba dirigido a alguien que no fuera él, pero no había nadie. Su acompañante no se dio cuenta, al parecer ensimismado en su propio mundo, al punto de no enterarse de que Peter J. Lampert se estaba tirando a su chica.

Mecho empezó a albergar sospechas. No era natural que una persona como Chrissy prestara atención a un jardinero. Tenía que haber otro motivo. No la correspondió y volvió a su tarea.

Ambos se fueron en el Maserati. Mecho se preguntó si Chrissy se habría dado una ducha para quitarse el olor a sexo y a Peter J. Lampert. A lo mejor le daba igual, a ella y a su chico.

Después de todo, su vida era perfecta.

Acto seguido, salió por las verjas de la entrada y se puso a trabajar en los arbustos. Se situó donde nadie pudiera ver lo que hacía y con el móvil tomó unas cuantas fotos de la verja y el aparato de seguridad. Estaba seguro de poder localizar a oscuras la ubicación exacta del cable de alimentación y transmisión de datos. Y más le valía localizarlo.

Después de aquello, por fin terminó la larga jornada. Ahora se encontraba en su habitación.

Sentado en la cama, volvió a pensar en Chrissy Murdoch. Estaba claro que allí pasaba algo raro, pero ¿qué? Tendría que estudiarlo más a fondo. Había muchas cosas que podían torcerse, y algunas se torcerían; pero había otras que él podía evitar que salieran mal, y una de ellas podía ser Chrissy Murdoch.

Se tumbó en la cama. El sofocante calor no le molestaba; había entrenado la mente para ignorar aquellas incomodidades físicas. Y cuando la mente no prestaba atención a esas cosas, el cuerpo tampoco les hacía caso. La mente controlaba el dolor, incluso era capaz de hacer que el dolor desapareciera. Él mismo había sobrevivido a muchos sufrimientos basándose en aquella simple filosofía.

Esa noche habría ajetreo. Tenía dos cosas que hacer.

La primera iba a ser problemática, sin duda.

La segunda podía resultar catastrófica.

Pero había venido a correr riesgos, no a evitarlos.

43

Cheryl Landry no venía de uniforme. Vestía un pantalón pirata azul claro, una blusa amarilla sin mangas y unas sandalias blancas. Su melena, libre de la gorra policial, le caía por los hombros.

Al verla acercarse, Puller se levantó de la mesa de Darby's. Se había dado una ducha en un local de la YMCA y puesto ropa limpia: pantalón *sport*, camisa de manga corta y mocasines.

Cuando Landry tomó asiento, a él le pareció un tanto cohibida, como si hubiera preferido llevar puesto el uniforme y los zapatos reglamentarios.

La camarera les trajo la carta y Puller le echó un vistazo al mismo tiempo que lanzaba rápidas miradas a los clientes sentados en otras mesas.

Landry se dio cuenta.

—¿Qué, haciendo un reconocimiento del terreno? —le preguntó.

—Siempre es bueno tener una salida alternativa, solo por si acaso.

—Hay una detrás de la barra, y otra a la izquierda de la cocina.

—Veo que a usted también le gusta reconocer el terreno.

—Siempre es de utilidad.

—¿Qué me sugiere? —preguntó Puller indicando la carta.

—Las vieiras, el pez espada, los mejillones. Y si le gusta la carne, el bistec a la neoyorquina.

Pidieron las bebidas y también la comida. Puller optó por el pez espada.

Ambos se reclinaron en sus asientos y Landry lo miró fijamente.

—¿Hay algo que quiera decirme? —le preguntó Puller.

—No lo sé. ¿Debería?

—Podríamos pasarnos días dando vueltas a esa cuestión.

—Es usted el que me ha invitado a cenar, no al revés.

—Cierto.

—Pero usted pone nerviosa a la gente, Puller.

—No es la primera vez que me lo dicen.

—Estoy segura. Ha dado una paliza a ocho individuos. Casi choca voluntariamente contra otro coche. Está llevando a cabo su propia investigación. Y hemos descubierto que ha tomado huellas dactilares del cadáver de su tía. Al jefe no le ha sentado nada bien.

—No existe ninguna ley que me lo impida.

—Pero sí existe una ley que prohíbe entorpecer una investigación policial.

—Había entendido que ustedes no estaban realizando ninguna investigación, de modo que no sé exactamente qué estoy entorpeciendo.

—La cosa no es tan sencilla, y usted lo sabe.

—¿Lo sé?

En aquel momento llegaron las bebidas y los entrantes, y los dos se centraron en ello, quizá como una manera de evitar seguir con esa conversación, por lo menos hasta que se hiciera necesario continuarla. No volvieron al tema hasta que terminaron con los aperitivos.

Landry bebió un sorbo de su Riesling y lo miró.

—¿Preparado para reanudar la guerra de los Rose? —le preguntó.

—Oh, ni siquiera he empezado a pelear.

—En mi opinión, deberíamos estar del mismo lado. Ya sabe lo que ocurre cuando una casa se enfrenta a sí misma.

—Yo visto una clase de uniforme, y usted otro.

—En realidad no hay mucha diferencia. Mire, no digo que a su tía no la hayan asesinado.

—Y yo no digo que necesariamente la hayan asesinado. Por eso se investiga. Así que no entiendo cuál es el problema.

—Usted viene aquí, hace lo que tiene que hacer, y digamos que descubre que ha sido un asesinato.

—Muy bien.

—¿Qué hace a continuación?

—Buscar al asesino.

—Error. Eso es labor de la policía, es mi trabajo.

—¿De modo que yo hago el trabajo duro y después le cedo a usted el trámite de detener al culpable?

—No necesito que usted me ayude a conseguir los laureles —protestó Landry.

—No he dicho eso. Bien, ¿adónde nos lleva eso?

—No lo sé.

—Podría usted trabajar conmigo.

Landry lo taladró con la mirada.

—Por lo general trabajo en solitario —agregó Puller—, de manera que le estoy haciendo una oferta excepcional. Con ello demuestro que tengo una gran confianza en usted.

—¿Y cómo funcionaría, exactamente? ¿Lo hago en mi tiempo libre, en el poco que tengo?

—Ajá.

—Y luego, ¿qué? ¿Resolvemos el caso y se lo restregamos por las narices a mi jefe? ¿Cree que eso me haría progresar en mi carrera?

—No estoy diciendo que vaya a servirle para eso. Y si ese es su objetivo, deberá declinar mi oferta.

—¿Y qué otro objetivo debería tener? —replicó Landry.

—Llevar ante la justicia al asesino de una anciana. —Se inclinó hacia delante con una expresión amenazadora, reflejo de cómo se sentía en ese momento—. Esperaba que por esa razón llevase una placa.

—No me lea la cartilla. No me lo merezco.

—Hace un minuto habría estado de acuerdo con usted.

—¿De verdad quiere seguir por ahí? Puedo amargarle la vida.

—Yo diría que el departamento de policía ya me ha amargado la vida bastante.

—Sí, pero yo soy más sutil que Hooper.

—No es mi intención ganarme enemigos, Cheryl. Lo único que intento es descubrir la verdad. Si esto le hubiera ocurrido a un pariente suyo, he de pensar que no lo dejaría pasar.

Aquel comentario, al parecer, logró perforar la coraza de Landry. Desvió el rostro y bajó la mirada, señales clásicas de capitulación, tal como sabía Puller por haber interrogado a muchos sospechosos.

—Comprendo lo que siente, de verdad —dijo ella.

—Está bien. En ese caso, imagino que solo queda decidir qué hacemos a partir de ahora. Pero, solo para dejar las cosas claras, sepa que pienso seguir investigando. Es mi manera de ser. —Hizo una pausa y le escrutó el rostro para ver cómo reaccionaba. Al ver que no decía nada, prosiguió—: Si descubro algo sustancial, se lo haré saber. Luego podremos determinar qué hacer. ¿Le parece bien?

—¿Qué considera usted sustancial? Si es un sospechoso o un cadáver, podría ser demasiado tarde.

—Voy a esforzarme por mantenerla informada todo el tiempo. ¿Así le suena mejor?

—¿Y qué tal si trabajo con usted en mi tiempo libre?

Puller la miró.

—¿Lo dice de verdad?

—Sí, creo que sí. Es lo que ha sugerido usted hace un momento, ¿no?

—Ya. Pero es que no esperaba que mordiera el anzuelo. ¿Por qué accede ahora?

—Porque no me gusta que la gente muera cuando no tiene que morir.

—En ese caso, trato hecho.

Cuando ya se iban del restaurante, a Puller le sonó el teléfono. Era un mensaje de la general Carson. Había averiguado a quién correspondía la matrícula. Cuando vio los datos, abrió unos ojos como platos.

Aquel caso acababa de pasar a un nivel muy distinto.

44

—¿Quiere que volvamos a mi casa y sigamos hablando de esto? —ofreció Landry cuando salían de Derby's.

Pero Puller no le prestaba atención. Estaba absorto en la pantalla de su móvil. Más concretamente, estaba absorto en el SMS que aparecía en la pantalla.

—Lamento aburrirlo —dijo Landry, un tanto molesta y fijándose en el teléfono.

Él se lo guardó en el bolsillo.

—Perdone, es que acaba de surgir un asunto. ¿Qué estaba diciendo?

—Que si le apetecía que fuéramos a mi casa para seguir hablando. Podríamos dar un paseo por la playa. Elija usted. No me traumatizaré si dice que no, solo intento ser amistosa. —Y añadió—: Y evitar que vaya usted por ahí metiéndose en problemas.

Puller reflexionó. Seguía sin tener un sitio donde alojarse, pero no le parecía buena idea pernoctar de nuevo en casa de Landry. Por otra parte, aunque ya había terminado de examinar la vivienda de su tía, tampoco quería quedarse allí. Ella le había dejado aquella casa en herencia, así que tenía todo el derecho de ocuparla, pero hasta que averiguase qué le había sucedido a Betsy, tenía la impresión de no merecer alojarse allí, después de tantos años sin ponerse en contacto con ella, durante los cuales la fue apartando de su vida como si fuera un desecho.

—¿Conoce algún sitio en Paradise en el que pueda alojarme? —Sonrió—. Bueno, alguno lo bastante seguro para mí.

—¿Por qué no se queda en la casa de su tía?

—Porque si los del Chrysler me están siguiendo, les resultaría muy fácil ir allí.

—¿Piensa de verdad que lo están siguiendo?

—No lo sé con certeza, y hasta que lo sepa prefiero no correr riesgos.

—Hay un sitio en Gulfstream Avenue, dos calles al sur de La Sierra. Se llama Gull Coast. Es más caro porque está más cerca de la playa, pero allí no tendrá que preocuparse de que lo maten mientras se lava los dientes.

—Vaya. Gracias.

—Bueno, ¿entonces le apetece que nos veamos más tarde? Yo suelo dar un paseo por la playa al anochecer, por los alrededores de mi edificio.

—Quedamos allí dentro de una hora. Ahora iré a registrarme en el Gull Coast.

—Muy bien. Nos vemos en una hora.

Landry se fue hacia su coche y Puller hacia el suyo. Al tiempo que salía del aparcamiento marcó un número de teléfono.

—Ya me extrañaba que tardaras tanto —respondió Carson—. Imaginaba que me llamarías en cuanto recibieras el mensaje.

—Es que me han entretenido un poco. Pero quisiera saber una cosa: ¿cómo es posible que le digan al Pentágono que renuncie a investigar una triste matrícula de un vehículo?

—La hemos rastreado, pero nos llevó a un callejón sin salida. Yo me he quedado tan sorprendida como tú. Supuse que correspondería a una empresa privada. Y de pronto recibimos la orden de dejarlo correr.

—¿Quién dio esa orden?

—Por lo visto, la fuente original no deseaba identificarse ante una general de una sola estrella. Me lo comunicó mi superior en la cadena de mando.

—¿Así que ahora hay algún problema?

—No creo, pero nunca se sabe.

—Yo le pedí a una amiga del USACIL que me investigara esa

matrícula, y recibí una llamada del coronel Walmsey. Intentó amedrentarme para que abandonara, pero al enterarse de quién era mi padre dio marcha atrás. A lo mejor también le advirtieron a él.

—Eso no lo sé, pero a nosotros desde luego que sí. Y J2 no está acostumbrado a que le regañen, puedes estar seguro.

—¿Quién tiene poder para eso?

—La lista no es muy larga. Pero los peces gordos mantienen el asunto en secreto, para bien o para mal.

—Como soldado, lo entiendo. Pero como contribuyente, me cabrea bastante.

—Pues cabréate, porque es lo que hay.

—¿Y los dos tipos?

—A saber. ¿Cómo eran físicamente?

—Como yo, solo que menos corpulentos.

—Sin duda ex militares, como me dijiste.

—No lo sé con seguridad, general.

—¿Ahora me llamas general?

—Estamos de nuevo en horario de trabajo.

—Vale, soldado —respondió Carson en tono divertido.

—Puede que sigan siendo militares. De hecho, visto que a usted le han impedido seguir adelante, creo que efectivamente lo siguen siendo.

—Puede ser. Pero entonces, ¿en qué demonios te has metido, Puller?

—Tal vez sea una represalia por lo de Virginia Occidental.

—Ya, podría ser. Aquello tocó muchas fibras sensibles. Aparentemente todo acabó bien y tú te comportaste como un héroe, pero ya sabes cómo son los de Washington. Las cosas podrían haber cambiado. Puede que estén buscando un chivo expiatorio por un motivo que ignoramos. No sería la primera vez que sucediera algo así.

—¿Y el chivo expiatorio soy yo?

—Yo también participé, si te acuerdas.

—Entonces, ¿por qué iban a estar aquí, siguiéndome...? —repuso él.

De repente aferró el teléfono con tanta fuerza que le pareció que la carcasa comenzaba a aplastarse.

—¿Puller?

—Ya volveré a llamar.

—¿Qué ocurre?

—Ya volveré a llamar.

Colgó y dio un volantazo a la derecha.

Como los del Chrysler no dejaban de aparecer dondequiera que él estuviera, había dado por supuesto que su principal objetivo era él. Pero quizás él era una pieza secundaria en aquel juego. Lo realmente importante era el motivo de todo aquello. Y él de pronto supo cuál era ese motivo.

«La casa de mi tía.»

Tal vez no estuvieran siguiéndolo por nada relacionado con lo sucedido en Virginia Occidental. Quizá la misión inicial de esos tipos era vigilar el domicilio de Betsy Simon. Y de ahí a asesinarla no había tanto trecho... Pues bien, si ellos lo habían hecho, iban a pagarlo caro, fueran o no del Pentágono.

Pisó el acelerador y el Tahoe se perdió en la noche.

45

Aparcó dos manzanas más adelante y fue andando hasta la casa de su tía siguiendo una ruta enrevesada. Si en aquel asunto había personas capaces de frenar al Pentágono, él tendría que elevar mucho el listón.

Se detuvo cerca de una valla y estudió el terreno. Eran las diez y ya había anochecido, incluso en la Costa Esmeralda, donde supuestamente nunca dejaba de brillar el sol. En Orion Street todo estaba tranquilo. Soplaba una brisa ligera y refrescante procedente del mar. En algún lugar cercano se oyó arrancar un motor que desbarató el silencio.

Puller se agachó detrás de un arbusto para evitar ser descubierto por los faros del coche, y poco después lo vio pasar por su lado. No era el sedán en que viajaban aquellos dos tipos, pero aun así lo reconoció: era Jane Ryon al volante de su Ford Fiesta azul, cuyo abollón de la puerta se vio claramente a la luz de las farolas.

¿Qué diablos estaría haciendo allí si ya había recogido sus cosas de la casa de su tía? Pero en esas circunstancias Puller no tenía tiempo de volver a su coche para seguirla, máxime cuando el Fiesta dobló la esquina y desapareció.

Salió de nuevo a la calle y continuó por la acera al tiempo que movía los ojos como si fueran un radar. La casa de Cookie tenía las luces encendidas; por lo visto, el pastelero jubilado estaba en casa aquella noche, o a lo mejor no había salido todavía.

Cuando estaba cruzando el jardín trasero de la casa de su tía, oyó un leve ladrido. Se acercó hasta la valla para mirar.

Sadie lo miró a su vez y ladró de nuevo. Puller volvió la vista hacia la casa de Cookie y miró de nuevo a la perrita. ¿Qué le había dicho Cookie? Que conocía a los Storrow, el matrimonio que había aparecido muerto en la playa. Que eran amigos y que su muerte lo había dejado tan atónito como la de su amiga Betsy. En todo aquello no había nada extraño, aunque quedaba una pregunta sin responder: ¿conocía Betsy Simon a los Storrow?

Observó a *Sadie*, que seguía ladrando. Se la veía triste. Y sola. Y si es que era posible, lucía una expresión confusa. Cookie había dicho que por lo general sacaba a *Sadie* a última hora de la mañana a que hiciera sus necesidades. Y él mismo había visto varias correas de perro colgadas de un gancho de la puerta trasera cuando estuvo de visita, y a Cookie paseando al chucho. Pero en Florida había serpientes, caimanes y otros depredadores nocturnos. ¿Por qué iba a dejar a su perrita salir sola de noche, aunque fuera dentro de un jardín vallado?

Saltó la valla y cayó junto a *Sadie*, la cual retrocedió sorprendida y redobló sus ladridos. Puller la levantó del suelo, se la puso sobre el brazo izquierdo y cogió su M11 con la mano derecha. *Sadie*, quizá percibiendo que sucedía algo malo, dejó de ladrar y dio un lametón a Puller en el brazo.

Él avanzó con la mirada fija en la casa. Llegó a los escalones de la entrada trasera y los subió sin hacer ruido. La puerta no estaba cerrada con llave. Echó un vistazo alrededor para descartar una posible emboscada y luego entró en la vivienda.

Fue examinando una habitación tras otra, agachado y arrimado a la pared, a fin de reducir las posibilidades de que alguien agazapado en el interior pudiera dispararle con facilidad.

Su búsqueda finalizó en el cuarto de baño de la planta de arriba.

Depositó a *Sadie* en el suelo y la perrita empezó a lamer el agua.

Puller guardó la pistola y miró fijamente a Cookie.

Estaba dentro de la bañera, desnudo. Más exactamente, estaba posado en el fondo de la bañera.

Puller no hizo ningún movimiento para sacarlo e intentar reanimarlo. Habría sido inútil.

Sus ojos lo miraban sin pestañear. Eran los ojos de un muerto.

No le cupo duda de que había muerto por ahogamiento. Igual que su tía. Las personas sumergidas en el agua suelen morir porque se les inundan los pulmones. Y a continuación surge la siguiente pregunta: ¿cómo se ha sumergido la víctima?

Hay cuatro posibles hipótesis:

Una, un colapso orgánico, un infarto, un ictus o una pérdida de la conciencia a causa de las drogas, y después caer al agua y morir ahogado.

Dos, un golpe en la cabeza, pérdida del conocimiento y caída al agua.

Tres, lo sujetan y lo mantienen a la fuerza bajo el agua.

Puller no creyó que en el caso de Cookie fuera realista la cuarta hipótesis: suicidio. El cuerpo sufre una reacción instintiva ante un intento por parte de la persona de suicidarse ahogándose. Lucha por respirar. Uno puede ahogarse voluntariamente en el mar porque le es imposible regresar a tierra firme. Pero en una bañera, no.

Puller vio los frascos de medicinas que había junto a la bañera, en el lavabo. No tocó ninguno, pero sí leyó las etiquetas. Diuréticos. Pastillas para la hipertensión. Para la artritis. Para la circulación. Betabloqueantes. Había frascos para dar y tomar. Bienvenidos a hacerse viejo en Estados Unidos, la tierra de las personas sobremedicadas.

Miró alrededor una vez más para captar los pequeños detalles que pudieran tener importancia. Como no vio nada más, decidió que ya había invadido lo suficiente una vivienda que ya no era una residencia normal, sino la potencial escena de un crimen.

Entonces sacó su teléfono y llamó a la policía.

Iba a ser una noche muy larga.

46

Y no empezó nada bien.

El todoterreno de la policía frenó derrapando junto al bordillo, con las luces giratorias encendidas y la sirena perforando el silencio nocturno.

El agente Hooper se apeó y desenfundó su arma en cuanto vio salir a Puller de la casa. Lo acompañaba otro agente que se parecía físicamente a él lo suficiente como para ser su hermano, y también empuñaba su pistola.

—¡Joder, esto es increíble! —exclamó Hooper mirando a Puller.

—Landry no está de servicio. ¿Por qué usted sí?

—Eso no es asunto suyo —replicó Hooper. Se volvió hacia su compañero y le dijo—: Boyd, este es el capullo del que te he hablado.

—El cadáver está en el cuarto de baño de arriba —informó Puller.

—Si ha echado a perder la escena del crimen, va a tener problemas —le advirtió sin dejar de apuntarle con la pistola.

—Hoop —dijo Boyd—, ¿no será él el culpable?

—Los he llamado yo —aclaró Puller—. Y he esperado a que llegasen. Si yo fuera el culpable, ¿por qué haría tal cosa?

—Porque así no sospecharíamos de usted —explicó Hooper, condescendiente—. Joder, ¿todos los del Ejército son tan idiotas?

—¿Y el móvil? —preguntó Puller.

—Eso no es problema nuestro —replicó Hooper—, es problema suyo.

—De hecho —dijo Puller—, nuestro sistema de justicia penal se rige por la presunción de inocencia hasta que se demuestre lo contrario. De modo que sí es problema de ustedes.

En ese momento llegó otro todoterreno, seguido de una ambulancia. De él se bajó el jefe Bullock. Iba vestido de paisano, así que Puller supuso que había recibido la llamada estando en casa. Pasó junto a Hooper y Boyd y fue directo hacia él.

—¿Qué tenemos aquí?

—Un muerto en la bañera. No hay señales de forcejeo. Tal vez sufrió un colapso y perdió el conocimiento. La autopsia nos lo aclarará. Unos minutos antes de encontrar el cadáver he visto un coche que se iba de aquí, un Ford Fiesta azul con un gran abollón en la puerta del pasajero.

—¿Sabe quién lo conducía?

—Jane Ryon. Ayudaba en casa de mi tía, y también conocía al fallecido. No sé si venía de esta casa o no, pero en caso afirmativo tiene mucho que explicar.

Hooper y Boyd permanecían de pie, boquiabiertos, mientras Bullock y Puller hablaban. Por fin, Bullock se volvió hacia ellos.

—Oye, Hoop, ¿se puede saber qué diablos estás esperando? Asegura la zona. Tenemos una posible escena del crimen. Tú también, Boyd.

Ambos enfundaron sus armas y se apresuraron a obedecer.

Bullock se volvió de nuevo hacia Puller.

—Hay días en que no sé por qué me tomo la molestia, viendo qué clase de subordinados tengo.

—También tiene a Landry.

—Si todos mis subordinados fuesen como ella, no me oiría usted quejarme. —Alzó la vista hacia la casa—. Si esto resulta un homicidio, las habladurías correrán como la pólvora. Y eso no me gusta nada. Aquí se exagera todo, y eso ahuyenta a los turistas. Al ayuntamiento no le va a gustar.

—¿Se sabe algo de los Storrow?

—Nada. Nadie vio nada. Nadie oyó nada. Sin embargo, los asesinaron, de eso no cabe duda.

—Cookie, el fallecido, conocía a los Storrow.

—¿Cómo diablos sabe usted eso?

—Me lo dijo él.

—Eso es una conexión.

—Así es.

—De un momento a otro llegarán mis técnicos. Entretanto, es mejor que vaya a verlo por mí mismo.

—Sí, es lo mejor.

Bullock echó a andar. Puller no se movió del sitio.

—¿No viene?

—Dentro de un minuto. Antes tengo que verificar una cosa.

Bullock entró en la casa y Puller fue rápidamente a su coche, pasando por delante de Hooper y Boyd, que estaban tendiendo la cinta policial. Ambos lo miraron con cara de pocos amigos, pero él los ignoró.

Abrió la puerta trasera del Tahoe y sacó su petate. Buscó las fotos que había tomado en casa de su tía y las fue pasando de una en una. Tardó dos minutos en encontrar la que buscaba. La sostuvo en alto para que la luz interior del Tahoe le diera de lleno.

En la foto aparecía su tía flanqueada por los Storrow. Reconoció sus caras por haberlas visto en el periódico.

Por lo visto, al igual que Cookie, ella también era amiga suya.

Y ahora estaban todos muertos.

Observó la casa de Cookie y después la de su tía.

Si aquello continuaba así, dentro de poco no iba a quedar nadie vivo en Orion Street.

47

Puller llamó a Landry y le contó lo sucedido.

—No podré llegar ahí dentro de una hora —le dijo—, lo siento.

—¿El jefe Bullock necesita que acuda yo?

—No; me parece que ya lo tienen cubierto. Ahora están analizando la escena. Su colega Hooper está haciendo el turno de noche.

—Bullock lo ha castigado por ser tan gilipollas.

—Su jefe está empezando a caerme bien. La veré cuando pueda. ¿Le importa que vaya más tarde?

—Dejaré mi paseo para ese momento. Pero solo si usted me informa de los detalles en cuanto llegue aquí.

—Hecho.

Colgó y volvió a la casa de Cookie. Bullock estaba en la planta de arriba, con un técnico. Cookie continuaba inmóvil en la bañera. Bullock estaba buscando alrededor.

—En el agua no hay huellas dactilares.

—Pero sí en la mayoría de estas superficies —repuso Puller—. Si el asesino ha dejado un rastro, bien. Si no es así, eso también nos dirá mucho: significará que lo han limpiado. O sea, un asesinato. —Señaló el suelo—. Está seco pero húmedo. Podría deberse a que salpicó agua alrededor, como sería el caso si alguien hubiera sujetado a la víctima bajo el agua.

Bullock miró a su técnico.

—Póngase a ello.

Los dos se quedaron mirando el menudo cuerpo de Cookie, en el fondo de la bañera.

—Una forma horrible de morir —comentó Bullock.

—Siempre lo es cuando alguien que no sea el de arriba decide que debes abandonar este mundo.

—Usted piensa que ha sido un asesinato.

—Esperaré a ver qué dice la autopsia. Pero sí, no me sorprendería que lo fuera.

—Se parece mucho a la situación de su tía.

—Así es.

—Ya he enviado un coche en busca de esa tal Jane Ryon.

—Bien.

—¿Cree que pudo hacerlo ella?

—Cookie era pequeño y viejo. Ella es joven, más grande y más fuerte. De manera que sí, pudo ser ella.

—¿Y el móvil?

—Aún no hay modo de saberlo. —Puller titubeó un instante y luego decidió contarlo—: Mi tía también conocía a los Storrow.

—¿Lo considera significativo?

—Siempre es significativo que se pueda relacionar entre sí a varias víctimas de asesinato.

—Supongo.

—Voy a alojarme en el Gull Coast.

—¿Recuerda esos hombres que anoche lo estaban esperando en La Sierra?

—¿Qué pasa con ellos?

—No hemos podido retenerlos.

—Eso me ha dicho Landry.

—Por si sirve de algo, que sepa que le creo. Ocho contra uno ya dice bastante.

—Ya.

—Ándese con ojo.

—Siempre lo hago.

De camino hacia su coche, recogió a *Sadie*, y también un poco de comida para ella y una correa. La perrita lo miró con gesto melancólico.

—Sí, ya lo sé, *Sadie*, pero todo se arreglará.

48

Lo primero era meterles miedo.

Bueno, meterle miedo a él.

Las personas que padecen miedo a menudo intentan evitarlo. Es decir, a menudo cometen errores cuando reaccionan llevadas por el pánico. Cometer errores es bueno, siempre que los cometan otros.

Mecho contempló la gran mansión en medio de la oscuridad. A la luz de la luna se veía distinta, pero él sabía con exactitud dónde estaba cada cosa. Lo de esa noche no sería el plato principal, solo un aperitivo.

No se aproximó por la verja principal de entrada; ya utilizaría más adelante la información que había recabado allí.

Había seis guardias recorriendo la finca, sin perros. Mejor para él, porque en tal caso ya habrían percibido su olor; a ese respecto, los perros no fallaban. En cambio, los seres humanos eran más peligrosos. Los perros solo tenían fauces y garras; los seres humanos, armas de fuego. Y mataban con ensañamiento; era la única especie que hacía semejante cosa.

Se había acercado por el lado que daba al mar. Subió una duna y atravesó una zona cubierta de vegetación que llegaba hasta la valla. Esta no tenía monitores electrónicos ni cámaras de vigilancia como la verja principal. Y tampoco estaba electrificada. Pero había sensores de movimiento y potentes focos. Si pasabas por delante de uno de ellos, al momento desvelabas tu posición. Sin embargo, Mecho había anotado la ubicación de todos ellos cuando estuvo trabajando en aquella zona. Los focos no revelarían su presencia, pero aun así tenía que moverse con cuidado.

Allí la política de defensa era simple pero eficaz: medidas razonables en el perímetro exterior, como vallas y verjas, y si alguien lograba traspasarlas, intervención de la auténtica fuerza defensiva, agrupada en torno a un duro círculo interior alrededor del objetivo.

Por lo menos esa era la teoría.

Mecho escaló la valla y se dejó caer al suelo sin hacer ruido. Miró a izquierda y derecha. Los guardias hacían las rondas con desgana, ya lo había constatado en sus anteriores observaciones. Y lo había confirmado formulando hábiles preguntas a otros miembros de la servidumbre con los que había ido tropezando. Era obvio que no amaban a su jefe.

A lo mejor pensaban que Mecho era un ladrón más que pretendía robar a los ricos. ¿Qué podía importarles eso a ellos? ¿Qué más daba que alguien que lo tenía todo perdiera un poco? Pero él creía que había otra razón para que le hubieran sido de tanta ayuda, y era una razón muy inquietante. Hacía que le ardiera el pecho de pura ira, que le entraran ganas de arremeter contra alguien y aplastarlo. Pero esos sentimientos iban a permanecer contenidos. Aquella noche no iba a aplastar a nadie.

Salvo que se viera obligado.

Cruzó el césped en zigzag, evitando los sensores de movimiento colocados en los árboles. Aguardó unos instantes junto a unos arbustos a que pasara un guardia, y acto seguido se abalanzó sobre él. El guardia se derrumbó en el suelo, sangrando por la cabeza. Mecho sabía que no era una herida mortal, había calibrado el golpe para herir, no para matar, y él era una persona que sabía exactamente cómo hacer una cosa o la otra.

Recogió las armas del guardia: una Smith and Wesson del 44, semiautomática, y una MP5. Tal vez eran excesivas para un guardia de seguridad de una residencia, por muy ricos que fueran sus ocupantes. Y además había que multiplicarlo por seis, porque los otros guardias iban igualmente armados. El estado de Florida era muy liberal en cuanto al uso de las armas.

Contempló al hombre que acababa de abatir y esbozó una sonrisa. Al parecer, aquel tipo hacía jornada doble, porque era el mismo que por la tarde le había increpado por estar hablando con Chrissy Murdoch. Bueno, pues ya era hora de que descansara un rato.

Continuó avanzando hacia la casa.

En el patio había un Bentley descapotable, de estilo *vintage*. De pronto, un ruido procedente de otro edificio atrajo su atención.

Otra vez el pabellón de invitados.

Consultó el reloj. ¿Sería posible?

Se aproximó más. Una pequeña luz iluminaba la fachada del edificio. Vio otro guardia apostado junto a la puerta. Tenía la 44 enfundada y la MP5 apoyada sobre el pecho, colgando de la correa. Parecía aburrido y estaba fumando un cigarrillo. Por aquellos detalles, Mecho supo que no era un profesional. Estos nunca fumaban estando de servicio. En ocasiones, el hecho de oler a tu adversario antes que él a ti marcaba la diferencia entre vivir y morir. Igual que el segundo que tardaba uno en tirar el cigarro y empuñar el arma. Para entonces, uno ya estaba muerto, abatido por alguien más profesional.

Tres segundos más tarde, el guardia yacía sobre la acera de ladrillo que había frente al pabellón de invitados. Mecho quitó los cargadores de ambas armas y se los guardó en el bolsillo. A continuación, empujó al guardia detrás de un arbusto y se acercó con cautela a la puerta.

Los ruidos que se oían dentro eran los mismos que había oído por la tarde.

Abrió la puerta y entró. Aquello no formaba parte del plan, pero él nunca despreciaba un posible atajo.

La casa estaba a oscuras, de modo que avanzó a tientas. El dormitorio se hallaba al final del pasillo, a la derecha. Llegó allí cinco segundos después. La puerta estaba entreabierta. Por lo visto, los ocupantes, como tenían un guardia fuera, no esperaban que los interrumpiera nadie.

Se asomó. El resplandor de la luna que se filtraba por la ventana le permitió ver lo que estaba sucediendo en aquella habitación.

Esta vez, Peter J. Lampert estaba debajo.

Pero la que estaba encima no era Chrissy Murdoch, sino Beatriz, la joven doncella con la que había hablado él aquel mismo día.

Ya no llevaba puesto su inmaculado uniforme.

Ya no llevaba puesto nada.

Si él había sentido curiosidad por saber si su cuerpo era tan hermoso como su rostro, ya no tuvo dudas: Beatriz era de una belleza exquisita.

Estaba sentada a horcajadas sobre su jefe, el cual la sujetaba por la cintura y la embestía con una violencia que a Mecho le pareció excesiva. Al parecer, a Peter J. Lampert le gustaba excederse en el contacto físico con las mujeres.

Beatriz no gemía como Chrissy Murdoch, por lo menos no de placer. Gemía de dolor. Sus pequeños pechos botaban arriba y abajo, y sus nalgas se agitaban cada vez que colisionaban contra los muslos de Lampert.

Mecho se tensó. Todos sus instintos le decían que le diera una lección a aquel tipo. Pero se contuvo y retrocedió, recorrió el pasillo a toda prisa y llegó al salón. Miró en derredor y decidió que era un lugar tan bueno como cualquier otro.

Hizo lo que había ido a hacer y se fue.

Ya en el exterior, dio una patada en la cabeza al guardia que yacía inconsciente detrás del arbusto, imaginándose que era Peter J. Lampert. Fue una gozada.

Antes de marcharse hizo una cosa más. Colocó el paquete a veinte metros de la casa, junto al Bentley descapotable en cuya matrícula ponía THE MAN.

Saltó de nuevo la valla contando mentalmente los segundos. Llegó a la playa y siguió contando. Cincuenta segundos después, cuando ya estaba pisando de nuevo terreno firme, tuvo lugar la explosión. El inmaculado Bentley de diseño *vintage* se elevó dos metros en el aire, y cuando volvió a caer ya difícilmente se podía considerar *vintage*.

El fogonazo iluminó el cielo nocturno de Paradise.

Mecho no alzó la vista para verlo, se limitó a arrancar su motocicleta. En cambio, sí que sonrió.

«Buenas noches, Peter J. Lampert.»

The Man.

49

Puller fue en su coche hasta el Gull Coast y se registró. El recepcionista era joven y tenía cara de sueño, o tal vez era simple aburrimiento.

Dejó sus cosas en la habitación y caviló qué hacer seguidamente. Llamó a Landry y le dijo que iba para allá. Subió de nuevo al Tahoe, y veinte minutos más tarde llegó a Destin y al garaje del edificio. Hacía una noche húmeda y soplaba poca brisa.

Landry acudió a recibirlo al ascensor del garaje. Se había puesto un pantalón corto, una camiseta ajustada y unas sandalias, y llevaba dos cervezas en la mano. De repente reparó en *Sadie*.

—¿Tiene perro?

—Sí, por defecto. —Y le explicó que *Sadie* era la perrita de Cookie.

—Yo no puedo quedármela, si es lo que está pensando. En mi edificio no admiten animales.

—No hay problema. Es que no quería que se quedara sola esta noche.

—Vamos a dar ese paseo por la playa. En la orilla hace más fresco, y podrá contarme las últimas noticias. —Mirando a la perrita, agregó—: Y su nueva mascota podrá corretear un poco.

Echaron a andar por la arena mientras las olas rompían junto a ellos con intensidad.

—¿Siempre está así el oleaje por la noche? —quiso saber Puller.

—¿Usted no ve el telediario?

—Pues últimamente no.

—En el Atlántico se ha formado la tormenta tropical *Danielle* y ha entrado en el Golfo. No creen que vaya a cobrar mucha más fuerza, pero provoca olas muy grandes. Tocará tierra por aquí cerca, en algún momento. No saben exactamente cuándo.

La playa estaba vacía, a excepción de unos cuantos jóvenes que iban dando tumbos y bebiendo cerveza.

Puller dedicó unos minutos a poner a Landry al corriente de la muerte de Cookie, mientras *Sadie* iba obedientemente a su lado levantando la cabeza de vez en cuando. La pobre perrita debía de estar hecha un lío, pensó Puller, porque ahora tenía que estirar mucho más el pescuezo para mirarlo a él que cuando acompañaba a su antiguo dueño.

—¿Qué demonios cree que está ocurriendo aquí, Puller? —le preguntó Landry cuando hubo terminado.

Él se encogió de hombros.

—Si la gente sabía algo, está claro que le han cerrado la boca de forma muy eficaz.

—¿Y qué es lo que debería saber?

Otra vez se encogió de hombros.

—Si supiera eso, lo sabría todo —respondió mirándola, y continuaron con el paseo y las cervezas.

De improviso, *Sadie* dio un tirón a su correa, pero Puller apenas lo notó. Era como llevar de paseo a un grillo. La cerveza fría le había dado calor, más calor que el ambiental. Las olas, que iban rompiendo con regularidad, lo estaban relajando más de lo habitual, sobre todo después del episodio de Cookie. Advirtió que Landry lo estaba mirando.

—¿Quiere que regresemos y subamos a mi apartamento? —le ofreció ella.

—¿Por qué?

La agente bajó la vista.

—Bueno, he pensado que... nosotros...

Puller interpretó su nerviosismo.

—La verdad es que me gustaría —dijo—, pero no puedo.

—Está bien, lo entiendo. Ya sé que no soy una chica muy femenina y que llevo un arma en el trabajo, pero soy una mujer. Y me gustan los hombres.

—Y estoy seguro de que a los hombres les gusta usted.

—Me han tirado los tejos todos los tipos de menos de sesenta años que viven por aquí, o por lo menos eso me parece. Y también esos gamberros jóvenes que vienen de fuera; se creen muy sexis, pero no son más que unos idiotas.

—Muchos hombres son idiotas. A mí me han acusado de serlo.

Landry se volvió hacia él y le tocó el brazo.

—Pero no con las mujeres.

Él la miró.

—No, con las mujeres no.

—Por eso resulta usted diferente. Y atractivo.

Puller ya tenía mucho calor, más del que hacía. Tenía la frente perlada de sudor. Y también notaba el calor que desprendía Landry. Era como si ambos estuvieran en un horno.

—Estamos trabajando en un caso —dijo.

—Pero usted no forma parte de la policía, si fuera así no me acostaría con usted.

—No creo que Hooper sea su tipo.

—Pues él no lo entiende. No deja de intentarlo.

—Estoy seguro.

—Pero ahora no estamos hablando de Hooper, ¿no?

—Cheryl, no tenemos ni idea de adónde va a conducirnos esto. Nunca es buena idea mezclar el trabajo con el placer. Es una mujer muy atractiva, y si las circunstancias fuesen otras mi respuesta sería muy distinta. Pero las circunstancias son las que son. Espero que sepa entenderlo.

Landry lanzó un suspiro.

—Cómo no. En fin, perdone que haya propuesto la idea, no ha sido muy profesional por mi parte.

—No podemos ser profesionales todo el tiempo.

Ella sonrió resignada, y los dos reanudaron el paseo.

Puller estaba a punto de decir algo, cuando de pronto sonó un teléfono. No el suyo, sino el de Landry. Y a partir de ese momento ya nada fue lo mismo.

50

Puller se colocó detrás de Landry. El Toyota de ella iba como una flecha y él se veía obligado a conducir con el acelerador casi a fondo para no perderlo de vista. Estaba claro que aquella noche Landry no pensaba respetar el límite de velocidad. Puller llevaba a *Sadie* a su lado, en el asiento del pasajero, y procuraba no apartar la mirada de las luces de freno de Landry, si es que se encendían alguna vez.

Ella había atendido la llamada en la playa, con el teléfono pegado al oído. Escuchó, no dijo casi nada y colgó. Se volvió hacia Puller.

—Era el jefe Bullock. Ha habido una explosión en la finca de Lampert.

Puller consultó el reloj: la una y dieciséis. Una hora tan buena como otra para sufrir una explosión, pensó.

—¿La finca de Lampert? ¿Qué diablos es eso? —preguntó.

—La propiedad de Peter Lampert, el hombre más rico de Paradise y probablemente de la Costa Esmeralda, cuando no de todo el estado de Florida. No lo sé con detalle, pero está forrado.

Puller esperó en el apartamento mientras Landry se ponía rápidamente el uniforme. Después recogió a *Sadie*, fue hasta su todoterreno, se sentó al volante y ambos arrancaron, cada uno en su vehículo.

Notaba que a Landry la acuciaba un sentimiento de culpa. No había vuelto al trabajo a raíz del asesinato de Cookie, aunque tampoco había motivo para que volviera, dado que había personal de sobra para ocuparse de la escena del crimen. Pero es que cuando se produjo la explosión estaba con él. Tampoco en ese aspecto tenía por qué sentirse culpable, pero Puller sabía que era de la clase de policías que reaccionan así.

Llegaron a Paradise en un tiempo récord, y Puller continuó siguiéndola a través del casco urbano, hasta que se encontraron con el límite oriental de la ciudad. Entonces Landry enfiló un camino particular.

Finalmente, el Toyota frenó con un derrape frente a una impresionante verja de acero que parecía lo bastante fuerte para aguantar la embestida de un tanque Abrams.

Landry se apeó del coche y se volvió hacia Puller, que venía corriendo hacia ella. Había dejado a la perrita en el Tahoe, con las ventanillas abiertas y un cuenco de agua.

—¿Quiere que entre con usted? —se ofreció él.

Landry no supo qué responder. Ella misma le había pedido que la acompañase, pero ahora era evidente que se le presentaba un dilema. Eran las dos de la madrugada. ¿Qué razón había para que estuvieran los dos juntos?

—Puedo decir a Bullock que oí la explosión, que la vi a usted cruzando a toda velocidad y decidí seguirla —propuso Puller.

—Perfecto.

En la entrada se encontraba Boyd. Puller supuso que Hooper se había quedado en la casa de Cookie, vigilando la escena del crimen. Menos mal que Bullock había hecho venir a Landry, porque iba a necesitarla. Dudaba que el departamento de policía de Paradise fuera tan grande.

Boyd miró a Landry como un hombre mira a una mujer tras haber sido rechazado por ella. Puller no tuvo dudas al respecto. Ella había dicho que Hooper y los demás policías habían intentado llevársela a la cama, y en la expresión de Boyd se notaba a las claras que él no había encajado bien el rechazo. Cuando vio a Puller detrás de ella, su gesto se endureció aún más.

—¿Qué diablos hace ese aquí contigo? —ladró.

Antes de que Puller pudiera soltar su coartada, Landry respondió:

—Ha venido para ayudarnos a analizar la escena, Boyd. Si tienes algún problema, pregunta al jefe.

Y antes de que Boyd pudiera replicar, pasó junto a él seguida por Puller.

Lo primero que vieron fueron los restos del Bentley. El radiador cromado, ahora ennegrecido y retorcido, era la única pieza relativamente reconocible y que permitía saber de qué coche se trataba. Junto a él se encontraba Bullock. Su técnico de escenas del crimen estaba recorriendo el perímetro de la explosión, y al parecer iba haciendo cálculos. Cuando vio a Landry y Puller, les indicó que se acercasen. A diferencia de Boyd, él no se molestó en preguntar por qué estaban juntos, así que Puller no tuvo que recurrir a su coartada.

—He venido lo antes que he podido, jefe —se apresuró a decir Landry.

—Por lo visto, la bomba estaba colocada justo debajo del coche —explicó Bullock—. También ha roto varios cristales de la ventana de la casa.

—¿Lampert tiene enemigos? —preguntó Puller.

—Bueno, parece que por lo menos tiene uno —respondió Bullock.

—¿Qué sabe de él?

—Que vino aquí hará unos cinco años, procedente de South Beach, y se construyó esta mansión. Bueno, la estuvo construyendo desde antes de trasladarse aquí. Le llevó casi tres años terminarla.

—¿Cómo se gana la vida?

—Se dedica a las finanzas, o algo así. ¿Quién coño sabe cómo se ganan la vida esos tipos? Roban a uno para pagar a otro.

—Imagino que no había nadie en el coche —dijo Puller.

—No.

—¿Algo más?

—¿Es que no es suficiente con que hayan puesto una bomba? —replicó Landry.

—Dos guardias han sufrido agresiones —añadió Bullock—. Uno cerca de la valla y el otro junto al pabellón de invitados. Los han hallado inconscientes. Son tipos bastante corpulentos, así que quien los atacó tuvo que ser alguien fuerte y fornido. Los hemos interrogado a los dos, pero dicen que no vieron a su agresor.

Puller volvió la vista hacia el pabellón de invitados.

—¿Reside alguien ahí?

—No —respondió Bullock.

—¿Puedo echar un vistazo alrededor?

—¿Qué quiere buscar? —preguntó Bullock.

—Por lo general, hasta que no lo veo no lo sé.

Se alejó y fue a dar una vuelta por la finca. Vio a varios hombres vestidos con camisas negras y armados con pistolas y MP5, apostados aquí y allá. Guardias de seguridad. Aquella noche acababan de recibir una patada en el culo. Y la que les iba a atizar Lampert.

Pero ¿por qué hacer volar el coche por los aires? ¿Para transmitir un mensaje? Y en ese caso, ¿sería suficiente mensaje?

Contempló la mansión principal, profusamente iluminada. Y luego su mirada se desvió hacia el pabellón de invitados, a oscuras. No comprendía para qué uno podía necesitar un pabellón de invitados cuando vivía en una mansión más grande que la Casa Blanca. Pero supuso que cuando se tienen semejantes ingresos uno no actúa por necesidad, sino por deseo o codicia.

Empezó a darle vueltas al asunto. ¿Para qué tener seguridad privada en un pabellón de invitados en el que nadie reside?

Se acercó a una ventana y alumbró el parterre de flores con su linterna de bolsillo.

Nada.

Rodeó el edificio examinando el suelo.

Nada.

Hasta que, a la tercera, lo encontró.

Huellas de pisadas. Y de gran tamaño. Puso su propio pie encima de una, sosteniéndolo en alto, y vio que se quedaba muy corto. Calculó una talla cincuenta. Correspondía a un tipo muy grande. Le hizo una foto con el móvil.

A lo mejor era simplemente la huella de un jardinero que había estado limpiando los parterres.

A continuación fisgó por la ventana. Vio lo que parecía un dormitorio.

De acuerdo, tal vez la respuesta no fuera tan sencilla. Además, la pisada estaba en el lado del parterre junto a la casa. ¿Por qué un jardinero iba a haberse acercado tanto al edificio?

La pisada no parecía reciente. No estaba seguro, pero supuso que allí tendrían un sistema de riego, de modo que dudó que la huella llevara allí más de un día. De lo contrario, el agua la habría borrado.

Lo que necesitaba ahora era ver qué había estado mirando el propietario de la huella.

51

La puerta no estaba cerrada con llave. Una vez dentro, a oscuras, se sirvió de su linterna para iluminar sus pasos.

Técnicamente, él no debería estar allí, y no deseaba que lo descubrieran. Se hizo una idea aproximada de la habitación a la que daba aquella ventana. Un momento después penetró en ella y confirmó que se trataba de un dormitorio. Si hubiera sido una habitación de hotel, él no habría podido pagarla.

Observó la cama. Estaba hecha, pero él estaba acostumbrado al rigor militar de una cama tendida perfectamente, lo bastante tensa como para rebotar en ella. Y aquella cama no estaba así. Presentaba una imperfección claramente visible: una ligera hondonada cerca de los pies. En la oscuridad resultaba casi invisible, pero no para él.

Levantó las mantas con cuidado y alumbró con la linterna. Había una braga de mujer. Le hizo una foto con el móvil. Alguien había hecho la cama a toda prisa y se había dejado allí aquella prenda.

Volvió a poner las mantas en su sitio y dirigió la vista hacia la ventana. Desde allí se tenía una amplia panorámica.

A continuación se fijó en las dos marcas dejadas por sendos vasos en la mesilla de noche y la olfateó. Parte del líquido se había derramado. Él no era muy aficionado a beber, pero aun así reconoció el olor: whisky escocés, y de la marca favorita de su padre.

Seguidamente examinó los postes de la cama y vio arañazos en uno de ellos. «¿De uñas, tal vez?» Después fue al cuarto de baño y miró en la papelera, en el lavabo, entre los artículos de aseo personal, en la ducha y el inodoro. Todo aquello le proporcionó información suficiente acerca de lo que había sucedido allí dentro.

Cuando salió del baño, lo vio en el dormitorio. Lo alumbró con la linterna.

Alguien había garabateado una frase en la pared con un rotulador: «Ya casi te ha llegado la hora, Pete.»

Se giró un momento para mirar la puerta del dormitorio, se volvió otra vez hacia la pared y le hizo una foto con el móvil. Aquel sí era un mensaje todavía más directo que hacer volar por los aires un coche carísimo.

No le cupo duda de que la frase había sido leída por su destinatario. Y también intuyó que habría sido borrada antes de que nadie más la viera. Bullock no la había mencionado, de modo que era obvio que Lampert, o alguien de su entorno, no quería que la policía se enterara. Y no había motivo para que la policía entrase en el pabellón de invitados. Y no había entrado. Solo había entrado él.

Salió del pabellón y regresó al Bentley destrozado, donde Landry estaba hablando con Bullock. Se dirigió hacia el técnico que estaba examinando los restos del coche.

—¿Ya ha encontrado la causa de la explosión?

—Algunos trozos. —Levantó una bolsa que contenía un fragmento de metal retorcido y chamuscado—. Este es el detonador. Por lo menos, una parte de él.

Puller cogió la bolsa y lo examinó. No era la primera vez que veía un artilugio parecido. De hecho, en Oriente Próximo había visto suficientes detonadores para una vida entera. Y también había analizado los restos de muchos después de que explotaran. La mayoría de las bombas tenían los mismos componentes: un explosivo, un detonador, un temporizador y una fuente de alimentación. Pero cada grupo terrorista empleaba una técnica distinta para fabricar su artefacto, lo que se denominaba «la firma». Puller había llegado al punto de saber distinguir, de un vistazo, qué grupo terrorista había armado determinado detonador.

Sin embargo, el que contenía aquella bolsa no era de Oriente Próximo. Al menos, no de ningún modelo que a él le resultara conocido, y estaba bastante seguro de que no se le escapaba ninguno. De manera que, siendo todo lo demás igual, el supuesto terrorista no procedía de aquella parte del mundo. Lo cual, por otra parte, habría resultado muy extraño. ¿Un yihadista en Paradise, Florida? Demasiado irónico.

Se acercaron Bullock y Landry. El jefe señaló la bolsa y le dijo:

—¿Ve algo interesante en ese fragmento de la bomba?

—Bueno, no soy experto en explosivos, pero he visto muchas bombas en Oriente Próximo, y esta no procede de allí. Yo diría que parece más bien rusa.

—¡Rusa! —exclamó Bullock, sorprendido—. ¿Es que en Florida tenemos rusos que ponen bombas en los coches?

—No necesariamente. Puede que la bomba sea de fabricación rusa, pero el que la colocó no tiene por qué serlo también. Los rusos venden a todo el que esté dispuesto a pagar.

Le devolvió la bolsa al técnico y contempló la mansión. Era la más grande que había visto en su vida.

El pabellón de invitados tendría unos trescientos cincuenta metros cuadrados, y no supo calcular qué superficie abarcaría la construcción principal. A lo mejor no la medían en metros cuadrados, sino en hectáreas. Y cada hectárea equivale a diez mil metros cuadrados.

A Peter J. Lampert debía de irle bastante bien.

Pero le había llegado su hora, por lo menos eso aseguraba la frase escrita en el pabellón de invitados. Ya había decidido no mencionarla a Bullock y Landry; no debería haber entrado allí, y si les contaba lo de la frase se delataría él solo.

Señaló la mansión y preguntó:

—¿Ya los ha interrogado?

—Ahora iba a hacerlo —contestó Bullock—. ¿Quiere estar presente?

Puller se lo quedó mirando, súbitamente desconcertado por la amabilidad del jefe. Hasta Landry enarcó las cejas.

—Me sentaré en el gallinero.

—Como quiera. Pero si se le ocurre alguna cosa, dígala. Con

todo lo que está pasando, me parece que voy a necesitar ayuda. De lo contrario, dentro de poco seré ex jefe de policía de Paradise.

Y dicho esto, entraron en la casa para interrogar a Peter J. Lampert y compañía.

52

Lo primero en que reparó Puller fue en que Peter Lampert iba totalmente vestido. Pantalón blanco, camisa oscura y sandalias. Tenía el pelo ligeramente húmedo, indicio de que se había dado una ducha.

¿Una ducha a aquellas horas? ¿Había estado manteniendo relaciones sexuales? Le gustaría saber quién más se había duchado.

Lampert estaba tomando una copa, sentado a una barra que abarcaba una pared entera de una estancia que parecía tan grande como el hangar de un avión decorado al estilo del palacio de Buckingham. Se acercó a Bullock y le tendió la mano.

—Ha sido muy amable al venir personalmente, jefe —le dijo con tono afable.

Bullock le estrechó la mano al tiempo que asentía con la cabeza.

—Es mi deber, señor Lampert.

El anfitrión miró brevemente a Landry y después posó los ojos en Puller. Lo contempló unos instantes mientras jugueteaba con los cubitos de hielo de su vaso de fino cristal.

—¿Y a quién tenemos aquí?

—Soy John Puller —se presentó—. De la CID del Ejército.

—Solo ha venido como observador, señor Lampert —se apresuró a explicar Bullock.

Lampert mantuvo la mirada fija en Puller unos segundos más, luego sonrió y apuró el vaso.

—Se le ve muy tranquilo, para ser alguien que acaba de ver cómo explota su coche —le dijo Puller, que había decidido bajarse del gallinero.

Lampert levantó en alto su vaso vacío.

—Para eso sirve un Macallan de treinta años. Lo reanima a uno en un periquete.

«Whisky escocés», pensó Puller. Igual que en el pabellón de invitados. Solo quedaba averiguar a quién pertenecía la prenda de ropa interior.

Entraron dos personas más en el salón, un hombre y una mujer. Parecían modelos de Ralph Lauren. El hombre vestía pantalón corto y camiseta, la mujer llevaba una bata de seda azul claro que solo le cubría el muslo. Al parecer, ambos estaban en la cama cuando se produjo la explosión; él se puso lo que encontró a mano, ella se envolvió en la bata.

La mujer no tenía el pelo húmedo.

—Les presento a James Winthrop y Christine Murdoch —dijo Lampert—. James trabaja conmigo y Chrissy es su... en fin... su amiga especial. —Le dirigió una leve sonrisa a la joven y volvió a centrar la atención en Puller.

Puller observó a los recién llegados. Él tenía cara de asustado, ella simplemente parecía intrigada. Eran dos estados emocionales opuestos, y eso hizo que Puller se preguntase por qué aquel tipo y su «amiga especial» habían reaccionado de manera tan distinta a lo sucedido aquella noche. Al fin y al cabo, una bomba es una bomba.

—Hemos oído la explosión, naturalmente —dijo Murdoch.

—¿A qué hora ha tenido lugar? —preguntó Bullock.

—Miré el reloj al saltar de la cama —contestó ella—, y era casi la una y cuarto.

Landry anotó aquel dato en su bloc.

—¿Alguno de ustedes vio u oyó algo fuera de lo normal antes o después de la explosión?

Ambos negaron con la cabeza.

Bullock se volvió hacia Lampert.

—¿Dónde estaba usted cuando sucedió?

—En mi habitación. Mi esposa se encuentra de viaje. Estaba

leyendo un libro, y de pronto fue la hecatombe. Antes de eso, ni vi ni oí nada fuera de lo normal.

Puller no sabía si Landry y Bullock se habían fijado en que Lampert tenía el pelo húmedo. O si se habrían preguntado por qué Lampert, a diferencia de sus huéspedes, iba perfectamente vestido.

—¿Su personal de seguridad vio algo? —preguntó Bullock.

—Nada, al parecer. Yo los consideraba los mejores, pero ahora tengo ganas de despedir a todos y empezar otra vez desde cero. —Miró a Puller y le preguntó—: ¿Ha dicho la CID del Ejército?

Puller asintió con la cabeza.

—¿Y antes de eso?

—Fui ranger.

—Pues entonces podría ser un magnífico jefe de seguridad. Le pague lo que le pague el Tío Sam, yo se lo doblo.

Puller no tenía ni idea de si hablaba en serio o no, pero respondió:

—Lo siento, pero no funciona así.

—Cualquier cosa funciona si uno lo desea lo suficiente.

—Ya. ¿Tiene idea de quién puede haber cometido este estropicio?

—Mi trayectoria profesional ha tenido sus altibajos. Y me he ganado enemigos.

—Joder a alguien en un negocio suele acarrear que a uno le pongan una demanda, no una bomba —replicó Puller.

—¿Y quién dice que yo he jodido a alguien? —repuso Lampert abandonando su actitud amistosa.

—Me parece que solo habla en sentido general, Peter —terció Murdoch.

Lampert no apartó la mirada de Puller.

—¿Es cierto? ¿Hablaba en sentido general?

—Supongamos que sí. ¿Hay alguien en esa lista que querría volarle el coche?

—Podría haberlo.

—Necesitamos los nombres —pidió Bullock.

—Muy bien.

A Puller le pareció que Lampert no sentía ningún interés por todo aquello. Cualquier persona a la que le hubiera estallado una bomba en el jardín de su casa estaría más angustiada. O Lampert era un idiota, o allí había mucho más que rascar. Y Lampert no parecía ningún idiota.

—¿Algo más? —preguntó Lampert—. Necesito dormir.

—Proseguiremos con la investigación en el exterior de la casa —dijo Bullock—. Y ya retomaremos el asunto con usted mañana.

—Estupendo —repuso Lampert.

Bullock y Landry se dirigieron hacia la puerta principal, y Murdoch y Winthrop hacia sus habitaciones.

Puller se quedó donde estaba.

La bata azul que llevaba la joven le quedaba bastante ceñida, tanto que Puller, desde atrás, pudo distinguir el contorno de las bragas. Las que había en el pabellón de invitados parecían demasiado pequeñas para ser suyas. No era una prueba concluyente, desde luego, pero sí interesante.

Vio que Lampert lo estaba mirando, como si le leyera el pensamiento.

—¿Tiene algún otro huésped en la casa, señor Lampert? —le preguntó.

Por el rostro del anfitrión se extendió una fina sonrisa.

—No. Solo están los criados.

Bullock y Landry se habían vuelto al oír aquel diálogo, y ambos miraban ahora a Puller con gesto de extrañeza.

—¿Solo los criados? Gracias, señor Lampert, era todo cuanto necesitaba saber.

Lampert sonrió y levantó su vaso.

—Estoy seguro de que sí, señor de la CID. Seguro que sí.

Y Puller se marchó.

53

Aquella noche llegaron otros ochenta. Con la precisión de un reloj. Cuatro lanchas llenas, y todos con la misma cara de los de envíos anteriores: destrozados.

Esta vez Mecho los observaba desde un punto diferente. No le gustaban las pautas. Las pautas podían jugar malas pasadas. No tenía motivos para pensar que alguien sospechara de su presencia, pero tampoco para pensar que no. Imaginó que aquellos tipos vivían todo el tiempo sospechando de todo.

Igual que él.

Después de la bomba que había estallado en la finca de Lampert tendrían que proceder con cautela. Quizá se sintieron tentados a anular el desembarco de aquella noche, pero por lo visto los atraía más la expectativa de ganar mucho dinero. Además, cuando el Bentley voló por los aires, seguramente el barco ya estaba de camino.

Así que el espectáculo debía continuar.

Aquellos cautivos llevaban la ropa codificada por colores, como el grupo anterior. Al observarlos, Mecho llegó a la conclusión de que esta vez eran en su mayoría prostitutas y mulas para el transporte de drogas, con mucho, los elementos más rentables. Los simples trabajadores, los que cortaban la hierba sumisamente en las lujosas residencias del sur o cargaban contenedores en los almacenes del Medio Oeste, eran los que aportaban menos ganancias.

Pero aun así los márgenes de beneficios eran excelentes, aunque muy alejados de los resultantes del negocio de las drogas y las putas.

Cuando la cuarta lancha dio media vuelta y puso rumbo al barco nodriza, Mecho centró su atención en el camión al que habían subido los ochenta prisioneros. Se cerró el portón trasero y se aseguró con un pestillo. La caja del vehículo estaba insonorizada, naturalmente. No se oiría ni un solo grito, aunque Mecho imaginó que los cautivos estarían demasiado aterrados para emitir el menor quejido.

Volvió rápidamente a su motocicleta y montó en ella. Cuando arrancó el camión junto con los dos todoterrenos que lo acompañaban, Mecho se situó a su zaga, manteniendo una distancia prudencial. No le preocupaba perder de vista los vehículos; había colocado un dispositivo de rastreo en el chasis del camión mientras la primera lancha estaba llegando a la playa. Los guardias habían cometido el error de no quedarse junto a los vehículos, ya que no creían que hubiera problema en dejar la retaguardia sin vigilancia.

Pero les ocasionó un problema, y muy grande. Y, como es sabido, el problema de una persona siempre es una oportunidad para otra.

Viajaron hacia el este a lo largo de seis kilómetros, siguiendo una ruta que los iba alejando del Golfo. El destino era el previsible: un almacén situado en medio de un decrépito polígono industrial. Aquel lugar no tenía nada que ver con los engañabobos para turistas y se encontraba muy lejos de las arenas blancas y prístinas de las playas o del verde esmeralda del mar. Aquel lugar tenía el aspecto y el olor repugnante del mundo real. Un mundo donde muchos seres humanos se deslomaban realizando trabajos de mierda a cambio de un salario ínfimo y preguntándose cuándo les tocaría la lotería.

Mecho conocía bien aquella situación, porque a él le había sucedido lo mismo, solo que muy lejos de allí. De hecho, a un mundo de distancia de allí.

«¿Y cuál fue mi maldita lotería? —se preguntó irónico—. Bueno, quizá mi premio fue como el de ellos, una lancha repleta de ganado humano.»

Después de que el camión y un todoterreno hubieron entrado en el almacén, el portón volvió a cerrarse; el otro todoterreno se quedó fuera. Mecho se hizo una idea de lo que estaría ocurriendo dentro.

Aquello se parecía en cierto modo a los trámites que se cumplían en las aduanas, aunque no podía ser más distinto. Descargaban a los cautivos del camión, vestidos cada uno de un color, les daban unos documentos, algo de comer y un poco de agua. Después les decían una serie de cosas, cosas que los hundirían aún más en el desánimo, tales como: «Haréis exactamente lo que os digamos. Y si no obedecéis, no solo moriréis vosotros, sino también toda vuestra familia en el pueblo, la aldea o la ciudad de la que provengáis. Sin excepciones.»

A continuación les impartían instrucciones. Podrían dormir un rato. Se los distribuiría según la función que iban a desempeñar.

Las futuras prostitutas recibirían el mejor alojamiento y la mejor comida, porque importaba que estuvieran guapas y sanas, al menos por el momento; más adelante ya no estarían igual, y entonces sus explotadores se desharían de ellas, la mayoría drogadas y sin posibilidad de rehabilitarse, hasta que finalmente irían languideciendo y terminarían muriendo solas.

A las mulas se las prepararía para que pudieran llevar dentro del cuerpo más bolas de drogas de las que ellos mismos hubieran creído posible. Al diez por ciento de ellos se les romperían cuando todavía las tuvieran dentro, y morirían.

La heroína o cocaína vertida en tan grandes dosis al torrente sanguíneo no es algo que el organismo pueda soportar, porque en ningún punto de la evolución ha tenido que adaptarse a semejante cosa.

Era bueno para la humanidad, pero malo para ese diez por ciento.

En aquel negocio, un diez por ciento de pérdidas se consideraba un coste razonable y aceptable. Y en efecto, de igual modo que las compañías de tarjetas de crédito aumentan las tasas de interés para cubrir las pérdidas que les ocasionan los piratas informáticos y otros, los esclavistas incrementaban el precio de su mercancía con el mismo fin.

Los negocios siempre cargan los costes en la factura, ya se vendan martillos o seres humanos.

Una vez más, no había nada que pudiera hacer Mecho para socorrer a las ochenta personas que habían llegado aquella noche al almacén. Y tampoco era esa la razón por la cual estuviera él allí.

Permaneció sentado en su moto, junto a la puerta de la valla que rodeaba el polígono, y aguardó.

Sacó una foto que llevaba en el bolsillo. Aunque era de noche y había apagado el faro de la moto antes de acercase al almacén, en su mente distinguió con claridad el rostro de la joven que aparecía en la foto. Se parecía mucho a él. Y había un motivo para ello.

La familia es la familia.

Se llamaba Rada, que en su idioma natal significaba «alegría». Algo que en otra época había irradiado en abundancia. Pero no ahora. Eso lo sabía Mecho aunque no tuviera pruebas de ello.

Había ocasiones en las que deseaba que Rada hubiera muerto, porque estar viva para hacer lo que hacía ella debía de ser peor que estar muerta. No tenía ni idea de dónde podía hallarse Rada, y había acudido a aquel lugar para intentar averiguarlo.

Pero eso no era todo. En el bolsillo de su chaqueta llevaba más fotos. Todas de mujeres. Todas jóvenes. No eran parientes suyas, pero daba igual. Existía otro vínculo, un vínculo muy fuerte, y eso le bastaba. Tampoco sabía en qué lugar del mundo podían encontrarse, y el mundo era muy grande. Necesitaba ayuda. Y esa noche encontraría a alguien que lo ayudara.

Transcurrió una hora y se abrió el portón del almacén. El todoterreno salió al exterior y el portón volvió a cerrarse.

El segundo todoterreno no se movió mientras el primero se acercaba a las verjas de la entrada, que se abrieron automáticamente y el coche las traspuso.

Mecho sabía que en aquel todoterreno iban cuatro hombres. Arrancó la motocicleta para seguirlos; le daba igual cuál de los cuatro le proporcionara la ayuda, pensaba trabajarse a los cuatro hasta que la obtuviera. Para él ya no eran seres humanos, lo mismo que opinaban ellos de los cautivos del camión. Estaban allí para que él los utilizara a su antojo con tal de alcanzar su objetivo. En cierto modo, él también era un hombre de negocios, solo que su incentivo, su beneficio, no se medía en dinero sino en justicia. Se calculaba en venganza. Y en su caso particular, aquellas dos cosas eran exactamente la misma.

54

Aquel hotel era mucho más agradable que La Sierra. Y se hallaba a la orilla del mar.

El todoterreno estaba en el aparcamiento del hotel. Los cuatro hombres habían subido en el ascensor hasta el vestíbulo y luego cada uno se había ido a su habitación. Tenían habitaciones individuales, una de las ventajas de aquel trabajo. Se hacía evidente que el dinero no suponía una limitación.

El tipo que iba en el asiento del pasajero en el todoterreno llegó a la suya, en la quinta planta, y abrió la puerta con su tarjeta. Al quitarse la chaqueta se le vio la Glock 9 mm que llevaba en la sobaquera. Fue directo al minibar y se preparó un *gin-tonic*, luego se acercó a la ventana para contemplar el Golfo. Respiró hondo, sacó un cigarrillo del bolsillo y lo encendió. Aquella habitación era para no fumadores, pero por lo visto le daba lo mismo.

Treinta minutos más tarde llamaron a la puerta. No a la principal, sino a la que comunicaba su habitación con la contigua. Uno de sus camaradas se alojaba allí.

Se acercó y preguntó:

—¿Donny?

—Sí.

—¿Qué ocurre?

—Ha llamado el jefe, hay que irse.

—Mierda.

—Abre, tengo una cosa para ti —añadió Donny.

Lo hizo, y el golpe que recibió fue tan violento que lo lanzó hacia atrás. Aterrizó sobre la mullida cama, con la nariz rota y sin conocimiento.

Donny se quedó donde estaba, con el cañón de un arma pegado a la sien derecha. Detrás de él estaba Mecho.

—Por favor, tío, no me mates —gimió.

Mecho lo empujó al interior de la habitación y cerró la puerta. Acto seguido le propinó un puñetazo que lo derribó.

Cuando despertó más tarde, estaba atado a la cama junto con su colega, que también estaba despierto. Ambos se miraron.

Mecho, erguido sobre ellos, los contemplaba fijamente. Los había amordazado, les había bajado el pantalón y el calzoncillo, y apuntaba a sus partes pudendas con un cuchillo. Cuando practicó la primera incisión, Donny soltó un alarido, pero apenas logró emitir ruido con la cinta adhesiva que le cubría la boca. A continuación, Mecho le hundió el cuchillo en el pecho, con tanta fuerza que la punta asomó por la espalda y se clavó en el colchón. A Donny se le aflojó la mandíbula y murió en el acto.

El otro fue presa del pánico más absoluto. Cuando Mecho le quitó la mordaza, se preparó para recibir la cuchillada, pero Mecho se limitó a mirarlo.

—¿Por qué lo ha matado? —balbuceó—. Le habría dicho todo lo que usted quisiera saber.

—Lo he matado porque podía hacerlo.

—¿Qué quiere saber? —insistió el prisionero con la voz teñida de pánico.

Mecho se sentó en la cama, a su lado.

—¿Cómo te llamas? —le preguntó con calma.

—Joe.

—¿De dónde eres, Joe?

—De Nueva Jersey.

—¿Qué es eso de Nueva Jersey?

—Un estado. De Estados Unidos.

—¿Tienes familia?

Joe titubeó, pero Mecho le apuntó con el cuchillo al pecho, de modo que se apresuró a responder:

—Esposa y dos niñas.

—¿Viven en Nueva Jersey?

Joe asintió con lágrimas en los ojos.

—¿Y quieres volver a verlas?

—Sí —contestó Joe con un hilo de voz—. Más que nada en el mundo.

—¿Y la gente de las lanchas?

Joe, con la respiración agitada, dejó escapar un sollozo.

—Eso no es más que un trabajo.

—Ellos también tienen familias.

—Yo lo hago solo por el dinero, se lo juro por Dios. Es la única razón. No tengo nada contra esa gente.

—Ellos tienen familias que les quieren y a las que quieren.

—Es solo un maldito trabajo, nada más —gimió Joe.

Mecho sacó la foto de Rada y la sostuvo delante de Joe.

—¿Reconoces a esta mujer? Se llama Rada.

Joe tenía los ojos tan llenos de lágrimas que apenas veía nada.

—No... no lo sé.

Mecho lo aferró por el cuello y tiró de él hacia arriba al tiempo que le acercaba más la foto.

—¿La conoces?

—No estoy seguro. Puede que sí.

—Se llama Rada.

—Yo no sé los nombres, no nos los dicen.

—Es una mujer muy guapa. Pasó por aquí hace aproximadamente un mes. ¿Ya estabas tú?

Joe asintió, tal vez pensando que si poseía alguna información su captor le perdonaría la vida.

—Espere, sí, me parece que me acuerdo de ella. Exacto, hace un mes. Sí, Rada.

—Rada —repitió Mecho—. Hace un mes.

—Quiere dar con ella, ¿no? Pues a lo mejor yo puedo ayudarlo.

—Hace un mes —dijo Mecho otra vez—. Se llama Rada y es muy guapa.

—Desde luego —coincidió Joe—, guapísima. Yo puedo ayudarlo. Si me desata...

De pronto Mecho le hundió el cuchillo en el pecho, hasta la

empuñadura. Joe se estremeció y fue a reunirse con Donny en el otro barrio.

Mecho se lo quedó mirando.

—Rada lleva un año desaparecida —musitó acariciando la foto—. Y esta de la foto no es ella. —Miró a Donny—. Y tu amigo ya me dijo en su habitación todo lo que necesitaba saber.

Recuperó el cuchillo, y con el tirón brotó un chorro de sangre de la herida. Como el corazón ya no latía y la presión sanguínea era mínima, no habría una hemorragia significativa.

—Así que, como puedes ver, ya no voy a necesitar que me ayudes. Quizá se me ha olvidado mencionarlo. Perdón, Joe. Estoy seguro de que tu familia de Nueva Jersey llorará tu muerte.

Dicho esto, se incorporó, limpió el cuchillo en las sábanas y contempló los dos cadáveres unos instantes.

«Lo hacen por el dinero, solo por el dinero. No conocen los nombres, nunca les dicen los nombres. En cambio, yo sí conozco sus nombres. Sé cómo se llaman todos.»

55

Puller estaba en su habitación del Gull Coast, sentado en la cama y contemplando la pared. *Sadie* estaba enroscada a los pies del colchón; había bebido tanta agua que se había orinado en el Tahoe. Puller limpió el estropicio y, antes de subir a la habitación, la sacó a pasear.

Eran las cuatro de la madrugada y todavía no había dormido nada. Tenía demasiadas cosas en la cabeza. A las cuatro y media cerró los ojos con la firme intención de descansar tres horas.

Cuando despertó a las siete y media, se sentía como si hubiera dormido ocho horas. Se dio una ducha, se vistió y luego le dio a *Sadie* un poco del pienso que había cogido de casa de Cookie. La sacó a la calle para que hiciera sus necesidades y después salió él a desayunar y la dejó en la habitación, que gracias a Dios tenía aire acondicionado. Sabía que iba a tener que organizar las cosas para la perrita, pero por el momento no era una prioridad.

Recorrió a pie dos manzanas, hasta el mar, encontró una pequeña cafetería decorada al estilo años cincuenta y pidió el desayuno más potente que tuvieran. Por respeto al calor que hacía fuera —la temperatura ya superaba los treinta grados—, tomó agua en vez de café.

Después de repostar, salió de la cafetería y echó a andar por la calle.

—¿Has desayunado suficiente?

Al volverse la vio junto a un buzón de correos.

Era Julie Carson, y no iba de uniforme. Llevaba vaqueros, sandalias y una blusa verde sin mangas. No parecía la general de una estrella que era, sino más bien una turista. Una turista muy atractiva y en forma.

Puller fue hasta ella.

—Estoy más que sorprendido, general —le dijo.

—Me lo tomaré como un cumplido, dado lo difícil que es sorprenderlo a usted, agente Puller. Y puedes tutearme, hoy no llevo el uniforme.

—Lo mismo digo. ¿Cuándo has llegado?

—Conseguí una plaza en un avión de carga que venía a Eglin. Pequeñas prebendas que tenemos los generales. Llegué anoche, alrededor de las doce.

—¿Y cómo me has encontrado?

—¿Cuántos tipos hay en Paradise que se parezcan a ti?

Puller la miró y esperó a que le contestara en serio.

—Está bien, examiné la actividad de tu tarjeta de crédito y vi que te habías registrado en el Gull Coast.

—Pues entonces deberías haber desayunado conmigo.

—Me dormí. Sabía que madrugarías para salir a desayunar, y esa cafetería me pareció un sitio apropiado para ti. Me dirigía hacia aquí cuando te he visto salir.

—¿Y cómo es que estás aquí?

—Me quedaba una semana de vacaciones por disfrutar, y descubrí que J2 podía pasar sin mí. La descripción que me hiciste de Paradise resultó tan tentadora que no me costó decidirme.

—Podría no estar a la altura de tus expectativas.

—John, deja que una mujer decida eso por sí misma.

—Deduzco que querrás que te ponga al día de mis investigaciones, aunque estés en horas de asueto.

—Tengo mono de información. Así que volvamos a la cafetería para que yo desayune. Tú puedes beberte unos litros de agua para no deshidratarte mientras mantenemos una distendida conversación.

Y eso fue exactamente lo que hicieron.

Puller vio que ella tenía apetito. Devoró un desayuno a base de huevos, tortitas, beicon y gachas de maíz, y al mismo tiempo que trasegaba tres vasos de agua, tomó también dos tazas de café.

Mientras la general daba buena cuenta de la comida, Puller la fue poniendo al día, incluida la explosión en la finca de Lampert la noche anterior.

Carson bebió un último sorbo de agua, dejó el vaso y dijo:

—Sí que has estado ocupado.

—Bueno, no he hecho otra cosa que responder al curso de los acontecimientos.

—Ocho tíos. Estoy impresionada.

—Solo eliminé a seis. Si no hubiera aparecido aquel gigante, no estaríamos manteniendo esta conversación.

—De modo que, si lo he entendido bien, estás investigando la sospechosa muerte de tu tía. Y el asesinato de su vecino. Y también tienes en tu agenda la desaparición de un niño que se llama Diego. Hay dos tipos que te siguen y tienen tan buenos contactos que han bloqueado la actuación del Pentágono. Y un pijo ricachón cuyo Bentley ha volado por los aires. Ah, y los asesinatos de la playa.

—Podría ser que esos dos tipos no tuvieran como misión principal seguirme a mí. Pero lo hacen desde que me vieron en casa de mi tía.

—Lo que significa que su objetivo era tu tía, lo que da credibilidad a tu teoría de que la asesinaron.

—Así lo veo yo —repuso Puller.

—Lo cual da pie a la pregunta de en qué estaría metida. ¿Seguro que no era una espía jubilada, con un pasado oscuro?

—Si lo era, desde luego lo mantuvo bien en secreto con su estilo de vida. No, yo creo que debió de descubrir algo, y eso fue la causa de su muerte. Ojalá hubiera sido más específica en su carta.

—Has mencionado el kilometraje del coche.

—Sí. Ocho kilómetros de ida y ocho de vuelta. Por lo menos eso he calculado. Jane Ryon me ha dicho que lo más probable es que esos ocho kilómetros los hiciera en dirección este. Pero ya no estoy seguro de esa chica, teniendo en cuenta lo que le ocurrió a Cookie.

—¿La policía ya ha dado con ella?

—No lo sé. Supongo que a estas alturas, sí.

—Si está implicada, quizá pueda aclarar unas cuantas cosas.

—Quizá.

—Bueno, ¿y cuál es el siguiente paso?

—Julie, ¿de verdad quieres meterte en esto? Quiero decir, no tienes por qué hacerlo.

—Llevo casi toda mi carrera cubriéndole las espaldas a los que se alistan en el Ejército. Por eso me quieren tanto los soldados rasos. Además, las últimas veces que he estado de vacaciones me ha resultado bastante monótono y aburrido. Y mi puesto junto a J2, aunque es necesario para mi trayectoria profesional, resulta muy poco emocionante. Necesito un poco de acción.

Puller la miró.

—Pues en ese caso has venido al lugar adecuado. Pero no olvides que de momento han muerto cuatro personas.

—Sé cuidarme.

—Lo mismo pensaba yo de mí, y he estado a punto de palmarla. Los macarras con los que traté no son nada especial. La cagué, pero tuve suerte. No puedo contar con volver a tenerla.

Carson lo contempló unos instantes, y su gesto divertido se tornó más serio.

—¿De manera que hemos de tomarnos esto como si estuviéramos en combate?

—Exactamente —contestó Puller.

—Bien, ¿cuál es el siguiente paso?

—El más obvio. Averiguar si la policía ha encontrado a Jane Ryon.

—¿Y si no la ha encontrado?

—Encontrarla nosotros antes de que se nos adelante alguien.

—¿De verdad crees que ella mató al tal Cookie?

—Ni idea. Pero si fue ella, también podría haber matado a mi tía.

—¿Y las demás cosas que han sucedido aquí? ¿Crees que están relacionadas?

Puller reflexionó mientras el ruido del tráfico iba aumentando en la calle y Paradise iba volviendo a la vida.

—No creo en las coincidencias.

—¿Qué quieres decir?

—Justo eso, que no creo en las coincidencias.

56

Cuando salían de la cafetería pasó un coche policial a toda velocidad. Pero frenó bruscamente y Landry asomó la cabeza.

—No se lo va a creer... —empezó, pero de pronto reparó en Carson.

Puller se dio cuenta y dijo:

—General Julie Carson, la agente Cheryl Landry.

Y miró alternativamente a ambas mujeres con un súbito sentimiento de culpa. Con Carson había salido en dos ocasiones, aunque la primera en realidad no había sido una cita. No obstante, sabía que la general tenía interés por algo más profundo que una simple amistad. En cuanto a Landry, estaba claro que deseaba iniciar una relación con él. Así pues, la presencia de las dos mujeres le resultó incómoda.

Carson saludó con un gesto de la cabeza y dijo:

—Un placer conocerla, agente Landry.

—Nunca había conocido a una general.

—Pues ya la conoce, y, como puede ver, no somos distintas de las demás personas.

—¿Qué es lo que no me voy a creer? —terció Puller.

—Ha habido otros dos asesinatos. En el hotel Plaza, a dos manzanas de aquí. Dos individuos en una habitación, cada uno con una puñalada en el pecho, según parece.

—Dos —repitió Puller rápidamente.

Landry asintió con la cabeza.

—Ya sé lo que está pensando, pero no sé si son los dos que usted cree que han estado siguiéndolo.

—¿Quiere que la acompañemos? —ofreció Puller. Landry miró a Carson y después a Puller, que, al ver su indecisión, añadió—: Pregúnteselo a Bullock. Si él quiere que vayamos, que nos llame.

—Gracias.

—¿Han encontrado a Jane Ryon?

Pero Landry ya había pisado el acelerador y el coche se alejaba.

Puller se volvió hacia Carson.

—Dos muertos más.

—Quién iba a pensar que un sitio como Paradise sería tan movidito —comentó Carson—. Y, naturalmente, no puede tratarse de una coincidencia —agregó enarcando las cejas.

—Creo que no.

—Entonces, ¿esperamos hasta que ese tal Bullock nos dé luz verde? ¿Y qué pasa con Ryon?

—Podemos buscarla nosotros. Pero, ya que estamos aquí, quisiera averiguar otra cosa.

Puller echó a andar por la calle, alejándose de la playa, y Carson lo siguió. El sol parecía elevarse en el cielo a una velocidad asombrosa. Carson se secó la frente y apretó el paso para no quedarse rezagada.

—¿Adónde vamos?

—A la casa de Diego, el niño.

Pasaron La Sierra y llegaron al edificio del toldo azul. Subieron a la segunda planta y llamó a la puerta. Nadie respondió.

Llamó otra vez.

Y otra más.

Por fin oyó unos pasos y se relajó levemente, mientras Carson lo miraba con gesto expectante.

Se abrió la puerta. Puller pensó que iba a ver a Diego o Isabel; bueno, o al pequeño Mateo. Pero quien acudió no era ninguno de esos tres. Era una mujer de sesenta y tantos años, rechoncha y de baja estatura, cabello castaño y entrecano. Su rostro estaba lleno de arrugas y le había crecido una verruga prominente en el pliegue entre la mejilla y la nariz. Iba vestida con un pantalón de chándal, unas zapatillas deportivas baratas y una camiseta oscura. Observó con curiosidad a Puller y Carson.

—¿Sí? —dijo en español.

De modo que era la abuela, pensó Puller.

—¿Habla inglés, señora? —le preguntó, también en español.

—*Yes*. Un poquito.

—Me llamo John Puller, y conozco a Diego, Isabel y Mateo. Los ayudé el otro día, puede que se lo hayan contado.

—Sí, me contaron. —De repente pareció sentirse indispuesta y empezaron a temblarle los hombros.

Puller la sostuvo del brazo para que no desfalleciera.

—¿Qué ocurre? —le preguntó.

—Los niños no aquí.

—¿Dónde están?

Carson repitió la pregunta en español.

—No sé. Han desaparecido.

Puller se volvió hacia Carson para confirmar que había entendido bien, y ella asintió.

—¿Ha llamado a la policía? —preguntó a continuación.

La abuela negó con la cabeza.

—Nada de policía. Nunca llamo policía.

—Vaya, no le cae muy bien la policía —comentó Carson.

—Puede que se deba a que no tiene papeles. Y tampoco los niños.

—Cierto.

Puller observó a la mujer, que lloraba, y le dijo a Carson:

—Tal vez fueron los tipos a los que di la paliza. Pero algo me dice que no han sido ellos, sino los tipos que me seguían.

—¿Así que esos dos individuos han hecho desaparecer a los niños?

—Me parece lo más probable. Diego los estuvo siguiendo. Quizás ellos lo descubrieron, e Isabel y Mateo estaban con él. —De repente se sintió culpable por haber involucrado al niño en aquello.

—¿Y si fueron los dos muertos del Plaza?

—Ya. Y entonces Diego y sus primos habrían escapado.

—¿Después de matar a los dos? —replicó Carson en tono escéptico.

Puller se volvió hacia la abuela y le habló en español.

—Lo siento. ¿Podemos ayudar de alguna manera?

La abuela negó con la cabeza y le dijo que ya solo podía ayudarla Dios. Y dicho esto cerró la puerta. Puller se quedó con gesto pensativo.

—¿Deberíamos informar a la policía? —preguntó la general.

—Si los niños se encuentran bien, podría ser peor el remedio que la enfermedad. Podrían acabar con una orden de deportación.

—Eso es mejor que acabar muerto, John.

—Sí, lo sé.

—Podemos preguntar por ahí. A lo mejor los ha visto alguien.

—Buena idea. Diego tiene amigos por esta zona, y es posible que sepan algo.

Tardaron veinte minutos en localizar a dos de los amigos de Diego. El primero llevaba dos días sin verlo; el segundo lo había visto el día anterior.

—¿Estaba con alguien? —preguntó Puller.

El chico extendió la mano. Puller le depositó en la palma un billete de cinco dólares.

—Sí.

—¿Con quién? —preguntó Carson.

El chico volvió a extender la mano. Carson le soltó un billete de dólar, y él no despegó los labios.

—Si nos dices algo que nos sea de utilidad, te daremos más —le prometió Puller—. Si no, el banco ha cerrado.

El chico miró en derredor y dijo:

—Está con los dueños de la calle.

—¿Los Street Kings?

—Sí, esos.

—¿Y qué está haciendo con ellos?

El chico tendió de nuevo la mano y Puller le dio otro billete de dólar.

—Yo creo que intenta que lo admitan en la banda. Si es así, es idiota, porque es una banda muy mala.

—¿Y qué me dices de Isabel y Mateo?

El chico se guardó el dinero en el bolsillo.

—De ellos no sé nada —respondió encogiéndose de hombros.

—¿Dónde podemos encontrar a los Street Kings?

—Señor, no le conviene encontrarlos.

—No lo creas. ¿Dónde están? —Sacó un billete de veinte y lo apremió—: ¡Vamos!

El chico le dio una dirección, cogió el billete y se marchó corriendo.

Puller se volvió hacia Carson.

—No es necesario que me acompañes.

—Y una mierda. Esto empieza a ponerse interesante.

—¿Tienes arma?

—¿Le preguntas a un general de una estrella si lleva arma? A otras mujeres puede que les gusten los zapatos y los pintaúñas, pero yo me crie entre Winchesters y Colts en una granja de Oklahoma. Así que me he traído algunos juguetes.

—Bien. Porque quizá necesitemos ir armados.

—Maldita sea, John, ¿es que todavía lo dudas?

57

La pequeña chabola se encontraba detrás de un edificio con aspecto de abandonado, a diez manzanas del mar. Estaba en una zona que, para ser suave, podría describirse como en estado de transición, lo cual significaba que no convenía ir allí de noche y evitarla durante el día. Todo se veía inhóspito y descampado, y no recordaba en nada a Paradise y su mar esmeralda, que estaban relativamente cerca. Daba la impresión de que la belleza de aquella ciudad era tan solo superficial; cuando se rascaba un poco, se veía que en realidad estaba muy sucia.

Había tres muchachos frente al edificio, turnándose para lanzar cuchillos a unas latas que habían colocado sobre unos contenedores. Los tres acertaban todas las veces desde una distancia de tres metros.

—Buena puntería.

Los tres se giraron a un tiempo, a la vez que se llevaban la mano a las pistolas que llevaban al cinto. Pero en el acto quedaron inmóviles.

Ante ellos estaba Puller empuñando una MP5 preparada para disparar. Carson no bromeaba cuando dijo que había traído armas. Y haber venido en un avión militar le permitió traer un buen surtido.

—Sabia decisión —dijo Puller. Fue hacia ellos y desvió la mirada hacia las ventanas de la chabola; estaban tapiadas, y no vio que nadie estuviera mirando por una rendija para apuntarle con una pistola.

—Tengo una pregunta.

Los jóvenes lo miraron con cautela. Puller advirtió que estaban buscando la manera de transformar la ventaja táctica de él en una desventaja. Pero no se preocupó, porque en distancias cortas la MP5 era letal.

—Se llama Diego. Tiene dos primos: Isabel y Mateo. ¿Dónde están?

Nadie contestó. Puller se acercó un poco más.

—Diego, Isabel y Mateo. ¿Dónde están?

Silencio. Puller dio otro paso hacia ellos. Con una sola ráfaga de la MP5 podía mandarlos a todos al otro mundo. Cambió el selector de disparo del subfusil a la posición de automático.

—Lo preguntaré por última vez.

—No sabemos dónde están —dijo uno de los muchachos mirando el cañón del subfusil.

—Pero sí que lo sabíais, ¿verdad?

Los tres se miraron entre sí. El que había hablado se encogió de hombros y respondió:

—Es difícil de decir.

—La verdad es que no. Es muy fácil. Solo tienes que decirlo.

Puller avanzó otro paso.

Los tres sonrieron, y Puller creyó saber el motivo.

—Yo no haría eso —les advirtió—. No estoy solo.

Los jóvenes dejaron de sonreír.

En un extremo del campo visual de Puller apareció un cuarto hombre. Había salido de un lado del edificio y lo apuntaba a la cabeza con una pistola compacta.

—Mira lo que tienes en el pecho —le dijo Puller.

El otro hizo un gesto nervioso, pero no bajó la mirada porque, obviamente, sospechó que era una treta.

Sus colegas sí que miraron. El que había hablado lanzó un juramento en voz baja cuando vio el punto rojo posado sobre el corazón del otro. Dijo algo en español. El de la pistola se miró el pecho, vio el punto rojo y maldijo también. Pero bajó el arma.

Puller lo apuntó.

—¿Por qué no sueltas la pistola y te sumas a nuestra conversación?

El joven dejó caer la pistola y fue junto a los demás. El punto rojo no lo abandonó en ningún momento.

—Diego y sus primos —insistió Puller—. Han estado aquí y ahora ya no están. Así que, ¿adónde se han ido?

Los cuatro se miraron nerviosos.

—Que os lancéis miraditas sin decir nada me está cabreando —avisó Puller—. Y cuando me cabreo hago cosas muy malas.

Volvió a poner el selector en la posición de dos tiros y disparó al aire. Todos se echaron al suelo instintivamente.

Puller retiró el dedo del gatillo y repitió:

—¿Adónde?

Los cuatro se incorporaron con piernas temblorosas.

—Se los han llevado —contestó uno de ellos.

Otro lo miró enfadado, como con ganas de atizarle un puñetazo. Él se dio cuenta, pero prosiguió:

—Se los llevaron anoche. El hombre pagó mil dólares por los dos.

—¿Por los dos? ¿Qué dos?

—Los niños. Diego y Mateo.

—¿Quién pagó esos mil dólares? —preguntó Puller, cortante.

—Ya se lo he dicho, un hombre.

Dos compañeros suyos intentaron hacerlo callar, pero él les lanzó una mirada desafiante.

—¿Cómo se llamaba? —lo apremió Puller—. ¿Cómo era?

Antes de que el joven pudiera responder, se oyó un fuerte estruendo. Puller se volvió hacia su izquierda y vio que se acercaban dos camionetas. En cada trasera venían varios hombres de pie, armados hasta los dientes y mirando a Puller con gesto amenazador.

—Me parece que se impone una retirada —le dijo Carson por el audífono.

Puller agarró al joven que le había respondido y echó a correr con él. Las camionetas viraron para lanzarse en su persecución, pero se oyeron varios disparos, y ambos vehículos derraparon con los neumáticos pinchados. El brusco frenazo hizo que de una de ellas cayeran dos tipos.

Puller dobló la esquina tirando del joven y vio el Tahoe. Apretó el paso y vio a Carson, que había abandonado su posición en lo alto de otro edificio y venía empuñando su rifle de mira telescópica. Una vez que la general hubo subido al todoterreno, Puller metió al joven en el asiento de atrás y se sentó al volante, al tiempo que oía a los hombres, que corrían hacia ellos gritando en español.

Pisó el acelerador y el Tahoe salió disparado, dobló la esquina y se perdió en el laberinto de calles.

Carson, apuntando con su rifle al joven que iba en el asiento de atrás, lo observó con calma.

—¿Quién era el hombre que se llevó a los niños? —Puller se volvió hacia ella—. Te he oído por el audífono —explicó. Se volvió otra vez hacia el muchacho—. Necesitamos los detalles.

Él negó con la cabeza.

—Ya que has llegado hasta aquí —le dijo Carson—, qué más te da.

El joven miró a Puller.

—Era más alto que usted.

Puller lo miró por el retrovisor.

—¿Quién?

—El hombre. Era más alto que usted y sabía pelear.

—¿Se aloja en La Sierra?

El joven asintió.

—Levantó en vilo a uno de los nuestros como si no pesara nada. Y clavó en la pared un cuchillo a una distancia de seis metros. Era un diablo.

Puller miró a Carson.

—Es el mismo que me salvó el pellejo la otra noche.

Carson se giró de nuevo.

—¿Ese diablo tiene un nombre?

—No sé —contestó el joven en español al tiempo que se encogía de hombros.

—¿Él se llevó los niños?

—No.

—¿Quién, entonces?

—No sé.

Carson acercó el dedo al gatillo del rifle, pero el muchacho sonrió lentamente.

—No va a dispararme.

—¿Por qué?

—Porque usted es militar. Una general. —Carson bajó la vista a la estrella que adornaba el anillo que llevaba puesto—. Yo estuve en el Ejército. No en el suyo, sino en el de mi país.

—Pues siento que hayas caído tan bajo —replicó Carson.

—Queremos ayudar a Diego y Mateo —intervino Puller—. Nada más. Colabora con nosotros. Son solo unos críos.

—No se les puede ayudar.

—Eso no lo sabes.

—Sí que lo sé. Y me da lo mismo, no son problema mío.

Carson miró a Puller y se encogió de hombros.

—Abre la puerta —le dijo.

—¿Qué? —protestó el joven.

—Abre la puerta y salta.

—¡Qué dice!

—¡Que saltes!

Lo apuntó con el rifle a la entrepierna.

—Sea general o no, o saltas ahora mismo o echarás en falta algunas partes de tu anatomía.

El otro abrió la puerta y saltó fuera, dio unas volteretas por el suelo y por fin se detuvo. Luego se incorporó despacio y se alejó cojeando.

—Me gusta tu estilo —dijo Puller. Ella le dirigió una mirada severa—. ¿Qué pasa?

—La próxima vez que te vayas de vacaciones, escoge un sitio más amable que Paradise.

De repente sonó el teléfono de Puller. Atendió la llamada y escuchó unos instantes antes de contestar:

—De acuerdo.

Y colgó.

—Cuéntame —pidió Carson.

—Me han invitado oficialmente a que me incorpore a la investigación del asesinato.

58

Mecho observó a los policías. Estaba metiendo en una bolsa la basura del jardín, y los agentes estaban recogiendo los restos de un automóvil muy caro. Se preguntó si habrían encontrado los fragmentos de la matrícula, en la que se leía «The Man». Esperaba que no, esperaba que hubieran salido volando hasta el mar y se los hubiera tragado un tiburón.

Mientras recogía con un rastrillo unas ramas secas caídas, observó a la doncella Beatriz, que cruzaba el césped con una bandeja de limonada y aperitivos. Se dirigía hacia la piscina, donde estaban tomando el sol Lampert, James Winthrop y Chrissy Murdoch. Tenía los ojos hinchados, y sirvió las bebidas manteniendo la mirada baja. Mecho advirtió que, cuando regresó a la casa, Lampert la siguió con la mirada.

Cuando la joven quedó fuera de la vista de los demás, Mecho levantó la bolsa de basura y rápidamente se situó en un punto delante de la joven. Beatriz lo vio y se detuvo. Mecho medía al menos treinta centímetros más que ella y le doblaba el peso.

Mecho le habló en español y le preguntó si todo iba bien. Ella respondió que sí con un hilo de voz y continuó andando, pero él la siguió. Le hizo más preguntas, hasta que por fin se interesó por su jefe. Entonces Beatriz endureció el gesto. Mecho aprovechó aquel instante de flaqueza.

—Tengo entendido que tu jefe va a marcharse pronto del país.

Beatriz lo taladró con la mirada.

—¿Cómo sabes tú eso?

—Me lo dijo uno de sus empleados. ¿Se va a Asia?

—Y también a África. Por lo menos eso he oído comentar.

—¿Cuándo se marcha?

—¿Y a ti qué te importa? —replicó Beatriz, suspicaz.

—Es que estaba pensando en invitarte a salir. Y sería más fácil si no estuviera él.

Por la expresión de la chica fue imposible deducir si había leído entre líneas.

—¿Que tú quieres invitarme a salir? —repuso despacio.

—No siempre he sido bracero —replicó Mecho sin faltar a la verdad—. Trato a las mujeres con respeto y cortesía.

—Es imposible.

—Lo entiendo.

Beatriz le puso una mano en el brazo.

—No, no lo entiendes. No tengo permiso para salir de la finca.

—¿No puedes salir de aquí?

Beatriz negó con la cabeza.

—No está permitido —respondió bajando la voz—. Ni siquiera debería estar hablando contigo.

—Yo soy un don nadie, a ellos no les importan los tipos como yo.

Ella levantó la vista.

—A mí no me pareces un don nadie.

—¿Son los guardias los que te impiden salir?

—No solo los guardias. —Desvió la mirada hacia la piscina.

—Podrías llamar a la policía.

Beatriz negó otra vez.

—No.

—¿Por qué no?

—Porque no soy solo yo.

—No entiendo.

—Hay otras personas.

—¿Tu familia?

Beatriz asintió con la cabeza y se le humedecieron los ojos. Reanudó su camino y se apresuró a cruzar el césped y entrar en la mansión.

Mecho se dirigió hacia el camión con su bolsa de basura. La dejó en la trasera y se quedó observando a Lampert, que en ese momento bajaba hacia la verja que conducía al embarcadero. En aquel lugar la valla era de hierro forjado y de dos metros de altura; al parecer, Lampert no temía que pudiera verlo alguien desde el mar, porque había suficiente follaje para ocultar la mansión y el pabellón de invitados a la vista de cualquiera que pasara en una embarcación.

Lampert descendió hasta el embarcadero, subió al yate y desapareció bajo la cubierta.

«Podría matarlo. Y quizá debería», pensó Mecho.

Pero no se movió, probablemente por instinto de supervivencia: había cinco guardias de seguridad en su campo visual.

No tenía forma de cruzar fácilmente aquella verja, y tampoco tenía armas. Cada vez que los jardineros llegaban a la finca, tenían que pasar por un magnetómetro y luego someterse a un cacheo con un detector de metales. Lampert era un tipo precavido. Además, si antes de que subiese a aquel yate le hubiera pegado un tiro, ¿qué habría logrado con eso? No; era mejor dejar que se desarrollara el plan tal como lo había previsto.

Continuó trabajando al sol y le vino a la memoria lo que le había contado el tal Donny la noche anterior, en el hotel. Que los envíos llegaban casi todas las noches. Que la última plataforma utilizada como punto intermedio se encontraba a veinte millas de la costa, hacia el oeste. Mecho creía que aquella plataforma era donde había estado él.

Donny también le contó que el plan consistía en aumentar las remesas de cautivos a partir del próximo mes. Traerían gente de Asia y África, lo cual tenía su lógica, ya que Lampert tenía previsto viajar a esos continentes.

La fecha del viaje podría resultar problemática. ¿Qué pasaría si aún no tuviera todo preparado y Lampert se marchara antes de que él pudiera actuar?

«No, no permitiré que suceda eso. Aunque tenga que derribar su avión. No dejaré que vuelva a escaparse otra vez. Esta vez no.»

De repente se sintió observado, y al volverse vio a Chrissy

Murdoch, que lo miraba desde el borde de la piscina. Llevaba un bikini bajo un albornoz corto.

Vio que venía hacia él, y continuó afanándose en su tarea. Se hincó de rodillas para arrancar las malas hierbas de un parterre de flores. Al ver los pies de uñas pintadas a escasos centímetros, alzó la vista.

—¿Mecho?

—¿Sí?

—Trabajas esforzándote mucho.

Él se encogió de hombros y empezó a echar las malas hierbas en un saco que había cogido del camión.

—Es la única manera de trabajar que conozco.

Chrissy le sonrió como si aquel comentario fuera divertido.

—¿Te has enterado de lo que ocurrió anoche?

Él no levantó la vista. Ya era bastante peculiar que ella le estuviera hablando, sobre todo de bombas que explotaban en medio de la oscuridad.

—He visto el coche —respondió en voz baja.

—Y también me viste a mí, ¿verdad?

Esta vez sí alzó la mirada.

—No entiendo —dijo, haciéndose visera con la mano.

—Ayer por la mañana, junto a la ventana del pabellón de invitados. Estabas allí mirando. Te vi reflejado en el espejo de la pared.

«¡Mierda!», pensó Mecho.

—No pasa nada. No estoy molesta ni nada parecido. ¿Te gustó lo que viste?

¿Estaba jugando con él? Pero, por alguna razón, le pareció que de verdad quería saber la respuesta.

—¿Y le gustaba a usted lo que estaba haciendo? —osó replicar.

Chrissy reflexionó un momento.

—Es complicado —contestó.

—Las cosas complicadas en realidad son simples.

—¿Tú crees?

—¿Usted no?

—Puede ser. ¿Qué opinas tú? ¿Me gustaba?

—No; pero claro, no es de mi incumbencia.

Ella volvió la vista a su espalda, hacia el yate.

—Peter posee las mejores cosas —dijo—. Mansiones, aviones, yates...

—¿Y usted? ¿Usted es una de sus mejores posesiones?

—No pareces el típico empleado de una empresa de jardinería.

—He venido aquí para tener una vida mejor, pero todavía no la he encontrado. En mi país tenía un buen trabajo, utilizaba la mente. Aquí solo utilizo la espalda.

—Entonces, ¿para qué has venido?

—Tenía que venir.

—¿Tan mal estaban las cosas en tu país?

—Estaban mal —repuso Mecho, tajante.

—Entiendo.

—¿De verdad lo entiende?

Chrissy lo miró con expresión divertida.

—Tengo la impresión de que estamos hablando más de mí que de ti, ¿me equivoco?

—¿Lo sabe el otro?

—¿Quién, James? James está entregado a Peter en cuerpo y alma.

—Eso no lo entiendo.

—Quiero decir que Peter es el amo y señor de James. De manera que no, no le importa.

—Entonces James no es un hombre de verdad.

—Lo sé.

—¿Por qué se molesta en conversar conmigo? ¿Es por lo que vi?

—Con las personas, me fío de mi intuición. Y tú has superado la prueba.

—Eso no importa. Las personas como usted no conversan con las personas como yo.

—¿Es una norma?

—Sí.

—Pues a mí me gusta infringir las normas, Mecho, me ha gustado siempre.

Él se encogió de hombros y continuó arrancando malas hierbas.

—¿Vas a estar aquí mucho tiempo? —quiso saber Chrissy.

—¿Y usted?

—No lo sé. Depende de Peter.

«Pues igual que yo», pensó Mecho.

59

El hotel Plaza no se parecía en nada a su célebre homólogo de Nueva York, situado junto a Central Park. La fachada exterior era la típica de estuco beis, la cubierta tenía las habituales tejas de terracota, y los balcones que daban al mar tenían columnas con forma de palmeras.

Pero Puller, cuando entró en el edificio acompañado por Carson, no se fijó en la arquitectura. Iba pensando en Diego, y en una manera de recuperar los dos niños que no fuera en una bolsa para cadáveres. Además, seguía sin tener ninguna pista de dónde podía encontrarse Isabel.

—¿Informamos a la policía de lo que acaba de ocurrir? —le preguntó Carson mientras cruzaban el recargado vestíbulo, cuya pieza central era una fuente del dios Neptuno subido a un pedestal y rodeado de delfines y sirenas que brincaban a su alrededor. Si no fuera tan hortera, hasta podría haberle resultado gracioso.

—Sí. Es necesario que emprendan la búsqueda de esos niños.

Landry se reunió con ellos junto a los ascensores y subieron a la planta donde se habían cometido los asesinatos. Durante el trayecto, Puller la puso al corriente acerca de Diego y Mateo y de su enfrentamiento con los Street Kings.

—Tiene suerte de seguir vivo. Esos tipos son unos animales.

—En Afganistán no durarían ni un minuto —replicó Puller.

—Amén —ratificó Carson.

Landry llamó a la comisaría para informar de lo sucedido.

—En cuanto sepamos algo, se lo diré —dijo tras colgar.

Al salir del ascensor, Puller sorprendió a Landry y Carson midiéndose con la mirada de esa manera en que solo saben hacerlo las mujeres y que la mayoría de los hombres ni siquiera advierten. Pero Puller sí se dio cuenta, y, una vez más, se sintió incómodo.

En la habitación estaban Bullock y los dos cadáveres. Aparte de eso, no había ninguna señal visible de que se hubiera analizado nada.

Como si le leyera el pensamiento a Puller, Bullock dijo:

—He pedido refuerzos a la policía estatal, y estoy intentando que venga también el FBI. Esto está descontrolándose. De momento no me han contestado. Claro, Florida ya ha agotado su presupuesto, como los demás estados. No estoy seguro de que accedan a ayudarnos.

Puller escuchaba solo a medias. Tenía la atención fija en la cama donde yacían los dos cuerpos. Se acercó a ellos, seguido por Carson.

—¿Quién llamó a la policía? —preguntó.

—El hotel. Una camarera del servicio de habitaciones trajo el desayuno que habían pedido la noche anterior y, al ver que no contestaba nadie, abrió la puerta. A la pobre se le cayó la bandeja al suelo y vomitó hasta la primera papilla. Por suerte, alguien limpió la vomitona antes de que llegáramos nosotros.

—Las heridas parecen profundas —comentó Carson.

—Y lo son —confirmó Landry—. En los dos cadáveres, la hoja del cuchillo salió por el otro lado del cuerpo.

—Así que una hoja larga y un asesino fornido —dijo Puller. Examinó los rostros más de cerca; ya había visto que aquellos dos tipos no eran los mismos que lo seguían. Cuando Carson le preguntó al respecto, hizo un gesto negativo y contestó—: No; son otros. Nunca los había visto. —Se volvió hacia Landry—. ¿Hora de la muerte?

—La forense ha echado un vistazo rápido y ha certificado los decesos. Ha dicho que murieron anoche entre las dos y las cuatro.

Puller recorrió los cadáveres con la mirada.

—Los ataron. —Escudriñó los rostros—. ¿Los amordazaron con cinta adhesiva? Veo residuos.

—Al parecer sí, pero el asesino se llevó la cinta. Y hay algo más.

Landry bajó ligeramente el pantalón y el calzoncillo de un cadáver.

—¿Le rajaron los genitales? —preguntó Carson.

Landry asintió.

—Vimos la sangre en el pantalón y la forense lo confirmó.

—¿Tortura? —sugirió Puller—. ¿Para que cantaran?

—Supongo que esa técnica funciona en la mayoría de los tíos —observó Landry.

—¿Quiénes son? —preguntó Puller.

—El de la derecha se llamaba Joe Watson. Esta era su habitación. El de la izquierda es Donald Taggert, se alojaba en la habitación contigua.

—¿Qué más sabemos de ellos?

—No mucho. Llegaron aquí hará unas dos semanas. Ambos son de Nueva Jersey. Ahora estamos recabando sus antecedentes. Se informará a los parientes más cercanos, el procedimiento habitual.

—Así que llevaban aquí dos semanas —comentó Puller—. En un sitio bastante caro.

—Puede serlo, sí —convino Landry.

—Llevan buenos trajes —observó Carson al tiempo que levantaba la chaqueta de Watson para mirar la etiqueta—. Manos manicuradas, zapatos caros. Aquí había dinero, está claro.

Bullock se acercó.

—Y una bomba en la finca de Lampert, asesinatos en la playa y bandas callejeras que asaltan a la gente. No sé qué diablos está ocurriendo. La semana pasada esto estaba más tranquilo que un pueblo de Kansas.

—Hasta en los pueblos pequeños hay problemas —repuso Puller acordándose de su reciente incursión en la zona rural de Virginia Occidental.

—Pues en este momento me cambiaría por cualquiera de ellos —replicó Bullock. Dirigió una mirada interrogante a Carson, y Puller se apresuró a presentarla.

—¿Una general? —dijo Bullock—. Estoy impresionado.

—No es para tanto. En el Ejército hay muchos generales de una estrella.

—Pero seguro que no muchos son mujeres —replicó el jefe.

—Sí, en ese aspecto al Ejército le queda mucho por mejorar —concedió Carson.

—¿Habéis recogido alguna pista del asesino?

—Hasta ahora poca cosa. Nadie vio nada. Por desgracia, este hotel no tiene cámaras de seguridad en los pasillos.

—¿Por qué no? —quiso saber Carson.

—Lo que sucede en Paradise no sale de Paradise —contestó Bullock.

—En Las Vegas hay miles de cámaras de seguridad —señaló la general.

—Sí, en los casinos. Aquí somos más benévolos.

—Pues no han sido muy benévolos con estos dos tipos —terció Puller señalando los cadáveres.

—¿Qué tal va el asunto de su tía? —le preguntó Landry.

—Va avanzando. ¿Han encontrado a Jane Ryon?

—No estaba en casa. Le hemos dejado varios mensajes en el teléfono para que se ponga en contacto con nosotros.

—¿Y por qué no emiten una orden de búsqueda?

—No tenemos suficiente motivo para eso. Usted solo la vio bajar por la calle en su coche. Podría haber salido del domicilio de otra persona, o sencillamente estar de paso por el vecindario. Tiene más clientes en esa calle. Y la forense todavía no ha acabado con su informe, ni siquiera sabemos si fue un asesinato.

—¿De modo que van a esperar a que ella llame? —dijo Puller—. ¿Y si no lo hace? ¿Y si ya ha huido del estado o del país?

—Se pueden poner marcadores en el sistema para cuando utilice el pasaporte, la tarjeta de crédito y el teléfono móvil. De esa forma se le seguiría el rastro.

Bullock no las tenía todas consigo.

—Para eso necesitaríamos una orden judicial. Seamos prudentes. No quiero que me pongan una denuncia porque la chica solo se ha ido de vacaciones o algo así. Además, en este momento tengo muchas cosas entre manos. Lo que tenemos aquí sí ha sido un asesinato.

Puller volvió a fijarse en los cadáveres.

—¿Qué quiere que haga? —preguntó.

—Usted es un investigador experto. Husmee por ahí y dígame si ve algo que le llame la atención.

—En el coche tengo mi petate con el equipo. Si tengo que echar un vistazo, lo haré de manera profesional.

—¿Pues a qué espera? —exclamó Bullock—. No soy tan orgulloso como para no reconocer que esto me supera.

Puller se fue a buscar su petate.

60

Cuatro horas más tarde, Puller se incorporó y metió una prueba más en otra bolsa. Entregó las bolsas a Landry y se quitó los guantes de látex y los protectores del calzado.

Carson, Landry y Bullock lo habían observado mientras recorría metódicamente la escena del crimen tomando fotos, haciendo mediciones, recogiendo huellas dactilares y, en general, examinando a fondo la habitación en busca de pistas que condujeran a la identidad del asesino. Tanto en aquella habitación como en la contigua.

—El Ejército te ha entrenado bien, John —comentó Carson, impresionada, mientras él guardaba sus cosas en el petate.

—Sí, así es, *John* —ratificó rápidamente Landry.

Puller procuró no pensar en la situación cada vez más complicada que estaba creándose entre ambas mujeres, y se limitó a guardar todos sus instrumentos.

Bullock estaba apoyado en un aparador. Mientras Puller trabajaba, Landry había ido a buscar unos bocadillos y unos botellines de agua. Comieron fuera de la habitación, por insistencia de Puller, a fin de no contaminar la escena del crimen.

—¿Alguna conclusión? —preguntó Bullock.

—He recogido una huella dactilar especial en la otra habitación, en el borde de la cama. Tiene un poco de polvo, probablemente traído del exterior. No he distinguido con claridad ningún olor. Seguramente el asesino no usaba ninguna colonia fuerte que pudiera haber dejado un rastro. He tomado huellas a los dos cadáveres, que coinciden con la mayoría de las que había en las habitaciones. Yo diría que el resto corresponden al personal del hotel. Para eliminar posibilidades, deberíamos tomar las huellas a todas las personas que han entrado aquí.

—A no ser que el asesino haya sido un empleado del hotel —apuntó Carson.

—Exacto —aceptó Puller—. Tomaremos las huellas de todos.

—Ahora mismo —dijo Bullock, al tiempo que indicaba a Landry que se ocupara de eso.

Puller paseó la mirada por la habitación.

—¿Algo más? —le preguntó Carson.

—En el aspecto forense, no. Sabremos algo más cuando averigüemos los antecedentes de las víctimas. —Se volvió hacia Bullock y añadió—: Estos tipos no eran de ninguna banda callejera. Sin embargo, aquí hay problemas de drogas, ¿no es así?

—¿Y en qué ciudad no hay problemas de drogas? —replicó el jefe un tanto envarado.

—¿Hay algún otro tema que debamos conocer?

Carson miró a Puller y después a Bullock. Este, a su vez, miró a Puller.

—¿Como cuál?

—No lo sé. Por eso le pregunto. Usted conoce esta ciudad mejor que yo.

—Paradise no tiene nada de especial en cuanto a la delincuencia. De hecho, antes de esta ola de violencia estábamos bastante tranquilos.

Puller miró a Carson. Bullock se dio cuenta y dijo:

—¿Ustedes saben algo que yo no sepa?

—¿Aquí suelen desaparecer personas? —preguntó Puller.

—¿Que si desaparecen? ¿Qué diablos quiere decir? ¿Cómo, por combustión espontánea?

—¿Un día antes están viviendo aquí, y al día siguiente ya no?

—¿Personas desaparecidas? Pues no.

—¿Cuántos habitantes hay aquí que no tienen papeles? —quiso saber Carson.

—Paradise es un lugar de playa. Una frontera sin vigilancia. Un destino turístico. Se necesita mano de obra barata.

—O sea que sí tienen muchos habitantes sin papeles —concluyó Puller.

—Yo no diría que tantos.

—Pero si desaparecieran, ustedes no se enterarían necesariamente. Nadie informaría de ello.

—Supongo que no. ¿Adónde quiere llegar?

—Cuando lo averigüe se lo diré.

—Ya se lo digo yo, jefe —intervino Landry—. Han desaparecido unos niños. Hemos emitido una orden de búsqueda.

Antes de que Bullock pudiera reaccionar, Puller se echó el petate al hombro y, mirando a Carson, le preguntó:

—¿Lista?

—Vámonos.

—¿Se va a marchar así, sin más? —dijo Bullock.

—He venido a Paradise a descubrir por qué ha fallecido mi tía, y esa es mi tarea principal.

—¿Y todo lo demás?

—Si guarda relación con mi tía, también lo investigaré. —Señaló la cama—. Le conviene retirar esos cadáveres. Dentro de poco el olor será insoportable, con el calor que hace.

Y se marchó con Carson mientras Bullock se quedaba en medio de la habitación, contemplando los dos cadáveres.

Puller metió el petate en el Tahoe y ambos subieron. En ese momento se les acercó Landry.

—¿Se van? —preguntó.

—Sí, por el momento. ¿Va a ordenar que tomen las huellas de todo el personal?

—Lo estoy organizando.

—Pues llámeme cuando averigüe algo acerca de los dos fiambres. No estaban aquí de vacaciones.

—Descuide. —Landry miró a Carson y luego otra vez a Puller—. ¿Tiene tiempo para que nos veamos más tarde?

Él se relamió los labios y notó que le subía el calor a la cara.

—Es posible. Ya le doy un toque.

Landry puso cara de haber recibido una bofetada, y miró una vez más a la general.

—¿Se aloja en el Gull Coast? —inquirió.

Puller creyó que se dirigía a él, pero enseguida le quedó claro que no.

—Sí —respondió Carson—. Acabo de registrarme.

—Supongo que está aquí de vacaciones.

—Así es.

—En ese caso tal vez le convenga un sitio más cerca de la playa. El Gull está muy lejos andando.

—Gracias por el consejo.

—De nada —contestó Landry, y se fue.

—¿Estoy interrumpiendo algo? —preguntó Carson.

Puller metió la marcha atrás para salir del aparcamiento.

—No —respondió.

—De acuerdo. ¿Adónde vamos?

—¿Te apetece un poco de playa?

—¿Playa? —repitió ella con cara de sorpresa.

—Yo estoy aquí trabajando, pero tú no.

—No soy adicta a tomar el sol. Además, si estoy aquí es porque estás tú, así que vamos a trabajar.

—Muy bien.

—Vale, ¿adónde, pues?

—Al punto de partida: la casa de mi tía.

61

—¿Qué estás buscando?

Carson miraba a Puller hurgar en el armario de su tía.

—Cosas que no están aquí.

Volvió a salir a la calle, rebuscó en su petate, sacó el fajo de documentos grapados y se puso a examinarlos. Contó los elementos que figuraban en la lista al tiempo que asentía con la cabeza.

—¿Algún descubrimiento?

—Se podría decir que sí.

Puller guardó los papeles y contempló la casa de Cookie. Aún estaba colocada la cinta policial, pero no había ningún coche policial aparcado enfrente. Lo más probable era que estuvieran todos en el hotel Plaza, en la nueva escena del crimen.

—John, ¿qué ocurre?

—Intento dar sentido a una cosa.

—¿Tiene que ver con los asesinatos?

—Puede que sí y puede que no.

Se acercó a la casa de Cookie y entró por la verja del jardín trasero. Carson lo acompañó.

La vivienda se hallaba a oscuras.

La puerta estaba cerrada con llave.

Diez segundos después, la puerta dejó de estar cerrada con llave.

—¿Eso también te lo enseñó el Ejército? —le susurró Carson a su espalda mientras él empujaba la hoja.

—El Ejército me ha enseñado muchas cosas. La mayoría muy útiles.

Ella lo siguió al interior de la casa.

—Ya que estoy aquí, cogeré más comida para la perrita —comentó.

Abrió varios armarios de la cocina, encontró el pienso para perros y lo metió en una bolsa de plástico que sacó del cubo de reciclaje que había junto a la despensa.

—¿Así que has entrado aquí para coger la comida de la perra? Vaya.

Puller no respondió. Fue hasta la vitrina donde Cookie tenía expuesta su colección de relojes y empezó a contarlos.

—Esto empieza a ser un poco aburrido, Puller —se quejó Carson.

—Lo único que intento es juntar las piezas antes de decidir qué hacer.

Ella miró los relojes.

—¿Estos relojes forman parte de todo esto?

—De algo forman parte. Pero aún tengo otro sitio donde mirar. —Consultó su reloj—. Todavía es demasiado temprano, tenemos un rato. Vamos a dar un paseo.

—¿Adónde?

—A ningún sitio concreto. Vamos a recorrer una distancia: ocho kilómetros.

Salieron de la casa y volvieron a subirse al Tahoe. Puller miró por el retrovisor.

—¿Ves por alguna parte a esos dos tipos?

—No, pero tampoco espero verlos. —Consultó el cuentakilómetros—. Bien, ocho kilómetros de ida y ocho de vuelta. Pondremos rumbo este. Por lo menos, esa parece la dirección más adecuada, basándome en lo que me dijo Jane Ryon.

Salieron de Orion Street y de la comunidad de vecinos de Sunset by the Sea. Cuando llevaban recorridos cinco kilómetros, ya habían dejado atrás cualquier rastro de la civilización; a los seis y medio, estaban tan solo ellos, la playa y el mar.

Cuando hubieron completado los ocho kilómetros, Puller detuvo el todoterreno y miró alrededor. Estaban en la avenida principal. Al norte se veía más actividad y algunos edificios a lo lejos; al sur había únicamente una hilera de palmeras.

—Al otro lado de esas palmeras tiene que estar el océano —razonó Puller.

—Una barrera natural que impide ver nada desde la carretera —observó Carson.

Entraron por una calle lateral y enseguida vieron que más allá de las palmeras había un tramo de densa vegetación, más palmeras y varios senderos asfaltados que serpenteaban entre ellas.

Más allá, la playa.

Y más allá, el mar.

Puller detuvo el Tahoe en una zona de aparcamiento asfaltada y ambos se apearon. Miró en todas direcciones excepto hacia el mar.

—Esto está bastante aislado —comentó—. No hay nadie.

—Raro, ¿no? La playa es bastante bonita.

Dieron unos pasos hacia ella y enseguida comprendieron el motivo por el que aquella playa no era muy popular: la arena era áspera y estaba llena de rocas afiladas, y además olía mal.

Carson se tapó la nariz.

—Azufre.

—Debe de haber alguna anomalía geológica que estropea esta franja de playa. Y luego está eso de ahí. —Señaló un enorme letrero que se erguía sobre una duna. Ponía: ATENCIÓN. RESACAS. PROHIBIDO BAÑARSE.

—De modo que no todo Paradise es un paraíso —comentó Carson.

—Hemos dejado atrás Paradise, hace casi un kilómetro. No sé cómo se llama este sitio, puede que no tenga nombre.

—Qué curioso que ese olor a azufre no llegue a las otras playas.

—Quizá porque el viento no lo lleva hasta allí —dijo Puller—. No he notado que oliera a azufre hasta que nos hemos acercado a la playa.

—Sí, tienes razón, yo tampoco lo he notado. Pero ¿por qué iba a venir tu tía aquí?

—No lo sé. Era una persona mayor, estaba discapacitada, usaba un andador.

—Pues andar por una playa como esta le resultaría un martirio. Ya he estado a punto de caerme dos veces.

Hicieron un alto para mirar alrededor. Puller observó el mar.

—¿Ahí delante hay algún canal de navegación? —preguntó.

—No lo sé. Es el golfo de México. Imagino que hay muchos barcos yendo y viniendo. Y están las plataformas petrolíferas.

—Exacto. Como aquella que explotó y ocasionó un vertido de petróleo que duró tanto tiempo.

—Recuerdo cuando reventó el pozo de extracción de BP. J2 estuvo siguiendo el asunto, por razones de seguridad. E investigamos un poco la zona. Ahí delante hay cientos de plataformas petrolíferas, la mayoría frente a las costas de Luisiana, Misisipi y Tejas. Pero algunas llegan hasta aquí, el norte de Florida.

—El petróleo es el rey.

—Sí, al menos por ahora. —Carson se agachó, cogió una piedra y la arrojó a las olas—. ¿Nos vamos ya? Este olor va a hacerme vomitar. Y tendré que darme una ducha para quitármelo.

—En el mundo militar hay olores más desagradables que este —comentó Puller en tono irónico.

—Cierto. Pero eso no implica que tenga que soportarlos cuando estoy de vacaciones.

Regresaron al Tahoe, pero antes de subirse Puller se detuvo y se arrodilló.

—¿Qué ocurre? —preguntó Carson.

—El rey.

—¿Qué? —dijo la general al tiempo que volvía sobre sus pasos.

Él pasó un dedo por el asfalto y se le ennegreció. Se lo acercó a la nariz para olfatearlo.

—Petróleo, pero no procede de una plataforma —le dijo a Carson—, sino de un vehículo.

62

Mecho subió el cortacésped por la rampa del camión y lo colocó junto a otras dos máquinas de jardinería. Acto seguido, se volvió y contempló la amplia finca de Lampert. Desconocía cuánto dinero se gastaría en tenerla arreglada, pero debía de ser mucho. Ellos habían acudido todos los días y habían trabajado a jornada completa. Cuando quedaba hecha una parte, ya había que trasladarse a otra. Una vez que se completaba el ciclo, volvía a arrancar otra vez.

Cuando le preguntó al capataz al respecto, este sacudió la cabeza y murmuró:

—Lampert gasta más dinero en esto de lo que ganaré yo en toda mi vida. Menuda mierda.

—La vida no es justa —le recordó Mecho.

—Y que lo digas. La vida es un asco. A menos que seas rico.

—Para ser feliz existen otras cosas además del dinero.

El capataz sonrió con ironía.

—Repítelo cada día y acabarás por creértelo.

—Es que ya lo creo.

Se apeó del camión y se lavó la nuca con agua de un cubo que había al lado. Luego contempló el yate. Lampert seguía allí, llevaba casi todo el día a bordo. Pero claro, cuando uno tiene un yate así, ¿para qué va a bajarse de él?

Después se preguntó si Lampert estaría en el yate solo. Lo dudaba. Sabía que no estaba con Chrissy Murdoch, porque la había visto entrar en la mansión. Y tampoco con Beatriz, la doncella. Sin embargo, allí había otras mujeres. Y una de ellas podría haber abordado el yate desde una lancha en el agua, en cuyo caso él no habría podido verla, ya que el yate, con su enorme eslora, no dejaba ver lo que ocurría detrás.

Volvió a fijarse en el pabellón de invitados, y después en los restos del Bentley. La policía se había marchado por fin, al parecer tras haber recogido todo lo que querían. De hecho, no iban a encontrar ningún indicio, porque él no había dejado ninguno. Había actuado sin dejar ningún indicio particular, de modo que pudieran seguir numerosas pistas posibles sin que ninguna pudiera desembocar en una acusación fundada.

Levantó la vista a tiempo de ver el sol reflejándose en algo que había en un cuarto de la planta superior de la mansión. De inmediato echó a andar en dirección contraria, se escondió bajo un árbol y se arrodilló, simulando buscar malas hierbas que arrancar o mantillo que limpiar.

Desde la cobertura parcial que le proporcionaba la copa del árbol, observó la casa haciéndose visera con sus manazas, y empezó a contar ventanas. Tercera planta, segunda ventana por la izquierda. Fachada suroeste. Entornó los ojos para distinguir quién estaba manejando unos prismáticos, pero no lo logró.

Entonces trazó una línea visual desde la ventana por la que estaba mirando aquella persona. Fue una operación sencilla, y arrojó un resultado sencillo.

El yate.

Con unos buenos prismáticos, desde aquel punto elevado seguro que se distinguían bastantes detalles de la embarcación. Lo que también significaba que le llevaba bastante delantera a él en lo que a reconocimiento del terreno se refería.

De pronto vio salir de nuevo a Beatriz. Se movió con rapidez para cruzarse en su camino. La acompañó durante un corto trecho y le preguntó lo que quería saber. Ella se mostró un tanto reacia a contestar, quizá pensaba que él pretendía conocer la mansión para después entrar a robar, pero finalmente contestó. Mecho le dio las gracias y le dijo que procuraría ayudarla.

—¿De qué forma? —repuso ella.

—A lo mejor sacándote de aquí.

—No puedes hacer eso —replicó Beatriz al tiempo que palidecía—. Mi familia...

—Ya lo sé. Es complicado.

—No es complicado —susurró ella—. No hagas nada para ayudarme, no se me puede ayudar.

Y a continuación dio media vuelta y se alejó a paso vivo.

Mecho miró alrededor para ver si aquella breve conversación había despertado el interés de alguien, los guardias o alguna otra persona, pero nadie estaba prestando atención. Ambos eran meros criados que cruzaban unas palabras. Algo normal entre personas de la misma clase social. Solo si uno intentaba relacionarse con miembros de otra clase —como si fueran pasajeros de tercera que salían a la cubierta principal durante el día— la gente se sentía molesta.

Pero Beatriz ya le había dicho lo que necesitaba saber: la habitación en cuestión pertenecía a Chrissy Murdoch. Era ella la que estaba espiando a Lampert y su yate. Y él se preguntó por qué haría tal cosa.

63

Peter Lampert se reclinó en su sillón de cuero. Se encontraba en su despacho privado del *Lady Lucky*, rodeado de todo lo mejor: el mejor yate, los mejores equipos, la mejor tripulación, el mejor vino, las mejores vistas y las mejores cosas que se podían comprar con dinero.

No obstante, le había costado mucho esfuerzo alcanzar su actual posición. South Beach era un lugar muy duro para sobrevivir, y ya no digamos para montar un negocio exitoso. Él, durante mucho tiempo, se había esforzado por triunfar de manera legítima, pero en última instancia le resultó demasiado asfixiante, con todas las normas y leyes que lo obstaculizaban. No le gustaban los organismos regulatorios que lo vigilaban continuamente, y no sabía de ningún hombre de negocios al que le gustaran.

Cuando se vino abajo su fondo de cobertura, decidió centrarse en un modelo de negocio diferente, de modo que aplicó sus talentos a otro campo. Consolidó una eficaz actividad comercial en un campo que a menudo sobrevivía mediante la violencia descarnada y la contabilidad fraudulenta. Y erigió un imperio increíblemente lucrativo cobrando honorarios ligados a la rentabilidad, igual que las regalías ligadas al volumen de ventas. Cobraba una tarifa estándar por adelantado, por el servicio de buscar y transportar el producto hasta el usuario final. Si el producto, una vez puesto sobre el terreno, cumplía ciertos estándares de calidad, empezaba a fluir más dinero hacia él.

Si una prostituta generaba beneficios de más de seis cifras, empezaba a fluir más dinero hacia él. Si una mula realizaba diez misiones con éxito, empezaba a fluir más dinero hacia él. El producto de nivel más bajo, el trabajador común, solía tener un listón mucho más modesto, porque su coste inicial era el más barato; pero los beneficios que generaba se multiplicaban rápidamente, debido a que se empleaban muchos. La cantidad tenía su importancia.

En los países civilizados, la mano de obra esclava era uno de los segmentos de la delincuencia que más rápidamente prosperaba. Claro que Lampert nunca había opinado que en aquel negocio hubiera delito alguno; según su parecer, estaba haciendo un favor a aquellas pobres gentes. Siendo esclavos, tenían para comer y llevaban una vida decente, a pesar de que no fueran libres. Y muy a menudo las sacaba de inframundos donde escaseaban la comida y los techos, donde contar con un salario era un sueño casi inalcanzable.

En su opinión, la libertad estaba sobrestimada.

Tenía administradores que gozaban de acceso directo a la contabilidad de sus socios comerciales. Dichos socios, que con frecuencia no se mostraban precisamente muy colaboradores, aceptaban sus exigencias única y exclusivamente porque él había vuelto aquel negocio mucho más lucrativo y estable de lo que había sido nunca. Y porque les garantizaba un flujo continuo de producto en todas las especialidades. Aquel era el factor crucial de su negocio, y requería una búsqueda constante de personas en las regiones más deprimidas del planeta. En aquel negocio no había margen para el error.

Por consiguiente, un barco que se retrasara en traer el producto era un barco que no navegaría mucho más, ni su capitán y su tripulación.

Miró por la ventanilla de estribor y consultó su reloj. Volvió a la pantalla del ordenador, donde estaba apareciendo profusa información relativa a su negocio, transmitida mediante redes seguras.

Él apostaba fuerte, pero también trabajaba mucho. No era fácil consolidar lo que él había consolidado. La mayoría de la gente no habría tenido ni el temple ni la valentía para hacerlo. Él había nacido con un pan bajo el brazo a orillas del lago Michigan. Su padre era el presidente ejecutivo de una empresa que figuraba en *Fortune 500*, y su madre era una bella mariposa de sociedad que solía organizar suntuosas fiestas en las múltiples mansiones que poseían. Habían llevado la vida con que soñaban la mayoría de los americanos.

Él había estudiado en las universidades más elitistas y había fundado un negocio en Wall Street con varios compañeros de clase. Muchos eran actualmente titanes de la industria, y el dinero y la influencia que eso traía consigo preferían conservarlos dentro de círculos estrechos y controlados de personas como ellos. El ascenso social era un tema del que hablar a las masas, pero no algo que la gente de su nivel se tomara en serio. La tarta no era tan grande, así que ¿por qué compartirla con personas que no tenían los mismos valores ni la misma visión del futuro, ni pertenecían a la misma hermandad que uno?

Lo que no entendía la mayoría de la gente era que quienes habían hecho grande Estados Unidos eran aquellos dispuestos a correr riesgos. Se decía que los ricos habían acaparado casi toda la riqueza procedente de los ingresos generados en los diez últimos años. Claro, pensaba Lampert, y con razón. Era lo justo y necesario. Lo único malo de las desigualdades en los ingresos era que no eran lo bastante desiguales.

El 99,9% de la población eran ovejas y estaban estancadas donde les correspondía. Eran los secundarios, los del montón. Se contaban por miles de millones y eran todos exactamente iguales. Por el contrario, los que constituían el 0,1% se lo merecían todo porque eran la élite. Eran especiales. Llevaban al mundo a nuevas cumbres.

Y a Lampert no lo arredraba el hecho de actuar fuera de la ley. La gente quería putas, drogas y trabajadores esclavos. De modo que existía una necesidad. Y él se limitaba a satisfacerla, ni más ni menos. De igual manera que los fabricantes de tabaco, las páginas porno de internet, los restaurantes de comida rápida y los casinos satisfacían los deseos y adicciones de la población. Ese sencillo modelo había llevado al éxito a muchos negocios a lo largo de la historia: busquemos una necesidad y procuremos satisfacerla al máximo.

Diez minutos más tarde consultó de nuevo el reloj y miró por la ventana. Estaba anocheciendo. Mejor.

Una hora después oyó el zumbido sordo de unas aspas. Se levantó y se asomó por la ventana. Vio aproximarse las luces del helicóptero que venía del Golfo, donde estaba fondeado un barco más grande que el suyo. Al cabo de unos minutos, la aeronave se posó en la plataforma especial del yate. Mientras los rotores iban desacelerando, Lampert alcanzó a ver, pero no a oír debido al estruendo, que las portezuelas se abrían un momento y se cerraban otra vez.

Se reclinó en su sillón, juntó los dedos de las manos y, contando mentalmente los segundos, esperó.

La puerta de su despacho se abrió y entró alguien escoltado por un miembro del equipo de seguridad. Lampert hizo salir al guardia con un leve gesto de la cabeza, y la puerta volvió a cerrarse. El visitante medía aproximadamente uno setenta, era corpulento y tenía una cabeza voluminosa. Lampert sabía que había muchas cosas dentro de aquella cabeza tan grande.

El individuo vestía de negro y calzaba zapatos de tacón grueso, para parecer lo más alto posible. Era paradójico, se dijo Lampert, que un tipo tan poderoso como aquel todavía sintiera la necesidad de aumentar artificialmente su estatura.

El recién llegado lo saludó con un gesto y se sentó frente a él.

—¿Qué tal el viaje? —preguntó Lampert.

El otro sacó un cigarrillo y lo encendió sin preguntar si se podía fumar. Lampert no le habría dicho que no; no temía a muchas personas, pero el hombre que tenía sentado delante era una de ellas.

—Un viaje que llega a su destino sin problemas es siempre un buen viaje —replicó el visitante con un acento que demostraba que su lengua materna no era el inglés.

—Las cosas van bien.

—Pero podrían ir mejor —repuso el otro al tiempo que exhalaba una nubecilla de humo que se elevó hacia el elegante artesonado del techo.

—Las cosas siempre pueden ir mejor —dijo Lampert inclinándose un poco hacia delante.

El otro dejó caer la ceniza del cigarrillo en el brazo de su sillón, de donde resbaló hacia la moqueta. Lampert no protestó.

—Podrían ir mejor —repitió—. Por ejemplo, en Paradise ha habido varios asesinatos. La policía está investigando. A ti te han puesto una bomba en el coche, lo cual también está investigando la policía. —Miró fijamente a Lampert.

La expresión de este no cambió.

—Hubo que tomar ciertas medidas, los efectos colaterales son los que son. Las investigaciones no conducirán a ninguna parte. —Tal vez le tuviera miedo a aquel hombre, pero no podía permitir que se le notara. Además, él era capaz de debatir un asunto con quien fuera.

—Que las investigaciones no conducirán a ninguna parte es tu opinión —replicó el otro perforándolo con la mirada al tiempo que doblaba con dos dedos la cerilla que había utilizado.

—Mi opinión es válida, se basa en las condiciones *in situ*.

—¿Y si estás equivocado?

—No creo que lo esté.

—Pero ¿y si es que sí?

—Habrá consecuencias.

—Naturalmente. Para ti.

—En ese caso, tengo todos los incentivos para asegurarme de no estar equivocado.

El visitante cambió la postura un poco hacia la izquierda haciendo crujir el cuero del sillón.

—Pasemos a otras cosas. Adquirir producto está resultando cada vez más difícil. Es necesario subir el precio. Transmite este mensaje a todo el mundo.

—¿Cuánto?

—Por ahora, un diez por ciento. Y hay que sumarle otro cinco por ciento por cada categoría.

—¿O sea que el precio final de la categoría superior se incrementará en un veinte por ciento?

—Sí.

—Es demasiado.

—Podría ser más, pero soy una persona razonable.

—Tendré que absorber una parte de eso.

El otro paseó la mirada por el lujoso interior del yate.

—Me parece que no te irá mal.

—Me irá muy bien.

—Siempre que tu opinión resulte acertada. El dinero no lo es todo.

Lampert sonrió.

—Permítame que discrepe en ese punto. El dinero sí lo es todo, porque permite obtener todo lo que tiene valor.

—¿Te gustaría conocer mi nuevo submarino con capacidad para más de treinta personas? En esta zona, el fondo marino es fascinante.

—Me gustaría, pero tengo obligaciones que me impiden ausentarme. —Y pensó: «La verdad es que no me apetece pasar a formar parte del fondo marino.»

El visitante se puso de pie.

—Alguien que hace volar por los aires un Bentley y luego se desvanece como una nube de humo tiene que ser un enemigo formidable. Ha sido un mensaje.

—Sí, en efecto. Y quizá más directo de lo que crees.

—¿Ya sabes lo que quería decir?

—Estoy en ello.

—Te daré un pequeño consejo.

Lampert lo miró con gesto expectante.

—Adelante.

—Muchas veces, el humo advierte de un gran incendio que puede descontrolarse. —Hizo una pausa y apagó el cigarrillo en el tablero del escritorio de Lampert, que debía de valer unos cuarenta mil dólares—. Así que muévete con rapidez.

Un instante después se marchó.

Igual que una nube de humo que se desvanece en el mar.

64

Mecho sacó la cabeza del agua para observar el helicóptero, que se elevó de la plataforma del yate y enfiló hacia el sur. Luego, se giró boca arriba y se impulsó dando brazadas cortas para aproximarse a la embarcación.

En la cubierta había personal de seguridad, y en el embarcadero dos hombres armados con sendos MP5. Sin embargo, nadie vigilaba el agua, lo cual constituía un grave error. Pero claro, a aquellas horas ya merodeaban los tiburones. Y aunque Lampert pagaba bien, por lo visto no tan bien.

Se acercó al yate para tocar el casco por estribor. Volvió un momento la mirada hacia el mar, donde todavía se apreciaban las luces del helicóptero. Desde tierra, y con ayuda de unos prismáticos, había podido distinguir al individuo que se apeó del aparato y volvió a marcharse en él, y supo quién era: Stiven Rojas.

La policía del mundo entero se estremecía al oír aquel nombre.

Nunca habían logrado condenar a Rojas, aunque muchos lo habían intentado. Pero cuando los testigos, los fiscales y hasta los jueces van siendo asesinados durante un juicio, es sumamente raro que alguien acabe condenado. Rojas había dado una definición nueva al término «despiadado», y, comparados con él, algunos de los peores terroristas del mundo parecerían inofensivos.

Había sido un niño huérfano en las calles de Cali, y poco a poco se había convertido en jefe de un cártel de proporciones casi míticas. A pesar de su estatura más bien modesta, había hombres mucho más altos que se ponían de rodillas en cuanto lo veían acercarse. Era capaz de matar sin previo aviso, sin que mediara provocación alguna. Rojas no era simplemente un sociópata más que por casualidad era un criminal mundial; era *el* sociópata que por casualidad era un criminal mundial. Sin embargo, había sucedido algo que ni siquiera él había previsto.

Rojas había visto que la ruta de entrada de la droga a Estados Unidos se desplazaba de Colombia a México, pero se adaptó a un nuevo tipo de negocio: proporcionar las mulas que habían de transportar la droga por todo Estados Unidos. Y al mismo tiempo empezó a transportar otro producto valioso: prostitutas y esclavos. Los esclavos, en particular, tenían un mercado nuevo y pujante. Se había acabado lo de los inmigrantes ilegales, que tenían la esperanza de ser libres y cobrar un mínimo para subsistir. Los esclavos no esperaban nada, su única esperanza era sobrevivir. A partir de ahí, para ellos todo era positivo... aunque lo positivo fuera ínfimo.

Rojas y Lampert eran socios del círculo esclavista más grande del planeta. Y estaban empeñados en hacerlo crecer.

Hasta que alguien les pusiera freno.

Mecho, todavía en el agua, recorrió el costado de estribor del yate. El casco tenía una hilera de ojos de buey situados a una altura que le permitía atisbar el interior. Se agarró a uno de ellos y se izó parcialmente fuera del agua.

Vio un camarote a oscuras. Vacío. Volvió a sumergirse y pasó al siguiente ventanuco.

Fue en el cuarto donde encontró algo distinto. Vio a Beatriz, aún vestida con su uniforme de doncella, de pie en un rincón, mientras Lampert cenaba sentado a una mesa. Comía despacio, masticando metódicamente la comida. De pronto desvió la mirada hacia la botella de vino que tenía a escasos centímetros del brazo, y Beatriz se apresuró a llenarle de nuevo la copa. Cuando la joven se inclinó ligeramente hacia delante, Lampert movió la mano hacia su trasero y se lo sobó. Ella ni se movió ni soltó la botella; al parecer, estaba acostumbrada a aquel trato. Terminó de servirle el vino y se retiró hacia el rincón con la mirada baja.

Un minuto más tarde, Lampert desvió la vista hacia la cesta

del pan. Beatriz reaccionó enseguida, cogió un panecillo, lo partió y lo untó de mantequilla con un cuchillo pequeño. Esta vez Lampert le cogió un pecho con una mano al tiempo que le metía la otra por debajo de la falda. Mecho se fijó en el semblante de la chica; se notaba que sentía angustia, sumada a un odio que él rara vez había visto. Vio que le temblaba muy ligeramente la mano que sostenía el cuchillo y supo qué tenía ganas de hacer. Aunque Lampert la estaba acariciando, lo que quería ella era clavarle el cuchillo en el pecho. Y se extrañó de que no lo hiciera.

«¡Hazlo ya, Beatriz!»

Pero de pronto miró a la derecha y entendió la razón. Había un hombre con un arma apuntada directamente a su cabeza.

Beatriz terminó de untar el panecillo, lo depositó en el plato de Lampert, dejó el cuchillo y se retiró una vez más al rincón.

El individuo armado relajó la postura y enfundó la pistola.

Mecho volvió a sumergirse.

Peter J. Lampert no era de los que corren riesgos.

Dejó que la corriente lo apartase del yate y, cuando estuvo lo bastante lejos, empezó a nadar dando potentes brazadas. Y con cada una de ellas imaginó que le hundía un cuchillo en el pecho a Lampert.

65

Puller iba conduciendo a toda velocidad.

Carson lo miró desde el asiento del pasajero.

—Bueno, ¿y adónde vamos ahora?

—Tengo que ver a mi abogado —respondió Puller crípticamente.

Cuando llegaron a la calle donde tenía su despacho Griffin Mason, aparcó el Tahoe junto a la acera, a unos cien metros de allí. Rebuscó en su petate, sacó sus gafas de visión nocturna, se las puso y observó la oficina de Mason.

Carson le siguió la mirada.

—¿Es tu abogado?

—Bueno, era el de mi tía. Gestiona su patrimonio.

—¿Y qué tal lo hace?

—No muy bien.

Puller escrutó los otros edificios de la calle, todos a oscuras. En el camino de entrada para coches de Mason no había ningún vehículo, y en su despacho no había luces encendidas.

—¿Qué te parece si entramos en el despacho? —propuso.

—Que el allanamiento es un delito. Eso es lo que me parece.

—Bien, puedes esperar aquí. No tardaré mucho.

Carson lo agarró del brazo.

—Puller, piénsalo. No te conviene arriesgar tu carrera militar, ¿no crees?

—Lo que quiero es hacerle justicia a mi tía. Y eso incluye

atizarle un buen guantazo al cabrón que la está jodiendo. Y a otros.

Carson lanzó un suspiro.

—Te acompaño. Puedo encargarme de vigilar.

—No he sido justo al pedírtelo. Tu carrera es mucho más importante que la mía.

—Pues entonces procura que no te pillen. Porque en ese caso juraré que no sabía nada.

—Y yo lo ratificaré al cien por cien.

—No esperaba menos de ti, soldado.

Unos momentos más tarde avanzaban hacia el edificio. Cuando llegaron al despacho de Mason, Puller dobló a la derecha y entró en el patio trasero. Al llegar a la valla, le dijo a Carson que lo esperase allí y vigilara los alrededores.

—Esto no me llevará mucho tiempo —aseguró.

—Procura que así sea.

Mason tenía instalado un sistema de seguridad, pero tras echar un vistazo por el cristal de la puerta Puller descubrió que no estaba activado: la luz verde del panel permanecía encendida. Aquel detalle lo sorprendió; ¿de qué servía tener un sistema de seguridad si no se usaba?

La puerta tenía un cerrojo que tardó unos segundos en abrir con la ayuda de una ganzúa que había sacado de su petate. La abrió y alumbró el interior con su linterna de bolsillo.

Tardó unos treinta minutos en encontrar lo que buscaba. Mason era meticuloso llevando la contabilidad, incluso demasiado meticuloso.

Consultó los documentos que había traído consigo, el inventario que le había entregado el propio Mason de las pertenencias de su tía, y lo comparó con el inventario que guardaba el abogado en sus archivos. Ambos coincidían.

A continuación buscó y encontró el inventario de los bienes de Cookie, y al leerlo vio lo que esperaba ver.

Se guardó en un bolsillo el inventario de Cookie, junto con el de su tía. Cerró el cajón y miró en derredor.

Se acordó de lo que había dicho la otra abogada patrimonial, Sheila Dowdy: que el otro coche de Mason era un Aston Martin.

Que disfrutaba de vacaciones muy caras. Que tenía una casa grande. Todo iba sumando, las piezas iban encajando en su sitio cada vez más rápido y con mayor facilidad, más de lo normal.

De improviso le vibró el teléfono. Era un mensaje de Carson: «Objeto sin identificar a las seis.»

Alguien acababa de entrar en el sendero para coches.

Ahora entendió Puller por qué no estaba activado el sistema de seguridad. Y aquello también le dijo que probablemente no se trataba de Mason, pues en ese caso habría activado y desactivado el sistema; se trataba de alguien a quien Mason no había dado la contraseña. Y tal vez aquella persona ni siquiera debería estar allí.

Respondió a Carson: «¿Descripción?»

«Turismo color azul. Mujer joven y delgada, rubia.»

Puller supo que ya no había necesidad de seguir buscando a Jane Ryon.

Porque ella había venido sola.

66

—¿Viene a traer algo o a llevarse algo?

Jane Ryon soltó un chillido y retrocedió de un brinco al tiempo que se encendía la luz. Puller la estaba mirando.

Intentó huir, pero chocó de frente con Carson, que se interpuso en su camino. Quiso retroceder, pero Puller ya la había aferrado por la muñeca. Ni siquiera intentó zafarse de él, comprendió que era inútil.

—¿Qué está haciendo aquí? —le preguntó él.

—Yo podría preguntarle lo mismo a usted —replicó ella, desafiante—. Yo tengo permiso para estar aquí. —Levantó en alto una llave—. Me la ha dado el señor Mason.

—¿Y cómo es que el señor Mason le ha dado una llave de su despacho? —preguntó Carson.

Ryon se volvió hacia ella.

—Eso a usted no le importa.

—Anoche la vi saliendo de la casa de Cookie —dijo Puller—. Y después me encontré a Cookie muerto en la bañera. —La observó para ver su reacción.

—¿Cookie ha muerto?

Puller meneó la cabeza.

—No es usted muy buena jugando al póker, Jane. Ya sabía que Cookie había muerto —le dijo—. Y la policía la anda buscando. ¿Dónde ha estado escondida?

—No he estado escondida. ¿Por qué habría de esconderme? ¿Y por qué iba yo a hacer nada a Cookie? Me caía bien.

Puller, con la mano libre, sacó los papeles que llevaba en el bolsillo.

—Esto es un inventario de las posesiones personales de mi tía. Me lo ha dado Mason. El único problema es que no incluye todas las joyas de mi tía. Faltan dos sortijas, tres juegos de pendientes y un collar. Cosas muy valiosas. Y también faltan una docena de monedas de oro antiguas, de un álbum de coleccionista que tenía.

—Yo no sé nada de eso —protestó Ryon.

—Al contrario, lo sabe todo. Esas joyas las llevaba en su bolso cuando yo choqué con usted en la casa de mi tía. Le había dicho a Mason que por la mañana pensaba ir a la casa, pero luego cambié de opinión y fui por la noche. Él le dijo a usted que fuera a coger esas joyas y monedas antes de que yo examinara las pertenencias. Usted ya había hecho inventario de todo, y después Mason decidió qué piezas debía llevarse usted y modificó el inventario para que dichas piezas no figurasen en él. Pero tenía que llevárselas antes de que las viera yo. O eso creía él. El hecho es que yo ya había visto las joyas y monedas de mi tía antes de que usted entrara en la casa, solo que Mason no lo sabía. Cuando regresé más tarde, esas piezas habían desaparecido. Se las había llevado usted. Y lo mismo hizo con Cookie, se llevó varios de sus relojes. He encontrado el inventario de las pertenencias de Cookie en el archivo, y en él no figuran los relojes desaparecidos. Y sé que han desaparecido porque Cookie me enseñó la colección. Usted y Mason tienen montada una buena estafa. Usted entra en las casas de las personas mayores a las que Mason representa y averigua qué objetos de valor tienen. Luego, cuando fallecen, usted coge esos objetos y Mason altera el inventario convenientemente, los vende, y los pobres herederos no llegan a enterarse. Así puede Mason permitirse su Aston Martin y sus viajes por el mundo, y apuesto a que a usted le paga muy bien por sus servicios.

Ryon había palidecido.

—Y puede ser —intervino Carson— que usted ayude a los fallecidos a dar el paso al más allá. Matando a Cookie, se haría antes con sus objetos de valor.

—Yo no maté a Cookie.

—Sin embargo, ha estado en su casa.

Puller posó la mirada en su bolso.

—Ábralo —le ordenó.

—Pero...

—Que abra el bolso.

—No tiene derecho a...

Puller cogió el bolso y lo abrió. Había cuatro relojes de Cookie envueltos en un pañuelo.

—¿Qué tenemos aquí, Jane?

Ella prorrumpió en sollozos.

—Yo no lo maté. Juro por Dios que no fui yo.

—Eso dígaselo a la policía. Dígales que se limitó a entrar en su casa, que cogió unos relojes que solo podría coger una vez que él hubiera fallecido, y que casualmente en aquel momento Cookie estaba en el piso de arriba, muerto en la bañera. Es posible que el jurado se parta de risa antes de encerrarla de por vida.

—Mason me dijo que fuera a coger los relojes. Y eso fue lo que hice.

—¿Se lo dijo él?

—¡Sí, lo juro! —exclamó Ryon.

—¿Y no le extrañó que le pidiera semejante cosa, estando Cookie vivo?

Ryon lanzó un suspiro.

—Está bien, oigan... Mason me dijo que Cookie estaba... que estaba muerto —terminó admitiendo con voz temblorosa.

—¿Y cómo se había enterado él?

—No lo sé.

Carson se volvió hacia Puller.

—Mason lo mató por alguna razón, y después le ordenó a Ryon que fuera a sisar los relojes.

—¿Y cómo es que no los cogió Grif, ya que estaba allí? —razonó Ryon.

—Ah, de modo que hora lo llama Grif y no señor Mason —repuso Puller mirándola. Meneó la cabeza en gesto de cansancio y añadió—: La respuesta es que Mason quería que los relojes se los llevase usted, no él. De ese modo, la persona que estaría en la escena del crimen sería usted. En cuanto descubriese que

Cookie había muerto, abrigaría sospechas, pero no diría nada porque usted también estuvo en la casa. Se la jugó bien jugada.

—Será hijoputa... —rabió Ryon, que ya había dejado de sollozar.

—Pero ¿por qué querría matar a Cookie? —preguntó Carson—. ¿Solo por unos relojes?

Puller posó una mano en el hombro de Ryon y apretó.

—¿Alguna idea al respecto?

—No. Nunca me ha mencionado nada. No tenía motivos para matar a Cookie.

—¿Cuándo la llamó a usted para decirle que fuera a casa de Cookie?

—Anoche. Yo estaba por la zona, así que solo tardé unos minutos en acercarme.

—¿Alguna vez estuvo Mason en esa casa?

—No lo sé. A lo mejor fue en alguna ocasión a tomar una copa. O a probar algún pastelito —añadió Ryon con crueldad.

Puller la zarandeó.

—Ha muerto una persona mayor. ¿Ha tenido usted algo que ver con la muerte de mi tía?

—Le juro que no.

—Pues no la creo —dijo Puller.

—¡Estoy diciendo la verdad! —exclamó Ryon.

—Bien, eso lo decidirá un jurado. Diga, ¿dónde está ese hijoputa?

—No lo sé.

Puller volvió a zarandearla.

—Eso no me vale. Conteste.

—¿Está en su casa? —inquirió Carson.

—No, me parece que no.

—¿Por qué? —preguntó Puller.

—Porque tiene otro lugar donde suele quedarse, un lugar más aislado.

—¿Y para qué quiere aislarse?

—Lo hace de vez en cuando.

—¿Tiene algo que ver con las fotos de niños que lleva en la cartera?

Ryon levantó la vista, aturdida.

—¿De qué habla?

—¿Mason es un pedófilo? —soltó Carson.

—¿Dónde está ese sitio? —la apremió Puller.

—Al norte de aquí, cerca de la bahía. No hay nada más alrededor.

—¿Tiene la dirección?

—Sí.

—¿Por qué, a usted también le gustan los niños?

—¡No, claro que no! —chilló Ryon, y rompió a llorar.

Puller le apretó de nuevo el hombro, la tomó de la barbilla y la obligó a mirarlo.

—Le daremos una oportunidad de que repare el daño que ha hecho, Jane. Si la desaprovecha, se acabó. ¿Lo entiende?

Ryon lo miró con el miedo reflejado en la cara.

—Lo entiendo.

67

Un vez finalizada la llamada, Mecho guardó el móvil. Era la vez que había estado más tiempo hablando por teléfono. Su interlocutor tenía una importancia crucial para que su misión tuviera éxito; su interlocutor lo sabía, y Mecho también.

Era un toma y daca. Si quería lograr su objetivo, Mecho tendría que darle lo que quisiera. Y el otro nunca había querido tanto una cosa en su vida.

—Tendrás que demostrármelo, Mecho —le dijo—. Las buenas palabras puede decirlas cualquiera que tenga boca y un poco de cerebro.

—Se conseguirá —aseguró Mecho. Ahora solo tenía que pensar en cómo.

Salió de su habitación en La Sierra y fue andando hasta una cafetería cercana. Comió relativamente poco, teniendo en cuenta su corpulencia. Nunca había comido mucho, por la sencilla razón de que nunca había tenido mucho. Y con los años se le había ido encogiendo tanto el estómago como el apetito.

Pero el hambre era en parte lo que le impulsaba, lo que le mantenía alerta. La complacencia y la comodidad no eran cosas que él aceptara o que comprendiera siquiera.

En cambio, bebió bastante agua. La terrible prueba física que le había supuesto cruzar parte del Golfo a nado todavía se estaba cobrando su precio. Tenía la sensación de que nunca iba a beber lo suficiente.

Pagó con parte de los dólares que había ganado manteniendo inmaculada la finca de Peter Lampert. Lo consideraba un dinero manchado de sangre. A su forma de ver, todo lo que procediera de aquel individuo estaba manchado de sangre.

Recorrió la pequeña cafetería con la mirada, y no le sorprendió ver a dos policías cenando. Estaban sentados cerca de la puerta. Un hombre y una mujer. El hombre era bajo y rechoncho, y llevaba la cabeza rapada. La mujer era más alta, de constitución atlética y cabello rubio. Estaban manteniendo una acalorada conversación. El hombre parecía alterado y la mujer intentaba tranquilizarlo.

Por lo visto, se dijo Mecho, el papel de la mujer en la vida consistía en apaciguar la ridícula cólera del varón.

Cuando se levantó para marcharse, ambos policías cruzaron la mirada con él. Mecho les hizo un gesto con la cabeza, intentó sonreír y salió a la calle.

La policía no le importaba mucho. Para él, representaban simplemente un adversario más. Su misión era defender la ley. Pero no existía ninguna ley capaz de tocar a Peter Lampert ni a Stiven Rojas, que eran demasiado inteligentes y peligrosos para que los molestase algo tan débil. Era necesario castigarlos de otra manera, una manera más directa.

Echó a andar por la calle sintiendo el sudor que le resbalaba por los hombros y la ancha espalda. Optó por dar un paseo por la playa, para respirar un poco la brisa del mar antes de regresar a su habitación, que era como un horno.

Caminó por la arena, ajeno a los demás bañistas pero con la antena alerta.

O eso creía él.

—¿Mecho?

Se volvió, pero ya sabía quién le había hablado.

Allí estaba Chrissy Murdoch, con las sandalias en la mano. Llevaba un vestido playero blanco que el viento azotaba contra sus largas piernas. Mecho se quedó inmóvil, sin avanzar ni retroceder. Ella se acercó y lo miró a la cara.

—¿Cómo es que está usted aquí? —le preguntó él.

—Estaba dando un paseo por la playa y te he visto.

—El señor Lampert tiene una playa privada más bonita que esta.

—Supongo. Pero me sorprende que tú sepas eso.

—Que disfrute del paseo.

Dio media vuelta para regresar a La Sierra. Todas las alarmas de su cerebro estaban sonando con fuerza ensordecedora.

—Mecho.

Se detuvo pero no se volvió. De pronto sintió la mano de ella en su hombro; aun así, no la miró.

—Tengo entendido que has estado preguntando por mi dormitorio —dijo Chrissy.

Aquella pregunta lo sorprendió.

Ella se situó delante.

—¿Por qué motivo querías saber eso? —le dijo—. Además del obvio, claro está.

—¿Y cuál es el obvio?

Chrissy esbozó una sonrisa desarmante.

—El sexo, naturalmente.

Mecho no le devolvió la sonrisa. No tenía motivos para sonreír. Aquella mujer estaba jugando un extraño juego con él, pero no era momento para juegos, cuando estaba muriendo tanta gente.

—Dudo que los guardias me permitieran entrar en la casa.

—Bueno, ahora no estamos en la casa, ¿no? ¿Dónde te alojas?

Mecho continuó andando por la arena. Chrissy fue tras él con paso elástico.

De improviso, él se detuvo. El parón fue tan brusco que ella estuvo a punto de chocar contra su espalda. Se volvió y la miró.

—¿Y cuál es el motivo no tan obvio? —le preguntó.

Ella no pareció sorprenderse por la pregunta.

—Dado que no es obvio, no estoy segura.

—¿Siempre se toma todo tan a la ligera? —repuso Mecho.

—Veo que fuera de la casa hablas mucho mejor el inglés.

—Aprendo deprisa.

—Dime lo de mi dormitorio.

—¿Quién le ha contado que he estado preguntando?

—Me gusta estar en la planta de arriba, me permite disfrutar de una perspectiva interesante.

—¿Una perspectiva de qué?

—De muchas cosas.

—¿Por qué está en casa de Lampert?

—Me alojo junto con el señor Winthrop.

—¿Ese tipo al que no le importa que a usted se la folle otro?

—Hay muchos hombres así, Mecho.

—Yo no soy así.

—No; imagino que tú no. —Volvió a ponerse las sandalias—. A esta hora la arena está muy caliente. Bien, ¿y dónde te alojas?

—¿Para qué quiere saberlo?

—Me gusta saber cosas.

Mecho echó a andar de nuevo.

—Puedo averiguarlo, ¿sabes? Por mi cuenta.

Él se volvió. Chrissy se le acercó.

—¿Qué es lo que quiere?

—Quizá lo mismo que tú.

—¿Y cómo va a saber lo que quiero yo?

—Tal vez no seas tan sutil como crees.

Mecho la fulminó con la mirada.

—Lo cierto, Mecho, es que no estoy segura de que ambos podamos tener lo que queremos. Solo puede uno de los dos.

—Solo uno de los dos —repitió él.

Y dicho esto, se volvió y se fue. Y esta vez Chrissy no lo siguió, y él tampoco se giró para mirarla. Iba pensando en una sola cosa: en que, después de todo, tendría que matarla.

68

—Jane, ¿se puede saber qué diablos haces aquí?

Griffin Mason miraba a Ryon, que estaba en los escalones de entrada de la casa de campo que tenía cerca de Choctawhatchee Bay. Iba vestido con una bata y tenía el cabello revuelto.

—De hecho somos un trío —dijo Puller surgiendo a la derecha de Ryon mientras Carson aparecía por la izquierda.

Mason palideció.

—Necesitamos hablar unos minutos —le dijo Puller.

Mason, nervioso, lanzó una mirada fugaz a su espalda.

—No es buen momento.

Pero antes de que pudiera volverse, se vio empujado al interior de la casa por la fuerte mano de Puller. Se le abrió la bata y se vio que debajo estaba desnudo.

—No era una sugerencia —replicó Puller erguido por encima de Mason, que había acabado en el suelo—. ¿Dónde están? —exigió.

—¿A qué se refiere? —balbuceó Mason.

Puller lo aferró por los hombros y lo levantó del suelo.

—A los niños —ladró—. ¿Dónde están?

—¿Qué niños?

—Diego y Mateo.

Carson le lanzó a Puller una mirada inquisitiva, y él la miró a su vez.

—Se me ha ocurrido mientras veníamos hacia aquí —respondió—. Este cabrón puede permitirse pagar mil pavos para comprar un niño.

De pronto se oyó un ruido procedente de la habitación contigua. Puller fue hasta la puerta y la abrió de un empujón.

—¡Maldita sea! —chilló Mason—. No puede entrar ahí.

—Y un cuerno que no —replicó Puller.

Pero se quedó petrificado en la puerta, al tiempo que acudían los demás.

Todos miraron el interior de la habitación. Era un dormitorio. Y había alguien en la cama.

Pero no era Diego. Ni Mateo.

Era Isabel.

Y estaba desnuda.

Apenas tuvo tiempo para cubrirse.

—¿Isabel? —dijo Puller.

Ella lo miró con el rostro congestionado por la rabia.

—¿Qué pasa aquí, Grif? —exclamó mirando a Mason.

Mason agarró a Puller del brazo e intentó hacerlo retroceder, pero Puller era tan grande que acabó perdiendo el equilibrio y cayendo al suelo. Volvió a incorporarse de un brinco.

—¡Voy a ponerle una denuncia que va a acabar con usted! —le espetó Mason.

Puller se giró hacia él.

—¿Qué está haciendo aquí Isabel?

—¡Eso no es asunto suyo! —vociferó Mason, furibundo.

—Sí lo es —replicó Puller. Luego miró a Isabel y le preguntó—: ¿Estás aquí voluntariamente?

—Por supuesto que sí.

—Ya lo ve. Y ahora lárguese —le chilló Mason—. Y más le vale que se busque un buen abogado, porque pienso quedarme con su pensión militar y con los bienes que tenga, incluida la casa de su tía.

—¿Y qué me dice de las fotos de niños que lleva en la cartera? —replicó Puller—. El negro y el asiático.

—¿Qué dice?

—¿Quiénes son?

—¡Son mis hijos! —explotó Mason.

—¿Qué?

—Mi ex y yo los adoptamos hace unos años. Ahora ya son mayores, pero llevo las fotos de cuando eran pequeños. Eso tampoco es de su incumbencia.

—Isabel —intervino Carson—, ¿cuántos años tienes?

—Dieciséis —contestó la joven.

—Isabel, dinos la verdad. Es un dato que podemos averiguar fácilmente, pero será mejor que nos lo digas tú.

Isabel titubeó un instante.

—Tengo casi dieciséis —respondió—. Los cumplo dentro de año y medio.

Puller dirigió a Mason una mirada de asco.

—¿Se lleva a la cama a una niña de catorce años?

—Me dijo que tenía dieciséis. Y no hay más que mirarla, parece que tenga dieciocho.

—¿Cuánto te paga? —preguntó Puller a Isabel.

—¡No le pago nada! —chilló Mason—. Esto no es prostitución.

—Ya, claro. Esta niña viene aquí a tirarse a un tipo viejo y gordo porque le resulta más interesante que estar con los jovencitos.

—Solo me hace regalos —dijo Isabel.

—¿Como cuáles? —inquirió Carson.

—No digas nada, Isabel —se apresuró a intervenir Mason—. Están intentando tenderte una trampa. Voy a llamar a mi abogado penalista.

—Yacer con una menor se tipifica como violación, Mason —señaló Puller—. Ahí no hay modo de defenderse.

Mason dio un paso atrás.

—Oiga, esto podemos solucionarlo. No es más que un malentendido.

—Da lo mismo. De todas maneras irá a la cárcel, con violación de una menor o sin ella.

—¿Cómo dice? —contestó Mason, confuso.

—Hemos descubierto la estafa que tenía montada.

—¿Qué estafa?

Puller miró a Ryon, y esta miró a Mason.

—He sorprendido a Jane con los relojes robados. Jane lo ha

delatado. Y ahora sabemos cómo es posible que un abogado de bienes patrimoniales pueda permitirse un Aston Martin. Así que espero que su abogado penalista sea bueno.

Mason lo miró unos segundos y después se abalanzó sobre Ryon.

—¡Serás imbécil! —La agarró por el cuello con intención de estrangularla.

Pero Puller lo apartó de ella y lo arrojó contra la pared. Ryon se derrumbó en el suelo, jadeando y presa del pánico. A continuación, Puller le puso a Mason las manos a la espalda y se las sujetó con unas esposas de plástico.

—Vale, pues ahora también lo denunciaremos por agresión e intento de asesinato. Gracias por el favor.

—¡Maldita imbécil! —siguió vociferando Mason mientras Ryon sollozaba.

—Que sí, que ya lo hemos entendido a la primera —ironizó Carson.

Puller agarró a Mason por el cuello.

—¿También ayudabas a tus víctimas a que se fueran un poquito antes a la tumba, para poder esquilmarlas?

Mason lo miró sin comprender.

—¿Qué dice?

—Estoy hablando de Cookie. Lo hallaron muerto en una bañera. Tú estuviste en su casa. Le dijiste a Ryon que fuera y se llevase los relojes de más valor. Y eso solo funcionaría si su dueño hubiera muerto.

—Yo no lo maté.

—Sí, vale. ¿Y mi tía? ¿La ayudaste a que se cayera de cabeza en la fuente? ¿La mantuviste a la fuerza bajo el agua?

—Juro por Dios que no fui yo.

—Sabemos que estuviste en casa de Cookie —rugió Puller.

—Está bien, está bien. Sí, estuve en su casa. Para una reunión con él. Pero lo encontré muerto.

—Y un cuerno.

—Es verdad. Por eso le dije a Jane que se pasara por allí. Quería sacar los relojes antes de que acudiera alguien a la casa. ¿Sabe cuánto valen?

—Guárdate esa información para el juez —replicó Puller, y se volvió hacia Isabel—: Vístete, voy a llevarte a casa. Por cierto, tu abuela está muy preocupada.

—Yo tengo una vida que vivir.

—¿Dónde están Diego y Mateo?

—No lo sé.

—¿Sabías que han desaparecido?

La chica lo miró con gesto desafiante y luego se encogió de hombros.

—Ya volverán.

—Vístete —repitió Puller, y cerró la puerta.

Cuando conducían a Mason y Ryon al exterior, a Puller le vibró el teléfono. Al mirar el SMS, se le descolgó la mandíbula.

—Qué cabrón.

—¿Qué ocurre? —le preguntó Carson mientras hacían subir a Ryon y Mason al asiento trasero del Tahoe y cerraban las puertas.

Puller la miró.

—La forense ha terminado la autopsia de Cookie. No fue asesinado. Murió por un aneurisma.

—Entonces ¿Mason no es un asesino? —razonó Carson.

—Y tampoco un pedófilo.

—O sea, es un estafador que roba a los ancianos y se lleva a la cama chicas menores de edad que no son precisamente niñas.

Puller lanzó un suspiro y se apoyó en el Tahoe.

—De modo que regresamos a la primera casilla.

—Y también con Diego y Mateo —agregó Carson.

—Con todo, en realidad —repuso Puller con calma.

Consultó el reloj: la una y cuarto. Al ver la hora, de repente tuvo una idea. Había estado allí todo el tiempo, pero antes no había reparado en ella.

—¿Qué ocurre? —preguntó Carson.

Pero Puller no la oyó. Una parte de él no podía creerlo, pero otra parte sí. De todos modos, iba a tener que cerciorarse, iba a tener que hacer unas cuantas llamadas, iba a tener que indagar, iba a tener que hacer de investigador una vez más.

Y ya era hora, se dijo. Ya era hora.

69

Mason y Ryon se encontraban bajo custodia en la comisaría de Paradise. Puller había proporcionado un informe completo a Bullock, que estaba quemándose las pestañas trabajando hasta muy tarde. Había tardado varias horas en ponerlo al corriente de todo y en completar el papeleo. Al parecer, la justicia era una obsesa del papeleo.

Bullock no se alegró de tener otro asunto del que ocuparse, pero ordenó a su gente que redactara los informes de rigor y metiera en el calabozo a Mason y Ryon. Mason no dejaba de repetir a voz en grito que pensaba demandar a la ciudad entera; en cambio, Ryon firmó una confesión, y quedó confirmado que Isabel solo tenía catorce años, así que la acusación de violación pareció viable.

Isabel, después de que confirmase por escrito todo lo sucedido, fue devuelta a la custodia de su abuela.

Puller también dio un parte escrito de la desaparición de Diego y Mateo. Y le contó a Bullock que, según le habían comentado, alguien había pagado mil dólares por ellos. La expresión de Bullock fue endureciéndose a medida que se enteraba de todo.

La general Carson, que había permanecido en un segundo plano, intervino:

—¿En Paradise tienen problemas con esta clase de delitos?

Bullock la perforó con la mirada.

—¿A qué se refiere?

—A la trata de seres humanos —contestó Puller.

El jefe frunció el entrecejo.

—Mire, aquí tenemos muchos habitantes indocumentados, a causa de la crisis económica. Resulta muy difícil saber si alguien en situación ilegal ha desaparecido. La gente viene y va.

—En este caso se trata de dos niños pequeños —replicó Puller—. Vivían con su abuela.

—Lo entiendo, pero no dispongo de personal para ponerlo a investigar todos los casos de personas desaparecidas. Ni siquiera pueden hacer eso ya en las comisarías de las ciudades grandes. Así son las cosas.

—Pues qué asco —dijo Puller.

—Sí, vale, pero ¿qué quiere que haga yo?

—Al caso de Lampert sí le está dedicando muchos recursos.

—Es que allí ha estallado una bomba.

—Pero no ha habido heridos.

—Es distinto.

—Porque Lampert posee la mansión más grande de Paradise, ¿no?

Bullock removió unos papeles y no contestó.

—¿Tienen alguna pista respecto a la autoría del bombazo? —inquirió Carson.

—No —respondió Bullock, todavía moviendo papeles.

—¿Y respecto a Cookie?

—Que no fue un homicidio. Pero eso ya lo sabe usted. Sufrió un aneurisma. De modo que si estaba pensando que había un lunático homicida suelto por Orion Street, y que mató también a su tía, ya puede olvidarse.

—Que lo de Cookie haya sido por causas naturales no excluye que a mi tía la hayan asesinado.

—Puller, le agradezco que haya atrapado a Mason y Ryon, de verdad. Si prospera la acusación contra ellos, irán al talego. Pero lo que no me parece bien es que vaya usted por ahí jugando a detectives.

—Yo le ofrecí mis servicios y usted me dijo que quizá me tomara la palabra.

—Dije que quizás. Y he decidido que no. Usted no trabaja en

esta comisaría, sino para el Ejército. No tiene autoridad aquí, y yo no tengo autoridad sobre usted. Si no nos atenemos a eso, las cosas podrían complicarse rápidamente.

—De acuerdo, lo entiendo.

—Bien. Ahora, si me disculpa, he de ocuparme del papeleo de Mason y Ryon.

Puller y Carson salieron al exterior, a un nuevo día con el sol ya alto y el calor y la humedad semejando una jarra de cerveza tibia que les estuvieran echando por encima.

Carson se estiró y se masajeó el cuello.

—En fin, estoy oficialmente cansada.

—Ya, es lo que tiene no dormir por la noche. —Puller miró el reloj—. Ya son las diez.

—Deberíamos echar una cabezadita, John. O vamos a estar hechos polvo.

De regreso en su habitación, y mientras *Sadie* dormía en el rincón sobre una toalla de playa, Puller se dio una ducha. Después se secó, se puso un calzoncillo y se tumbó en la cama. Quería dormir, pero no pudo. Todavía no. Se levantó y pasó las dos horas siguientes consumiendo minutos en el móvil. Encontró gran cantidad de información interesante, y toda encajaba con lo que había estado pensando. Si la noche anterior no hubiera consultado el reloj, jamás se le habría ocurrido. A veces la mente funcionaba de manera misteriosa. Tenía llamadas que hacer e ingente trabajo de investigación, pero de momento volvió a tumbarse en la cama y esta vez sí logró quedarse dormido.

Varias horas más tarde lo sobresaltaron unos golpes en la puerta. Se levantó y cogió su M11.

—¿Sí? —contestó al tiempo que se situaba a la izquierda de la puerta.

—Puedes relajarte. Soy tu amistosa vecina de una estrella. ¿Estás decente?

Abrió la puerta y se encontró con Carson. Llevaba un ceñido vestido azul claro, sin mangas y con escote en V, y zapatos de tacón alto. Nada más verla, él salió de su estado de somnolencia y se puso en alerta.

—¿Qué hora es? —le preguntó.

—Las diecisiete en punto.

—Maldición, me he dormido como un lirón. Tengo la sensación de que ha sido solo una hora.

—¿Puedo pasar?

Puller se hizo a un lado. La general olía a lilas y jengibre, y le brillaba la piel. El cabello, que lanzaba destellos al sol, lo llevaba peinado hacia atrás. Y el vestido le llegaba hasta la mitad del muslo.

Se sentó en la cama y cruzó sus largas piernas mientras Puller cerraba la puerta.

—He pensado que podríamos hablar del caso y después pensar en la cena. A no ser que hayas quedado con la agente Landry.

No lo estaba mirando a la cara, sino a un punto situado más abajo. Puller se miró y reparó en que todavía iba en calzoncillos.

—Puller, debes de tener una idea de la decencia distinta de la mía.

—No he quedado con la agente Landry —respondió.

—Era todo cuanto necesitaba saber.

Carson se puso de pie, se quitó los tacones y se desabrochó el vestido, que resbaló hasta el suelo.

No llevaba nada debajo.

—¿Tal vez te parezco demasiado atrevida?

—La verdad es que me pareces perfecta.

Ella le acarició la mejilla.

—El Ejército me ha enseñado que cuando uno quiere tomar una posición, debe ir a por ella. Los titubeos son para los perdedores.

A continuación se recostó sobre la cama y retiró la sábana.

—Sé que llevas mucho tiempo dormido, pero ¿te apetece volver a la cama? No dormirás, eso te lo garantizo.

Se besaron de manera superficial y después más profundamente, a la vez que se exploraban con los dedos. Cuando separaron las bocas, Carson estaba temblorosa, vulnerable y jadeante, con el cabello alborotado y los labios entreabiertos. La dura general de una estrella estaba ahora desnuda, desvalida y literalmente en manos de él. Recorrió la línea de sus labios con el dedo.

No fue necesario decir nada.

La levantó en vilo y ella le rodeó el torso con sus bonitas piernas.

La tumbó boca arriba. Su espalda estaba cubierta por una fina película de sudor en la que resbalaron las manos de Puller cuando la estrechó entre sus brazos. Se incorporó y se colocó sobre ella. Sus manos se deslizaron hasta las nalgas y las oprimieron. Ella también tenía ocupadas las manos, las movía hacia los muslos de él para llevarlo poco a poco hacia donde él debía ir a continuación.

Enseguida se adueñó de la situación un movimiento ya conocido que poco a poco fue haciéndose más frenético, conforme el fuego que ardía dentro de cada uno alcanzaba el punto sin retorno.

Los gemidos de Carson eran cada vez más rápidos. Empezó a hablar, a decirle a Puller al oído qué era lo que deseaba exactamente.

Poco después, él experimentaba un último estremecimiento y quedaba exánime sobre el cuerpo de ella, que, jadeante y sin aliento, le dijo lo mucho que le había gustado. Juntos se movieron despacio para quedar tendidos el uno junto al otro.

—Ha sido increíble, John —le murmuró ella al oído.

En efecto, pensó él, y así se lo dijo.

Carson se volvió hacia él, lo miró de frente y lo besó, primero en la mejilla y luego en los labios, al tiempo que le acariciaba la cara.

Puller llevaba un tiempo sin hacerlo, y le preocupaba no ser capaz de aportar el grado necesario de pasión. Al parecer, lo había conseguido. Y eso lo hizo sentirse satisfecho y aliviado. Aún tenía la respiración agitada, como si acabase de completar la carrera de tres kilómetros que imponía el Ejército en un tiempo récord.

—No suelo hacer estas cosas con cualquiera, para que lo sepas —dijo Carson.

—No pareces esa clase de mujer.

—No lo soy —repuso Carson al tiempo que se alzaba sobre un codo para mirarlo.

—Yo tampoco.

—Lo sé.

—¿Es que has estado controlándome?

—Tu hoja de servicios habla por sí sola. No queda mucho espacio para mantener una relación personal.

—En tu caso tampoco.

—Es así cuando una quiere ganar estrellas. —Le frotó el pecho—. Y bien, ¿qué hacemos ahora?

Él se incorporó y la miró. Ella soltó una risita.

—No estoy pidiéndote un anillo de compromiso ni una fecha de boda, Puller. Estoy hablando de cenar. Me muero de hambre.

Puller sonrió.

—En ese caso, vamos allá.

Carson lo besó y le pasó los dedos por una parte de su anatomía que le provocó un estremecimiento.

—¿Es una orden, soldado? —le susurró al oído.

—Con el debido respeto, señora, sí lo es.

70

Una vez con el estómago lleno, Puller y Carson se reclinaron en sus asientos y se miraron.

—Me miras como si nuestra relación hubiera cambiado —dijo ella.

Puller ladeó la cabeza y la miró con más intensidad.

—¿Y no ha cambiado?

Estaban sentados al fondo del restaurante. Aún era demasiado temprano para que acudiera la riada de clientes de la cena, de modo que tenían el local casi exclusivamente para ellos.

—¿Por qué? ¿Porque nos hemos acostado?

—No se me ocurre otra razón.

—¿Tan importante ha sido para ti?

—¿Para ti no?

—No te ofendas, John, pero estamos en el siglo veintiuno. Al igual que los hombres a lo largo de la historia, las mujeres a veces lo desean simplemente porque lo desean.

—Entiendo —respondió Puller con pesar.

Carson sonrió.

—¿Te sientes utilizado?

Él la miró y le sonrió a su vez.

—¿Nos estáis dando a los hombres, a la psique masculina, de nuestra propia medicina?

—Ya era hora, ¿no crees?

—Yo no soy muy representativo del varón típico.

—Eso es lo que me gusta de ti. Fíjate en Landry, por ejemplo.

—¿Qué pasa con Landry?

—Es joven y está muy buena. Quiere llevarte a la cama sin rodeos. Pero seguro que le han tirado los tejos todos los tipos de la comisaría.

—Es probable.

—¿Y crees que el Departamento de Defensa es distinto?

—Explícate.

—A mí me han tocado el culo todos los generales, desde los de una estrella hasta los de cuatro. Y en West Point me ocurrió lo mismo. Tanto con los instructores como con los cadetes más estúpidos. Después, durante las operaciones de campaña, me metían mano hasta los oficiales condecorados; creían que no pasaba nada por hacer y decir a una compañera lo que hacían y decían. Dios, si hasta cuando estuve en combate en Oriente Próximo a veces tenía la sensación de estar librando una guerra en ambos flancos. —Cogió su té helado y bebió un sorbo—. ¿Te sorprende?

—La respuesta del Ejército sería que sí, que me sorprende.

—¿Y tu respuesta?

—Ya la conoces. No es la misma que la del Ejército.

—Me han hecho proposiciones, me han acosado, me han amenazado y hasta me han agredido. Bienvenida a este ejército «de hombres», ¿verdad?

Puller se inclinó y apoyó las manos en la mesa con los puños cerrados.

—Existen procedimientos para denunciar eso, Julie. No tienes por qué soportarlo. Como acabas de decir, estamos en el siglo veintiuno.

—Exacto. Pero en algunas cosas este siglo se parece a los anteriores. Los hombres siguen siendo hombres, por más ilustrados que sean, o por más que se les amenace con ir a juicio, comparecer ante un consejo de guerra, ver destruida su carrera o cabrear a su esposa. Continúan haciendo lo mismo porque creen que se irán de rositas. Lo creen siempre.

—¿De modo que tú simplemente has aguantado?

—No he dicho eso. Algunas veces he empleado esto. —Alzó un puño—. Otras veces, un rodillazo bien dado. En ocasiones ha bastado con una mirada asesina. Y sí, en algunos casos he puesto una denuncia y he torpedeado alguna carrera. Pero otras veces no he dicho ni hecho nada, me he retirado sin más.

Puller la miró.

—A mí no me pareces de las que se retiran sin más.

—Tenía planes a largo plazo, Puller. Para mí, el Ejército no era simplemente una diversión. Quería hacer grandes cosas. Quería conseguir estrellas. Ahora tengo una. Quiero por lo menos otras dos.

—¿De modo que lo dejaste pasar para poder avanzar? Esa no es la idea que tengo yo del liderazgo.

—El liderazgo es algo curioso. Los parámetros cambian continuamente, pero a lo que no se puede renunciar es a lo que uno ve al día siguiente cuando se mira en el espejo. Yo siempre he sido capaz de mirarme al espejo, con independencia de lo que sucediese. No era mi problema, sino el de ellos. Ellos quizá no podían mirarse al espejo. Eran ellos los que no sabían controlar la polla.

—¿Y en qué situación nos deja eso a nosotros? —quiso saber Puller.

—No he venido aquí para llevarte a la cama. Bueno, puede que una parte de mí, sí. Ahora que lo hemos hecho, puedo concentrarme en lo que me ha traído aquí de verdad.

—¿Unas vacaciones?

—Ayudarte a resolver un caso. ¿Qué hacemos ahora?

—No estoy acostumbrado a que un general me pida indicaciones.

—Los mejores líderes dejan que su gente haga lo que mejor sabe hacer. Tú perteneces a la CID, en cambio yo no tengo idea de cómo se investiga un delito. Así que lo repito: ¿qué hacemos ahora?

—Los Storrow.

—¿Quiénes demonios son?

—El matrimonio al que asesinaron en la playa. Conocían a mi tía.

—¿Piensas que por eso los asesinaron?

—Estoy pensando que los Storrow salían mucho de casa. Unas veces a dar un paseo andando, otras veces en coche.

—¿Y tal vez recorrían ocho kilómetros de ida y ocho de vuelta?

—Tal vez.

—¿Y le contaron a tu tía lo que habían visto?

—O lo que creyeron haber visto. O lo que sospechaban. Ella escribió una carta a mi padre, pero lo que quería en realidad era que viniera yo aquí a echar un vistazo. Habría podido aclararme las cosas, pero no tuvo ocasión.

Puller sacó la carta del bolsillo y se la pasó a Carson, que la leyó rápidamente.

—Cosas misteriosas que suceden por la noche. Gente que no es lo que parece. La sensación de que pasa algo raro... Resulta bastante críptico.

—Mi tía no era dada a las exageraciones. En boca de ella, esas frases bien podrían estar diciendo a gritos que se iba a cometer un asesinato.

—Pues si ha fallecido por la causa que crees, tenía justificación de sobra para pensarlo. Pero en el caso de los Storrow, ¿qué podemos hacer?

—Su hijo y su nuera fueron a la policía a informar de su desaparición. Espero que puedan llenar ciertas lagunas. —Se levantó del asiento—. ¿Lista?

Carson le contestó con una sonrisa, casi ronroneando.

—¿Después de la sesión de cama? Estoy más que lista para lo que haga falta.

71

Mecho bebió una buena cantidad de agua de una garrafa de cinco litros y luego contempló la casa. En ella todo estaba diseñado a la perfección, todo colocado en el lugar adecuado. El envoltorio era de una belleza asombrosa; lo que contenía ya no era tan bonito. Pero, en fin, así funcionaba el mundo.

Se limpió la boca, volvió a dejar la garrafa en el camión y, tras coger un rastrillo, se dirigió hacia una explanada de césped bajo unos árboles. A un lado se erguía una gran fuente que vertía su agua sobre una taza de hormigón. El perímetro de aquel «jardín secreto» estaba delimitado por frondosos arbustos y setos, y se habían colocado bancos de madera en unos rincones recoletos pavimentados con piedra.

No era la primera vez que Mecho trabajaba en aquella parte de la finca. Le resultaba apacible e ideal para la contemplación. Suponía que había sido diseñada por la señora Lampert; no creía que Peter Lampert fuera capaz de pensar en construir aquel remanso de paz.

En cuanto dobló la esquina y se puso a trabajar con el rastrillo, se sorprendió al ver que uno de los asientos del jardín estaba ocupado. Chrissy Murdoch. Tenía un libro entre las manos, pero no leía; su vista estaba perdida a lo lejos, en el mar, que se encontraba tan cerca que incluso se oían romper las olas. Llevaba un pantalón corto verde claro, una blusa blanca y zapatillas de tenis con calcetines tobilleros. Se había recogido el pelo en una trenza. El sol que se filtraba entre los árboles le iluminaba el rostro.

Mecho la contempló unos instantes, momentáneamente cautivado tanto por su belleza como por su aparente melancolía.

Cuando ella reaccionó y le devolvió la mirada, se apresuró a volver al trabajo de rastrillar los parterres de flores y apilar los rastrojos en montones.

—Hace un día precioso, ¿verdad? —dijo Chrissy.

—En Paradise todos los días son preciosos, ¿no? —replicó Mecho.

—Sin embargo, los dos sabemos que no es así.

Mecho levantó la vista, sin soltar el mango del rastrillo. No dijo nada y aguardó a que ella continuase.

—¿Has pensado en nuestro encuentro de ayer en la playa?

—¿Y usted?

—Yo no he pensado en otra cosa.

—He dedicado poco tiempo a pensar en ello. Me parece que me ha confundido con otra persona.

Chrissy se puso de pie, cerró el libro y se acercó a él.

—¿De manera que eres un simple jardinero que se ocupa del mantenimiento de la finca de un millonario?

—Trabajo con un rastrillo. Tengo la camisa empapada de sudor. Viajo en un camión. Vivo en un agujero. Saque usted misma sus conclusiones.

—Sin embargo, eres una persona culta.

—Culto o no, tengo que ganarme la vida. Este país no es el mío. Uno tiene que empezar desde abajo, así funcionan las cosas en cualquier país.

—Algunos empiezan desde arriba.

—Los que poseen contactos. O una familia rica. Yo no tengo ni lo uno ni lo otro. ¿Y usted?

—Yo tengo mis libros. Poseo cierta gracia. Sé qué tenedor debo usar, puedo mantener cualquier conversación trivial. Sé distinguir un vino italiano de otro francés, y un Monet de un Manet. El resto puedo maquillarlo más o menos, si es necesario.

—Entonces ya tiene la vida resuelta.

—No lo creas.

Mecho se apoyó en el rastrillo.

—Esto es muy peligroso, conversar de esta manera. Hay ojos y oídos por todas partes.

—Pero aquí no. Esto es el jardín secreto. Ya se encargó de eso la señora Lampert.

—¿Es toda una señora?

—Probablemente no, pero puede que sea auténtica, a diferencia de mí.

—Entonces, ¿usted es una farsante?

—Como la mayoría de nosotros.

—En la playa me dio un ultimátum.

—Sí, así es.

—No lo entendí.

—Pues a mí me pareció que estaba más claro que el agua.

—¿No quiere creer que soy quien digo ser? ¿Qué pruebas tiene?

—Las tengo ante mis ojos.

—¿Qué le interesa a usted de Lampert?

—Es un hombre interesante, en muchos aspectos.

—Le ha permitido entrar en su cuerpo.

—¿Eso te resulta asqueroso?

—¿A usted no?

—Puede que sí.

—Entonces, ¿por qué se lo ha permitido?

—La vida implica sacrificios ineludibles.

—¿Y qué espera obtener a cambio?

—Ya te lo dije en la playa. Pensé que estaba bien claro.

—¿Cuál es el agravio de usted?

—¿Cuál es el tuyo? —replicó ella.

Mecho irguió la espalda al tiempo que recorría el mango del rastrillo con las manos.

—Ha sido una coincidencia increíble. La nuestra —dijo ella.

—No es ese el adjetivo en que estaba pensando.

—¿Quizás estabas pensando en «inoportuna»?

—Como dijo usted, solo puede ganar uno de los dos.

—¿Así que reconoces tus intenciones?

A Mecho le cambió la expresión. Había sido un necio. Ella lo había llevado a una trampa sin que lo pareciera.

Miró alrededor esperando ver aparecer a los de seguridad. Luego miró a Chrissy e intentó descubrir el cable del micrófono que debía de llevar colocado bajo la blusa o el pantalón.

Ella pareció leerle el pensamiento.

—No, Mecho, la cosa no va por ahí.

—Lo que usted diga —repuso él, y se dispuso a marcharse.

—¿Piensas abandonar?

Él no respondió nada, pero tampoco se movió.

—¿Piensas abandonar? —repitió Chrissy.

—¿Y usted?

—Yo ya tengo mi respuesta.

—Sí, supongo que sí.

—Nos ha costado mucho tiempo, Mecho. Mucho. Y mucho sufrimiento.

—¿Y cree que está sola en esto?

—No. Pero yo tengo obligaciones. El resultado final será el que tú quieras.

—Yo también tengo obligaciones.

Mecho echó a andar y se alejó. De Chrissy y de aquel jardín secreto que ya no guardaba secretos.

A partir de ahora todo tendría que acelerarse. Su plan de actuación, elaborado con tanto esmero, acababa de hacerse añicos.

Pero había algo más.

Cuando se daba un ultimátum, por regla general se cumplía. El precio había que pagarlo.

Acababa de quedar al descubierto su flanco de retaguardia. Ahora tendría que luchar en dos bandos, cuando tenía previsto hacerlo solo en uno.

Se volvió para mirar a Chrissy. Allí seguía, de pie, sosteniendo su libro, mirándolo a él. Vio muchas cosas en sus facciones: resignación y tristeza, pero sobre todo decisión.

Se volvió y continuó andando. Él no estaba ni triste ni resignado, solo decidido. Ahora había empezado de verdad la guerra.

72

Peter Lampert bajó los prismáticos pero continuó observando al hombretón que cruzaba el césped a grandes zancadas para guardar el rastrillo en el camión.

Calculó su estatura. Un metro noventa y cinco, quizás un poco más. Debía de pesar casi ciento cincuenta kilos, pero no estaba gordo, sino macizo, y tenía hombros anchos y unas piernas musculadas que se adivinaban a través de un pantalón demasiado pequeño para él.

Un individuo interesante.

Lampert lo había visto hablando con Beatriz en varias ocasiones. Y también había visto que Chrissy le prestaba demasiada atención. No era un hombre mal parecido. Seguro que las mujeres lo veían como un tipo duro. Y con aquella envergadura física... Las mujeres apreciaban esas cosas. El antiguo dicho de que unos pies grandes indicaban un apéndice grande seguía vigente.

Unos pies grandes, pensó Lampert. Qué número calzaría... ¿un cincuenta? A lo mejor eran aquellos mismos pies los que habían pisado el parterre de flores que había bajo la ventana del pabellón de invitados. ¿Qué letra tendría aquel individuo? ¿La misma que la de aquel mensaje en la pared? Sus hombres le habían hablado de un tipo grande, un gigante según decían, que se había escapado de la plataforma petrolífera saltando al agua. Lo daban por muerto. ¿Qué otra cosa cabía pensar de alguien que se arrojaba a las negras aguas del Golfo? Nadie podría haber llegado a tierra a nado.

Sin embargo, aquel tipo parecía capaz de realizar semejante proeza. O tal vez lo había ayudado alguien.

Lampert no temía arriesgarse, nunca lo había temido. Para él no supondría nada eliminar a aquel individuo aunque al final resultase que no constituía ninguna amenaza. Los daños colaterales eran un detalle nimio.

No sabía qué pensar de la charla que había tenido Chrissy con él. Sabía que Winthrop no la satisfacía sexualmente, ni de lejos. De ahí las citas ocasionales con Lampert en el pabellón de invitados. A lo mejor a Chrissy le gustaban los hombres gigantes en todos los aspectos. A lo mejor la cosa era así de simple. Una vez más se planteó la cuestión del riesgo.

Tenía a Stiven Rojas vigilándolo. Bueno, más bien respirándole en el cuello. Un hombre como él no toleraba los errores. Lampert tenía todos los incentivos para no cometer ninguno.

Siguió observando al gigante, que ahora estaba trabajando a pleno sol.

Aquel día tenía que ir a un sitio. Suponía un riesgo, pero tenía que ir. Durante el trayecto decidiría qué hacer con aquel tipo de casi dos metros.

Lampert ignoraba que mientras observaba al gigante, alguien lo estaba observando a él.

Chrissy Murdoch estaba detrás de un árbol, mirando entre las ramas con los prismáticos que llevaba siempre en el bolso. Había visto a Lampert observando a su vez a Mecho con otros prismáticos.

Analizó rápidamente la situación. Lo cierto era que aquello podía beneficiarla. Permitiría que Lampert eliminara la competencia, porque eso era Mecho ahora para ella: un rival. Había hecho muchos esfuerzos, muchos sacrificios, lo había arriesgado todo para encontrarse en la posición en que se encontraba. No había perdido a ningún ser querido a manos de la esclavitud del siglo XXI, pero, por lo visto, Mecho sí.

En cambio, una parte de ella se preguntó si de verdad era correcto permitir que Mecho fuese eliminado. Porque tenía la certeza de que aquello era lo que tramaba Lampert. Ella había visto a Mecho aquel día espiando por la ventana del pabellón de invitados, por lo que Lampert también pudo verlo.

¿Y la noche en que explotó el Bentley? ¿Habría sido también obra de Mecho, algo para enfurecer o asustar a Lampert? En tal caso, dicha táctica había fracasado. Lo único que había conseguido era poner a Lampert más alerta todavía. Y eso ya era decir mucho, porque su estado de alerta era siempre muy elevado. A lo mejor aquel fallo, por sí solo, ya decidía la cuestión. Mecho debía morir. Y si así era, le dejaría el camino despejado a ella.

Pero la decisión no era tan fácil. Ya desde su primer encuentro, había visto algo en la mirada de aquel hombre que no podía quitarse de la cabeza. Era un hombre que llevaba consigo una herida profunda, una herida invisible, porque guardaba todo el dolor dentro de sí. Ella comprendía que fuera así si el asunto tenía que ver con Peter Lampert.

Lampert era perfecto para lo que hacía. No tenía conciencia. No le importaba nadie que no fuera él mismo. No había ninguna persona a la que no fuera capaz de sacrificar con tal de lograr sus objetivos, ni siquiera su esposa ni su único hijo. Sencillamente, estaba hecho de esa manera.

Sin embargo, era posible vencerlo, herirlo donde más le doliese. Sus puntos flacos eran pocos y estaban bien ocultos, pero existían. Y ella tenía la intención de machacarlos.

Salió de la protección de los árboles y regresó al jardín secreto. Se sentó otra vez en el banco y abrió el libro.

Aún no había tomado la decisión, porque no acababa de decidirse. «¿Mecho debe vivir o morir? ¿Vivir o morir?» Es que había algo en su mirada...

Y, mientras pensaba aquello, sintió que las lágrimas afloraban a sus ojos.

73

Puller había telefoneado con antelación, así que Lynn y Chuck Storrow estaban esperándolos en su casa, a una manzana de la orilla. Era una vivienda de una sola planta, que ocupaba una buena porción de la parcela. Les abrió la puerta Chuck Storrow; su esposa estaba sentada en el sofá con un chal sobre los hombros, a pesar del calor que hacía en la calle. Levantó la vista, y al momento se hizo patente el dolor que sentía por la reciente pérdida de sus suegros.

Puller y Carson les expresaron sus condolencias.

—Siéntense, por favor —dijo Chuck—. Bien, ¿ha dicho usted que pertenece al Ejército?

Puller y Carson tomaron asiento frente al matrimonio, en un sofá apenas lo bastante ancho para que cupieran los dos.

—Los dos —aclaró Puller—. Pero yo he venido aquí por el fallecimiento de mi tía Betsy.

—Dios mío, entonces usted es John Puller, su sobrino —dijo Chuck al tiempo que Lynn se secaba los ojos con un pañuelo y ponía cara de interés.

—Así es. Tengo entendido que mi tía y los Storrow eran amigos.

—En efecto —respondió Lynn con voz débil—. Muy buenos amigos. Y nosotros también la conocíamos, era una mujer maravillosa.

—Lo cual hace que resulte extraño que los tres hayan fallecido casi al mismo tiempo y en circunstancias sospechosas —repuso Puller.

Chuck se quedó desconcertado.

—Pero yo creía que la muerte de Betsy había sido un accidente.

—La policía piensa que quizá lo haya sido. Pero yo pienso que no.

—¿Por qué? —quiso saber Lynn.

Puller sacó la carta del bolsillo y se la entregó. Los Storrow la leyeron juntos.

Chuck alzó la vista y dijo:

—¿Cosas misteriosas que suceden?

—Y por la noche —completó Lynn.

Puller se centró en ella.

—Exactamente, por la noche. Betsy murió por la noche. Y los padres de usted también, Chuck.

A Lynn se le humedecieron los ojos, y su marido la rodeó con un brazo.

—No veo qué relación puede haber —dijo Chuck.

—Eran amigos, de modo que a lo mejor se contaban cosas. Tal vez ellos sabían algo acerca de lo que afirmaba mi tía en su carta.

—Pero en tal caso nos lo habrían mencionado —dijo Chuck.

—¿Y no lo hicieron? —intervino Carson.

—Pues no.

—¿Han estado aquí todo el tiempo? —preguntó Puller—. Quiero decir, recientemente.

Los Storrow se miraron.

—Pues... la verdad es que... —empezó Chuck.

—Hemos estado tres semanas fuera —dijo Lynn—. En África, en un safari. Cuando volvimos, llamé a mis suegros, pero no contestaron. Supuse que estarían dando su habitual paseo por la playa. Cuando los llamé otra vez al día siguiente y vi que seguían sin contestar, empecé a preocuparme. Entonces acudimos a la policía.

—Pero ¿sus padres no intentaron ponerse en contacto con usted mientras estaban de viaje? —le preguntó Puller a Chuck.

—A ninguno de los dos le gustaba usar el teléfono, y menos

una llamada desde el extranjero, y eso que les expliqué que llamar a mi móvil no era llamar al extranjero. Creo que no llegaron a entenderlo del todo. Además, pertenecían a una generación muy frugal. Y tampoco sabían enviar mensajes ni correos electrónicos.

—Deberíamos haberlos llamado nosotros —sollozó Lynn.

Chuck meneó la cabeza.

—Allí no hay muy buena cobertura para el móvil. Supuse que tal vez habían sufrido un accidente o algo. Cómo podía imaginarme que alguien los había...

—Lo comprendo —dijo Puller—. ¿Todavía conducían?

Lynn asintió.

—Oh, sí. Estaban bastante activos físicamente.

—¿Llevaban a mi tía en coche?

—Sí, de vez en cuando. Pero su tía también conducía, hizo que le modificaran los mandos del coche para manejarlos con las manos.

—Sí, ya vi ese detalle.

Chuck los miró.

—Todas estas preguntas, y esa carta... ¿Tienen alguna idea de lo que pudo sucederles?

—Todavía no estamos seguros. Solo seguimos cualquier pista que surja. ¿Alguno de ellos llevaba un diario?

—¿Un diario? —repitió Lynn—. Creo que no. ¿Por qué?

—Puede ser que haya desaparecido uno de la casa de mi tía.

—Si hubiéramos estado aquí nosotros, tal vez no les hubiera ocurrido esto —se lamentó Lynn.

—Cariño, no podemos castigarnos por eso. Llevábamos años planeando ese safari.

—Sí, no pueden culparse —observó Carson—. No merece la pena, y ellos no habrían querido que se reprochasen nada.

Lynn se sonó la nariz.

—El abogado de sus padres —dijo Puller— ¿era Griffin Mason?

—No. Trabajaban con el mío —respondió Chuck.

—Mejor, porque me parece que de ahora en adelante Mason va a estar bastante ocupado.

Dicho esto, se levantaron para marcharse. Lynn puso una mano en el brazo de Puller.

—Si averigua algo, lo que sea...

—Ustedes serán los primeros en saberlo, descuide.

Chuck les estrechó la mano.

—Les deseo la mejor de las suertes.

—Que Dios los bendiga —añadió Lynn.

—Creo que vamos a necesitar ambas cosas, buena suerte y bendiciones —murmuró Puller.

Se sentó en el Tahoe, pero no encendió el motor. Carson lo miró extrañada.

—¿Vamos a quedarnos aquí sentados, cociéndonos, o piensas arrancar?

Él le dio al contacto y el motor cobró vida. Metió la marcha y arrancó.

—¿Y bien? ¿Qué hemos conseguido con esta visita? —preguntó Carson al tiempo que encendía el aire acondicionado y lo ponía al máximo.

—Información. Aun cuando los Storrow hubieran descubierto algo, es posible que no se lo dijeran a nadie, excepto a mi tía.

—Dijiste que recorría todos esos kilómetros con su coche, ¿no?

Puller, a la vez que se incorporaba a la calle principal y aceleraba, contestó:

—Así es.

—¿Y crees que llevaba un diario?

—Sí.

—Pues entonces quizá fue ella la que descubrió algo y se lo contó a los Storrow, y no al revés. A lo mejor los descubrieron a los tres, de modo que tuvieron que matarlos. Primero a tu tía y después a los Storrow. O al revés. O simultáneamente.

—Tiene lógica.

—Los generales somos lógicos.

—¿Y la mancha de petróleo que encontramos cerca del pozo de azufre?

—Seguramente era de un camión o un coche. Pero ¿por qué estaba allí?

—Porque es un buen sitio para hacer algo clandestino —señaló Puller.

—Exacto. Huele mal y la playa es un asco.

—Aun así, debe de ser algo que se hace de noche.

—Ya —convino Carson—. Así que intuyo lo que vamos a hacer esta noche.

—Vas bien.

—Pero aún queda una cosa por explicar.

—Quedan muchas cosas por explicar.

—Me refiero a una en particular.

—¿A los dos tipos del sedán capaces de conseguir que el Pentágono se haya apartado con el rabo entre las piernas?

—Exacto —dijo Carson—. Eso me tiene preocupada.

—Pues a mí me tiene preocupado todo.

74

Oyó el ruido de unas persianas metálicas que se elevaban. No sabía con exactitud qué significaba, pero se asustó. Se asustaba por todo y por todos.

De pronto sintió que lo tocaban en el hombro y dio un respingo. Se volvió.

Se quedó mirando a Mateo, y este a Diego.

Estaban en un espacio de unos dos metros cuadrados, confinados por unos barrotes de acero. Más concretamente, estaban tumbados en el suelo de la jaula que desde hacía dos días era su hogar.

—Tengo miedo —susurró Mateo.

Diego asintió con la cabeza y agarró al pequeño de la mano. Había acudido a los Street Kings para ver si podían protegerlo a él y sus primos de los tres hombres que habían golpeado a Isabel y Mateo. Se había llevado al pequeño consigo porque en casa de su abuela no había nadie que pudiera cuidar de él. Además, no creía que fueran a hacerle daño si se hacía acompañar por Mateo.

No pudo estar más equivocado.

Lo que sucedió fue caótico y aterrador.

Llegaron unos hombres. Les hicieron beber algo a Mateo y a él, y ya no supo nada más hasta que despertó en aquella jaula. No sabía dónde estaban ni cómo habían llegado allí.

Acercó la mano al oído de Mateo y le susurró:

—Tranquilo, no va a pasarnos nada.

Era mentira, y Mateo, a juzgar por la expresión que puso, se dio cuenta.

La iluminación era tenue y Diego se sentía nervioso. Mateo había vomitado, quizá por la sustancia que debieron de ponerles en aquella bebida.

Pero no estaban solos. Había diez jaulas como la suya, todas llenas. En la de ellos había otras diez personas, todas adultas o casi. Los hombres estaban separados de las mujeres.

Logró distinguir algunas formas en la penumbra. En su jaula, los hombres y los adolescentes permanecían sentados en cuclillas, con la mirada fija en el suelo. Desamparados. Vencidos. Exactamente como se sentía él.

No sabía con seguridad por qué los habían secuestrado. Sin embargo, en su mente reverberaban historias que había oído en las calles, y que hablaban de ladrones de personas. Nunca había imaginado que iban a tocarle a él.

Observó a Mateo. Solo tenía cinco años. ¿Para qué lo habrían secuestrado? No tenía sentido.

En ese momento apareció un guardia con una jarra de agua y un plato con pan y fruta. Pasó ambas cosas entre los barrotes. El hombre más grande que había en la jaula los cogió. Todos bebieron y comieron un poco. Para cuando el plato y la jarra llegaron a Mateo y a él, apenas quedaba un sorbo de agua, un mendrugo de pan y un trozo de manzana. Diego se lo dio todo al pequeño y procuró no pensar en la sed que le secaba la garganta y los ruidos que le hacía el estómago.

Se sentó apoyado contra los barrotes y observó las demás jaulas. Su mirada se posó en la de las mujeres. Ninguna parecía tener más de treinta años, y muchas eran adolescentes. Comprendió por qué las habían secuestrado. Para convertirlas en putas, pensó. Valdrían mucho dinero.

Desvió la mirada hacia el techo. Se veían los conductos de aire y los cables de la electricidad. Aquello era una especie de almacén, dedujo, pero no tenía ni idea de dónde podía estar ubicado. No sabía si todavía se encontraba en Paradise, o siquiera en el estado de Florida.

De pronto se acordó de su abuela, y se le llenaron los ojos de lágrimas. Imaginó a Isabel preguntándose dónde estarían, y se afligió aún más. Luego se acordó del hombretón que le había pedido que buscase a los dos individuos que iban en aquel coche. Parecía preocuparse por él, y había socorrido a Isabel y Mateo. Era alto y fuerte, capaz de propinar palizas. Y conducía un coche caro. A lo mejor era rico. A lo mejor venía a buscarlos. Pero aquella idea esperanzadora le duró solo un momento; menuda tontería, se dijo a sí mismo. Aquel hombre no iba a venir. Nadie iba a venir.

Volvió a observar las jaulas. Pensó que aquello era un gran negocio. Estaban organizados y respaldados por mucho dinero. Secuestraban personas y las vendían por todas partes, no le cupo duda.

Miró a Mateo. ¿Los venderían a los dos juntos? ¿O venderían al pequeño por separado?

Sabía que Mateo lloraría y chillaría. Y a lo mejor los secuestradores se enfadaban y lo mataban para que se callara.

Asustado, aferró al pequeño del brazo, con tanta fuerza que le hizo soltar un leve grito.

«Nunca te dejaré solo, Mateo», se prometió.

De pronto las luces se atenuaron más. Diego miró en derredor. Todos los prisioneros en las jaulas hicieron lo mismo, pero también procuraron encogerse para no llamar la atención. Todos percibían que iba a suceder algo. Y que no sería nada bueno.

Un hombre subió lentamente los peldaños de metal y se detuvo delante de las jaulas. La figura de Peter Lampert no se veía con suficiente claridad para que Diego pudiera distinguirlo, pero como nunca lo había visto, tampoco habría podido identificarlo.

Detrás de Lampert había más hombres. Uno de ellos era James Winthrop. Iban muy elegantes, con americanas, camisas blancas y pantalones a medida. Y calzaban zapatos que costaban miles de dólares. Bien podrían haber sido banqueros acudiendo a una reunión.

Winthrop tenía una tableta electrónica e iba anotando cosas, mientras Lampert inspeccionaba el producto. Paseaba arriba y abajo de la hilera de jaulas señalando a tal o cual persona y dando instrucciones a Winthrop, que las introducía en la tableta. Podrían haber estado examinando ganado en un matadero o coches en una cadena de montaje. Todo tenía un aire comercial, aunque el producto fueran seres humanos que respiraban.

Que respiraban agitados.

Llegaron dos hombres con unos paquetes envueltos en plástico. Lampert chasqueó los dedos y los hombres se apresuraron a abrirlos. Examinó su contenido y de uno de ellos sacó cuatro camisetas azules, echó un vistazo a la lista que había elaborado Winthrop e indicó cuatro personas que estaban en tres jaulas distintas. A continuación hicieron que los señalados se pusieran las camisetas elegidas.

Seguidamente sacaron camisetas rojas, las cuales fueron distribuidas a los hombres más corpulentos y musculosos.

Las verdes les fueron adjudicadas a las mujeres jóvenes y atractivas, a varios de los varones más jóvenes y de cara angelical y a los niños.

Se repartieron todas las camisetas, excepto dos que venían en un paquete aparte. Lampert abrió este último y sacó dos de color amarillo. Miró un momento la tableta de Winthrop para consultar la lista, después se volvió y se puso a buscar en las jaulas hasta que se detuvo en la de Diego. Contempló a los dos niños y sonrió. Luego le dijo algo a Winthrop que Diego no alcanzó a oír del todo, pero que sonó a «Esta es una nueva línea de producto».

Después dijo algo más que no consiguió oír, y finalmente otro fragmento: «Unidad familiar... Menor escrutinio... Consigue un buen precio en el mercado.»

Entregó las camisetas amarillas a otro hombre, el cual entró en la jaula y obligó a Diego y Mateo a que se las pusieran.

Unos momentos más tarde, unos hombres duros y de expresión malévola fueron pasando por las jaulas y advirtiendo a todos de lo que les ocurriría si, cuando llegasen a su destino definitivo, decían una sola palabra acerca de su procedencia.

—Todos vuestros seres queridos, todos los familiares que tenéis, morirán. Y sabemos exactamente dónde están todos, porque de hecho a muchos los tenemos en jaulas como estas. Si decís una sola palabra a alguien, os traeremos su cabeza para que aprendáis la lección.

Miraron a Mateo y Diego y les preguntaron si les gustaría recibir la cabeza de su abuela. El pequeño rompió a llorar, pero enmudeció cuando uno de los hombres lo abofeteó en la boca. Diego se interpuso entre Mateo y el hombre, pero este lanzó una carcajada.

—¿Quieres ver la cabeza de tu abuela? —volvió a preguntarle.

Él no respondió, pero negó con un gesto.

El hombre pasó a la siguiente jaula, para seguir demostrando a los cautivos que disponían de información acerca de todos ellos. De modo que no hubo nadie en las jaulas, ni siquiera los hombres de más edad y más fuertes, que no se creyera aquellas amenazas. Nadie diría nada. Nadie pensaría siquiera en intentar contar la verdad.

Una vez terminada la advertencia, Lampert regresó a la jaula de Diego, se sacó algo del bolsillo y se lo dio pasándolo entre los barrotes. Diego vio que era una especie de collar.

—Cógelo —le dijo Lampert.

El niño no se movió.

—Cógelo. Vamos.

Con el rabillo del ojo, Diego vio que un hombre armado daba un paso al frente apuntando a la cabeza de Mateo. Alargó la mano y cogió el collar, un disco metálico unido a una cadena.

—Es una medalla de San Cristóbal —dijo Lampert—. Sabes quién es san Cristóbal, ¿no?

Diego negó despacio con la cabeza. Lampert sonrió.

—San Cristóbal —explicó— es el santo que protege a los niños de todo mal. Póntelo, vamos.

Diego se pasó el colgante por la cabeza, y la medalla le quedó a la altura del pecho.

—Ahora ya nada podrá hacerte daño —añadió Lampert, todavía sonriente.

Winthrop dejó escapar una risita. Lampert se volvió y se marchó, seguido de su ayudante.

Diego contempló sus elegantes ropas y sus cuerpos bien alimentados y en buena forma física. A continuación se quitó la medalla y la tiró al suelo. Luego se quedó mirando el anillo de plata que llevaba en el dedo, el que tenía grabada la cabeza de un león, regalo de su padre. Y de pronto, contemplando aquel león, sintió que el valor volvía a su ser.

Alzó la mirada y levantó la mano en el aire, imitando la forma de una pistola. Apuntó, disparó dos veces y mató tanto a Lampert como a Winthrop, una y otra vez.

75

Mecho estaba una vez más al teléfono.

Era su «amigo». Habían hablado de los detalles. El reciente encuentro con Chrissy Murdoch lo había convencido de que su plan debía acelerarse. El «amigo» se mostró comprensivo y accedió a ello, pero le recordó el pacto que habían hecho. Mecho, impaciente, le respondió que no habría ningún problema.

Colgó y se quedó contemplando el suelo de su habitación de La Sierra. Se puso en tensión cuando vio el papel que se deslizaba por debajo de la puerta. Dejó pasar unos segundos sin moverse, preguntándose si al papel seguiría algo o alguien. Metió la mano bajo la cama y sacó la pistola que había escondido entre el colchón y el somier. Se levantó y fue con precaución hacia la puerta. Tocó el papel con el pie y lo acercó. Sin apartar la vista del picaporte, se agachó y recogió el papel, volvió atrás y lo desdobló.

Contenía dos palabras. Dos palabras muy elocuentes: «Ya vienen.»

Dobló de nuevo el papel y se lo guardó en el bolsillo.

Podía intentar seguir a la persona que le había dejado aquel aviso, pero prefirió no hacerlo.

«Ya vienen.»

Veinte minutos más tarde, no vio ni oyó que viniera nada. Lo percibió con algo que no eran ni los ojos ni los oídos, acaso con el olfato. Lo que se acercaba era el olor de la muerte. Podía ser muy penetrante.

Buscó de nuevo bajo la cama, sacó otros dos objetos, se levantó, abrió la puerta y se deslizó por el pasillo con una celeridad que parecía imposible, dada su enorme corpulencia.

Había demasiada luz para lo que pretendía hacer. Bajó la escalera a toda prisa, saltando de dos en dos, haciendo pausas en los descansillos para percibir cualquier amenaza. Estaba haciendo uso de unas facultades que la mayoría de las personas jamás descubrirían poseer; pero cuando se vivía como había vivido él, dichas facultades afloraban. Al menos en quienes lograban sobrevivir.

Al llegar a la planta baja, salió del edificio y se dirigió hacia el oeste.

Aquellos tipos eran buenos. Y no porque hubieran logrado dar con él en La Sierra, ya que tal cosa no requería ninguna habilidad. No; eran buenos porque lo habían seguido desde su habitación hasta la calle. Ya percibía cómo se aproximaban, uno por la izquierda y el otro por la derecha.

Se guardó el cuchillo destripador en el cinturón y ajustó el silenciador en el cañón de la pistola. Luego siguió avanzando en zigzag, cada vez más cerca del mar.

Las calles secundarias se hallaban desiertas. Ni siquiera había Street Kings, lo cual le extrañó. Pero luego pensó que tal vez les habían advertido que aquella noche no salieran a la calle. Los Street Kings se consideraban duros, hasta que se tropezaban con alguien duro de verdad. Entonces aquellos fantoches se convertían en blanda plastilina y corrían a esconderse en la oscuridad, como los ratones que eran.

Él no era un ratón, nunca lo sería.

Continuó avanzando. Instintivamente iba variando la ruta, pero de manera inevitable acabaría desembocando en la playa. El mar le había permitido escapar de su condición de esclavo y lo había traído aquí, aunque durante la última parte de su viaje había sido un hombre libre que salvó la vida nadando.

Aquella noche regresaría a la santidad del mar.

El mar iba a ser su último lugar de reposo, o simplemente otro obstáculo más en la larga carrera de la vida. A veces, lo que podía hacer una persona no bastaba, de modo que aceptaría su destino;

él nunca había sido de los que se arrepienten, y menos cuando estaba en juego la supervivencia.

Pasó junto a unos noctámbulos demasiado borrachos para ver que él caminaba empuñando una pistola. Recorrió otra calle más, y por fin apareció ante él la inmensidad del mar.

Era un lugar apartado y completamente oscuro. En las inmediaciones no había nadie que pudiera ver lo que estaba a punto de suceder ni que pudiera resultar herido a consecuencia de ello. Y estaba subiendo la marea. La marea solía ser oportuna.

Avivó el paso. Pocos segundos después estaba subido a su motocicleta, la cual había escondido detrás de un contenedor de basura, y avanzaba por la playa.

Aquella maniobra sorprendió a sus perseguidores, tal como él pretendía. Su intención era llevarlos playa adelante, lejos de la zona urbana y lejos de los ojos de posibles transeúntes, borrachos o no.

Tras recorrer tres kilómetros quedó fuera de la vista de todo el mundo, salvo de sus perseguidores. No había ido demasiado rápido para no perderlos. Su dilema era sencillo: podía ocuparse de aquello ya mismo o más tarde. Y también podía solucionarlo definitivamente.

Calculó que se enfrentaba a seis individuos. Estarían entrenados y armados, serían cautelosos y sigilosos, y poseerían suficientes habilidades para el combate cuerpo a cuerpo como para saber evaluar el campo de batalla, siempre cambiante.

Las dunas estaban allí delante. Dejó la motocicleta y continuó a pie. Un minuto después se metió en una estrecha hendidura que discurría entre dos dunas. Al frente había un embudo que sus perseguidores tendrían que atravesar, y solo era lo bastante ancho para que pasaran de uno en uno. Una clásica táctica defensiva, la misma que habían empleado los espartanos para contener al ejército persa, mucho más numeroso, a fin de que los griegos no fueran destruidos. Desde entonces, en las universidades de la guerra se enseñaba aquella misma táctica. Si tu adversario te supera mucho en número, haz que le resulte lo más difícil posible valerse de dicha ventaja.

Mecho sabía que podría darse aquel tipo de confrontación, así que nada más llegar a Paradise había rastreado aquella ventaja táctica, por si la necesitaba. Y luego había dedicado un tiempo a hacer algo que esperaba que le beneficiase.

Las dunas eran lo bastante compactas para frenar balas o proyectiles, a menos que lo atacasen con lanzamisiles, y dudaba que fuera el caso. Ahora solo tenía dos preocupaciones: su retaguardia y que por aquella hendidura se acercase algo que no fuera una persona. Sus próximos movimientos abordarían los dos problemas a la vez.

Los perseguidores se desplegaron en una clásica formación de ataque. Con una ventaja numérica de seis a uno, dicha formación tenía garantizado el éxito casi ante cualquier enemigo.

La hendidura de las dunas ya estaba justo enfrente. Era un embudo. Aquellos hombres ya lo habían visto en otras ocasiones, y tenía una sola entrada y una sola salida. Ninguno de ellos tenía el deseo de atravesar aquel pasadizo estando el enemigo esperando al otro lado para ir abatiéndolos. Pero habían venido preparados para tal eventualidad.

El primer hombre se acercó, pero sin penetrar en la hendidura. Sacó del bolsillo un objeto metálico con forma de puño, le quitó la espoleta y lo lanzó hacia delante. No era una granada, pero como si lo fuera.

Se volvió de espaldas y se tapó los oídos con las manos para protegerlos, además de los tapones que ya llevaba puestos.

Entonces estalló la bengala, con un fogonazo cegador y un ruido espantoso. Y con una tremenda onda expansiva. Todo el que estuviera en el pasadizo habría quedado conmocionado y constituiría una presa fácil.

Los seis hombres se lanzaron en tromba por la hendidura. Por todas partes se veían remolinos de arena generados por el estallido de la bengala. Llevaban las armas listas para disparar al hombre que en ese momento debía de estar tumbado en el suelo y nunca sabría cómo había muerto.

El pasadizo que separaba ambas dunas tenía unos tres metros de anchura. Se había abierto por efecto de la erosión, el viento y los diferentes compactados de la arena. Los hombres lo recorrieron, pero no vieron a nadie aturdido en el suelo. Lo que sí vio el jefe del grupo fue una cuerda de nudos, ahora visible, en el centro del pasadizo. Al levantar la mirada, descubrió que estaba atada a la gruesa rama de un árbol, a unos seis metros de altura.

Ninguno de ellos había mirado hacia arriba al llegar a aquel sitio, se habían concentrado en la hendidura. Pero lo que estaba arriba ya estaba bajando.

Mecho aterrizó sobre dos hombres, los cuales amortiguaron su caída a costa de romperse el cuello. Un tercero acabó con el cuchillo de Mecho en las tripas, y la sangre que brotó de su vientre fue a caer sobre los otros dos. El cuarto recibió dos disparos en la cara. El quinto intentó echar a correr, pero su huida se vio interrumpida por un fuerte brazo que le torció el cuello y le quebró la columna vertebral.

Sin embargo, el sexto tuvo suerte. Mecho había tropezado con el quinto, porque las piernas de este se movieron espasmódicamente con sus últimos estertores. El sexto localizó a Mecho con la mira de su MP5 y puso el selector de disparo en automático, treinta disparos en un par de segundos. Imposible sobrevivir a algo así. Contra eso de nada valían los cuchillos ni las pistolas.

Mecho lo miró.

El sexto lo miró, con una sonrisa triunfal y el dedo en el gatillo, listo para terminar el trabajo.

A Mecho le quedaba un microsegundo de vida, y no había nada que pudiera hacer para evitarlo.

Se oyó un tiro.

Pero no salió del cañón de la MP5.

En la frente del sexto se abrió un orificio. La MP5 no tuvo ocasión de matar, porque su dueño acababa de morir.

El hombre se desplomó de bruces en la arena y parte de su cerebro se esparció por la pared de la duna que tenía a su espalda, porque el disparo le había venido de frente, desde detrás de Mecho.

Mecho se giró hacia allí, con la pistola y el cuchillo preparados. Y vio a Chrissy Murdoch. Aquella noche no iba vestida de Hermès ni de Chanel. Ni lucía ningún bikini.

Aquella noche iba toda de negro y se había untado betún negro bajo los ojos y en las mejillas. Su mirada era muy distinta de la de aquella chica mimada que tomaba el sol en la piscina de Peter Lampert, ahora era una mirada fría y dura.

«Igual que la mía», pensó Mecho.

Ella tenía una pistola en la mano y le estaba apuntando al corazón.

Chrissy lo miró y él le devolvió la mirada.

Acto seguido, la joven guardó el arma en una funda que llevaba al cinto y le dijo:

—Hay que deshacerse de los cuerpos. Tengo un bote. Andando.

Mecho se la quedó mirando mientras ella se ponía manos a la obra.

Chrissy intentó levantar uno de los cadáveres.

Mecho seguía sin moverse. Ella lo fulminó con la mirada.

—He dicho que andando.

—¿Es usted la que me ha avisado?

—¿Quién, si no?

Mecho guardó el cuchillo y la pistola y fue a ayudarla.

76

Puller se asomó por detrás de un árbol y realizó un barrido de la zona con sus gafas de visión nocturna. El punto de observación lo había escogido con el mismo cuidado que en un campo de batalla: le ofrecía la máxima cobertura con el mínimo riesgo de ser visto.

Carson bebió un trago de una botella de agua y observó lo que hacía su colega.

Hacía mucho calor y bochorno, y el olor a azufre resultaba nauseabundo. Además, eran las dos de la madrugada y llevaban tres horas esperando.

Puller volvió a sentarse a su lado.

—¿Has visto algo? —le susurró ella.

Él negó en silencio, sin dejar de recorrer el área con sus gafas.

—¿Cuánto tiempo más tenemos que esperar?

Puller se volvió hacia ella.

—El que sea necesario, general. Estas cosas no pueden programarse.

—¿Toda la noche, entonces?

—Cuando amanezca nos iremos. No harán nada a la luz del día, ni siquiera en un lugar como este.

—¿Tienes idea de qué se trata?

Puller se encogió de hombros y se recostó contra la palmera, pero permaneció en tensión, preparado para actuar en un instante si fuera necesario.

—Drogas. Armas. Los colombianos se han quedado sin la vía de acceso de la droga porque se la han quitado los mexicanos, pero el Golfo sigue estando lleno de traficantes.

—Pues entonces las cosas podrían ponerse bastante peligrosas. Tal vez no tengamos suficiente potencia de fuego.

—Estamos aquí solo para recabar información, no para actuar. Lo que descubramos, lo pondremos en conocimiento de las autoridades competentes.

—Quizá no tengamos más remedio que actuar. Si nos descubren.

—Esos son los riesgos del campo de batalla.

—Y en suelo americano, nada menos. Esto no lo enseñan en la Universidad de la Guerra.

—Pues a lo mejor deberían.

—Sí, a lo mejor. Ya se lo comentaré a quien corresponda. Si es que sobrevivo a esto.

Permanecieron unos minutos en silencio, hasta que Carson volvió a hablar.

—¿Estás pensando en alguna otra cosa?

Puller no la miró. En efecto, estaba pensando en otra cosa. Había proseguido con su trabajo de investigación, incitado por el hecho de haber consultado el reloj al salir de la guarida de Griffin Mason. Y todo lo que había averiguado no hacía más que reforzar sus sospechas. Lo cual no lo entristeció, sino que lo enfureció. Pero iba a tener que canalizar dicha furia de forma productiva. Y estaba deseando que surgiera una oportunidad para ello.

—En muchas cosas —respondió.

Ella iba a decir algo, cuando de pronto Puller levantó una mano.

—Agáchate —le susurró.

Unos segundos después, Carson oyó lo que ya habían captado los sentidos de Puller.

El camión venía avanzando por el sendero asfaltado, oculto a la vista por una fila de palmeras. Giró y bajó traqueteando en dirección al mar, se metió en la pequeña zona de aparcamiento y apagó luces y motor. A continuación se apearon varios hombres. Carson y Puller no se perdieron detalle, agazapados en su puesto de observación. Él levantó un dedo para indicarle a ella que a partir de aquel momento debían comunicarse únicamente mediante señales no verbales. Ella asintió.

Puller se tumbó boca abajo en la arena, aumentó la potencia de las gafas de visión nocturna y enfocó el camión, que se encontraba a unos cien metros de su posición. En principio había pensado que llegaría otro vehículo más, pero no tenía sentido; no era lógico que hubiera dos camiones en un punto de encuentro clandestino, ya habría más adelante un almacén donde realizar el trasvase sin riesgo. La única razón para aproximarse tanto a la playa era que uno estuviera esperando una entrega que llegaría por mar.

Un minuto más tarde, sus deducciones se vieron confirmadas.

El zumbido del motor no era muy intenso, pero el agua es un excelente conductor de sonidos. La lancha se movía con rapidez, y al cabo de medio minuto Puller logró distinguir un contorno que reconoció: una lancha semirrígida. Era la misma embarcación anfibia que utilizaban los Rangers.

A medida que la lancha fue aproximándose, Puller vio que traía muchas personas a bordo, demasiadas para su pequeña envergadura.

Carson lo tocó en el brazo. Se volvió hacia ella y vio que estaba señalando hacia tierra. Orientó las gafas en esa dirección y vio que los del camión habían echado a andar hacia la playa. En ese momento habría dado cualquier cosa por tener una cámara nocturna para grabar lo que estaba a punto de suceder.

Los pasajeros empezaron a bajar de la lancha. Cuando pusieron pie en la arena, Puller vio que iban atados y amordazados. Y que vestían camisetas de diferentes colores. Ajustó las gafas y distinguió verdes, azules y rojos.

Notó un leve apretón en el brazo, y al volverse vio que Carson observaba lo que estaba sucediendo a su espalda. Ella lo miró a los ojos, pero él negó con la cabeza y volvió a concentrarse en la orilla. Los cautivos estaban siendo conducidos playa arriba, en dirección al camión, junto al que había dos hombres montando guardia. La lancha se había marchado, pero ya estaba llegando otra. La operación se repitió con una segunda remesa de gente.

Aún llegó una tercera lancha, desembarcó a su pasaje y se fue. E incluso una cuarta, que también hizo lo mismo.

Una vez que se hubo marchado la última lancha y que el camión quedó cargado, los tres hombres echaron el cerrojo al portón trasero y subieron a la cabina.

—¿Qué hacemos ahora? —preguntó Carson.

Puller estaba pensando lo mismo.

—Debemos avisar a la policía —lo instó Carson.

Puller negó con la cabeza.

—No —contestó.

Carson lo miró desconcertada.

—¿Te has vuelto loco? Esas personas eran prisioneros, Puller.

—Sí, ya lo he visto.

—Pues vamos a llamar a la policía.

—Todavía no.

—¿Y cuándo consideras que podría ser el momento adecuado?

Puller observó que el camión comenzaba a alejarse.

—Vamos —dijo.

77

Puller se mantuvo lo más rezagado posible del camión, pero sin perderlo de vista. Sin embargo, era difícil; los faros de un coche, en ese lugar y a esas horas, probablemente despertarían las sospechas de aquellos hombres.

Carson, con el ceño fruncido, miraba alternativamente las luces traseras del camión y a Puller.

—Sigo sin entender esta táctica, Puller. Si no llamas a la policía por una cosa como esta, ¿entonces por cuál?

Él respondió y mantuvo la vista fija en el camión, que iba tomando las curvas de aquella carretera bordeada de árboles. Bien podrían estar en medio de un bosque, porque no había ni rastro de la proximidad del mar, salvo por algún retazo ocasional de olor a salitre.

Puller por fin la miró.

—Ha sido una operación bien sincronizada. En un lugar apartado y en plena noche. Traen los prisioneros por mar y se los llevan en un camión.

—Sí, ¿y qué?

—¿Cuántas noches calculas que llevan haciendo esto?

—Ni idea.

—Digamos que lo hacen tres o cuatro veces por semana. O tal vez siete.

—Tal vez no. Tal vez solo hemos tenido suerte.

—Nadie tiene tanta suerte.

—¿Adónde quieres ir a parar?

—A que quizá fue esto lo que vio mi tía. O los Storrow.

—Quizá.

—Mi tía era una buena ciudadana. Y los Storrow, a juzgar por lo que se oye, eran pilares de esta comunidad.

—Eso está claro, seguro que lo eran.

—¿Y tú crees que unos ciudadanos mayores y sensatos como ellos, tras ver lo que vieron, no acudirían a la policía?

Carson parpadeó.

—¿Quieres decir que acudieron a la policía pero no pasó nada?

—Oh, claro que pasó algo: acabaron muertos.

—O sea, ¿la policía está al corriente de lo que acabamos de ver?

—No sé cómo se puede llevar a cabo una operación como esta, ni siquiera una vez por semana, confiando en que la policía no te descubra. Bastaría que un agente que patrullara por la costa detectase la luz de una de las lanchas, o la presencia del camión, o que de casualidad bajase hasta la playa y viera el operativo completo.

—Tal vez han asumido ese riesgo.

—Nosotros solo hemos visto cuatro lanchas, que no son embarcaciones para grandes distancias. Lo cual significa que mar adentro ha de haber un barco nodriza. Yo he contado unas ochenta personas desembarcadas, que ahora van en ese camión. Estamos hablando de equipos, dinero y personal. La rentabilidad de la operación tiene que compensar todos esos gastos.

—Será lo que has dicho antes: drogas o armas.

—Eran personas, general. Ni drogas ni armas.

—¿Mulas para transportar drogas, quizá?

—También había mujeres jóvenes. Es decir, prostitutas. Y hombres adultos y mayores; tal vez esclavos.

—¿Esclavos? ¿En Estados Unidos?

—¿Por qué no?

—Yo pensaba que ese mal había sido erradicado con la guerra de Secesión.

—Si es rentable, el mal puede regresar con más fuerza, igual que un cáncer que encuentra nuevos vasos sanguíneos para alimentarse.

—Maldita sea, Puller, ¿de verdad crees que se trata de eso?

—Una vía de entrada es una vía de entrada. Por ella se pueden pasar muchos materiales distintos.

—¿Y la policía?

—Forma parte de la ecuación. Paradise es una ciudad rica y un destino turístico. Nadie quiere levantar la liebre. Quizá la policía esté sobornada para que mire hacia otro lado. Diablos, hasta es posible que esté sobornada la ciudad entera.

—Cuesta creerlo, la verdad.

—Ya, pero si yo fuera esos tipos, no organizaría una operación como esta a riesgo de que la policía me desmonte el chiringuito.

—Algo así tiene que venir de arriba. ¿Bullock?

—Quizá. Me ha sorprendido que se mostrase tan amigable conmigo.

—¿Y quién crees que dirige el tinglado desde el otro extremo?

—Calculo que el tipo al que le reventaron el Bentley.

—¿Qué? ¿Lampert? ¿Por qué piensas eso?

—Lo he investigado un poco. En el pasado, amasó una fortuna y la perdió. Después amasó otra, obviamente, solo que no he podido averiguar cómo. Y además se folla a sus criadas. Claro que a lo mejor no las tiene contratadas, a lo mejor tiene esclavas en su «plantación».

—Está bien, digamos que es él. ¿Por qué iban a volarle el coche?

—Quizá tenga alguna cuenta pendiente con él un tipo que calza una talla cincuenta.

—¿Qué tipo que calza una cincuenta?

Puller le explicó lo de las huellas que había descubierto bajo la ventana del pabellón de invitados.

—Es el mismo que me salvó el pellejo la otra noche. No creo que lo hiciera por amabilidad, y puede que ya se haya arrepentido. Pero quizá sea el que está acosando a Lampert. Trabaja en una empresa de jardinería. Y apostaría a que corta el césped en la finca de Lampert.

—¿Y su cuenta pendiente?

—Ni idea. Puede que me equivoque, pero los tipos como él, tan corpulentos y con tantas habilidades, escasean. Y no me creo que haya venido aquí a podar arbustos.

—Bien, entonces ¿qué hacemos? ¿Llamar al Ejército? ¿A la DEA? ¿A la Patrulla de Fronteras?

—Antes necesitamos saber más. Si empezamos a hacer ruido y ellos cuentan con algún topo, jamás conseguiremos las pruebas necesarias para acabar con ellos. Se irán a otra parte.

—Pues cuando averigüemos adónde se dirige ese camión, es posible que tengamos ya esas pruebas —repuso Carson.

De repente, Puller pisó el acelerador y el Tahoe salió disparado.

—¿Qué haces? —exclamó Carson—. Van a vernos.

—Ya nos han visto.

—¿Qué?

—Tenemos detrás dos objetos desconocidos, y están acercándose a nosotros como el camión asesino de aquella película.

Carson se volvió y vio dos haces de luz que se acercaban rápidamente.

—¡Mierda!

Desenfundó su pistola, pero Puller le hizo un gesto negativo con la cabeza.

—A esta distancia y en estas circunstancias, no será eficaz. Coge mi fusil. Voy a bajar la luna trasera. Busca una posición ahí atrás y utiliza el portón para apoyar el cañón. —Volvió a mirar por el retrovisor—. Calculo cincuenta metros. Apunta al parabrisas y al radiador.

Carson ya estaba pasando al asiento trasero.

—Entendido.

Carson tomó posiciones, pero de pronto se detuvo.

—Puller, ¿y si estos de atrás son polis o federales?

De pronto una bala hizo añicos la luna trasera y cubrió de cristales a Carson.

—Me parece que no lo son —repuso Puller—. ¡Dispara!

Ella disparó cinco ráfagas al parabrisas y al radiador. El vehículo dio un bandazo y empezó a echar humo por el capó. Carson disparó dos veces más, con lo que el parabrisas se astilló y se desprendió en bloque. Vio cómo el conductor se encorvaba sobre el volante y el coche se salía de la calzada.

—Enemigo derribado —dijo Carson.

—Aún no cantes victoria.

De la nube de humo que había dejado el vehículo emergió un todoterreno que comenzó a acercarse a toda velocidad.

Aquella gente no se andaba con chiquitas.

De repente les llovieron varias ráfagas de disparos procedentes de dos fusiles asomados por las ventanillas, y que hicieron trizas el neumático trasero izquierdo del Tahoe.

—¡Puller! —gritó Carson.

—Ya lo sé.

Forcejeó con el volante y se mantuvo dentro de la carretera. Carson devolvió los disparos, pero de pronto se interrumpió.

—¡Sigue disparando! —la apremió Puller.

—Se ha encasquillado.

—¡Mierda! —ladró Puller. Miró por el retrovisor. El todoterreno se acercaba rápidamente, y con gran potencia de fuego. Carson y él tenían un neumático destrozado, y al consultar el indicador de la gasolina vio que la aguja iba cayendo en picado. Una bala debía de haber acertado al depósito.

—¡Estamos perdiendo gasolina! —chilló Carson—. Lo huelo.

—Le han dado al depósito.

La general abrió unos ojos como platos al ver que el todoterreno se les echaba encima, ya casi tocando la trasera del Tahoe con el capó. Pero bruscamente aminoró y quedó rezagado. Carson creyó que sus perseguidores estaban abandonando, pero entonces vio algo que la hizo estremecer.

—¡Puller!

—¿Qué pasa?

—Tienen un lanzagranadas.

El pasajero del todoterreno había sacado medio cuerpo por la ventanilla y los estaba apuntando con un lanzagranadas impulsado por cohete apoyado en el hombro, mientras otro tipo lo sujetaba para que no se cayera.

Por eso se habían rezagado respecto al Tahoe, para quedar fuera de la onda expansiva cuando el Tahoe y la gasolina que este iba soltando explotasen en una bola de fuego.

Cuando el lanzagranadas hizo fuego, Carson se agachó. Y menos mal que iba bien agarrada, porque de improviso Puller, que

iba viendo todo lo que ocurría por el retrovisor, dio un volantazo a la izquierda en el instante mismo del disparo.

El Tahoe se sacudió y la granada pasó por el lado derecho, impactó contra unos árboles y explotó. Carson rodó por el interior
del Tahoe cuando este derrapó, se salió de la calzada y se detuvo
chirriando en el arcén. Por la puerta trasera, que se había abierto,
apareció una mano que la agarró por el brazo y la sacó del vehículo. Al momento siguiente, Puller y ella huían a todo correr
para salvar el pellejo.

78

Contaban con dos pistolas y un fusil encasquillado. Puller condujo a Carson tras una duna para ponerse a cubierto. No era el escondite perfecto, pero tampoco tenía por qué serlo. Se miraron mientras oían a sus perseguidores acercarse corriendo más o menos hacia donde estaban ellos.

—Mal sitio —dijo Carson.

Puller examinó las pistolas.

—En otros peores hemos estado. Todavía no nos han localizado, y les llevará un poco de tiempo.

—Pero al final lo conseguirán.

—Ya.

—Nos superan en número y en potencia de fuego.

—Sí, llevamos las de perder.

Carson miró el teléfono.

—No podemos llamar a la caballería, no hay cobertura.

—Lo sé. Ya he mirado yo también. —Puller se agachó y escudriñó en derredor—. Necesitamos trasladarnos a un sitio más alto.

—Los soldados siempre quieren estar por encima.

Puller la miró; quería ver su reacción a la pregunta que iba a hacerle.

—¿Tienes problemas para aceptar órdenes de un soldado raso?

Ella esbozó una sonrisa.

—Dadas las circunstancias, me parece que voy a insistir en

ello. Llevo demasiado tiempo sentada en un despacho, y tú tienes experiencia más reciente en combate.

Él se limpió una gota de sudor del ojo.

—¿Podrás defender esta posición tú sola?

A modo de contestación, la general trepó hasta lo alto de la duna, oteó la playa y luego bajó.

—Si les queda otra granada que lanzar, no. Pero si es pistola contra pistola, sí que podré. Unos diez minutos, si consigo aprovechar bien mi munición.

—No necesito tanto tiempo. Además, te dejo las dos pistolas —agregó al tiempo que le entregaba las armas.

—¿Qué vas a hacer?

—Buscar un punto más elevado.

—¿Como francotirador? Pero si el fusil está encasquillado...

Puller desbloqueó la culata del fusil, examinó el mecanismo de disparo y declaró que funcionaba.

—¿Crees que alguien habrá oído los disparos y la explosión? —preguntó Carson—. No estamos tan lejos de la zona urbana.

—Sí que estamos lejos, y el oleaje es una potente cortina acústica.

—Vale.

—Lo conseguiremos, general.

—No lo dudo. Pero claro, todos los soldados desean creer eso. Buena suerte.

—Va a hacer falta más que suerte.

Carson lo tocó en el brazo.

—Cuento con que vuelvas, John.

—Solo habrá una cosa capaz de impedírmelo.

Carson sabía a qué se refería: a la muerte. Resopló y contestó:

—Entendido.

Puller se echó el fusil al hombro y pocos segundos después ya había desaparecido.

Carson parpadeó. Fue como si se hubiera esfumado de repente, lo cual, tratándose de un hombre de su corpulencia, requería bastante habilidad. «Pero claro, es un ranger —razonó—. Es lo que hacen los Rangers.»

Empuñó su Glock y la amartilló, se introdujo la M11 de Puller en la parte posterior del cinturón y adoptó una postura defensiva en un hoyo que cavó rápidamente en lo alto de la duna. Su intención era volverse tan invisible como pudiera, no se podía matar aquello a lo que no se podía apuntar.

Luchando pistola contra pistola podría defender aquel trozo de arena durante un rato, pero después ocurriría lo inevitable.

Moriría.

Y si disparaban otra granada, su cuerpo se convertiría en una nube de trocitos de materia orgánica.

Se santiguó, se acomodó en el sitio y apuntó.

79

Puller exploró el campo de batalla y escogió un punto elevado. Ya solo le quedaba llegar hasta él rápidamente y sin sufrir menoscabo. Una frase que resumía bastante bien la estrategia ganadora de todas las campañas militares que se han librado en el mundo.

Cuando uno se enfrenta a un enemigo superior en número y potencia de fuego, es esencial llegar al otro lado con rapidez y tocando múltiples puntos. Con ello se espera generar confusión, frenar el impulso que pueda tener el enemigo e, idealmente, obligarlo a replegarse. Él se conformaría con generar confusión, pero claro, también se conformaría con matarlos a todos.

Alcanzó su meta, se subió a un árbol y se sentó en un hueco formado por el tronco y una gruesa rama. Puso el fusil en posición y examinó el terreno a través de la mira, haciendo los ajustes necesarios conforme al viento, la distancia al objetivo y otros factores.

Eran dos grupitos de tres hombres. Avanzaban formando una V, uno en cabeza y dos en la cola. Desde su posición encaramada parecían dos puntas de flecha que se desplazaban por la arena. Dedujo que poseían algo de entrenamiento militar, pero no tanto como deberían. Escrutó la retaguardia en busca de refuerzos agazapados, listos para entrar en acción. Había cometido aquel error en La Sierra, y no pensaba cometerlo otra vez. Pero no vio fuerzas de reserva; al parecer, habían desplegado el contingente total para acabar con un enemigo al que consideraban más débil que ellos.

La táctica de Puller ya estaba decidida. No pensaba hacer un único disparo, sino cuatro, como en una partida de damas. Para abatir a dos individuos de cada grupo. Con ello quedarían dos contra dos, una proporción ciertamente más equitativa.

Observó a Carson, que se había enterrado en lo alto de la duna. Sabía que veía aproximarse el enemigo, pero estaba conteniéndose, para hacer el primer disparo en el momento preciso. Y después sabría lo que tenía que hacer, porque era un soldado como él. En el campo de batalla desaparecían las estrellas, las barras y los galones. Ambos eran simplemente dos combatientes entrenados que hacían uso de dicho entrenamiento para vencer al adversario.

Echó un vistazo al mar y captó algo curioso: una embarcación se acercaba. Las luces de navegación, verdes y rojas, se veían fijas, de modo que venía en línea recta hacia la orilla. Podría tratarse de refuerzos procedentes del barco nodriza, en cuyo caso iba a tener que darse prisa en solventar aquella escaramuza en la playa.

Respiró hondo, puso su barómetro psicológico a cero, la presión óptima para que no le temblara ningún músculo, y centró la mira del fusil en el objetivo número uno.

Pum.

El número uno se desplomó en la arena.

Pum.

El número dos cayó también.

Ya sabía lo que iban a hacer los otros cuatro cuando cayeran los dos primeros.

Se dispersaron. Pero lo hicieron siguiendo un patrón previsible.

Pum.

El número tres se derrumbó cuando uno de los cartuchos 7,62 × 51 mm OTAN de Puller le abrió un boquete en el pecho.

Pum.

Este último disparo mortal provino de una Glock.

El número cuatro cayó y se quedó inmóvil.

Carson estaba vaciando el cargador de su Glock rociando fuego a izquierda y derecha, las dos únicas direcciones a las que merecía la pena apuntar. Al acabar, tiró la Glock a un lado y cogió la M11, pero no disparó. Los dos supervivientes habían corrido a ponerse a cubierto, el uno huyendo de Puller y el otro de ella. Puller ya había conseguido lo que quería. Ahora eran dos contra dos. La única incógnita era la embarcación que se acercaba, pero de no haber sido por eso, simplemente se habría quedado esperando sin hacer nada más, teniendo a aquellos dos acorralados hasta que se impacientaran y echaran a correr. Claro que dicha carrera sería más bien corta, porque él abatiría a uno y Carson al otro.

Pero aquella maldita embarcación se acercaba rápidamente, de modo que Puller no podía permitirse el lujo de esperar.

Miró hacia abajo en el mismo instante que Carson miraba hacia arriba. No sabía si ella podía verlo sin gafas de visión nocturna, pero resultó evidente que había visto u oído la embarcación.

Bajó del árbol y cayó de pie en la arena sin hacer ruido. Un minuto después se había reunido con Carson.

—Quedan dos —le dijo.

—Ya, pero se acercan refuerzos por el agua.

—Lo he visto.

—¿Qué hacemos? Esos dos están entre nosotros y el sendero.

—Pues tendremos que eliminar dicho obstáculo.

—No hay tiempo para un movimiento de tenaza estándar.

—¿Y qué sugiere usted, general?

—Ah, ¿vuelvo a estar al mando?

—El oficial de rango superior nunca pierde el mando. Anteriormente lo has cedido para fiarte de mi criterio, pero sigues siendo el líder por defecto.

Ella miró en derredor.

—Regate, distracción y ataque. Con velocidad y determinación.

Puller asintió.

—Yo me encargo del regate y la distracción.

—Estaba pensando que lo hiciéramos al revés —repuso ella—. A ti se te da mejor el fusil.

Él hizo un gesto negativo.

—Podemos hacerlo con las pistolas. Y sé que tú llevas el entrenamiento al día.

—¿Cómo lo sabes?

—Porque quieres una segunda estrella. Y no consentirías que una cosa tan simple te impidiera conseguirla.

—Soy muy buena con una pistola y cualquier blanco a menos de veinticinco metros.

—Pues entonces estamos en tu zona de confort.

—Pero el que haga el regate recibirá disparos.

—De eso se trata.

Carson lo miró fijamente.

—¿También en Irak y Afganistán te ofrecías voluntario a todas las misiones peligrosas?

Puller volvió a mirar el mar. La lancha ya casi había llegado.

—Se nos acaba el tiempo.

—Pues vamos allá.

El plan funcionó casi a la perfección. Pero, dadas las circunstancias, todo lo que no fuera la perfección constituía un problema.

Puller tomó posiciones a quince metros del flanco izquierdo de los objetivos, que habían cometido el error táctico de replegarse hacia el mismo punto. Ello les permitió controlar su potencia de fuego, pero también los dejó desprotegidos ante la estrategia ideada por Carson.

La general se había colocado a cinco metros del flanco izquierdo de Puller, tumbada en la arena y con la M11 apoyada en el caparazón de una criatura marina que llevaba mucho tiempo muerta. Ahora tenía puestas las gafas de visión nocturna y disponía de absoluta nitidez para disparar.

Ahora dependía de Puller ejecutar bien la maniobra de regate.

Y bien la ejecutó, casi.

Apareció corriendo, como salido de la nada, una mancha borrosa de casi dos metros de altura que surcó la arena en zigzag, como atravesando un campo de minas.

Casi de inmediato, los dos tipos comenzaron a dispararle.

Puller había escogido bien el ángulo y consiguió que el enemigo abandonase su escondite para intentar acertarle.

En ese momento Carson realizó cuatro disparos certeros y

precisos, muy profesionales y con el propósito de causar el máximo daño. Dos de ellos acertaron a un hombre en el torso. Los otros dos alcanzaron al otro exactamente en los mismos puntos. Ambos se desplomaron en la arena.

Pero Puller también.

80

—¡John!

Carson corrió hacia él y llegó en cuestión de segundos. Puller ya se había incorporado a medias.

—¿Dónde? —preguntó su superior.

—En el costado izquierdo. La bala ha entrado y salido. Creo que ha sido el primero que disparó. Es evidente que sabía apuntar.

—Vamos a cerciorarnos de que la bala ha salido.

Carson le levantó la camisa, lo palpó en busca de los orificios de entrada y salida y encontró ambos.

—Estás sangrando bastante.

—Estoy bien.

—Hay que llevarte a un hospital.

—Eso sería en un mundo ideal. En mi petate llevo material de primeros auxilios. Yo mismo me practicaré una cura.

—Puedo hacértela yo, Puller.

Puller miró hacia un punto situado a la espalda de la general.

—De acuerdo, pero de momento no te levantes, ten la pistola preparada y date la vuelta.

A Carson la recorrió un escalofrío, pero solo le duró un segundo.

—¿La lancha?

—La lancha.

—Mierda.

Carson vio lo que Puller ya había visto. La lancha estaba varada en la orilla, y a bordo no había nadie.

—El enemigo ya se ha desplegado —comentó Puller.

—No es una semirrígida, puede que hayan venido menos personas.

—Más de dos ya es un problema. No estamos a pleno rendimiento.

—¿Podrás arreglártelas? —preguntó Carson.

—No es la primera vez que me disparan.

—Lo sé.

Puller se quitó la camisa y se la enrolló alrededor de la cintura para intentar frenar la hemorragia. A continuación cogió el fusil y se puso en pie.

—¿Cuántas balas te quedan en la M11?

—Diez. ¿Y a ti?

—Cinco y se acabó.

—¿Cómo quieres hacer esto?

—Localizar y aniquilar. Yo voy por la izquierda y tú por la derecha. Si me ves disparar, dispara al mismo blanco. Yo haré lo mismo contigo.

—Debemos administrar muy bien la munición. No vamos sobrados.

—Debemos matar todo lo que se mueva, general. Incluso cuerpo a cuerpo, llegado el caso.

—Si te dan en la herida, te derribarán.

Puller se volvió para mirarla y contestó en voz baja:

—Aguantaré.

Carson abrió la boca, observó la camisa ensangrentada de Puller y, sin decir nada, desvió el rostro.

Acto seguido se separaron. Ella fue hacia la orilla y él hacia las dunas. Cuando estuvieron a quince metros el uno del otro, comenzaron a avanzar con sigilo, barriendo visualmente toda el área.

De improviso, Puller se detuvo al percibir el olor.

Azufre.

Procedía de su derecha. Puller comprendió que el viento traía hacia ellos el olor de quienquiera que estuviera allí. Por su parte, Carson y él desprendían el mismo olor. De pronto el viento cambió de dirección y empujó su olor hacia el enemigo.

—¡Al suelo! —exclamó, y en el acto hubo una lluvia de proyectiles sobre su cabeza.

Se tiró al suelo, pero no devolvió los disparos; no tenía un blanco nítido y no quería malgastar ninguna de las cinco balas que le quedaban. Rogó que Carson hubiera oído su advertencia a tiempo.

Esperó, con el pulso latiéndole en las sienes. Sintió el deseo de llamar a Carson, pero sería un error. Un grito de advertencia informaría al enemigo de que eran más de uno.

Examinó la zona con la mira del fusil. Carson tenía las gafas de visión nocturna, y vería cosas que él no podía ver. Así que decidió ser precavido y ver qué hacía su compañera.

Carson, tumbada boca abajo en la arena, avanzaba lentamente. El fragor del oleaje ocultaba cualquier ruido que pudiera hacer. De manera que él hizo lo mismo.

La general comenzó a reptar más deprisa, y Puller, dado que estaba herido, tuvo dificultades para seguirla. Tal vez ella quería adelantarse a fin de absorber el ataque o el contraataque sin que él sufriera daño.

—Y una mierda —masculló, y acto seguido redobló sus esfuerzos.

Todo terminó unos segundos más tarde. La general se incorporó de un brinco y apuntó con la pistola. Puller llegó un segundo después de ella e hizo lo mismo con su fusil: buscó el blanco y apuntó.

Había una pistola apuntando a Carson.

Y otra apuntando a Puller.

Mecho miraba a Puller.

Chrissy Murdoch miraba a Carson.

Mecho y Puller se reconocieron al instante.

Carson y Murdoch no tuvieron la misma ventaja.

—¿Quién demonios es usted? —preguntó Puller.

Mecho, con el dedo en el gatillo de su arma, siguió mirándolo.

Murdoch no apartaba la mirada de Carson. Entre las pistolas de ambas había menos de tres metros de distancia.

—¿Y quién demonios es usted? —replicó Murdoch.

—Soy la general Julie Carson, del Ejército de Estados Unidos.

—Y yo el agente especial John Puller, División de Investigación Criminal del Ejército —dijo Puller.

Mecho no apartó la mirada de Puller, y este tampoco de aquel.

—Y bien —dijo Puller—, ¿quién es usted?

Mecho no contestó. Puller miró a Murdoch.

—La última vez que la vi a usted, estaba en albornoz en la finca de Lampert y se llamaba Christine Murdoch.

—Ese es mi nombre tapadera. En realidad soy la teniente Claudia Díaz, de la Policía Nacional de Colombia. Me han encargado una misión que se está llevando a cabo conjuntamente entre su país y el mío.

—¿Con qué finalidad? —quiso saber Puller.

—Luchar contra la esclavitud. Ha sido autorizada por vuestro Departamento de Estado.

—¿Y él? —preguntó Puller indicando a Mecho.

—Él me está ayudando.

—No tiene pinta de colombiano.

—Porque no lo soy —habló Mecho.

—La otra noche me salvó el pellejo —le recordó Puller—. ¿Por qué motivo?

—No me gustan los abusos. Eran demasiados contra usted.

—¿Sabía quién era yo?

Mecho negó con la cabeza.

—¿Por qué la está ayudando a ella?

—Eso no le importa.

—¿Qué tal si nos identificamos todos de una vez? —intervino Carson.

Puller, Carson y Díaz mostraron su documentación, pero Mecho no mostró ninguna.

—¿De dónde es usted? —le preguntó Puller.

—No soy de aquí.

—Está haciéndolo más difícil de lo necesario.

—No es mi problema.

—Hemos sido atacados por media docena de lacayos de los esclavistas —dijo Díaz.

—Por lo visto es contagioso —comentó Carson—. Nosotros también.

—Pero han sobrevivido —dijo Díaz.

—Igual que ustedes —observó Carson.

—Hemos llevado los cadáveres hasta el mar, y les recomendaría que ustedes hicieran lo mismo —dijo Díaz.

—¿Por qué?

—Para cubrir nuestras huellas y evitar que el pez gordo se escape.

—Me temo que ya se ha escapado —dijo Puller—. El camión que transportaba a los cautivos se ha ido.

—¡Maldita sea! —masculló Díaz, y a continuación enfundó su pistola.

Carson la imitó. Pero los dos hombres siguieron apuntándose el uno al otro.

—Baja el arma, Mecho —le dijo Díaz—, es obvio que no están de parte de los esclavistas.

—Puller, baja el arma —dijo Carson.

—De eso nada. Él primero.

—Digo lo mismo —gruñó Mecho.

Carson y Díaz se miraron, exasperadas.

—Hombres... —se quejó Díaz—. Son como niños con...

—Testosterona —acabó Carson—. ¿Qué, lo arreglamos? —agregó, y Díaz asintió con un gesto.

Las dos se interpusieron entre los hombres enfrentados.

—Bajad la pistola —ordenaron al unísono.

Puller y Mecho cedieron por fin.

—¡Está herido! —exclamó Díaz al observar a Puller.

—Sí, ya me he dado cuenta. Bien, ustedes tienen muchas cosas que contarnos.

—Pero tampoco tenemos mucho tiempo —repuso Díaz—. Si el camión ha logrado huir, estarán al corriente de lo sucedido y suspenderán todas las operaciones. Y nosotros perderemos las pruebas que habríamos podido obtener.

Puller miró a Mecho con cara de pocos amigos y dijo:

—En ese caso, no hay tiempo que perder, ¿no? Y espero, grandullón, que sepas cambiar una rueda.

81

Mecho cambió el neumático del Tahoe y taponó el depósito de gasolina mientras Carson y Díaz curaban la herida de Puller.

—Sigues necesitando atención médica, Puller —le dijo la general.

—Tiene razón —añadió Díaz.

Puller volvió a ponerse la camisa y las miró.

—De acuerdo, primero atrapamos a los malos y luego voy al taller. ¿Vale? —Y se volvió hacia Mecho—. ¿Ya ha terminado?

Mecho apretó una vez más la llave de las tuercas y se incorporó sosteniéndola en su manaza.

—Ya conduzco yo —dijo.

—No; conduzco yo —replicó Puller—. Usted simplemente dígame adónde tengo que ir.

Las mujeres se sentaron en la parte de atrás y se dedicaron a limpiar y recargar las armas. Mecho subió al lado de Puller y le indicó cómo llegar al almacén.

—¿Podrá pelear estando herido? —le preguntó sin mirarlo.

Lo dijo sin ningún sentimiento de solidaridad. Puller tampoco lo esperaba. Lo único que quería Mecho era saber cuál era el estado físico de su circunstancial compañero de armas. Quería saber si podía contar con Puller o si iba a suponerle una carga.

A Puller le habría gustado saber exactamente lo mismo.

—Me han dado un analgésico que tenía en mi petate. Puedo disparar y pelear, y hasta aguantar golpes. Así que no se preocupe por mí, me las apañaré. Ocúpese de hacer su parte.

—¿Y la mujer que lo acompaña? —preguntó Mecho—. ¿Sabe cuidarse sola?

—¿Y la que lo acompaña a usted?

—No es usted muy colaborador.

—Ni siquiera sé quién es usted, de modo que sí, esta es toda la colaboración que va a obtener de mí.

—Díaz sabe cuidarse sola.

—Pues Carson también.

Dejaron pasar otro minuto en silencio. Lo único que se oía era el ruido que hacían las mujeres manipulando las armas.

—Me llamo Gavril —dijo Mecho por fin—. Es mi nombre de pila. Mi apellido no le diría nada. Pero la gente me llama Mecho.

—Usted es búlgaro —afirmó Puller.

Mecho se volvió hacia él.

—¿Cómo lo ha sabido?

—Porque combatí con búlgaros en Irak, hace mucho tiempo. Luchaban bien y eran capaces de beber más que nadie, incluidos los rusos.

Mecho sonrió.

—Los rusos creen que el vodka es oro, pero no es más que agua perfumada. Ni siquiera hace que a uno le salga vello en el pecho.

—¿Usted ha sido militar?

La sonrisa de Mecho se esfumó.

—Lo fui durante una época. Pero luego cambiaron las cosas.

—¿Qué cosas?

Ninguno de los dos se percató de que Carson y Díaz habían terminado de preparar las armas y estaban escuchando aquel diálogo con suma atención.

—Bulgaria dejó de formar parte de la Unión Soviética, pero hay cosas que no cambian nunca. Yo amo a mi país, posee una gran belleza. Tiene buena gente, gente muy trabajadora y celosa de su libertad. Pero eso no quiere decir que todos nuestros líderes sean buenos y merezcan el respeto de su pueblo. De modo que a veces, cuando uno no obedece ciegamente, le suceden cosas.

—¿Lo metieron en la cárcel?

Mecho lo taladró con la mirada.

—¿Por qué dice eso?

—Porque los soviéticos son muy aficionados al trullo. Y Bulgaria formó parte de ese mundo durante mucho tiempo.

—Estuve una temporada —reconoció Mecho—. Una temporada más larga de lo que quisiera recordar.

—¿Y cómo ha terminado aquí, persiguiendo esclavistas?

—Provengo de un pequeño pueblo al suroeste de mi país. Se llama Rila, es muy remoto. Allí la gente trabaja mucho, hay pocos habitantes y apenas llega nadie de fuera. Mi familia todavía vive allí.

—Pero a veces sí llega alguien de fuera, ¿no?

Mecho asintió con la cabeza y miró por la ventanilla para ocultar las lágrimas que le afloraron a los ojos.

—Llegaron unos hombres prometiendo cosas, una vida mejor para nuestros jóvenes, educación, trabajo, cosas buenas. Se llevaron a unas treinta personas. —Hizo una pausa—. Entre ellas a mi hermana pequeña. Somos una familia extensa, de modo que ella es mucho más joven que yo. Cuando se fue, tenía dieciséis años. —Otra pausa—. No, ella no se fue; se la llevaron.

—¿Esclavistas?

Mecho asintió.

—Pensaban que un pueblo pequeño de las montañas de Bulgaria jamás sería capaz de vengarse del mal que le habían infligido. Por entonces no me encontraba allí, de lo contrario no habría permitido que sucediera tal cosa. He visto mucho mundo, pero los habitantes de mi pueblo no. Son confiados, demasiado confiados. Cuando regresé y me enteré de lo ocurrido, empecé a buscar a mi hermana. Y a los demás.

—¿Cómo se llama su hermana? —terció Carson, que apoyó una mano en el hombro de Mecho para darle un apretón.

—Rada. Es esta.

Sacó la foto y se la tendió a Carson. Ella la cogió y la observó.

—Es muy guapa —dijo, y Díaz lo ratificó con un gesto de la cabeza.

—No se parece al resto de la familia —comentó Mecho—. Los demás son más bien como yo, grandes y feos.

—Tú no eres feo, Mecho —intervino Díaz—, solo eres una persona que intenta actuar como es debido. Y no existe nada más hermoso que eso.

—¿Y ha logrado seguirle la pista a su hermana hasta llegar a Lampert? —preguntó Puller.

Mecho recuperó la foto de su hermana y la contempló en silencio, así que la colombiana se encargó de responder.

—Ha estado siguiendo la pista por el otro extremo, a través de Stiven Rojas.

—¡Rojas! —exclamó Carson—. Ese figura en nuestra lista de los más buscados, incluso se le considera un peligro para la seguridad nacional. ¿Está metido en esto?

—Él se ocupa de recoger el producto, es decir, las personas, y de traerlo a este país —explicó Díaz—. A partir de aquí ya se encarga Lampert. Posee compradores fijos en todas partes, y les lleva el producto. Los cautivos son separados en tres categorías: la más valiosa son las prostitutas, después vienen las mulas, y en último lugar los trabajadores comunes.

—Les ponen camisetas de diferentes colores para indicar a qué categoría pertenecen —añadió Mecho—. Yo mismo lo he visto.

Díaz lo confirmó asintiendo.

—Y esta noche también lo hemos visto nosotros —aportó Puller.

—¿Y dice que posee compradores en Estados Unidos? ¿Gente que compra esclavos? —se interesó Carson.

—El negocio de los esclavos nunca ha sido más lucrativo —contestó Díaz—. Conforme los gobiernos van adoptando medidas más severas para controlar armas y drogas, la trata de seres humanos crece. Se necesita gente para transportar la droga, y prostitutas para lo que ya sabemos, y mano de obra para el campo y la industria. Si no hay que pagarles, o hay que pagarles muy poco, la cuenta de resultados se dispara.

—Pero no se puede tener a toda esa gente encerrada bajo llave —razonó Puller—. Prostitutas, correos de la droga, trabajadores. ¿Por qué no escapan, sin más? Estados Unidos es un país muy grande, y siempre hay un policía cerca.

—Porque los amenazan con que si intentan escapar o acudir a la policía, matarán a toda su familia —contestó Mecho.

—¿Cómo lo sabes? —le preguntó Díaz mirándolo con curiosidad.

—He estado hablando con dos hombres de Lampert. Me lo han contado ellos. Y con la doncella. De lo poco que me contó, deduje que ella es una esclava. Tiene miedo por su familia. Y Lampert también la utiliza para el sexo.

Al decir esto último, Mecho desvió ligeramente la mirada hacia Díaz, pero ella, sonrojada de pronto, apartó el rostro.

—¿Dice que ha hablado con dos hombres de Lampert? —quiso saber Puller—. ¿Eran los que se alojaban en el Plaza?

Mecho no respondió, lo cual para Puller fue suficiente respuesta.

—¿Por eso los mató?

—No eran seres humanos, ya habían dejado de serlo. Eran perros rabiosos.

—Aun así, los asesinó.

—¿Usted nunca ha matado?

—Nunca he asesinado.

—Ya trataremos ese tema más adelante —intervino Díaz.

—Mecho —dijo Puller—, ¿usted sabe algo de la muerte de una señora mayor y de un matrimonio también mayor?

—Cuando llegué aquí, vi cómo mataban a un matrimonio mayor en la playa.

Puller lo fulminó con la mirada.

—¿En la playa? ¿Vio quién los mató?

El búlgaro negó con la cabeza.

—No, pero fue una sola persona. Les disparó a la cabeza y después arrastró los cadáveres hasta el agua. La marea se los llevó.

—¿Y usted lo permitió sin más? —se extrañó Puller.

—No había nada que hacer. Sucedió demasiado rápido.

—Está bien —terció Carson—, así que esa persona arrastró

los cadáveres hasta el mar. O sea que seguramente era un hombre. ¿Era grande, pequeño, blanco, negro...?

—No era tan alto. No distinguí su color de piel, pero creo que era blanco. Y delgado pero fuerte, claro.

—¿Fue usted quien hizo volar el Bentley de Lampert? —preguntó Puller.

Mecho lo miró, desconcertado.

—¿Cómo lo ha sabido?

—Porque tiene usted unos pies muy grandes.

—Todo eso puede esperar —dijo Díaz—. Tenemos que prepararnos para lo que nos espera dentro de unos minutos.

Mecho asintió con la cabeza.

—El almacén. Allí encierran a los esclavos, y hacia allí se dirige el camión.

—Entonces, deberíamos llamar a la policía —propuso Carson.

—Nada de eso —replicó Díaz—. Lampert y Rojas tienen gente en todas partes. No podemos fiarnos de la policía.

—Pues entonces al Ejército. La base de Eglin está allí delante, siguiendo esta misma carretera.

—Para cuando puedan enviarnos a alguien, ya será demasiado tarde —razonó Díaz.

A Puller se le ocurrió una idea.

—Acaba de decir que esta es una operación conjunta con Estados Unidos. ¿Por casualidad no estará usted trabajando con unos tipos con pinta de militares que utilizan un Chrysler?

—Sí —respondió Díaz—. Me han hablado de que han tenido contacto con los americanos. Imagino que se referían a usted.

—Bingo. ¿Me seguían a mí o a Betsy Simon?

—Una noche localizaron un coche cerca del punto de entrega, y descubrieron que era propiedad de la señora Simon. Después ella fue asesinada, y ellos empezaron a vigilar.

—¿Dónde están ahora? —quiso saber Puller.

—Tras el encuentro que tuvieron con usted, se les ha asignado otra misión. Aún no los ha sustituido nadie.

—Genial —murmuró Puller.

—De acuerdo, díganos cómo es el interior del almacén —pidió Carson—. Si los cautivos todavía están allí tendremos que actuar con rapidez y sin miramientos.

—Eso es lo que vamos a hacer de todas formas —replicó Mecho—. Y mataremos a quien tengamos que matar. —Miró a Puller y añadió—: A no ser que usted tenga problemas para asesinar a esclavistas.

—Ningún problema. Siempre que ellos intenten asesinarme a mí.

—Con eso ya puede contar —repuso Mecho.

82

Decidieron cubrir los cuatro lados del almacén para que nadie pudiese escapar. Para ello tuvieron que dividirse.

Puller se encargó de la parte de atrás.

Mecho, de la fachada.

Carson ocupó el flanco izquierdo.

Díaz, el derecho.

Estaban preparados para una guerra, pero no hubo ninguna. No encontraron a nadie. El almacén estaba vacío. En las improvisadas celdas no había prisioneros. Lo registraron todo en diez minutos y después se reagruparon en el centro.

—Está visto que saben moverse deprisa —comentó Puller.

—Pero ¿adónde se han ido? —preguntó la general—. Podemos emitir órdenes de búsqueda, tienen que utilizar camiones para el transporte.

—La autopista está llena de camiones que van y vienen —señaló Puller—, y no podemos pararlos a todos para registrarlos.

Al mirar atrás, se puso en tensión. Dejó a Carson y corrió a investigar algo que había visto junto a la pared. Se arrodilló y lo cogió.

Los demás acudieron también.

—¿Qué es, Puller? —preguntó Carson.

Él sostuvo el objeto en alto. Era un anillo. Un pequeño anillo de plata con el grabado de un león.

—Es de mi amigo Diego.

—¿Quién es Diego? —quiso saber Mecho.

—Un niño. De unos doce años. Tiene un primo que se llama Mateo, de cinco años. Probablemente han estado aquí los dos. A lo mejor Diego dejó esto como pista. Es un crío muy listo.

—Un niño de cinco años... —repitió Díaz—. ¿Para qué secuestran a niños de doce y cinco años?

—¿Para la prostitución? —apuntó Puller—. Esta gente son unos cabrones enfermizos.

—No. Rojas es un criminal, alguien malvado de verdad. Pero nunca había secuestrado a niños tan pequeños.

—Diego no ha entrado por los conductos normales. Él vivía en Paradise. Lo han raptado directamente de aquí, a él y Mateo.

Díaz puso cara de preocupación.

—¿Qué ocurre? —le preguntó Carson.

—Pues que entonces, el que ha ordenado esto no ha sido Rojas, sino Lampert.

Puller se guardó el anillo en el bolsillo.

—¿Y eso qué significa exactamente?

—Podría significar que Lampert está ampliando su gama de productos, con la aprobación de Rojas o sin ella.

—¿En qué sentido la estaría ampliando?

—Hacia el terrorismo.

—¿Qué? —exclamó Carson.

—Como tapadera, se constituye una familia ficticia: una madre, un padre y varios niños pequeños. Cuando uno viaja con niños pequeños, la seguridad disminuye de manera instintiva. Va contra la naturaleza humana poner en peligro a los hijos.

—En Oriente Próximo no es así —replicó Puller—. Allí ocurre eso todo el tiempo.

—Ya, los utilizan a modo de escudos humanos y en ocasiones como bombas —respondió Díaz—. Pero esto no es Oriente Próximo. Y quienes utilizan a los niños como escudos y bombas no son sus padres.

—¿Está diciendo que es una tapadera eficaz viajar con niños pequeños, para evitar ser detectado o por lo menos para que a uno lo investiguen mucho? —dijo Puller.

—Tal vez para entrar y salir del país —observó Carson.

—Sí, eso estoy diciendo —ratificó Díaz.

Puller se volvió hacia Carson y le dijo:

—Debería haberle pegado un tiro a Lampert la noche que lo conocí.

—Hay que dar con ellos —instó Díaz.

—Deben de haberlos sacado de aquí en camión —razonó Puller. Y le preguntó a Mecho—: ¿Tiene idea de cuántas personas pueden haber tenido encerradas aquí?

Mecho recorrió con la mirada las celdas vacías.

—Vigilé la playa dos noches. En ambas ocasiones trajeron ochenta prisioneros.

—Es mucha gente para transportar —dijo Puller.

—En este momento probablemente se dirigen al norte, hacia las autopistas interestatales —dijo Díaz.

Puller reflexionó bajo la mirada de Carson.

—No estoy muy seguro de eso —dijo.

—¿Pues adónde, si no? —repuso la colombiana—. Tienen producto que transportar. Y tienen compradores.

—Si yo fuera Lampert y supiera que mi ruta de entrada corre peligro, no entregaría el producto a mis clientes. Lampert no puede estar seguro de que no vayan a seguir el rastro del cargamento. Eso frustraría su vía de entrada, y además le valdría una condena a muerte por parte de Rojas.

—¿Entonces? —preguntó Carson—. ¿Qué crees que se propone hacer con los cautivos?

Puller volvió la vista hacia el Golfo.

—Yo diría que devolverlos al remitente.

—¿A Colombia? —dijo Díaz.

—Al lugar del que los trajo —replicó Puller. Miró a Mecho y le preguntó—: ¿Cómo llegó usted hasta aquí?

—Sobre todo, nadando —respondió, pero por su expresión dedujo que Mecho ya había adivinado adónde conducía aquella pregunta—. Yo era uno de los secuestrados —dijo—. Durante una temporada eso me desvió de mi propósito, pero logré escapar. La tripulación que me trajo no tuvo tanta suerte; se retrasaron, y eso les costó la vida.

—¿De dónde escapaste? —le preguntó Díaz.

—De una plataforma petrolífera abandonada que hay frente a la costa. Se sirven de una serie de plataformas que hay entre México y Florida. Así es como transportan el producto.

—Yo creía que no había plataformas petrolíferas frente a la costa de Florida —protestó Díaz.

—Y así es, en gran parte —contestó Carson—. La gran mayoría está frente a las costas de Luisiana y Tejas. Y algunas, frente a la de Alabama. En el lado atlántico de Florida no hay ninguna plataforma, y prácticamente todos los pozos de petróleo excavados en las aguas del Golfo pertenecientes a Florida se han ido secando con el paso de los años.

—Sí, muy bien —terció Puller—. Pero Mecho está diciendo que hay una ahí enfrente y que él ha estado allí. ¿Cómo puede ser?

—Algunas compañías hallaron gas natural a mediados de los ochenta. A unas veinticinco millas de la costa. Pero años después Florida se opuso a que se extrajera gas, y a principios del nuevo siglo las autoridades prohibieron dicha explotación. Sin embargo, en la zona ya se habían construido varias plataformas, para la futura extracción de gas. Por regla general, las compañías suministradoras están obligadas a desmantelar las plataformas dentro de cierto plazo. Pero me parece que en este caso hubo un litigio. Y cuando entran en juego los abogados, todo se ralentiza.

Puller se la quedó mirando.

—¿Cómo es que sabes tanto sobre eso?

—Es que redacté un Libro Blanco al respecto para el Departamento de Defensa. Ya te conté que estábamos investigando cosas así a efectos de la seguridad nacional. Se temía que los terroristas se valieran de las plataformas abandonadas para entrar a nuestro país, así que localicé todas las plataformas del Golfo. Y hay más de mil abandonadas, o en proceso de desmantelamiento o reconvertidas en arrecifes para las criaturas marinas. Esas son, básicamente, las dos opciones que les quedan.

—¿Y Defensa hizo algo con tu Libro Blanco? —preguntó Puller.

—Pues no. Cayó en el agujero negro al que van a parar la mayoría de los libros blancos. Pero en ningún momento pensamos que dichas plataformas fueran a utilizarlas los traficantes de seres humanos.

—Esto es lo contrario de lo que hacía el Ferrocarril Subterráneo durante la guerra de Secesión —señaló Puller—: Transportan a las personas a la esclavitud en vez de a la libertad.

—A nosotros tampoco se nos ocurrió que los traficantes fueran a servirse de plataformas petrolíferas —reconoció Díaz.

—¿Y por qué se os habría ocurrido? —terció Mecho—. Las personas como Rojas y Lampert dedican su vida a lograr ir un paso por delante. El dinero es lo único que les interesa.

—En el caso de esa plataforma en que usted estuvo —dijo Puller, centrando el asunto—, ¿sabría volver a ella?

—Creo que sí. Me esforcé por memorizar su ubicación.

—Podemos llamar a la Guardia Costera —propuso Carson— para que envíen patrulleras. Rojas y Lampert no podrán igualar su potencia de fuego, por muy cabrones que sean.

—Una patrullera es una embarcación grande —objetó Mecho—. Las verán venir desde varias millas de distancia. Entonces matarán a todos los cautivos y se marcharán antes de que los guardacostas se acerquen siquiera. Y lo mismo ocurrirá si envían un helicóptero.

—Pues algo tenemos que hacer —se empecinó Carson—. No podemos permitir que esta gente se escape.

—Un contingente reducido. Sigiloso. Por la noche —propuso Puller—. Esa es nuestra única posibilidad.

—Solo somos cuatro —le recordó Díaz.

—Un contingente reducido, como él acaba de decir —dijo Mecho—. Pequeño en número, pero grande en capacidad de combate.

—Pero ¿no podemos al menos pedir ayuda a las autoridades locales? —repuso Carson.

—Yo no me fío de nadie —dijo Díaz.

—Yo tampoco —coincidió Puller—. Lo haremos por nuestra cuenta. Pero antes tengo que hacer una llamada.

—¿Para qué? —quiso saber Carson.

—Necesito una respuesta, y esta es la única manera de obtenerla.

83

Entraron en el aparcamiento de la comisaría de Paradise. Eran más de las cuatro de la madrugada, y la ciudad estaba oscura y tranquila.

Tal como cabía esperar.

En cambio, se suponía que la comisaría prestaba servicio las veinticuatro horas del día, los siete días de la semana. Sin embargo, también estaba a oscuras.

—¿De cuántos agentes disponen? —preguntó Carson.

—No muchos, por lo que parece —respondió Puller—. Claro que yo nunca he estado aquí en mitad de la noche.

Observó de nuevo la oscuridad de la comisaría, pero se volvió hacia la calle cuando aparecieron los faros de un automóvil que dobló la esquina y vino hacia ellos.

—Es un coche patrulla —observó Carson.

—Así es —confirmó Puller.

El todoterreno penetró en el aparcamiento y se detuvo. Se apeó Cheryl Landry. Venía de uniforme, al parecer había estado patrullando. Se la notaba acalorada e irritada.

Puller abrió la portezuela y se bajó.

—¿Puller? —dijo Landry entornando los ojos para distinguirlo en la oscuridad.

—Sí. ¿Dónde está todo el mundo?

—¿Qué quiere decir?

Puller señaló el edificio.

—¿Es que no tienen siempre alguien aquí, día y noche?

—Ah, no, ya no. Recortes de presupuesto. Incluso en Paradise.

—¿Y qué pasa con las llamadas de emergencia?

—Se han subcontratado. Pero sí tenemos agentes patrullando por las noches, naturalmente. Eso estaba haciendo yo, hasta que me ha llamado usted. ¿Qué sucede?

—¿Está sola? ¿Dónde está Hooper?

—Buena pregunta. No se ha presentado a trabajar. Yo llegué a las ocho, y todavía me quedan cuatro horas para terminar el turno. Bueno, ¿y para qué quería verme a estas horas?

Puller señaló el Tahoe.

—He venido con unos amigos. Necesitamos ayuda.

Landry observó el vehículo.

—¿Qué amigos? ¿Y qué ayuda necesitan?

—¿Dónde está Bullock?

—¿Por qué lo pregunta?

—Solo porque sí.

—Está en su casa, supongo que durmiendo.

—¿Cuántos agentes hay en esta comisaría?

—Incluido Bullock, dieciséis.

—Muy pocos, ¿no?

—Es una ciudad pequeña. También contamos con cuatro administrativos y un técnico forense, al que usted ya conoce. Pero responda a mis preguntas. ¿Qué amigos? ¿Y qué ayuda necesitan?

—Paradise tiene un problema importante.

Landry le dirigió una mirada escéptica.

—¿Cuál?

—Que desaparecen personas.

—Vamos, Puller.

—Y que tiene una vía de entrada de esclavos traídos a Estados Unidos.

Landry se quedó perpleja.

—¡Qué dice! —barbotó.

—Justo en esta misma carretera, más adelante. En la playa que huele a azufre.

—Conozco ese tramo de playa. Allí no va nadie.

—Se equivoca. Allí va gente.

—Nadie de Paradise, quiero decir.

—¿Así que la policía no patrulla en ese sitio?

—No es parte de Paradise. Es una tierra de nadie, entre Paradise y el municipio siguiente.

—Lo cual resulta perfecto para convertirla en una zona de acceso.

—¿Tiene pruebas? Si es así, llamemos a los federales. Ahora mismo.

—No tenemos pruebas. Las pruebas están escapándose ahora mismo.

—Y entonces, ¿qué hacen ustedes aquí?

—Necesitamos refuerzos.

Landry miró de nuevo al Tahoe.

—¿Quién demonios está ahí dentro?

—La general Carson. El gigante que me salvó la vida en La Sierra. Y otra persona de la que puedo responder. ¿Viene con nosotros, Landry?

—Estoy de servicio, patrullando. No puedo marcharme por las buenas a buscar una aguja en un pajar.

—No es una aguja en un pajar. Además, puede llamar a alguien que la sustituya.

—Puller, no puedo.

—¿No puede o no quiere? Mire, Landry, si atrapamos a este grupo, ascenderá como la espuma en los cuerpos de seguridad.

—Me gusta lo que tengo aquí.

—Pues piense que nos estará ayudando a atrapar a unos criminales muy peligrosos. Para eso lleva una placa, ¿no?

—¿Esto tiene que ver con su tía? ¿O con los Storrow?

—Sí, creo que sí.

—¿Los han matado esos tipos?

—Sí. Porque descubrieron la tortilla.

Landry respiró hondo.

—Venga, Landry. La necesitamos. Usted es la única persona a la que he querido pedírselo.

—Haré unas llamadas, a ver si encuentro alguien que me sustituya.

—¿Por qué no llama a Hooper y Bullock?

—¿Por qué a ellos?

—Porque estoy seguro de que no le contestarán.

—¿Y por qué no iban a hacerlo?

—Usted llámelos.

Landry los llamó y, en efecto, ninguno respondió. Guardó el móvil y dijo:

—Ha saltado el contestador. Seguramente están durmiendo.

—Lo dudo.

—¿Por qué?

—Simplemente, no creo que estén durmiendo.

—¿Sugiere que de algún modo están implicados en este asunto?

—No tengo tiempo para explicaciones. ¿Viene o no?

Ella respiró hondo otra vez.

—Paradise podrá prescindir de usted unas horas —insistió Puller.

—¿Y si esto me cuesta el puesto?

—Entonces podrá arrearme una patada en el culo. Y la ayudaré a buscar otro trabajo.

Landry sonrió con resignación.

—¿Y su amiga la general?

—Ella también la ayudará.

—Ya, y yo me lo creo. No me parece que me estime mucho.

—A lo mejor se sorprendería. Vamos.

—¿Adónde, exactamente?

Puller indicó el mar y respondió:

—Ahí.

84

La lancha no era grande y el mar estaba picado. Constantemente entraba agua por la borda.

Puller había metido las armas en un compartimento hermético. Mecho le había entregado la suya de mala gana y Puller no se lo reprochó; a él tampoco le gustaba ir desarmado.

Iba al timón de la lancha de seis metros y medio que había conseguido la teniente Díaz. Era la misma que habían utilizado para deshacerse de los cadáveres de sus recientes víctimas. Todavía había manchas de sangre en la regala. Cuando Landry las vio se sobresaltó, pero tras la mirada que le lanzó Puller guardó silencio y permaneció con expresión cautelosa junto al timón, procurando no caerse mientras la lancha rebotaba en el oleaje.

Mecho le había dado a Puller unas indicaciones generales de cómo llegar a la plataforma. Como era de noche, navegaba ayudándose del compás y el GPS.

—¿Está seguro de los datos que me ha dado? —le preguntó.

Mecho asintió con la cabeza, aunque no se le veía muy convencido.

Carson se acercó con cuidado y le mostró el teléfono a Puller.

—Antes de zarpar, he pedido a mi oficina que me enviase las ubicaciones de todas las plataformas situadas hasta cincuenta millas de la costa de Florida. Hay una que está mucho más cerca que las demás. Estas son las coordenadas.

Puller miró los números que aparecían en la pantalla del teléfono y luego consultó el GPS. Se volvió hacia Mecho y le dijo:

—No le falla la memoria. Se halla situada más o menos donde ha dicho usted.

De repente los golpeó una ola y Puller tuvo que ejecutar un viraje brusco. Miró un momento a Landry, que observaba el mar con cautela.

—¿Por qué está tan picado? —le preguntó.

—¿Recuerda la tormenta tropical *Danielle*? Pues se dirige hacia aquí. Podría subir a categoría uno. Estamos entrando en la avanzadilla.

—Genial, me encanta ser tan oportuno —comentó Puller.

—¿Quiere que pilote yo?

—Ya le estoy cogiendo el tranquillo.

Landry señaló hacia Díaz.

—Esa es la mujer que estaba en la finca de Lampert. Murdoch, ¿verdad?

—Así es.

—¿Qué está haciendo aquí?

—No se llama Murdoch.

—¿Cómo, entonces?

—Díaz. Es policía.

—¿Una federal?

—Algo así. Estaba llevando a cabo una misión en la finca de Lampert.

—¿Lampert está involucrado en esto?

—Por lo visto, su fuente de riqueza es la trata de seres humanos.

—¡Dios! ¿Y la bomba que le pusieron en el coche?

—Eso fue una advertencia, no muy sutil, de que le están siguiendo la pista.

Landry señaló a Díaz.

—¿Quién fue, ella?

—No; el gigante.

—¿También es policía?

—No. Sus motivos son de índole personal.

Mecho iba en uno de los asientos de popa, con la vista fija al frente. El vaivén de la lancha no parecía afectarle.

En cambio, Carson y Díaz iban apoyadas sobre la borda, con la cara verdosa.

Landry se dio cuenta y comentó:

—No están acostumbradas al mar.

—Carson pertenece al Ejército, está acostumbrada a tener tierra firme bajo los pies. En el caso de Díaz, no sé.

De pronto, la lancha enfiló una ola en mala postura y estuvo a punto de volcar. Todos acabaron empapados, pero Puller recuperó el control y se concentró en el mar.

—Landry, siéntese y agárrese a algo. —Y se volvió para gritar a los demás—: ¡Que todo el mundo se ponga un chaleco salvavidas, esto no hará más que empeorar!

Todos obedecieron, aunque a Mecho el chaleco le resultó demasiado pequeño. No había forma de cerrarlo en el pecho, de modo que se lo dejó abierto.

Puller miró el cielo; estaba negro como boca de lobo, y eso que no faltaba tanto para el amanecer. Pero, si bien un poco de claridad le vendría bien para ver mejor las olas, prefería la oscuridad. Nunca era buena idea atacar algo a plena luz del día, incluso aunque uno superase al enemigo en número. Y ellos no iban a superar al enemigo en número. Lo más probable era que se vieran ampliamente superados a su vez, puesto que los cautivos podían transformarse en rehenes. Sería necesario llevar a cabo una operación perfecta para salir airoso, y en el campo de batalla es muy raro que se alcance la perfección.

De pronto cobró vida la radio VHF montada bajo la rueda del timón. Díaz debía de haberla programado para que se encendiera cuando hubiera alguna alarma meteorológica. Puller cogió el auricular, escuchó el aviso grabado y volvió a dejar el auricular en su base con expresión grave.

Carson se acercó bregando con el cabeceo de la lancha, que subía y bajaba en el violento oleaje.

—¿Qué ocurre? —le preguntó.

—Un aviso para las embarcaciones pequeñas. Les ordenan que regresen a la costa.

—Pues nosotros vamos en sentido contrario.

—¿Qué tal llevas lo del mareo?

—Si lo llevase bien, me habría enrolado en la Marina.

—Te devolvería a tierra si pudiera.

—Yo no te lo permitiría. El Ejército, la Marina, los marines, las Fuerzas Aéreas... Todos acudimos allí donde haya que librar la batalla. Y cada uno ha de llegar como pueda.

—Con esa actitud, conseguirás por lo menos tres estrellas, general.

—¿Ahora me llamas general?

—Vuelvo a estar de servicio.

Carson miró al frente.

—¿Cuánto nos falta para llegar? Ya empieza a clarear, incluso con la tormenta.

—Ya. Con este tiempo resulta difícil calcular la duración del trayecto.

Un momento después estalló un fuerte relámpago que por un instante convirtió la noche en día. Fue seguido de un tremendo trueno que pareció sacudir la lancha hasta su armazón de fibra de vidrio.

—Esta lancha no está diseñada para soportar semejante paliza —comentó Carson.

—Las personas tampoco.

—Si naufragamos no lograremos sobrevivir, con el mar tal como está.

—Unas vacaciones estupendas para ti, ¿eh?

Carson le apretó el hombro.

—No habría querido que fueran de otra forma.

—Vale, tienes mi voto para las cuatro estrellas.

—Bueno, ¿y cuál es el plan cuando lleguemos a la plataforma?

—El plan consiste en derrotar a los malos y rescatar a los prisioneros.

—Hasta ahí llego. Me refiero a cómo lo vamos a hacer.

—No creo que esta vez podamos trazar un plan de batalla normal, general. Todo dependerá de las circunstancias que nos encontremos. Es una plataforma petrolífera, tenemos que llegar a la base y subir. Dada la ventaja que nos llevan, seguro que ellos ya están allí. Y con una tormenta como esta, estarán en un espacio cerrado. Dudo que hayan establecido un perímetro de seguridad, porque no esperan que los ataque nadie esta noche. Cuando haya pasado la tormenta, volverán a salir, se irán por donde vinieron y se llevarán todas las pruebas.

—¿Y después?

—Después crearán otra vía de entrada en otro lugar. Esta gente es como las bacterias: están mutando continuamente para adelantarse a los antibióticos.

—¿Así que nosotros somos penicilina?

—Algo más fuerte, espero.

—¿Y si están ahí arriba, en un espacio cerrado?

—Eso nos da una oportunidad. Sigilo más capacidad más suerte. Esa combinación ha llevado a la victoria en más campos de batalla de los que tenemos constancia.

—Esperemos poder sumar otra más.

—Haré todo lo que esté en mi mano.

—Eso ya lo sé, ranger. Pero ¿qué pasa si estás equivocado y no han venido aquí?

Puller no contestó. Estaba mirando el mar.

—Ve a sentarte, general.

—¿Qué pasa? —Carson también miró al frente, pero no logró distinguir nada.

—Julie, siéntate. ¡Vamos! Y agárrate fuerte. Díselo a los demás. Rápido.

Carson se apresuró a obedecer. Acababa de percibir algo que no se esperaba en el tono de Puller.

Miedo.

85

No se trataba de que viniera hacia ellos una ola gigante, aunque tal vez eso hubiera sido mejor.

Era una lancha... No, las lanchas eran pequeñas, y aquello no era pequeño. Aquello era un barco. Un transatlántico de proporciones colosales.

De pronto se oyó una sirena, grave y penetrante.

Puller ni siquiera se molestó en responder con la sirena de la lancha; nadie la habría oído entre el fragor de la tormenta y las máquinas de aquel buque.

Puller se enfrentaba a un problema inmediato. Tenía que continuar tomando las olas que le venían en un ángulo de unos cuarenta y cinco grados. Tal como saben hasta los marineros de poca experiencia, al atacar las olas con dicho ángulo se desactiva su ímpetu y disminuye la altura a que se eleva la embarcación. Si se atacan en un ángulo de noventa grados, la embarcación recibe toda la energía cinética de esa pared de agua. Y bien puede ser que uno, al subir a la cresta de una ola, vuelque al caer hasta un punto vertical sin retorno. Si la proa de la embarcación sobresale recta en el aire, todo está perdido. Caer hacia atrás es inevitable. Y los ocupantes resultarán aplastados por la embarcación o arrojados al agua.

El problema era que Puller, para apartarse de la trayectoria del buque que se acercaba, iba a tener que atacar las olas casi de frente. Aquel buque era inmenso, y con su profundo casco de acero en forma de V podía tomar las olas de frente. De hecho, ya estaba generando amplias ondulaciones de la superficie del mar al avanzar a una velocidad de unos doce nudos. Iba empujando millones de litros de agua ya agitada hacia delante y hacia los lados, de igual modo que una pala empuja la nieve.

En el último momento, con la sirena del buque resonando en sus oídos, Puller efectuó un brusco viraje hacia babor. No solo tenía que esquivar el transatlántico, sino también su estela, que fácilmente podía volcar la lancha. Para lo cual tendría que describir una amplia curva alrededor del buque y alejarse rápidamente.

Para lo cual tendría que aumentar la velocidad.

Todo ello no era fácil de hacer estando el mar agitado. De hecho, era casi imposible. La hélice estuvo la mitad del tiempo fuera del agua, girando inútilmente en el aire, sin masa líquida que le permitiera hacer tracción.

No lo consiguió del todo.

—¡Que todo el mundo se agarre fuerte! —chilló.

No chocaron contra el buque, pero sí contra otra cosa.

La estela que iba dejando el barco los hizo escorar violentamente. La lancha se inclinó por babor y se elevó por estribor, sin duda más de lo recomendado por el fabricante.

Carson y Landry resbalaron por la cubierta y se estrellaron contra la regala de babor. Carson habría caído al agua de no ser porque Mecho, aferrado a una barandilla interior, la sujetó por la pantorrilla y no la soltó. Landry consiguió agarrarse a la regala, pero las piernas le salieron por la borda antes de que recuperase el equilibrio y cayera de nuevo al interior de la lancha.

Díaz había resbalado hacia la proa y se había enredado en las piernas de Puller. Este, sujetando firmemente el timón con una mano, la agarró con la otra y la ayudó a incorporarse.

Por desgracia, en el preciso momento en que la lancha se enderezaba, los embistió la pared de agua desplazada por la estela del buque. Escupiendo agua salada, Puller logró gritar:

—¡Nos inundamos! ¡Achiquen!

Todos cogieron unos cubos que había debajo de un asiento y comenzaron a achicar agua. También ayudaron algo los imbornales de la lancha, pero estaban saturados porque el volumen era excesivo.

Puller observó que la lancha empezaba a nivelarse con el mar.

Empleando dos cubos, Mecho achicaba como una máquina

sin botón de apagado. Puller le pasó el timón a la teniente Díaz y cogió un cubo.

Pronto ocurrió que, cuando primero Landry y después Carson se agotaron y se dejaron caer en el agua que aún llenaba la lancha, solo quedaron en pie los dos varones, casi codo con codo, evacuando el agua un poco más rápido de la velocidad con que entraba. Al analgésico que había tomado Puller se le estaba pasando el efecto, de modo que la herida empezaba a dolerle. Pero no se detuvo.

—¡Ya estamos recuperando! —gritó Díaz—. ¡Sigan achicando!

Al oír esto, Carson y Landry volvieron a la carga con renovados bríos y se pusieron a achicar con las manos. Por fin empezaron a cambiar las tornas.

Cuarenta minutos después, los imbornales y la bomba de achique se hicieron cargo de la situación y el interior de la lancha quedó relativamente seco. Solo entonces Carson y Landry sacaron la cabeza por la borda y vomitaron el agua que habían tragado.

Puller también vomitó, y a continuación volvió a coger el timón y continuó peleando por atravesar el frente de la tormenta *Danielle*. Mecho dejó los cubos y se quedó de pie, empapado, con sus grandes brazos a los costados, jadeando y mirando al mar. Era como si estuviera percibiendo que se acercaba algo.

Puller consultó el indicador del combustible. Había llenado el depósito antes de zarpar con unos bidones que había a bordo. Pero el fuerte oleaje había hecho que el motor consumiera más de lo normal para poder avanzar. Hizo un cálculo rápido. El resultado que obtuvo fue incuestionable, y muy inquietante.

«No tendremos suficiente combustible para regresar.»

Miró a Mecho, que continuaba de pie, agarrado a los asientos de la popa. El búlgaro lo estaba mirando a él. Al parecer, el gigante le había visto consultar los instrumentos y le había leído el pensamiento. Miró más allá de Puller y, muy despacio, señaló al frente.

Puller se volvió hacia donde le señalaban.

De repente, en medio de la furia de la tormenta, se hizo visible una estructura gigantesca.

El *Trono de Neptuno*.

Habían llegado al campo de batalla exhaustos y medio ahogados. Y ahora era cuando iba a empezar el auténtico combate.

86

Había casi doscientas personas apiñadas en unas jaulas con capacidad para la mitad de dicho número.

En un rincón de una estaban acurrucados Diego y Mateo. Los dos se sentían mareados a causa del viaje por mar, como muchos otros. Por todas partes había charcos de vómito. El hedor hacía que a otras personas se les revolviera el estómago, lo cual solo servía para incrementar el ambiente ya repugnante que se respiraba en las jaulas.

Diego cogió de la mano a Mateo y miró en derredor.

Por todas partes había guardias, pero ya no se les veía tan seguros; a lo mejor porque había muchos más cautivos de lo normal. O a lo mejor era porque todos estaban padeciendo el furioso batir del océano contra el armazón de acero de la plataforma. La estancia en que se encontraban se sacudía con cada embate de las olas.

Mateo miraba el techo con los ojos muy abiertos, y apretaba la mano de Diego cada vez que los embestía una ola. Diego se acercó para hablarle al oído:

—No pasa nada, Mateo. No pasa nada.

Mateo no contestó y continuó mirando el techo y apretándole la mano.

Diego se miró el dedo en que antes llevaba el anillo. Se lo había quitado en el sitio donde los tuvieron retenidos. Esperaba que lo encontrase alguien, alguien que no fuera uno de sus captores.

Estaba haciéndose el fuerte por Mateo, pero lo cierto era que sus posibilidades de salir de allí iban disminuyendo. Si no los mataba la tormenta, a saber qué sucedería con ellos y dónde acabarían. Al pensar esto último lo invadió un terror que le hizo apretar todavía más la manita de Mateo. El pequeño quizá se percató de ello, porque se le acercó al oído y le dijo:

—No pasa nada, Diego. No pasa nada.

Puller redujo la potencia del motor y se puso las gafas de visión nocturna para ver mejor. Escrutó la estructura que había surgido de la niebla. Daba la impresión de elevarse hasta lo alto del cielo. El oleaje se estrellaba contra su base, y sus patas de acero se estremecían a causa de los millones de toneladas de agua que las golpeaban sin cesar, arrastradas por los fuertes vientos que impulsaban a *Danielle* hacia tierra.

Primero buscó centinelas.

Luego, puntos de acceso.

Después, puntos débiles.

Mecho se reunió con él junto al timón.

—Atracar no va a ser fácil —dijo Puller sin dejar de escudriñar la plataforma flotante, que cabeceaba y se balanceaba a merced del fuerte oleaje.

—No creo que podamos. La lancha se haría pedazos.

—Pues tampoco podemos saltar al agua y llegar nadando. El viento viene de la plataforma y nos da de cara. Nos arrastraría en cuestión de segundos. —Puller examinó una vez más la plataforma—. Con una tormenta como esta, no esperarán visitas. Así que lo más probable es que estén refugiados en el interior, procurando mantenerse calientes y secos.

—Lo más probable.

—Hay que estar más loco que una cabra para intentar asaltar esta plataforma en medio de una tormenta tropical.

—Sí, más loco que una cabra —coincidió Mecho.

—Y no tienen forma de saber que hemos logrado llegar hasta aquí. —De repente, a Puller se le ocurrió una idea terrorífica, a pesar de las coordenadas que les había proporcionado la gente de

Carson—. ¿Está seguro de que es esta plataforma y no otra? Porque por aquí hay muchas.

—En esta he estado yo. Salté desde esa cubierta de ahí.

Puller levantó la vista hasta unos doce metros de altura.

—¿Y después alcanzó la costa a nado?

—Sí. Con la ayuda de unos pescadores.

—Bien. No hay perímetro de seguridad y el viento sopla del sur.

—¿Cuál es su plan?

—Todo depende de la sincronización.

Puller les dijo a los demás lo que estaba pensando. Carson meneó la cabeza al tiempo que observaba el mar embravecido y la tormenta, cada vez más cercana.

—No hay margen de error, Puller —dijo.

—Bueno, es pequeño pero existe.

—¿Es la única manera? —preguntó Landry.

—Es la única que se me ocurre, y si esperamos mucho más no funcionará.

—Tenemos que intentarlo —dijo Mecho.

Díaz asintió con la cabeza.

—Muy bien, pues cojamos las armas. Las necesitaremos.

—Ya me encargo yo —dijo Puller.

—¿Y una vez que estemos en la plataforma? —preguntó la teniente.

Mecho señaló la parte cerrada de la estructura.

—Están ahí dentro. Existen múltiples puntos de entrada y salida. Hay cautivos y guardias. Los guardias no son muy profesionales, pero tienen armas potentes, más que las nuestras.

—De manera que tenemos que caer sobre ellos de golpe y pillarlos por sorpresa —dijo Carson al tiempo que una ola chocaba contra la lancha y obligaba a todos a agarrarse—. Eso neutralizará su superioridad numérica y armamentística. —Se volvió hacia Puller y le preguntó—: Y bien, ¿cómo vamos a subir?

—De dos en dos.

—¿Qué significa eso, exactamente? —inquirió Landry.

—Significa exactamente que subiremos de dos en dos. Saltando desde la lancha.

87

Puller orientó la proa directamente hacia la plataforma. La lancha avanzó a duras penas a través de las olas y contra el viento. En el último momento Puller dio un golpe de timón y esquivó la estructura por un margen de apenas medio metro.

—¡Ahora! —ordenó.

Mecho y Díaz, de pie a estribor, saltaron desde la regala y aterrizaron torpemente sobre la plataforma. Acto seguido, Puller apartó un poco la lancha y dejó que Landry se hiciera cargo del timón mientras él abría el compartimento hermético y sacaba la caja de las armas. Fue metiendo el arsenal en una bolsa impermeable mientras Landry se concentraba en mantener la lancha próxima a la plataforma. Cuando terminó, cerró la cremallera y le pasó la bolsa a Carson. Volvió a coger el timón.

Miró primero a Carson y después la bolsa impermeable que ella sostenía.

—No pesa precisamente poco —comentó, y se volvió hacia Landry—. Tendremos que hacerlo en equipo.

Landry agarró la bolsa por un extremo.

—La subiremos —aseguró.

Puller aumentó la potencia y una vez más apuntó la proa hacia la plataforma. De nuevo viró en el último instante. Entonces fue cuando Landry y Carson, juntas, lanzaron la bolsa hacia la plataforma. Aquella voló por encima del agua y la atrapó Mecho.

Puller volvió a acercar la lancha a la plataforma luchando contra el violento oleaje. Landry ya estaba otra vez verdosa, y Carson no tenía mejor cara.

—¿Estáis preparadas, o queréis que vuelva otra vez?

—Lo que quiero es bajarme de una vez de esta maldita lancha.

Landry lo confirmó con un gesto.

En el último segundo, Puller viró a babor.

—¡Ahora! —gritó.

Ambas mujeres saltaron juntas desde la regala. Landry aterrizó en la plataforma, rodó y terminó en posición sentada. Carson no tuvo tanta suerte: al tomar impulso en la regala mojada resbaló con un pie, de manera que se quedó corta en el salto y fue a caer con medio cuerpo en la plataforma y el otro medio en el agua. Cuando ya empezaba a deslizarse y caer al mar del todo, Mecho la agarró del brazo y la izó, la sacó completamente del agua y la depositó en la plataforma. Carson lo miró, asombrada de su fuerza.

—Gracias a Dios, en Bulgaria crían a los niños grandes y fuertes —comentó.

Mecho repartió el arsenal y todos se agacharon. Díaz y Landry sonrieron en el momento de empuñar sus armas. Carson captó el gesto y también sonrió al coger su fusil.

—Un arma puede ser el mejor amigo de una chica —dijo.

La parte cerrada de la plataforma seguía tal cual. Por lo visto, nadie se había percatado de su presencia. Era obvio que el fragor de la tormenta había enmascarado el ruido de la lancha, y la subida a la plataforma no había sido nada en comparación con el vapuleo que estaba recibiendo la estructura por parte de las aguas embravecidas.

Se volvieron hacia el agua, donde estaba Puller maniobrando con la lancha para aproximarla por última vez.

—Sigo sin entender —dijo Landry— cómo piensa subir a la plataforma. No puede pilotar y saltar al mismo tiempo.

—Ahora lo averiguaremos —repuso Carson.

Puller estaba preparándose para abandonar la lancha. Hizo señas a los otros para que despejaran la zona, y ellos retrocedieron. Observó el movimiento del mar, estudió la dirección del viento, midió las crestas y los senos de las olas. De repente estalló un relámpago, tan cerca que se le erizó la nuca.

Era ahora o nunca.

Empujó la palanca del motor y dirigió la lancha hacia la plataforma en línea recta.

Cien metros.

Cincuenta metros.

Veinte metros.

Apuntar a un objetivo con su fusil de francotirador, calcular cómo abatir a seis hombres en unos segundos sin recibir una herida mortal, idear el modo de saltar desde una lancha y aterrizar en una plataforma a una velocidad de sesenta kilómetros por hora... todo era lo mismo. Requería una concentración total y unas destrezas especiales.

Y suerte.

Elevó una plegaria en silencio y aceleró.

Diez metros.

Cinco.

Súbitamente giró el timón a babor y puso el motor en punto muerto. Acto seguido se impulsó y saltó sin vacilar.

La inercia de la lancha lo ayudó aun cuando esta giró y sus protecciones de goma, que Puller había sacado antes de intentar la maniobra, chocaron contra la plataforma.

Durante el arriesgado salto Puller miró hacia abajo y vio agua y espuma. Aterrizó, rodó y se incorporó a tiempo de ver a Mecho empezando a amarrar la lancha a la plataforma.

La plataforma tenía placas de caucho en los laterales, y eso evitó que el metal hiciera trizas la lancha. Y, en efecto, gracias a esto y a sus propias protecciones, la lancha no parecía haber sufrido desperfectos importantes. Así y todo, dado el estado del mar y lo frenético del oleaje, era muy probable que dentro de poco no quedara nada de ella.

Carson lanzó a Puller su M11 y un MP5.

No había tiempo para pensar cómo lo habían conseguido. No había tiempo para dar gracias a Dios por la ayuda.

Puller se puso al frente del grupo y comenzó a subir la escalera metálica.

Había llegado la hora cero.

88

Un espacio cerrado.

Arriba del todo.

Dentro de dicho espacio cerrado habría un perímetro de seguridad. Puller estaba deseando ver quién lo vigilaba; en la mayoría de circunstancias la vigilancia resultaba difícil, y sobre todo en las circunstancias actuales.

Pero él encontró un fallo en dicha seguridad: una contraventana metálica mal cerrada que dejaba un hueco bastante grande. En cuanto descubrió aquel punto débil, hizo una seña a Mecho para que se acercara.

Las tres mujeres se habían apostado alrededor de la estructura.

Llovía con fuerza y el viento soplaba con tanta intensidad que costaba mantenerse erguido.

Puller echó un vistazo por el lado derecho de la contraventana, y Mecho por el izquierdo. Lo primero que vieron fue un espacio amplio y abierto. Lo cual suponía un problema, en varios aspectos.

Lo segundo fue que en el centro de aquel espacio había una serie de jaulas improvisadas, repletas de gente. Eso también era problemático, pero no inesperado.

Al menos, algunos detalles parecían favorables.

Los guardias estaban distribuidos en pequeños grupos a intervalos regulares. No estaban alerta, pues sostenían las armas con desgana. Algunos fumaban, bebían agua de garrafas o cervezas de lata, y otros estaban sentados, con las armas enfundadas y la mirada distraída.

Había pocos lugares donde esconderse, aunque descubrieron varias ubicaciones discretas desde donde disparar. Si abrían fuego contra los centinelas, podrían causar mucho daño en muy poco tiempo, con un riesgo mínimo de que les dispararan a su vez.

Puller miró a Mecho y, por su expresión, dedujo que él había realizado el mismo análisis y llegado a la misma conclusión.

—¿Cree que pueden estar aquí Lampert o Rojas? —le preguntó.

Mecho hizo un gesto negativo.

—Los peces gordos no se mezclan con los pequeños.

—Ya. Y suponiendo que logremos atravesar el perímetro, ¿qué pasará?

—Los guardias tendrán instrucciones de matar a los prisioneros.

—Para hacer desaparecer las pruebas, ¿no?

—Seguro que lo tenían previsto. Matarlos, arrojar los cadáveres al océano y dejar que se ocupen de ellos los tiburones.

—Pero la tormenta se lo ha impedido.

Mecho asintió.

Puller observó a las mujeres. A Carson se la veía decidida, centrada. Y a Landry también. En cambio, Díaz parecía aprensiva, insegura.

—Su compañera no tiene muy buena cara —dijo Puller.

—Se le pasará.

—¿La conoce bien?

—No la conozco en absoluto.

—¿Y entonces?

—Cuando una persona te salva la vida, eso ya te dice mucho de ella.

Puller asintió con la cabeza.

—Y que lo diga. —Volvió a otear por la rendija y luego miró a Mecho—. Podemos disparar desde aquí. He contado veinte guardias. Nosotros tenemos ocho armas, incluyendo un MP5.

—Algunos se nos escaparán.

—Lo que quiero es reducir el número de guardias lo más rápidamente posible.

Miró una vez más por el hueco de la contraventana y vio una cosa que no había visto antes: Diego y Mateo sentados en una de las atestadas jaulas, en un rincón. Tenían un guardia justo delante. Se dijo que aquel guardia sería el primero en morir.

—Y bien, ¿disparamos por este hueco o intentamos entrar? —preguntó.

Mecho se encogió de hombros.

—Si tuviéramos más de un hueco, con diversas líneas de tiro, contestaría que sí, pero no los tenemos.

—Entonces algunos de nosotros pueden disparar desde aquí y los otros entrar y atacar. Todo al mismo tiempo.

Mecho dio su aprobación.

—Este plan me gusta más.

—Propongo que usted, Landry y yo formemos el equipo de penetración. Díaz y Carson pueden cubrirnos desde aquí. Entraremos por esa puerta de ahí. —Señaló a su izquierda—. Una vez que hayamos entrado con el mayor sigilo, formamos un triángulo: yo al frente, usted a la izquierda y Landry a la derecha. Despejamos cada zona y seguimos avanzando. Abatiremos prioritariamente a todo guardia que dispare a las jaulas.

Mecho aceptó aquel plan asintiendo con la cabeza.

—Me gusta. ¿Y después de que hayamos matado a todos los guardias?

—A todos no. Necesitamos a dos para que testifiquen.

—No sabrán nada de Rojas ni de Lampert.

—Aun así, por si acaso supieran algo.

—¿Y los prisioneros?

—Los liberaremos, por supuesto.

Mecho preparó su arma. Puller le entregó su M11.

—Esta dispara muy bien —le dijo.

—Bien.

Puller levantó el MP5 y ajustó la posición de disparo en doble tiro. No pensaba ponerlo en automático, tenía que administrar con cuidado la munición. Y suponía un problema perder tiempo en cambiar de cargador en medio de lo que sin duda iba a convertirse en un auténtico caos. Para que le diera suerte, un particular ritual de combate que repetía siempre, tocó tres veces el cuchillo Ka-Bar de ranger que llevaba en su funda de cuero. Le produjo una sensación extraña y euforizante.

Vio que Mecho también llevaba un cuchillo al cinto. Supuso que sabría utilizarlo con la máxima eficacia.

A continuación llamó a las mujeres y les explicó el plan.

—Yo preferiría estar contigo en el equipo de penetración —le dijo Carson.

—Tú tienes el fusil de francotirador, general. Cuento con que hagas buen uso de él. —Se volvió hacia la teniente Díaz, que seguía nerviosa—. ¿Todo bien?

Ella asintió, pero su semblante decía lo contrario.

—Aún estoy un poco mareada —contestó para salir del paso.

Mecho le apoyó una de sus manazas en el hombro y la miró a los ojos.

—No es momento para mareos. Es el momento de pelear.

Ella asintió.

—Buena suerte —dijo Carson.

Puller se volvió para mirarla. Aquella podía ser la última vez que se vieran, no había forma de saberlo.

—Ya sé —dijo la general—, no va a ser cosa de suerte.

—Pues esta vez la suerte sí influirá —repuso Puller. Luego le preguntó a Landry—: ¿Cargador listo?

—Siempre.

Se volvió hacia Mecho.

—Preparado.

Asintió.

Y a continuación los tres se dirigieron hacia la escalera metálica para lanzar su ofensiva.

89

La arremetida inicial transcurrió conforme al plan.

La puerta por la que irrumpieron no estaba cerrada con llave. Carson y Díaz habían recibido instrucciones de empezar a disparar en cuanto se abriera. Se abrió, y un segundo más tarde comenzó el tiroteo.

Los guardias, aturdidos por aquel asalto, se incorporaron súbitamente, tiraron los cigarrillos y las cervezas y cogieron las armas. Pero, por supuesto, demasiado tarde.

Carson y Díaz abatieron a cinco de ellos con la primera ráfaga. Después, Mecho y Puller se abalanzaron sobre el resto igual que un tanque Abrams a todo gas. Hicieron uso de armas, cuchillos, puños y pies. Un guardia tras otro, todos fueron cayendo bajo la tremenda ofensiva. Formaban un ejército de dos hombres.

Puller mataba y pasaba a otro objetivo, en un brutal avance ininterrumpido. A su lado, Mecho hacía exactamente lo mismo, quizá con un poco más de salvajismo.

De arriba llovían tiros dirigidos con precisión por Carson, que apuntaba y disparaba, apuntaba y disparaba, e iba eliminando un guardia tras otro. Abajo estaban Mecho y Puller machacando al enemigo sin piedad, disparando, apuñalando y matando, a tal punto que los guardias, que antes los superaban en número, rápidamente fueron menguando a fuerza de pura violencia.

Entonces fue cuando empezaron a torcerse las cosas.

Una ráfaga disparada por un guardia acertó a un tanque de

combustible de 180 litros y lo hizo explotar en una bola de fuego. Alimentada por el oxígeno, la llamarada se elevó hacia el techo, y la estancia se llenó de una densa nube de humo tóxico.

Los guardias supervivientes, abandonando toda esperanza de derrotar a los atacantes, empezaron a disparar a las jaulas para acabar con los prisioneros. Puller y Mecho hicieron todo lo posible por impedírselo, pero debido al humo les resultaba difícil distinguir el objetivo a abatir, y lo último que quería Puller era matar a algún cautivo.

La ventajosa posición de Díaz y Carson allá arriba rápidamente se convirtió en una desventaja por culpa del humo. No pudieron seguir disparando, ya no veían adónde apuntaban.

Mecho y Puller se agacharon y avanzaron a través de la humareda matando a todo el que pudieron. Puller llegó a la primera jaula, abrió el cerrojo de un tiro, y los prisioneros empezaron a salir en tropel mientras él les iba diciendo que caminasen agachados. Mecho hizo lo mismo en otra jaula.

A continuación, Puller llegó a la jaula donde estaban Diego y Mateo. Diego lo vio y exclamó:

—¡Detrás suyo!

Puller, sin mirar, se giró de golpe con su Ka-Bar en la mano. El guardia se desplomó de bruces con el cuello rajado, tanto la yugular como la carótida.

Mateo rompió a llorar, pero Diego lo agarró y lo hizo salir por la puerta de la jaula.

Puller cogió a Diego por el brazo.

—Hiciste muy bien en dejar allí ese anillo.

—Era lo único que podía hacer.

—¿Estáis bien?

—Sí.

—Salid por la puerta por la que hemos entrado y subid la escalera. Arriba hay personas que os ayudarán.

Diego asintió y salió corriendo con Mateo.

Acto seguido, Puller dijo a los demás, en todos los idiomas que sabía, que siguieran a los dos niños para ponerse a salvo. Momentos después, todos los prisioneros que aún seguían con vida ya habían sido liberados y estaban escapando por la puerta.

Mientras tanto, Mecho apuñaló a un guardia al tiempo que disparaba a otro. Una bala le atravesó el antebrazo izquierdo, pero continuó peleando con el derecho.

Puller recibió una puñalada en la pierna, un segundo antes de meterle una bala en la cabeza a su agresor.

Por fin, los dos miraron alrededor y no vieron más adversarios. Mecho cogió unas mantas e intentó sofocar las llamas. Puller arrancó un extintor de la pared y combatió el incendio desde el otro lado, hasta que comenzó a elevarse una columna de humo del fuego ya apagado.

Puller arrojó a un lado el extintor vacío, y al volverse se quedó paralizado.

Frente a él estaba Landry, envuelta en una nube de humo. Parecía el único superviviente de un apocalipsis. Y lo estaba apuntando con su pistola.

—Me estaba preguntando dónde se había metido —dijo Puller.

—Lo siento —dijo ella.

—¿De veras?

Landry apretó el gatillo dos veces. La pistola disparó tal como se esperaba. Pero Puller permaneció inmóvil e ileso.

Landry apretó el gatillo dos veces más. De nuevo la pistola disparó. Y Puller siguió donde estaba.

—No llevo chaleco antibalas —dijo—. Puede dispararme a la cabeza si quiere.

Así lo hizo Landry, disparándole entre los ojos.

Nada.

De repente notó que tenía a alguien detrás.

Mecho le quitó la pistola de la mano y le retorció el brazo a la espalda. Lanzó un grito de dolor cuando el gigante le dobló el codo en un ángulo grotesco.

Puller cogió la pistola y le sacó el cargador.

—En mi petate llevo siempre cartuchos de fogueo, por si necesito hacer disparos de aviso sin causar daños. Cuando estuve preparando las armas, sustituí las balas de verdad de su pistola por las de fogueo. Y si se hubiera hecho con otra pistola y hubiera intentado matarnos, la teniente Díaz tenía órdenes de eliminarla.

Probablemente por eso estaba tan nerviosa, por tener que matar a una colega. Supongo que es algo que va contra su instinto. Incluso aunque se trate de una colega corrupta.

Todos se volvieron y vieron que Díaz, con gesto de decisión, estaba apuntando a Landry con su arma.

—Si ya lo sabía —jadeó Landry—, ¿por qué me pidió que viniera?

—Fácil. Conviene tener a los amigos cerca, y a los enemigos más cerca.

—No entiendo cómo lo averiguó.

—Todo radica en la sincronización, Cheryl.

—¿Qué quiere decir?

—Se lo explicaría, pero tenemos cosas pendientes. Y usted va a ayudarnos a ir haciéndolas todas.

—No pienso ayudarles.

—Lo hará.

—Váyase al infierno —le espetó ella, y se volvió de repente para propinarle un rodillazo a Mecho en la entrepierna.

Mecho se dobló y Landry le arrebató el cuchillo del cinturón. Se dispuso a clavárselo en la nuca, pero de pronto se lo arrancaron de la mano.

Se volvió a tiempo de ver el puño de Puller viniendo hacia ella. Fue el último pensamiento que tuvo antes de que el puño le impactara en la mandíbula. Se desmoronó inconsciente en el suelo.

Puller se inclinó sobre ella.

—Nos ayudará, ya lo creo —le dijo con calma.

90

Habían llenado el depósito de combustible de la lancha y se dirigían a tierra a toda velocidad.

Los cautivos liberados seguían en la plataforma petrolífera, pero ya se les había enviado una patrullera de la Guardia Costera que, pese a la tormenta, navegaba hacia ellos a toda máquina. Tenía suficiente espacio a bordo para acogerlos a todos y trasladarlos sanos y salvos hasta el continente.

Diego y Mateo quisieron volver en la lancha con sus salvadores, pero Puller se negó.

—Iréis más seguros en la patrullera —les explicó—. Tengo mis dudas de que yo pueda alcanzar tierra firme con esta lanchita.

No obstante, la tormenta tropical ya había tocado tierra, con lo cual había perdido gran parte de su ímpetu. El trayecto de regreso fue duro, pero mucho menos que el de ida.

Puller consiguió cobertura para el móvil y pudo hacer una última llamada. Cuando la conversación empezó a torcerse, Carson se puso al teléfono. Puller observó con admiración que la general no suplicaba al interlocutor que hiciera lo que ella le pedía, sino que se lo ordenaba, sin más.

—Se trata de un asunto de seguridad nacional, coronel. Y el Ejército se toma estas cosas muy en serio. Ya tiene usted sus órdenes, y espero que las ejecute con la prontitud y profesionalidad que exige el uniforme. ¿He hablado con claridad?

—Sí, señora —respondió el coronel, que seguramente se esforzaba en que no le temblara la voz.

Carson colgó y le devolvió el teléfono a Puller.

Él sonreía.

—¿Qué tiene tanta gracia?

—Es que me gusta verte actuando como la general que eres.

A mitad de camino, Landry recuperó la conciencia. Carson se ocupó de pilotar la lancha mientras Puller y Mecho se centraban en su nueva prisionera. Landry tenía el rostro magullado a causa del puñetazo y una expresión furiosa y nada arrepentida.

—¿Cómo lo ha sabido? —volvió a preguntar.

—Ya se lo he dicho, cuestión de sincronización.

—Eso no me aclara nada.

—El coche de Lampert voló por los aires.

—¿Y qué? No fui yo.

—Según la teniente Díaz, voló a la una y quince. A la una y dieciséis, estando yo con usted en la playa, recibió una llamada telefónica. Me dijo que era de Bullock, pero eso era imposible. Lampert habría tenido que averiguar qué diablos estaba ocurriendo, llamar a la policía y conseguir que le pasaran con Bullock. Bullock, después de enterarse de lo sucedido, tal vez empezara a hacer llamadas. Pero usted no estaba de servicio, de modo que no podría ser la primera persona a la que llamase el jefe. Todo eso llevaría mucho más que un minuto. Y, solo para cerciorarme, anoche lo confirmé llamando a Bullock. Me dijo que usted lo llamó aquella noche desde el camino de entrada a la finca de Lampert, no al revés. Que usted le dijo que había visto algo en los informativos acerca de una explosión. La llamada que recibió usted era de Lampert.

Landry negó con la cabeza.

—Eso no es suficiente, Puller. No puede llegar a esa conclusión basándose en un razonamiento tan traído por los pelos.

—En efecto. Empecé a unir los cabos. Lampert es de Miami, y usted también. Los dos llegaron aquí por la misma época. Cuando empecé a pensar en la hora en que recibió usted esa llamada, entré en modo detective y procedí a telefonear a varias personas. Usted me había contado que a su padre le había matado un tipo drogado con PCP.

—Y así fue.

—Sí. Pero hablé con su antiguo sargento, y lo que me contó fue que a partir de aquel momento usted fue una persona distinta. Por lo visto, dejó de importarle actuar de manera decente. Después del asesinato de su padre, en lugar de tener más ganas que nunca de meter en la cárcel a los delincuentes, tiró por el otro lado: acabó por no importarle nada. Y luego se metió en negocios con Lampert, y entonces usted se torció de verdad. —Hizo una pausa—. También investigué un poco su piso. Le costó cuatrocientos mil; sin embargo, la hipoteca que le queda es de menos de cincuenta mil. Los policías no ganan tanto dinero, por lo menos los honrados. Tal vez por eso quiso irse a vivir a Destin, seguro que nunca ha invitado a ningún compañero de la comisaría a tomar una copa en su casa. Fue una estupidez invitarme a pasar la noche, Landry. Me hizo pensar. —Se volvió hacia Mecho—. Los Storrow fueron asesinados por una persona en la playa. Mecho estaba allí y lo vio. Más concretamente, la vio a usted. Y usted les pegó un tiro en la cabeza y después los arrastró hasta el agua. Tiene fuerza de sobra para ello, Cheryl. Con tanto ejercicio de *paddle surf*, no debió de suponerle ningún esfuerzo. Eran dos personas mayores que para usted eran como una pluma.

Landry no respondió, pero miró a Mecho con odio.

—Y por eso nadie contestó cuando usted llamó a Bullock y a Hooper —prosiguió Puller—. Tenían instrucciones mías de no contestar. No quería que usted pensara que sospechaba de usted, sino de ellos. Bullock no quiso creerse que usted fuera una policía corrupta, pero cuando le conté lo que había averiguado, lo cierto es que ya no pudo defenderla.

—Eso dice usted.

Puller seguía con la vista fija en ella.

—Ese tramo de playa que huele a azufre sí que forma parte de Paradise, se lo pregunté a Bullock. No se patrulla habitualmente porque allí nunca pasa nada. Pero Bullock me dijo que uno de sus agentes se ofreció voluntario a ir a echar un vistazo de vez en cuando. ¿Adivina quién era dicho agente?

Landry guardó silencio.

Puller se le acercó un poco más.

—Y en una de esas noches de «patrulla», cuando en realidad estaba vigilando el trasvase de los esclavos, vio a mi tía en su Camry, observando y tomando notas en su diario. Ella ya casi no podía andar, pero quería ser independiente, y lo conseguía sentándose al volante de su coche especialmente acondicionado, por la noche, cuando ya no hacía tanto calor ni tanta humedad. Y una noche vio una cosa, y se la contó a sus amigos Storrow. Probablemente ellos también fueron a aquel lugar y vieron lo que había visto mi tía. Y acudieron a usted, agente Landry. Usted patrullaba en su vecindario, ellos la respetaban. Le contaron lo que habían visto, y usted fingió que les tomaba declaración, pero después la tiró a la papelera.

Se acercó más a Landry y sacó su cuchillo Ka-Bar de la funda.

—De modo que fue a la playa a la que iban los Storrow a pasear por las noches, les pegó un tiro y arrastró sus cadáveres hasta la orilla para que se los llevase la marea.

Otro poco más cerca, y le puso la punta del cuchillo a escasos centímetros del cuello. Díaz observaba la escena nerviosa, mientras que Carson pilotaba la lancha y lanzaba miradas a su espalda. Mecho iba sentado, con gesto estoico, sujetándose el brazo herido y mirando a Landry.

—Sin embargo, creo que mi tía sospechaba de usted, por aquello que dijo de «personas que no son lo que parecen». Se le daba muy bien detectar a los farsantes. Y a lo mejor usted se dio cuenta de que sospechaba de usted. Así que fue a su casa, le robó el diario, la llevó al jardín y le metió la cabeza en la fuente hasta que la ahogó.

—No puede probar nada de eso —le espetó Landry.

Puller aproximó un poco más el cuchillo al tiempo que la agarraba del pelo y tiraba hacia atrás. Las venas que le recorrían el cuello quedaron a la vista. Apoyó la punta del Ka-Bar sobre una de ellas.

—Estando el mar tan picado, y con tantos saltos como vamos dando, fácilmente podría perder el control de este cuchillo. Y fácilmente podría seccionarle las arterias que irrigan su cerebro.

—Esa no sería la forma de hacer que le crean en un tribunal

—replicó Landry, mirando fijamente a Puller, intentando leer en su expresión lo que pretendía hacer.

Él la miró a su vez con una calma absoluta. En ese momento se encontraba ya en otro estadio mental, más incluso que cuando estaba perpetrando una matanza en aquella plataforma petrolífera. Estaba más concentrado que nunca, como si se dispusiera a disparar a un talibán a una distancia de mil metros bajo un sol abrasador y con un margen de error prácticamente de cero. En el mundo no existía nada más que Cheryl Landry y él.

—¿Quién ha hablado de que tenga que probar nada? —dijo.

Landry intentó esbozar una sonrisa irónica, hacer ver que todavía tenía el control de la situación, aunque en ningún momento lo había tenido y en ningún momento lo iba a tener.

—No va a matarme en presencia de tantos testigos.

—Salimos con cuatro y regresamos con cuatro —dijo Mecho con voz firme.

Díaz se encogió de hombros y Carson dijo:

—El océano es muy grande, Landry. De vez en cuando se pierden cosas y no vuelven a aparecer. Y la escoria siempre termina hundiéndose en el fondo.

—Para todo el mundo —añadió Puller— se supone que usted aún continúa patrullando. No ha llamado a nadie para desmentirlo, y desde luego tampoco he llamado yo.

Landry volvió a mirarlo. Esta vez tenía lágrimas en los ojos.

—Oiga, podemos llegar a un arreglo.

—Lo que puede hacer es cerrar la boca, que ya le digo yo exactamente qué va a hacer.

—¿Y qué incentivo tengo para ello?

—O hace lo que yo le diga, o irá a dar con sus huesos al fondo del mar.

Landry observó el fuerte oleaje. La borda de la lancha estaba apenas a treinta centímetros de distancia.

—Usted es militar, no puede matarme así sin más.

—Oh, yo mato a gente como usted todo el tiempo.

—Yo soy policía.

—No, usted es el enemigo. Lo que ha hecho es un delito contra este país y lo que representa. Eso, según mi manual, la convierte en una terrorista, y según mi manual los terroristas no tienen derechos. No puede permanecer en silencio. No tiene derecho a un abogado. Y desde luego no pienso malgastar una parte de mis impuestos en pagarle a usted una celda en una cárcel americana. Pienso tirar sus derechos por esta borda, y lo último que verá antes de que acudan los tiburones será mi cara.

Landry lanzó una exclamación ahogada, se sorbió las lágrimas y tosió; al parecer, intentaba dar lástima y mostrarse como una persona desvalida. Pero Puller no cayó en su treta. Landry ya no era una joven atractiva y sexy, ahora era un ser repulsivo. Había perdido todos sus derechos cuando ayudó a esclavizar a otras personas, cuando mató fríamente a tres ancianos que simplemente intentaban hacer lo correcto. Y todo ello vistiendo el uniforme.

—Verá —le dijo Carson—, si fuera usted militar, sencillamente le pegaríamos un tiro.

Landry, viendo que no estaban echándose un farol, balbució:

—¿Qué quieren que haga?

91

Lampert estaba a bordo de su yate, contemplando cómo implosionaba su imperio. La reciente operación en la playa había estado a punto de fracasar. Los que le seguían los pasos eran por lo menos cuatro: Puller, la mujer que lo acompañaba, el gigante y Murdoch, que al final no eran ni el jardinero ni la ninfa indolente que aparentaban ser.

Respecto a la mujer, había tenido un topo entre sus filas, y ni siquiera se había percatado de ello hasta que fue demasiado tarde.

Su socio, Winthrop, ya había pagado el precio por haberle metido una espía en casa, ya fuera consciente o no. Su cuerpo despedazado estaba hundiéndose en las profundidades del Golfo en ese mismo instante, mientras él descansaba en su yate de lujo.

Desconocía dónde se encontraban Puller y los demás. Había intentado que a aquellas alturas el gigante ya hubiera muerto, pero alguien le avisó a tiempo.

La bella Murdoch.

No sabía si pertenecía a una empresa rival o a la policía, pero cualquiera de esas posibilidades era igual de problemática.

Lo irónico era que la policía de Paradise no le preocupaba, puesto que allí tenía varios ases en la manga. En cambio, sí le preocupaba Stiven Rojas. Este le había dado un ultimátum, y, para más inri, antes de que sobreviniera este enorme fracaso.

Había hecho vaciar el almacén y devolver el producto a la plataforma. La tormenta había interferido en sus planes, pero no demasiado. Su intención era retener allí a los prisioneros hasta que localizara un nuevo punto de desembarque y el negocio pudiera reanudarse con normalidad.

Probablemente no sería en Florida. En aquel momento su personal estaba estudiando la logística de enviar el producto a través de Alabama.

De momento, las plataformas petrolíferas eran un regalo del cielo. Las compañías disponían de un plazo de tiempo, después de clausurarlas, para hacer algo con ellas. Muchas eran seccionadas por debajo de la línea de flotación para su traslado mediante remolcadores a otro lugar, a fin de crear arrecifes artificiales. Esta era, en muchos casos, la alternativa más barata. Otras compañías preferían desmantelarlas completamente. Y aun había otras que, habiéndose quedado sin recursos, simplemente las abandonaban.

Cuantas más mejor, y las que había en el Golfo fuera de uso superaban las mil. Y además estaban muy desperdigadas; ni la Guardia Costera ni nadie era capaz de mantenerlas controladas.

Pero no podía retener el producto allí eternamente. Buscaría otro punto de desembarque y reanudaría una vez más los envíos.

Su siguiente problema era obvio: la bella Murdoch y los otros. ¿Hasta dónde sabrían? ¿Y qué harían con aquella información?

«¿Debería abandonar el país ahora mismo? No voy a esperar a que me detengan o me manden una citación judicial, ¿no?»

Pero ¿de qué podían acusarlo? No había forma de rastrear sus operaciones. Aunque alguno de sus hombres se fuese de la lengua, no tenían pruebas. Y no creía que sus hombres fueran a hablar. Tenía amigos en todas partes, incluso en la justicia y en el sistema de prisiones. Este punto se lo dejaba bien claro a todo el que trabajaba para él. Y si a él no le tenían suficiente miedo, se lo tenían a Stiven Rojas.

«Ese cabrón es capaz de encontrar a quien sea donde sea. Incluso a los que se acogen al programa de protección de testigos. Lo cual, naturalmente, significa que sería capaz de encontrarme a mí.»

Cogió el teléfono y llamó a su jefe de seguridad. Le habló en términos tajantes:

—Que no entre ni salga nadie. Si se acerca alguien, llámeme inmediatamente.

A continuación telefoneó al capitán del yate.

—Quiero que estemos listos para zarpar dentro de una hora.

—El mar todavía está muy agitado —objetó el capitán, sorprendido por la orden.

Habían llevado el yate a alta mar para que capease el temporal en mar abierto. Una tormenta tropical no era lo mismo que un huracán de categoría cuatro; un categoría cuatro era capaz de levantar un yate en vilo y arrojarlo contra tierra firme.

En efecto, el mar estaba agitado, y hubo un par de ocasiones en que Lampert creyó que iba a vomitar. Pero prefería vomitar antes que encontrarse con alguien que le volara los sesos. Si se veía obligado a huir, tendría que abandonar a su esposa y su hijo. No importaba, siempre podría buscarse otra esposa, y su hijo estaba haciéndose mayor e iba camino de convertirse en un auténtico cabronazo. Se defendería él solito, con el fideicomiso que tenía a su nombre.

—Pues para eso le pago lo que le pago. Una hora.

—Sí, señor.

Colgó y recorrió su camarote con la vista. Le devolvieron la mirada los mejores materiales, traídos de todo el mundo y moldeados por artesanos de probado talento. Tenía lo mejor de todo. Era lo que le correspondía. Trabajaba mucho. La chusma no tenía ni idea de lo mucho que costaba amasar una fortuna. Y todavía costaba más conservarla.

Los impuestos eran demasiado elevados y las leyes asfixiaban el negocio, pero aun así él perseveró. Además, tenía empleados. Creó puestos de trabajo allí donde antes no había nada. Lo mismo había hecho en Wall Street. Y había sido vilipendiado por ello.

Sacudió la cabeza con impotencia. Pero ahora su negocio estaba creciendo de verdad. Había invertido sumas enormes en infraestructura, formación, equipos, mano de obra. Los riesgos que corría eran colosales. Y todo estaba rindiendo sus frutos. Su vía de entrada para el producto era la envidia de sus iguales, movía más producto que nadie, cinco veces más. Él había aportado precisión y mentalidad comercial a un negocio que anteriormente era sucio y caótico.

Y a diferencia del petróleo, el gas natural u otros recursos, en su caso el suministro de producto era infinito. Hasta que en el mundo se agotasen los pobres, no le faltaría material. Y, según su opinión, en el mundo nunca se agotarían las gentes empobrecidas. En la cumbre no había tanto sitio, y él no pensaba renunciar al suyo. Sabía que, desde el principio, estaba hecho para cosas más grandes y mejores.

Pero tenía que sobrevivir. Ahí radicaba el quid de la cuestión. Por eso ganaba tanto dinero, porque lo arriesgaba todo, incluida su vida.

Volvió a centrarse en las tareas que tenía entre manos.

Rojas no estaba enterado de las últimas maniobras; la tormenta lo había obligado a llevar su barco mar adentro, y dudaba que se arriesgase a coger el helicóptero siendo aún tan imprevisible la meteorología. Eso le proporcionaba a Lampert algo que necesitaba con urgencia: tiempo.

Tiempo para pensar en una solución, para planificar las siguientes jugadas. Tiempo para sobrevivir.

El factor desconocido de la ecuación, por supuesto, eran Puller y sus secuaces. Habían seguido al camión que transportaba el producto, de manera que era evidente que sabían lo que se cocía. Había tenido lugar un tiroteo en la playa. Él no había vuelto a recibir noticias de sus hombres, así que dedujo que habían perdido la batalla.

¿Qué diablos se proponía Puller?

Había probado a llamar a la plataforma, en vano. Otra vez la tormenta. Todo era de lo más inoportuno, la verdad.

Y de repente, como respuesta a sus plegarias, le sonó el móvil. Miró el número y sonrió.

—Tenía la esperanza de que me llamaras —dijo.

—Tengo mucho que contarte —dijo Cheryl Landry—. ¿Podemos vernos ahora mismo?

92

El temporal estaba disipándose rápidamente, pero todavía caían chubascos esporádicos, a medida que *Danielle* iba agotando su fuerza.

Ya era de día, sin embargo *Danielle* seguía manteniendo el cielo oscuro. Daba la impresión de ser de madrugada.

De pronto llamaron a la puerta.

Lampert fue a abrir. Había cogido una lancha neumática para ir a tierra y había vomitado dos veces por culpa de la marejada, así que ahora esperaba recibir alguna buena noticia.

Abrió. Era Landry, empapada y con el rostro magullado.

—¿Qué te ha ocurrido? —le preguntó.

—¿Puedo entrar antes? ¿Y tomar una copa?

Lampert se apartó y Landry entró. La condujo hasta su estudio privado y cerró la puerta.

—¿Quieres cambiarte de ropa?

—Antes quisiera beber algo.

Le sirvió un whisky escocés del bar que tenía contra una pared.

—Estaba en el *Lady Lucky* pensando si debería huir —comentó.

—Pues yo estaba pensando lo mismo —le aseguró Landry.

—Sin embargo, por teléfono me has dicho que tenías buenas noticias.

Ella cogió el whisky, bebió un sorbo y a continuación se sentó en un sillón frente al escritorio. Lampert también se sentó, juntó las manos y la miró expectante.

Landry bebió otra vez y después se apretó el vaso contra el hematoma de la cara.

—La operación se ha visto en peligro.

—Lo sé.

—Murdoch es una espía.

—También lo sé.

—Es la teniente Claudia Díaz, de la Policía Nacional de Colombia.

Lampert se limitó a mirarla unos instantes, y entonces exclamó:

—¡Joder!

Landry sonrió al ver su reacción.

—Deduzco que no lo sabías. —Alzó el vaso de whisky—. A lo mejor te convendría tomar una copa.

—Cuéntame lo sucedido.

Landry bebió otro sorbo, se reclinó en el sillón y dejó escapar un largo suspiro.

—Lo que ha sucedido es que te he salvado el pellejo.

—¿De qué manera?

—Nunca me he fiado de Winthrop ni de Murdoch.

—Muy inteligente por tu parte.

—Así que empecé a vigilarlos. Winthrop estaba limpio, pero Murdoch no. Estaba claro que permitía que él se le metiera entre las bragas para lograr acceder a ti.

—Es lo que he comprendido ahora.

Landry sonrió y ladeó la cabeza mientras fuera caía un aguacero y unas gruesas nubes negras mantenían a raya el sol.

—¿También te permitió a ti meterte entre sus bragas? —preguntó.

—Eso no viene al caso, pero la respuesta es que sí —admitió él.

—Así que también te engañó a ti.

—Las mujeres son mi debilidad. ¿Y sabes qué? Voy a tomarme esa copa. Pero continúa, me interesa mucho saber de qué manera me has salvado el pellejo.

Mientras Lampert se servía un whisky, Landry dijo:

—Los matones que enviaste contra el gigante fracasaron. Díaz le dio el soplo.

Lampert se reclinó en su asiento con el vaso en la mano.

—¿Y por qué iba a hacer ella tal cosa? ¿Es que trabajan juntos?

—Eso ya no importa. Los dos han muerto.

Lampert se atragantó con el licor, que le bajó por el lado equivocado. Tosió y se aclaró la garganta.

—¿Han muerto? ¿Cómo es eso?

—Como te digo, te he salvado el pellejo. Y Puller también ha muerto.

—¿Y la otra mujer? Me dijiste que era una general. Se llamaba Carson, si recuerdo bien.

—También muerta. Han muerto todos. No podíamos permitir que sobreviviera ninguno.

Lampert se enfureció.

—Acabas de armar una buena, Cheryl. Nos va a caer encima el Pentágono.

—¿Habrías preferido la alternativa? Si hubieran seguido tirando del hilo, los habría traído directos hasta aquí.

—Eso no habría ocurrido.

—Ya ha ocurrido, Peter.

Lampert se limitó a mirarla fijamente, como si Landry fuera lo último que iba a ver en su vida.

—Se han enterado de lo del almacén.

—Lo he hecho vaciar. No encontrarán nada.

—Pues han encontrado la plataforma petrolífera —replicó Landry señalando hacia la ventana que daba al mar.

Lampert dejó el vaso en la mesa y se inclinó hacia delante. Había palidecido.

—Eso es imposible.

—¿Te acuerdas del gigante? Por cierto, se llama Mecho. Estuvo en esa plataforma, tu gente lo secuestró en México. Se escapó y consiguió llegar a la costa. Y después regresó a la plataforma. Anoche.

—Ya me daba mala espina ese tipo. Supuse que estaba espiándome, pero no sabía el motivo. Creí que pretendía robar algo.

—Te estaba siguiendo, Peter. Lo que quería robar era tu vida y todo lo que posees. Y estuvo muy cerca de conseguirlo.

De repente Lampert cogió su vaso y lo lanzó contra la pared.

—¡Hijo de puta!

Landry observó cómo iba mojándose de whisky el impecable empapelado de la pared.

—Contrólate, Peter. Ya te he dicho que han muerto.

—¿Cómo?

—Estoy empapada y tengo la cara a la funerala. ¿Qué te sugiere eso?

—¿Una pelea en medio de la tormenta?

—Una pelea a muerte. En la plataforma. No voy a mentirte y decir que no hemos sufrido bajas, porque sí las hemos sufrido. Han matado a casi todos los nuestros, pero al final logramos vencerlos gracias a que los superábamos en número y a un poco de suerte.

—¿Y cómo es que estabas tú allí? —le preguntó Lampert mirándola con suspicacia.

—Estaba vigilando a esa teniente Díaz. Subieron a una lancha, de modo que los acompañé. Fueron hasta la plataforma, así que yo también.

—¿En plena tormenta? ¿Cómo es posible?

Landry lo miró con incredulidad.

—Yo me crie en Florida. He hecho surf después del paso de un huracán, llevo pilotando lanchas desde que tenía diez años. Si hubiera sido un huracán de categoría uno o dos, a lo mejor no habría podido, pero con una tormenta tropical puedo arreglármelas. Y para ti es una suerte que sepa arreglármelas. Creo que por eso me contrataste, por mi conocimiento del terreno. Y porque no me derrumbo cuando estoy bajo presión.

—¿Qué ocurrió?

—Llamé a la plataforma para avisarles. Al principio el teléfono no me funcionaba, pero luego conseguí cobertura. Les dije en clave que ellos y yo íbamos para allá. Los estaban esperando, pero aun así fue una verdadera batalla. Esos cuatro eran muy duros de pelar, eso hay que reconocérselo. No fue fácil acabar con ellos.

—¿Y el producto?

—Mayormente intacto. Pero hemos sufrido bajas.

—¿Y los cadáveres?

—En el mar. A Díaz y los otros no los encontrarán nunca. Les perforamos los pulmones, de modo que se hundirán hasta el fondo y se quedarán ahí.

—Bien pensado. Y gracias por tu gran labor al matar a los Storrow y a esa vieja. Podrían haberlo jodido todo. La gratificación que te pagué por ese trabajo probablemente resultó corta. —Pareció darse cuenta de que no era suficiente elogio, y agregó—: Ahora, después de lo de anoche, acabas de ganarte otra gratificación. Una muy buena. Y una promoción. Vamos a quitarte ese uniforme y vestirte como una ejecutiva. Asumirás la posición de Winthrop.

—¿No se opondrá él?

—Podría, si no fuera porque he ordenado que lo matasen, como castigo por haber permitido que se infiltrase esa zorra. Además, vamos a trasladar el negocio a otra parte. Mi encargado de logística está haciendo números. Estoy pensando en Alabama.

—Hay un problema.

—¿Cuál?

—Rojas.

—¿Qué pasa con él?

—Es socio tuyo en el negocio de los esclavos.

—¿Y qué?

—Me dijiste que te había dado un ultimátum.

—Así es.

—Y ahora, con todo esto, ¿qué supones que va a hacer? No lo veo claro.

—Descuida. He llegado a ser lo bastante importante como para que al señor Rojas no le quede más remedio que aceptar mis condiciones. La vía de entrada es más importante que el producto. Puedo conseguir producto por mi cuenta. Ya lo he hecho, en Asia y África. Allí hay montones de gente pobre y estúpida. En cambio, Rojas no puede conseguir una vía de entrada él solo, carece de los contactos necesarios.

—Aun así, jugar con él es muy peligroso.

—No lo subestimo. Pero cuando se tiene una ventaja, hay que aprovecharla.

—Eso mismo opino yo.

Ese último comentario no provino de Landry. Puller había irrumpido en el estudio.

Detrás de él entraron Díaz, Carson y Mecho, todos empuñando las armas y apuntando a Lampert.

Este, atónito, los miró a ellos y después a Landry.

—¿Me has tendido una trampa?

—Me temo que sí.

—¿Eres consciente de lo que has hecho, maldita idiota?

—No imaginas hasta qué punto.

Landry se desabrochó los dos primeros botones de la camisa y sacó el cable y la grabadora. Se los entregó a Puller y se volvió otra vez hacia Lampert.

—He visto una oportunidad y la he aprovechado —le dijo, y añadió en tono irónico—: Pero no creo que haya conseguido nada especial. Una cadena perpetua en lugar de la pena de muerte. Menudo chollo.

—Pero usted no va a conseguir el mismo chollo —le dijo Puller a Lampert.

—¿Cómo ha logrado saltarse a mi personal de seguridad?

—Debería decirles que examinasen mejor los vehículos. Como iba Landry al volante, nos han dejado pasar sin problemas.

Lampert miró a Landry.

—Eres una idiota.

—Lo siento, Peter.

—Haré que te maten en la cárcel.

—Inténtelo y se arrepentirá —le dijo Puller—. Como sea, va a tener que ocuparse de cosas más importantes.

—Pienso contratar a los mejores abogados.

—Vas a necesitarlos —le dijo la teniente Díaz—. Voy a hacer todo lo posible para que te juzguen en Colombia. Los americanos son demasiado blandos, en mi país la justicia es más rápida.

Puller esposó a Landry y a Lampert.

—Andando —les dijo al tiempo que los apremiaba con su M11.

Lampert se levantó y miró a Landry.

—Estás muerta. Todos ustedes están muertos.

Y, dicho esto, salió del despacho seguido por los demás.

Llegaron al patio delantero y Puller se detuvo en seco.

—¿Qué ocurre? —le preguntó Carson.

Mecho también estaba mirando alrededor.

—¡Al suelo! —ordenó Puller.

Justo en el momento en que lo dijo comenzaron a llover disparos.

93

Puller había descubierto las posiciones de los tiradores una fracción de segundo antes de echarse cuerpo a tierra. Sacó su M11 y disparó describiendo un arco hasta vaciar el cargador. Fue una estrategia defensiva, al solo efecto de ganar unos segundos que le permitieran buscar otra posición y planear un contraataque. Se puso a cubierto detrás de un coche, cogió su MP5 y oteó el área que tenía delante.

—¡Puller!

Miró a su espalda. Era Carson. Había tomado posiciones detrás de una columna de piedra que había junto a la entrada principal. Estaba señalando hacia la izquierda.

Puller miró en esa dirección y dio un respingo: Díaz estaba tumbada boca abajo en el suelo, en medio de un charco de sangre. Incluso a esa distancia y con una luz tan tenue pudo distinguir que estaba muerta.

Miró alrededor buscando a Landry y Lampert.

La agente de policía se había escondido detrás de un árbol.

—¡Lampert ha escapado! —avisó.

Puller levantó la vista hacia donde estaban los tiradores.

Todavía le faltaba una persona por contabilizar. Mecho. No creía que hubiera huido, tenía tanta madera de luchador como él.

Tras una nueva ráfaga de balas por encima de su cabeza, se volvió hacia Carson y le comunicó mediante gestos lo que pretendía hacer. Ella asintió con la cabeza y empuñó su arma con más fuerza.

Puller recorrió con la mirada todos los puntos relevantes. En la segunda pasada fue cuando lo vio: Mecho había conseguido llegar a la retaguardia de los tiradores y los apuntaba con su arma. Una maniobra limpiamente ejecutada, se dijo Puller.

Había seis tiradores.

Puller buscó los vehículos en que habían venido, pero no vio ninguno. Entonces cayó en la cuenta de que seguramente eran los guardaespaldas de Lampert.

Un segundo más tarde observó las siluetas posicionadas frente a ellos. En efecto, eran los guardaespaldas. Un contingente nuevo a tener en cuenta. Y no habían ido allí en coche.

Estudió la situación táctica. Ellos eran cuatro y los otros, seis. En su opinión, los otros se encontraban en una posición de clara inferioridad; deberían haber mandado más hombres.

Respiró hondo, salió de su escondite y abrió fuego con el MP5, aunque sin apuntar a nada. Lo único que pretendía era centrar la atención. Un momento después llegó la respuesta del lado contrario; todos estaban concentrados en él.

Carson disparó dos veces. Un tirador cayó y otro se sujetó el brazo y soltó el arma, con lo que quedó inútil.

Restaban cuatro.

Eso, antes de que Mecho los atacara por la retaguardia.

Poco después cayeron los dos tiradores más cercanos al gigante, el uno tras recibir un balazo en la médula espinal, el otro a causa de una puñalada en el corazón.

Mecho, incluso con un brazo herido, aún tenía fuerza suficiente para asestar un golpe mortal con el cuchillo.

Quedaban dos, que se centraron en Mecho.

Esta vez le tocó actuar a Puller.

Corrió en zigzag, a izquierda y derecha. Apuntó y disparó dos ráfagas con su M11. Ambas a la cabeza. Ambas con un efecto instantáneo.

Seis piezas cobradas. Listo.

Sin embargo, Puller se acordó de lo ocurrido en la habitación de La Sierra, y su cerebro analizó rápidamente los hechos.

Seis tiradores contra cuatro. Debían de haber supuesto que Puller y compañía se verían superados en número y potencia de fuego cuando ellos se sumasen a los otros hombres de Lampert.

Así pues, Puller concluyó que los tiradores abatidos eran en realidad hombres de Rojas. Y Stiven Rojas era un tipo inteligente. Y los tipos inteligentes no enviaban un contingente sin posibilidades de éxito.

Un segundo más tarde, Puller lo comprendió.

—¡Segunda oleada! —exclamó.

Al instante, Carson y Mecho se pusieron a cubierto y buscaron nuevas posiciones para disparar. Puller retrocedió hasta Landry. Ella lo miró con gesto de súplica.

—Por amor de Dios, Puller, quíteme las esposas y deme un arma. Le echaré una mano.

Él encajó un cargador nuevo y la miró.

—Yo diría que no, Landry. Ya ha intentado matarme una vez. Y no me gusta arriesgarme dos veces.

—Estoy indefensa.

—Qué va, me tiene a mí. Y yo tengo todos los incentivos del mundo para mantenerla con vida.

—¿Qué incentivos?

Puller se le acercó para susurrarle al oído:

—Asegurarme de que pase el resto de su vida en la cárcel —le dijo a la vez que ponía el selector de disparo en automático.

—Puller, por favor —sollozó Landry.

Pero él no cedió. La segunda oleada estaba a punto de tocar tierra, e iba a azotarlos con más fuerza que la tormenta tropical *Danielle*.

Pero Puller tenía un as en la manga. O por lo menos eso esperaba, porque de lo contrario morirían todos.

94

La segunda oleada fue más sofisticada que la primera. Aquello hizo pensar a Puller que la primera había sido solo una maniobra de distracción. Les había costado la vida de Díaz, con lo cual su fuerza se había reducido un veinticinco por ciento. Perder seis hombres para obtener ese resultado era una estrategia inteligente siempre y cuando uno tuviera muchos más hombres que lanzar a la batalla.

Y resultó que los tenía.

Veinte, según pudo contar Puller. Se movían en grupos de cuatro. Llevaban chalecos antibalas y armas muy potentes, mucho más que el MP5 que empuñaba él. Adoptaron posiciones en una clásica maniobra de pinzamiento.

Puller miró a Carson y ella lo miró a él. Ambos reconocieron la táctica, y ambos comprendieron cuál iba a ser el inevitable resultado.

Puller levantó su MP5. Su padre le había inculcado una antigua máxima del Ejército: no es ninguna vergüenza morir luchando.

Disparó las treinta balas del cargador contra los dos grupos que tenía delante. Dos hombres se desplomaron sin esperanzas de regresar a la refriega.

Puller encajó otro cargador.

Había gastado treinta balas para matar a dos enemigos. Quedaban dieciocho, lo que indicaba que no iba a tener munición suficiente para acabar con todos.

Formaban una unidad inteligente y bien entrenada, habían desplegado todos sus efectivos sobre un único blanco y luego habían procedido a concentrar todo el fuego en él.

El coche tras el que Puller se ocultaba fue acribillado por disparos que atravesaron la delgada chapa metálica y casi le arrancaron una extremidad. No le quedaba más remedio que replegarse.

Carson abrió fuego para cubrirle la retirada, de manera que pasó a ser el siguiente punto focal del enemigo. Su posición recibió una descarga cerrada, y no tuvo tanta suerte al retroceder: fue alcanzada en un brazo y una pierna. Puller no acudió a su lado, porque con ello solo habría conseguido atraer aún más balas del enemigo. Disparó desde su nueva posición, con lo cual el fuego se desvió hacia él.

Corrió en dirección contraria a la posición de Carson esquivando las balas a base de trazar una trayectoria imprevisible. Después de haberlo hecho durante varios años en Oriente Próximo, sus músculos no habían perdido la memoria; casi parecía anticipar hacia dónde apuntaban las armas del enemigo.

Sus atacantes deberían haber trazado una cuadrícula virtual del terreno y haber cubierto de proyectiles todas las vías de escape que pudiera seguir él. Si hubieran hecho eso, él ya estaría muerto; pero no lo habían hecho, así que seguía vivo.

Corrió y, tras ponerse a salvo, disparó otra vez con su MP5. Ya solo quedaban Mecho y él. Dos contra casi veinte. Pero aquello iba a cambiar.

De pronto le vibró el móvil. Lo sacó y miró la pantalla. Tecleó una respuesta formada por una única palabra: «Ahora.»

Estaban a punto de ejecutarse las órdenes impartidas por la general Julie Carson.

Todas las cabezas se giraron como unidas por un cordel cuando se oyó algo que se aproximaba por el lado norte.

El MH-60L DAP era básicamente un Black Hawk modificado, al que se había añadido una importante potencia de fuego, como misiles antitanque Hellfire, cohetes y ametralladoras del 7.62. A cargo del 160.º Regimiento Aéreo de Operaciones Especiales, conocido como Night Stalkers o «acechadores nocturnos», era un helicóptero de combate muy versátil. Por suerte para Puller, había uno en la base aérea de Eglin para realizar unos ejercicios conjuntos del Ejército y las Fuerzas Aéreas. Pasó tronando por encima de la tapia y penetró en la finca de Lampert. Su cañón de 30 mm apuntó hacia los hombres agazapados que esperaban arrollar a un adversario muy inferior en número. Algunos hombres se volvieron hacia el helicóptero, y cuando dos de ellos, tontamente, dispararon, Puller pensó: «Mal hecho, tíos.»

Se tumbó en el suelo y se tapó los oídos.

El cañón de 30 mm se abrió. Era capaz de disparar proyectiles con una cadencia de más de seiscientos por minuto. Creaba lo que el Ejército denominaba «un evento al que resulta imposible sobrevivir». Al cabo de menos de diez segundos, yacían en el suelo casi veinte hombres aniquilados.

El helicóptero aterrizó y Puller corrió hacia él tras arrojar a un lado su MP5 para no provocar ninguna confusión; lo último que le convenía era que un cañón de 30 mm le apuntara a la cabeza.

La puerta del helicóptero se abrió.

—¡Necesitamos asistencia médica! —gritó Puller por encima del rugido de las palas—. ¡Tengo a una general de una estrella herida de bala!

Un médico y un ayudante cogieron unas bolsas con equipamiento, saltaron del helicóptero y acompañaron a Puller hasta donde se encontraba Carson. La general estaba muy pálida, pero consciente. Puller se arrodilló a su lado mientras el personal médico preparaba todo lo necesario. Tomó a Carson de la mano mientras ellos sacaban bolsas de sangre y de suero y le colocaban una vía. Ella abrió los ojos y miró a Puller.

—Estás sangrando —le dijo al tiempo que levantaba una mano muy despacio para tocarle el hombro.

—Como tantos otros.

—¿Saldré de esta? —preguntó.

Todavía tenía dentro las dos balas y había perdido mucha sangre. Estaba pálida y desfalleciente. Puller miró al médico, que le devolvió una expresión seria. Entonces la miró a los ojos, le apretó la mano y contestó:

—Saldrás de esta.

El espíritu humano era la medicina más potente que existía. Y en ocasiones, lo único que se necesitaba era un pequeño estímulo para que se obrase un milagro. Puller lo había presenciado incontables veces en el campo de batalla, incluso él mismo había recibido aquellas palabras de aliento en una ocasión en Irak, cuando una bomba de fabricación casera había estado a punto de acabar con su vida.

«Saldrás de esta.» A veces, lo único que se necesita es esa frase.

Carson le apretó la mano a su vez y cerró los ojos notando el efecto del analgésico que le acababan de administrar.

Puller se incorporó y regresó con Landry, que estaba sentada en el suelo, todavía con las manos esposadas a la espalda.

—No se olvide de nuestro pacto, Puller —le dijo—. Le he entregado a Lampert.

—Ya. Podrá consolarse con eso cuando tenga ochenta años y siga en prisión. Y no creo que allí dentro tengan tablas de *paddle surf*. —Hizo una seña a un soldado que venía hacia ellos y le mostró sus credenciales—. Sargento, esta mujer es una prisionera del Ejército de Estados Unidos hasta que sea entregada a las autoridades competentes.

—Sí, señor.

El sargento apuntó a Landry con su fusil.

De repente, Puller percibió un movimiento. Se volvió, creyendo que Lampert había reaparecido e intentaba huir. Pero no era Lampert, sino Mecho.

Había echado a correr como una flecha, y ya se encontraba cerca del muelle que conducía a la playa.

Salió disparado tras él.

Sabía exactamente lo que pretendía el búlgaro: cargarse a Peter Lampert.

Así que él no se lo perdería.

95

Lampert corría tan deprisa como podía. No le resultaba fácil con las manos esposadas a la espalda. Estaba en buena forma física, pero no entrenado para el combate. Jamás en su vida había disparado un arma, siempre tenía a otros que lo hacían por él. Y nunca había tenido que correr para salvar el pellejo. Ahora estaba pagando el precio.

El ruido del tiroteo había cesado, lo único que se oía eran las olas que rompían en la playa.

Su lancha estaba amarrada a unos doscientos metros de allí. Viviría para luchar un día más, solo que no sería en aquel país. No pasaba nada, en realidad ya empezaba a cansarse de vivir allí.

Se apretó el costado para calmar el flato y siguió corriendo hacia el embarcadero.

Allí se encontraba su lancha neumática de seis metros y medio, y a lo lejos divisó su yate. Sabría pilotar la lancha para llegar al lujoso yate. Si Landry había sido capaz de llegar a la plataforma petrolífera en medio de una tormenta tropical, él no iba a ser menos con un mar mucho más calmado.

A bordo había una navaja que le serviría para cortar las esposas, que eran de plástico. Después, no tenía más que zarpar en línea recta. La lancha era robusta, y la marejada había disminuido conforme decaía el viento. Sí, lo conseguiría.

Ya estaba casi en el embarcadero cuando lo vio.

Al principio no entendió qué era, pero lo comprendió de pronto: lo que estaba viendo era la torreta de un submarino.

El submarino de Rojas. El que había mencionado cuando estuvo con él en su yate. El que tenía capacidad para tanta gente.

De modo que así era como habían llegado aquellos pistoleros a su finca. Habían venido en submarino.

Coger la lancha ahora planteaba un problema. ¿Y si fueran tras él? El mar todavía estaba un poco revuelto; si el submarino atacaba la lancha, la hacía volcar y lo lanzaba a él al agua, se ahogaría.

Hizo un alto, sin dejar de apretarse el costado. Debería hacer más ejercicio. El problema radicaba en que el único ejercicio físico que practicaba era el sexo, y eso no lo preparaba a uno para correr mucho tiempo por un terreno irregular.

Miró alrededor, desesperado, buscando otra escapatoria. Si la lancha no podía ser, ¿qué, entonces?

El camino que salía de su finca quedaba descartado, ya le parecía oír el ulular de las sirenas.

Echó a andar despacio, paralelo a la playa, pensando. Tenía que haber una forma. A lo mejor debería probar suerte con la lancha; sería más maniobrable que un submarino, ¿no? Lo cierto era que no lo sabía, pero no se le ocurría ninguna alternativa viable.

De pronto vio que el submarino comenzaba a sumergirse. Acto seguido viró y, aún con la torreta visible, se alejó en dirección a alta mar.

Tal vez ellos también habían oído las sirenas lejanas. O Rojas había aceptado que las cosas habían salido mal y optaba por una retirada a tiempo. Fuera cual fuese el motivo, ahora se le presentaba una oportunidad a él.

El *Lady Lucky* tenía casco de acero y podía soportar los embates del océano. Lampert ya había cruzado el Atlántico con él. Una vez que llegase a aguas internacionales, se sentiría mucho más a salvo, porque Landry y los demás tardarían un poco en poner al corriente a la policía. Sería necesario recabar órdenes judiciales, habría que preparar y enviar un destacamento de policías. Y para entonces él podía estar ya muy lejos.

De repente oyó algo, se volvió y vio lo que se le venía encima.

Frenético, echó a correr directo hacia su preciada lancha. Era como si hubiera visto que lo perseguía el mismo Satanás. Lo cual, en cierto modo, era así.

Puller había alcanzado a Mecho y ambos corrían juntos. Mecho no lo miró ni le dijo nada; iba totalmente concentrado en el hombre al que perseguían. Los dos avanzaban como los guerreros que eran. Si bien no eran los más rápidos del mundo, corrían con movimientos fluidos, producto de la práctica, que permitían obtener el máximo resultado con una modesta inversión de energía. Cuando se estaba en combate a menudo era necesario correr; los blancos móviles tendían a sobrevivir, mientras que los estacionarios solían morir. Pero cuando uno dejaba de correr, por lo general tenía que pelear, y esto último consumía mucha más energía que lo primero, así que lo mejor era no gastarla toda corriendo.

Cuando alcanzaron a su presa iban el uno pegado al otro, pero en el último momento Puller se adelantó y se arrojó sobre Lampert para derribarlo con un placaje.

Lampert cayó al suelo sin resuello.

Mecho fue a por él y lo levantó con un fuerte tirón.

Puller se incorporó lentamente y los contempló a ambos. Mecho y Lampert se miraron. El semblante de Mecho mostraba una expresión pétrea; el gesto de Lampert era de miedo y curiosidad a un mismo tiempo.

—¿Se puede saber qué coño te pasa conmigo? —exclamó Lampert por fin.

Mecho volvió a arrojarlo sobre la arena. Luego buscó en su bolsillo, sacó la foto y se la enseñó.

—¿Te acuerdas de ella? —le preguntó con voz tensa.

Puller observaba la escena, expectante. No estaba muy seguro de qué iba a hacer si Mecho decidía matar a Lampert allí mismo. Este era un prisionero, un testigo potencial para atrapar a uno de los mayores criminales del mundo. Mecho estaba herido, pero él también. En un enfrentamiento cuerpo a cuerpo no tendría nada que hacer, conocía sus capacidades y sus límites, y no estaba nada seguro de poder vencer a aquel gigante.

Claro que podría llevarse una sorpresa, nunca se sabe. Pero lo cierto era que no deseaba llegar a eso. Mecho no era su enemigo.

Lampert miró la foto y frunció el ceño.

—¿Se supone que debo conocer a esa mujer?

—Se llama Rada. Usted la secuestró en un pueblo de Bulgaria, en las montañas de Rila. A ella y otras muchas personas. Ese pueblo era el mío.

Lampert miró a Puller.

—¿De qué va este animal? ¿Cree que me voy a acordar de algo así?

Puller le devolvió una mirada inexpresiva.

—Respuesta errónea, Pete.

Mecho levantó otra vez a Lampert, lo sostuvo en pie con un solo brazo, y con el otro le atizó tal puñetazo que le arrancó varios dientes. Lampert salió despedido hacia atrás y aterrizó en la arena. Cayó sobre las manos esposadas, y el impacto fue tan violento que se dislocó los hombros. Llorando y lanzando alaridos de dolor, intentó huir.

—Cállate —le ordenó Mecho.

—Oh, Dios... —gimió Lampert—. Oh, Dios...

—He dicho que te calles. —Y le dio una patada en el estómago—. ¿Te acuerdas de ella? ¿Te acuerdas de Rada?

—Oh, Dios... —Lampert, rodando por la arena, escupía trozos de dientes y grumos de sangre.

Puller se acuclilló a su lado, le cortó las ligaduras y, con dos fuertes movimientos, volvió a colocarle las articulaciones de los hombros en su sitio.

Lampert permaneció tumbado en el suelo, sollozando y recuperando el aliento. Mecho lo contemplaba, abriendo y cerrando los puños. Su enorme pecho vibraba con cada inspiración.

Puller se incorporó y lo miró.

—¿Cómo vamos a hacer esto? —le preguntó.

—Él se viene conmigo.

—Se encuentra bajo mi custodia. Se le acusará de varios delitos.

—¡Se viene conmigo! —rugió el búlgaro.

—Mecho, nos aseguraremos de que esta escoria no vuelva a ver la luz del sol.

—Nos quitó todo lo que teníamos. Hice una promesa.

Puller desenfundó su pistola y apuntó al gigante. No le quedaban balas, pero Mecho no lo sabía.

—Lo último que quiero es hacerle daño, Mecho. Pero tengo un deber que cumplir y un plan para cumplirlo. Este hombre es el responsable de que hayan asesinado a mi tía, y va a pagar por ello.

Mecho observó la pistola un instante, luego se volvió hacia Lampert y le enseñó la foto una vez más.

—Dime dónde está Rada. Dímelo ahora.

—¡No sé dónde está! —sollozó Lampert con la boca ensangrentada—. Lo juro por Dios.

Mecho lo agarró y lo levantó del suelo.

—Sí que lo sabes. Y me lo vas a decir.

—No. ¡No lo sé, maldita sea!

Lampert cayó otra vez de costado, sollozando.

Mecho miró la foto y, aun en presencia de Puller, se estremeció y empezaron a resbalarle lágrimas por las mejillas.

Puller volvió la mirada hacia el mar, donde se veía aquel lujoso yate. Todo aquel dinero procedía de la avaricia, del ánimo de destruir vidas ajenas. Se volvió otra vez hacia el búlgaro y enfundó la pistola. Lanzó un suspiro. Lo que estaba a punto de hacer infringía todas las normas del manual que le había servido de guía durante la mayor parte de su vida adulta.

—¿Cómo pensaba salir de aquí? —le preguntó.

Mecho lo miró.

—¿Por qué?

—Por simple curiosidad.

—Tengo un amigo que pilota un carguero. Él nos llevará a casa. Sin hacer preguntas.

—¿Dónde y cuándo?

—Esta noche. En Port Panama City.

Lampert había dejado de sollozar y escuchaba con suma atención.

—No... no habla en serio... —balbució con la boca destrozada—. No puede permitir que me lleve a... a Bulgaria.

Puller lo miró.

—¿Por qué no? Ya ha estado allí. Fue un viaje interesante, ¿a que sí? Se trajo todo lo que necesitaba... bueno, a todos los que necesitaba, ¿no es así?

—No puede hacerme esto.

—¿Se fía de su amigo, Mecho?

—Plenamente.

—¿Qué le ocurrirá a Lampert en Bulgaria?

—Allá tenemos una justicia, igual que ustedes aquí.

—¿Tienen la pena de muerte?

—Tenemos algo peor.

—¿Peor? ¿Como qué?

—Vivirá, pero en una parte de Bulgaria en la que nadie quisiera vivir. Se quedará allí el resto de su vida. Y trabajará cada minuto de todos los días, hasta que caiga muerto de agotamiento. Los búlgaros no perdonamos a la gente que nos hace daño.

Lampert se revolvió intentando ponerse de pie.

—Por el amor de Dios, Puller, no puede permitir esto. Usted es militar, tiene un deber. No puede consentir que este tipo me lleve con él. Es un extranjero. Pretende secuestrar a un ciudadano americano. Yo pago mis impuestos, le pago a usted su puto sueldo. ¡Usted trabaja para mí!

Puller ignoró la perorata y dijo:

—¿Y su amigo hará eso gratis? ¿Por qué?

—No será exactamente gratis. Le he prometido una cosa, aunque no sé cómo voy a conseguirla. Ni siquiera estoy seguro de lo que es.

Mecho describió lo que había pedido su amigo. Puller sonrió y miró a Lampert.

—No pasa nada. Ya sé lo que es.

El búlgaro puso cara de sorpresa esperanzada.

—Entonces ¿usted puede conseguirlo?

—Sí —afirmó Puller.

96

Panama City, Florida, era una ciudad muy conocida para la avalancha de estudiantes universitarios que la invadían durante las vacaciones de primavera.

Port Panama City era un puerto desde el que se accedía fácilmente al Golfo, a través de un canal de casi quince kilómetros de largo. Los cruceros desembarcaban hordas de turistas, los cargueros traían productos a Estados Unidos y se llevaban productos fabricados en Estados Unidos y destinados al resto del mundo. Era un lugar muy concurrido, incluso por la noche.

Puller estaba de pie en el muelle, sosteniendo una caja y observando el nombre que figuraba en el casco del carguero, escrito en caracteres cirílicos, mientras las grúas estibaban grandes contenedores metálicos a bordo y los iban apilando uno encima de otro. Contempló cómo subían al barco una caja de madera de gran tamaño entre tres hombres, dos agarrándola por un extremo y uno por el otro. Este último era Mecho. Se había lavado y llevaba las heridas vendadas, ocultas bajo la ropa.

Quien se tomase la molestia de mirar más de cerca, y nadie hacía tal cosa, vería que la caja de madera tenía dos orificios para que circulara el aire. En su interior iba Peter J. Lampert, maniatado, amordazado y drogado. Despertaría pasadas unas seis horas, y para entonces el carguero ya se habría adentrado en el golfo de México. Continuaría hacia el extremo meridional de Florida y después iniciaría la larga travesía por el océano Atlántico. Adoptaría una velocidad de crucero de diez nudos. Un mes más tarde, tras haber recorrido 7.600 millas náuticas, llegaría a Bulgaria.

Y una vez que Lampert tocara suelo búlgaro, ya no lo abandonaría jamás.

Cuando la caja quedó bien sujeta en cubierta, Mecho regresó por la pasarela seguido de un individuo de enorme corpulencia que parecía fuerte como un toro. Su cuello, surcado de gruesas venas, tenía el grosor del muslo de un hombre normal. La camisa, remangada, dejaba ver unos potentes antebrazos de puro músculo. Llevaba una gorra de capitán, y entre los dientes sostenía un puro.

Se detuvieron ante Puller. Mecho lo presentó como amigo suyo y capitán del carguero.

El capitán miró a Puller con gesto apreciativo.

—Mecho me ha dicho que usted tiene algo para mí.

Puller le tendió la caja.

—Diez botellas.

El capitán abrió la tapa y miró dentro. Sonrió de oreja a oreja. Puller le entregó la caja, y él le dio las gracias y regresó con ella al barco.

Mecho se volvió hacia él.

—Bueno, ¿y qué era ese tal Macallan de treinta años?

—Un whisky escocés. Uno muy bueno, por cierto.

—¿Y tiene treinta años?

—Eso dicen.

—¿Dónde lo ha conseguido?

—Digamos que ha sido una oportunidad que ha tenido Peter Lampert de compensar mínimamente los daños causados.

Mecho se quedó boquiabierto de la sorpresa.

—¿Lo ha cogido de su casa? Pero ¿no andaba por allí la Policía?

—No se han fijado demasiado en mí.

Mecho le tendió la mano y Puller se la estrechó.

—Le doy las gracias por todo lo que ha hecho.

—Espero que encuentre a su hermana.

Mecho asintió despacio.

—Nunca dejaré de buscarla.

—Sin embargo, ya puede dejar de buscar a Lampert.

El gigante sonrió con tristeza.

—Ahora voy a saber en todo momento dónde está.

Y dicho esto, dio media vuelta y empezó a subir la pasarela. Pero a mitad de camino se volvió para despedirse de Puller con la mano.

Puller le devolvió el saludo.

Unos momentos después, Mecho desapareció.

Una hora más tarde, el carguero zarpó y Lampert inició su largo viaje hacia su última morada.

—Hasta nunca —murmuró Puller al tiempo que se dirigía hacia su coche.

97

Cuando Julie Carson abrió los ojos, lo primero que vio fue la brillante luz del techo. Lo segundo fue a Puller, sentado junto a su cama de hospital.

Él le cogió la mano.

—He salido de esta —dijo la general con voz soñolienta.

—No lo he dudado en ningún momento. Los médicos dicen que dentro de nada estarás como nueva.

—Nunca me han disparado llevando puesto el uniforme, solo cuando he estado contigo de manera extraoficial.

—Por lo visto, es un riesgo extralaboral que tiene el trabajar conmigo.

Carson se incorporó un poco.

—No me malinterpretes, pero me parece que no volveré a irme de vacaciones contigo.

—Es comprensible.

—¿Qué ha pasado con Landry?

—Está bajo custodia. Confesándolo todo. Bullock estaba pensando en jubilarse, pero después de esta operación puede que se presente como candidato a gobernador.

—¿De modo que todo el mérito se lo lleva él?

—No es un asunto que me quite el sueño, general.

Ella le apretó la mano.

—Tutéame. Ahora no estás de servicio.

—Está bien, Julie.

—¿Y la teniente Díaz?

—Los colombianos ya recogieron sus restos. Murió como una heroína. Ellos se ocuparán de rendirle los honores.

—¿Y Mecho?

—Terminó con unas cuantas abolladuras, igual que yo.

Carson se fijó en los vendajes que llevaba Puller en el brazo y la pierna.

—Joder, John, se me había olvidado que tú también estabas herido.

—Gajes del oficio.

—Por favor, dime que han atrapado a Lampert. Lo último que recuerdo de él es haberlo visto huyendo con las manos esposadas.

Puller titubeó un momento.

—Si te cuento la verdad, ¿me juras que nunca se lo dirás a nadie? ¿Aunque te llamen a testificar?

Ella se incorporó un poco más y lo miró a los ojos.

—Pero ¿qué dices?

—Humm... Tal vez no debería hacerlo. No quiero obligarte a cometer perjurio.

—¿De qué estás hablando?

Puller observó los tubos que confluían en una única vía intravenosa que Carson tenía junto a la clavícula.

—¿Es morfina, para el dolor?

—Sí, creo que sí.

—La morfina entorpece la memoria.

—Ya, pero estábamos hablando de Lampert.

—Ah, ¿sí?

—¡John!

—Decidió hacer un viajecito al extranjero.

—¿Logró escapar? ¿En su yate?

—A Bulgaria. Tengo entendido que piensa establecer allí su residencia permanente.

—Pero ¿cómo es posible? ¿No lo detuvo la policía?

—La policía llegó un poquito tarde. Llevamos la lancha neumática de Lampert hasta un punto aislado de la playa, y allí nos resultó fácil subirlo a un camión y llevárnoslo. Para la policía, consiguió huir. Por lo menos eso les dije yo cuando preguntaron.

Carson lo miró fijamente durante unos instantes, y luego dijo:

—Me parece que la morfina está entorpeciendo mi memoria a corto plazo.

—Lo entiendo.

—¿Cuándo me dejarán salir de aquí?

—Dentro de unos días.

—¿Vendrás a verme?

—Estoy viviendo aquí —replicó Puller señalando un sillón que había junto a la cama, con almohada y manta.

Carson le sonrió con ternura.

—¿Y qué pasó con Diego y Mateo?

—Volvieron con su abuela. Ahora están viviendo en la casa de mi tía. Los demás prisioneros están en trámite y serán devueltos a sus lugares de origen. Incluidos los que trabajaban en la finca de Lampert.

—¿Y Rojas?

Puller hizo un gesto negativo.

—Todavía no. Pero ya le llegará el turno.

Carson pareció agitarse ante aquella noticia, y Puller la calmó apoyándole una mano en el brazo. Unos minutos después, la morfina hizo efecto y se le cerraron los ojos.

Puller salió de la habitación y llamó a los Pabellones Disciplinarios para hablar con su hermano Robert. Lo puso al tanto de casi todo lo sucedido, únicamente omitió el destino búlgaro de Lampert.

—Maldita sea, John —dijo su hermano—, necesitas tomarte otro mes de vacaciones para recuperarte de estas últimas.

—De hecho, ya me apetece reincorporarme al trabajo.

—¿Qué vas a contarle al viejo?

—Aún no lo tengo claro.

—No irás a decirle que su hermana ha muerto, ¿no?

Puller reflexionó un momento y contestó:

—No, no se lo diré.

—Sabia decisión.

Puller había regalado la perrita *Sadie* a Diego y Mateo. Los tres congeniaron al instante, y él calculó que serían buenos amigos durante muchos años. Y también esperaba que vivir en un vecindario más agradable, lejos de las pandillas callejeras, fuera beneficioso para ellos. Además, Bullock le había prometido vigilarlos de vez en cuando.

Hubo mucho papeleo que cumplimentar y muchas entrevistas, tanto con Bullock como con la policía estatal y los federales. Dijeron que así se intensificaría la búsqueda de Stiven Rojas, pese a que este siempre había demostrado ser de lo más escurridizo.

—Sigan intentándolo —les dijo Puller antes de salir de la última entrevista.

Carson abandonó el hospital dos días más tarde, vendada, magullada y cansada. Pero viva. Muy viva.

Aquella mañana, Puller y ella regresaron a casa en un reactor privado que les envió el Ejército.

—Un Gulfstream V —comentó Puller—. Nunca había volado en un avión así.

—Tú sigue acompañando a un general en ascenso, y verás mundo —contestó Carson mientras la azafata les servía dos copas de champán.

Puller fue en coche a su apartamento después de prometerle a Carson que más tarde iría a su casa a cenar. Un amigo se había encargado de cuidar su gato *Desertor* durante su ausencia. Lo dejó salir a la calle un buen rato y luego estuvo jugando con él más rato todavía.

Al día siguiente fue a Pensilvania con un pequeño paquete. Aparcó cerca de una pradera herbosa, se apeó del coche y fue andando hasta el centro de la pradera. Entonces abrió la urna y, sin prisa, fue esparciendo las cenizas de su tía por el campo, tal como ella había querido. Después cerró la urna ya vacía, contempló el cielo y dijo:

—Adiós, tía Betsy. Por si sirve de algo, diré que hace mucho tiempo hubo un muchacho para el que fuiste muy importante. Y el hombre en que se convirtió nunca te olvidará.

Sabía lo que debía hacer a continuación. En realidad, ya debería haberlo hecho.

Regresó a Virginia, se dio una ducha, se puso el uniforme de gala y se dirigió al Hospital de Veteranos.

Recorrió una serie de pasillos estériles con su porte alto y erguido. Oyó la voz de su padre antes de llegar a la habitación.

—Lleva unos días insoportable —le comentó una enfermera—. No ha dejado de llamarlo a usted a gritos, sin parar. Gracias a Dios que ha venido por fin.

—Ya —respondió Puller—, es estupendo estar aquí.

La enfermera le dirigió una mirada extraña cuando la dejó a un lado y abrió la puerta de su padre.

Puller sénior vestía el habitual pantalón azul de pijama y la camiseta blanca. Se le notaba agitado y confuso. Puller, al ver que su padre reparaba en su presencia, adoptó la posición de firmes e hizo el saludo militar.

—Me presento para informar, general.

El estado de agitación de su padre se disipó al instante, reemplazado por un ceño fruncido. Puller prefería con mucho ver a su padre ceñudo antes que confuso.

—¿Dónde diablos ha estado, oficial?

—Sobre el terreno, ejecutando sus órdenes, señor —contestó Puller en tono enérgico y vocalizando tal como le había enseñado el Ejército.

—¿Y el resultado?

—Misión cumplida, general. Viento favorable y mar en calma.

—Buen trabajo, oficial. Descanse.

—Sí, señor —respondió John Puller, y al instante bajó la mano y se sentó al lado de su padre.

Al menos por unos momentos, dejaría de ser un soldado para ser únicamente un hijo.

Agradecimientos

A Michelle, por ser siempre ella misma, y además seguir siendo divertida.

A David Young, Jamie Raab, Mitch Hoffman, Emi Battaglia, Tom, Maciag, Maja Thomas, Martha Otis, Karen Torres, Anthony Goff, Lindsey Rose, Bob Castillo, Nichele McGonigle y todo el personal de Gran Central Publishing, que me apoyan cada día.

A Aaron y Arleen Priest, Lucy Childs Baker, Lisa Erbach Vance, Nicole James, Frances Jalet-Miller y John Richmond, por ser el mejor equipo que puede tener un escritor.

A Anthony Forbes Watson, Jeremy Trevathan, Maria Rejt, Trisha Jackson, Katie James, Aimee Roche, Lee Dibble, Sophie Portas, Stuart Dwyer, Stacey Hamilton, James Long, Anna Bond, Michelle Kirk y Natasha Harding de Pan Macmillan, por hacerme alcanzar nuevas cumbres en el Reino Unido.

A Arabella Stein y Sandy Violette Caspian Dennis, por ser fantásticos compañeros al otro lado del charco.

A Ron McLarty y Orlagh Cassidy, por seguir haciendo esos magníficos espectáculos de audio.

A Steven Maat de Bruna, por haberme llevado a lo más alto en Holanda.

A Bob Schule, por tu amistad, tu entusiasmo y tu destreza en la edición.

A Chuck Betack, por corregirme en todo lo relativo al mundo militar.

A las familias de Jane Ryon, Griffin y Mason. Espero que os hayan gustado los personajes.

A mi colega Carl Brown. Espero que te haya gustado ver tu nombre en letra impresa.

A Kristen, Natasha y Erin, porque sin vosotros me sentiría totalmente desamparado.

Y a Roland Ottewell, por otra excelente labor de corrección.